中國語言文字研究輯刊

六　編

許鋏輝　主編

第 9 冊

敦煌寫卷《老子》綜合研究

杜 冰 梅 著

花木蘭文化出版社

國家圖書館出版品預行編目資料

敦煌寫卷《老子》綜合研究／杜冰梅 著－－初版－－新北市：
花木蘭文化出版社，2014〔民103〕
目 2+258 面；21×29.7 公分
（中國語言文字研究輯刊 六編：第9冊）
ISBN：978-986-322-664-2（精裝）
1. 老子 2. 研究考訂
802.08 103001864

中國語言文字研究輯刊

六 編 第 九 冊 ISBN：978-986-322-664-2

敦煌寫卷《老子》綜合研究

作 者	杜冰梅	
主 編	許錟輝	
總 編 輯	杜潔祥	
副總編輯	楊嘉樂	
編 輯	許郁翎	
出 版	花木蘭文化出版社	
社 長	高小娟	

聯絡地址 235 新北市中和區中安街七二號十三樓
電話：02-2923-1455 ／傳眞：02-2923-1452
網 址 http://www.huamulan.tw 信箱 hml810518@gmail.com
印 刷 普羅文化出版廣告事業
初 版 2014 年 3 月
定 價 六編 16 冊（精裝）新台幣 36,000 元

敦煌寫卷《老子》綜合研究

杜冰梅　著

作者簡介

杜冰梅　漢族，1976 年 10 月出生於安徽蕭縣。2003 年獲漢語言文字學專業碩士學位；2007 年獲漢語言文字學專業博士學位。2007 年畢業至今在中國藏學出版社工作。曾發表《李燾本〈說文解字〉考評》（《古籍研究》2001 年第 4 期），《〈孟子〉「仁」與「義」互文考察》（《修辭學習》2006 年第 6 期），《敦煌寫卷〈老子〉研究綜述》（第一作者，《蘭州學刊》2006 年第 9 期），《「有恥且格」之「格」新釋》（《宿州學院學報》2007 年第 2 期），《淺析〈左傳〉之「唯」「惟」「維」》（《語言科學》2007 年第 3 期）《〈孟子〉正文中的訓詁與當代詞語釋義》（《瀋陽師範學院學報》，2007 年 5 月增刊）等論文。

提　要

　　1900 年 6 月 22 日（清光緒二十六年庚子五月二十六）在甘肅省敦煌縣鳴沙山千佛洞第 288 號石窟中發現 5 萬餘件完成於公元 5 世紀至 11 世紀的文獻，給科學文化研究提供了極爲豐富的古代文化典籍和歷史資料，被稱爲中國近代文化史上的四大發現之一。在 5 萬餘件敦煌卷子中有千餘件、百餘種中國傳統典籍，《老子》即其中一種。今存較早、較完整的《老子》多爲宋、明刻本，而敦煌寫卷《老子》多抄寫於南北朝、唐代。其中既有出自平民之手的抄本，同時也有出自一般文人及上層文人之手的抄本，能夠眞實地顯示當時文字使用的實際情況，爲我們揭示六朝至唐代文字的眞實面貌提供了豐富的資料。

　　本書主要包括以下三個方面的內容：（1）對目前國內外已公佈的 78 件敦煌寫卷《老子》版本進行全面整理，並對分散異處的各寫卷進行綴合。（2）以法藏敦煌寫卷《老子》P.2329 第一章至第九章、S.6453 第十章至第八十一章經文爲底本，與其他 76 件敦煌寫卷、馬王堆帛書《老子》甲本、馬王堆帛書《老子》乙本、郭店楚簡《老子》甲本、郭店楚簡《老子》乙本、郭店楚簡《老子》丙本、唐景龍二年《易州龍興觀道德經碑》、王弼本《老子》及河上公本《老子》經文進行比較，並對敦煌寫卷《老子》異文用字進行分析。（3）敦煌寫卷《老子》用字分析。參考前人研究成果，通過對這一共時階段的文字進行全面測查、整理以及系統的分析與描寫，揭示敦煌寫卷《老子》抄寫時期的漢字實際使用狀況。

目次

第一章　緒　論

第一節　引　言

　　1900 年 6 月 22 日（清光緒二十六年庚子五月二十六）在甘肅省敦煌縣鳴沙山千佛洞第 288 號石窟中發現 5 萬餘件完成於公元 5 世紀至 11 世紀的文獻，給科學文化研究提供了極爲豐富的古代文化典籍和歷史資料，被稱爲中國近代文化史上的四大發現之一。李零先生曾經這樣評價郭店楚簡的意義：「如果我們把古書比作一條藏在雲端的龍，宋元以來的古書是它的尾巴，敦煌的發現是它的身子，那麼，現在的發現就是它的脖子，我們離看到龍頭的日子已不太遠了。」〔註 1〕李先生雖然強調的是郭店楚簡的重要性，但我們從中也可看出敦煌文獻的重要價值。但敦煌文獻被發現不久，便被英、法、俄、日等掠走了半數以上。佛經以外的重要文獻，則多爲英、法收藏。直到 20 世紀下半葉，隨著敦煌文獻的陸續公佈，敦煌學才開始呈現出蓬勃發展之勢。在 1988 年北京召開的敦煌學研討會上，季羨林先生提出：「敦煌在中國，敦煌學在世界。」體現了敦煌學已成爲國際之學的現實。但由於敦煌資料分散異處，對其進行全面搜集整理並非易事。

　　在 5 萬餘件敦煌卷子中有千餘件、百餘種中國傳統典籍，《老子》即其中一

〔註 1〕李零，《郭店楚簡校讀記》（前言），北京，北京大學出版社，2002 年，第 1 頁。

種。作爲我國最古老的哲學著作之一的《老子》，在中國哲學史上具有非常重要的地位。同時也是敦煌先秦典籍中保存數量較多的一種。今存較早、較完整的《老子》多爲宋、明刻本，而敦煌寫卷《老子》多抄寫於南北朝、唐代。儘管是殘卷，由於抄寫年代較早，更多地保存了《老子》原貌。因此，在文字學、文獻學、哲學及史學研究中均有重要學術價值。由於《老子》不同時期的抄寫本較多，有抄寫於戰國的楚簡本，抄寫於戰國與漢之間的帛書本，抄寫於南北朝、唐代的敦煌本以及傳世本，爲我們研究漢語詞彙與字形的發展演變提供了豐富的材料。

雖然在唐代雕版印刷已經開始出現，但當時僅限於爲數極少的佛經。也就是說這一時期人們主要靠手書寫漢字，因此保存了文字的原貌。同時由於唐代尊奉道教，《老子》在當時非常流行，因此在敦煌文獻中保存下來的也比較多，目前已公佈包含經文的敦煌寫卷《老子》共 78 件，除了個別寫卷抄寫於六朝時期外，其餘基本抄寫於唐代。這 78 件皆爲手抄本，其中既有出自平民之手的抄本，同時也有出自一般文人及上層文人之手的抄本，能夠眞實地顯示當時文字使用的實際情況，爲我們揭示六朝至唐代文字的眞實面貌提供了豐富的資料。

在 78 件含《老子》經文的敦煌文獻中，絕大多數影印件字迹清晰，爲我們的研究工作提供了便利的條件。因此，我們選擇敦煌寫卷《老子》作爲研究對象，對 78 件敦煌寫卷《老子》經文的異文進行全面整理，運用王寧先生提出的漢字構形學理論，通過對這一共時階段的文字進行全面測查、整理以及系統的分析與描寫，揭示敦煌寫卷《老子》抄寫時期的漢字實際使用狀況，初步揭示唐代漢字的構形特點及其在漢字史上的地位。從而爲漢字史的建立提供眞實的依據。

第二節　敦煌寫卷《老子》研究概述

20 世紀 80 年代以來，隨著《英藏敦煌文獻（漢文佛經以外部分）》、《俄藏敦煌文獻》、《法藏敦煌西域文獻》、《上海博物館藏敦煌吐魯番文獻》、《北京大學圖書館藏敦煌文獻》、《上海圖書館藏敦煌吐魯番文獻》、《天津藝術博物館藏敦煌文獻》、《甘肅藏敦煌文獻》、《浙藏敦煌文獻》、《斯坦因第三次中亞考古所

獲漢文文獻（非佛經部分）》、《中國國家圖書館藏敦煌遺書》（目前尚未出齊）陸續面世，極大地推動了敦煌學的發展。由於《老子》在中國歷史上的重要地位，自敦煌寫卷《老子》發現以來，便引起許多學者的興趣，有關敦煌寫卷《老子》研究的成果也不斷湧現。

關於敦煌《老子》的整理與研究工作，前人已經作出了豐碩的成果，如近兩年來劉屹《論二十世紀的敦煌道教文獻研究》〔註2〕、朱大星《敦煌本〈老子〉研究》〔註3〕，尤其是後者，對敦煌《老子》的研究狀況作了較為全面、詳細的介紹。因此本書對此只作一簡明扼要的介紹。

自 1909 年前賢羅振玉、蔣斧、王仁俊、劉師培等根據伯希和提供的有限敦煌文獻照片和原件進行初步研究開始，敦煌學已走過百年的學術歷程。尤其是在近半個世紀，人們日益認識到敦煌文獻的重要性，更加重視對其進行整理與研究。迄今為止，前賢對敦煌寫卷《老子》的整理、研究工作已取得了很大的成績。下面僅就所能搜集到的、與本選題有關的敦煌寫卷《老子》的研究成果略加整理。

郝春文在《敦煌文獻與歷史研究的回顧和展望》〔註4〕一文中將我國學者自 1909 年至今利用敦煌文獻研究歷史的歷程分為三個階段，即 1909 年至 1949 年新中國成立前為第一階段，1949 年新中國成立後至 1976 年「文革」結束為第二階段，「文革」後至今為第三階段。敦煌寫卷《老子》的研究狀況亦可以此為標準來劃分。

一、第一階段（1909～1949）

這一階段主要表現為對敦煌寫卷《老子》的收集、整理與公佈，並開始進行初步研究。

（一）編目方面

羅福萇先生在《倫敦博物館敦煌書目》〔註5〕中提及敦煌寫卷《老子》7 件，

〔註2〕《敦煌吐魯番研究》第七卷，北京，中華書局，2004 年，第 199～222 頁。

〔註3〕朱大星，《敦煌本〈老子〉研究》，北京，中華書局，2007 年，第 5～30 頁。

〔註4〕郝春文，「敦煌文獻與歷史研究的回顧和展望」，《歷史研究》，1998 年第 1 期。

〔註5〕羅福萇，「倫敦博物館敦煌書目」，《國學季刊》，1923 年第 1 卷第 1 號。

但無題解及編號。此外，他翻譯了伯希和著《巴黎圖書館敦煌書目》〔註6〕，其中提到 P.2247、P.2375、P.2417、P.2420、P.2421、P.2435、P.2517、P.2596、P.2599、P.2735、P.2864、P.3277，共 12 件敦煌寫卷《老子》。向達《倫敦所藏敦煌卷子經眼目錄》〔註7〕中收錄英藏敦煌寫卷《老子》11 件，即 S.0075、S.0189、S.0477、S.0792、S.0798、S.2060、S.2267、S.3926、S.4430、S.6453、S.6825V，並在每件後注明行數。袁同禮《國立北平圖書館現藏海外敦煌遺籍照片總目》〔註8〕對英、法藏敦煌文獻進行分類記錄，在「道家」一類中記錄敦煌寫卷《老子》9 件，其中英藏 5 件，分別爲 S.477、S.2060、S.3926、S.4430、S.6825V，法藏 4 件，分別爲 P.2594、P.2864、P.3237、P.3277。有簡單題解。陳國符《敦煌卷子中之道藏佚書》〔註9〕對敦煌寫卷中所存《道藏》佚書進行了整理，是首次全面收錄北京、倫敦、巴黎三地道書的目錄。

（二）整理與異文比較方面

在早期研究敦煌寫卷《老子》的學者中，羅振玉先生不僅是第一位而且也是研究成果最突出者。他對敦煌寫卷《老子》的整理與研究作出了很大貢獻，成果全部收錄在《羅雪堂先生全集》〔註10〕初編、續編及三編至七編中，在《貞松堂藏西陲秘籍叢殘》中收有《老子殘卷六種》〔註11〕，即散 667、散 668、敦煌丙本、敦煌丁本、敦煌己本、敦煌壬本及《老子義殘卷一種》。羅先生對敦煌寫卷《老子》進行異文比較的成果主要爲《道德經考異》〔註12〕，共收錄 14 種

〔註6〕伯希和著，《巴黎圖書館敦煌書目》，羅福萇譯，《國學季刊》，1923 年第 1 卷第 4 號、1932 年第 3 卷第 4 號。

〔註7〕向達，「倫敦所藏敦煌卷子經眼目錄」，《圖書季刊》，1939 年新 1 卷第 4 期。

〔註8〕袁同禮，「國立北平圖書館現藏海外敦煌遺籍照片總目」，《圖書季刊》，1940 年新 2 卷第 4 期。

〔註9〕陳國符，「敦煌卷子中之道藏佚書」，《道藏源流考》（上冊），北京，中華書局，1963 年，第 204～227 頁。

〔註10〕《羅雪堂先生全集》，臺北，大通書局有限公司，1986 年。

〔註11〕羅振玉「老子殘卷六種」，《羅雪堂先生全集》三編（八），臺北，大通書局有限公司，1986 年，第 3165～3194 頁。

〔註12〕羅振玉，「道德經考異」，《羅雪堂先生全集》初編（三），臺北，大通書局有限公司，1986 年，第 1025～1070 頁。

不同寫卷《老子》，其中唐石刻本 4 種，即景龍本、御注本、廣明本與景福本，10 種敦煌寫卷編號爲甲、乙、丙、丁、戊、己、庚、辛、壬、癸（亦稱「英倫本」），與《老子殘卷六種》、《法藏敦煌西域文獻》相對照可知，甲即散 667，乙即散 668，丙即敦煌丙本，丁即敦煌丁本，戊即《老子義殘卷一種》，己即敦煌己本，辛即 P.2517，壬即敦煌壬本，庚與癸無相對應者〔註13〕。在此文中，羅先生以王弼本《老子》爲底本，以上面 14 種《老子》爲參校本進行比較，異文分別指出，不作進一步考證。如《道經》第二章：「行不言之教萬物作焉」。《道德經考異》：「景龍、御注、景福三本均無『焉』字」。在《道德經考異》後緊接有《老子考異補遺》一卷，又增加新發現之「北 8446（昃 041）」進行異文比較。羅先生在比勘敦煌寫卷《老子》與傳世本方面，做出了開創性的工作。

　　唐文播《巴黎所藏敦煌老子寫卷校記》〔註14〕收錄巴黎藏敦煌寫卷《老子》13 件，即 P.2329、P.2347、P.2370、P.2375、P.2417、P.2420、P.2435、P.2517、P.2584、P.2594、P.2599、P.2639、P.2823。並以 P.2417、P.2584 爲底本，與其他 11 件進行比較，異文分別指出，不作進一步考證。如《道經》第九章：「金玉滿堂莫之能守」。《巴黎所藏敦煌老子寫卷校記》：「『室』2329 卷作『堂』。」

（三）綜合研究方面

　　在三四十年代，除《巴黎所藏敦煌老子寫卷校記》外，唐文播還發表了一系列關於巴黎所藏敦煌寫卷《老子》的論文，如《敦煌老子寫卷「係師定河上眞人章句」考》〔註15〕、《敦煌老子卷子之時代背景》〔註16〕、《巴黎所藏敦煌老子寫本綜考》〔註17〕、《敦煌老子寫卷紙質款式字體綜述》〔註18〕、《巴

〔註13〕目前國內見不到庚本，僅見於《道德經考異》卷前目錄內，鄭良樹《敦煌老子寫本考異》稱癸本「疑爲 S.792」。但經查證，羅振玉《道德經考異》、高明《帛書老子校注》皆稱此件存《道德經》第十章至第三十七章，而 S.792 存第八章至第三十七章。

〔註14〕唐文播，「巴黎所藏敦煌老子寫卷校記」，《中國文化研究彙刊》，1930 年第 5 期。

〔註15〕唐文播，「敦煌老子寫卷『係師定河上眞人章句』考」，《中國文化研究彙刊》，1930 年第 6 期。

〔註16〕唐文播，「敦煌老子卷子之時代背景」，《東方雜誌》，1943 年第 8 期。

〔註17〕唐文播，「巴黎所藏敦煌老子寫本綜考」，《中國文化研究彙刊》，1944 年第 4 期。

黎所藏敦煌老子二四一七卷考證》〔註19〕、《巴黎所藏〈老子〉寫經卷敘錄》〔註20〕，以上幾篇文章對巴黎所藏敦煌寫卷《老子》從紙質、款式、字體、個別寫卷的抄寫年代等不同方面進行探討。此外，馬敘倫《〈老子道德經義疏〉殘卷》〔註21〕對 P.2517，即《老子道德經義疏》之作者及抄寫年代進行考證，認為此件為成玄英寫本，抄寫於唐高宗時。

在這一階段中，由於敦煌寫卷《老子》是國內學者最早獲知的敦煌文獻中的一種，因此研究工作起步較早；但同時由於敦煌寫卷《老子》的絕大部分發現後便被掠到國外，當時國內學者只能對極少量伯希和贈送、羅振玉先生公佈的照片進行初步整理，研究尚不深入。

二、第二階段（1949～1976）

進入 50 年代，以傳統文獻學的方法整理研究敦煌寫卷《老子》的工作仍在繼續。但此時我國學者利用敦煌文獻的條件開始得到改善。「北京圖書館於 1957 年通過交換，得到了英國博物館收藏的敦煌漢文文獻 S.6980 號以前部分的縮微膠片，臺灣史語所也於次年購得相同內容的編印本（用縮微膠片沖印成冊）。海峽兩岸的中國學者終於可在國內查閱英藏敦煌漢文文獻的主體部分了。」〔註22〕

（一）編目方面

日本學者大淵忍爾《敦煌道經目錄》著錄有關敦煌寫卷《老子》數十種，分無注本、河上公注本、想爾注本、成玄英義疏本、李榮注本、明皇注疏本、注家未詳本、序訣及序訣疏諸項，每件都著錄了紙色、長寬、行數、尾題以及

〔註18〕唐文播，「敦煌老子寫卷紙質款式字體綜述」，《學術與建設》，1945 年第 1 期。

〔註19〕唐文播，「巴黎所藏敦煌老子二四一七卷考證」，《東方雜誌》，1946 年第 1 期。

〔註20〕唐文播，「巴黎所藏《老子》寫經卷敘錄」，《凱旋》，1947 年第 11 期～1948 年第 3 期。

〔註21〕馬敘倫，「《老子道德經義疏》殘卷」，《讀書續記》卷二，北京，北京市中國書店，1986 年，第 28～29 頁。

〔註22〕郝春文，「敦煌文獻與歷史研究的回顧和展望」，《歷史研究》，1998 年第 1 期。

與《道藏》本的對應情況等，是這一階段敦煌寫卷《老子》寫本著錄較爲完善的一個目錄。此外，王重民、劉銘恕編纂的《敦煌遺書總目索引》〔註23〕收錄北圖藏、英藏、法藏和散藏的共兩萬多件敦煌文獻，其中收錄敦煌寫卷《老子》30多件。爲國內外學者瞭解、調查、利用敦煌文獻提供了極大方便。

（二）整理與校勘方面

王重民先生在《敦煌古籍敘錄》卷四中，對前人有關以下13件敦煌寫卷《老子》，即 S.0477、S.3926、S.6825V、P.2639、P.2517、P.2594、P.2864、P.3237、P.2577、P.3277、P.3592、P.2823、《老子義殘卷一種》的前人有關研究成果進行介紹、評述，並將 P.2639 河上公注《老子道德經》與《道藏》「知」字號本進行校勘〔註24〕。陳祚龍《敦煌道經後記彙錄》對37件敦煌道經後記進行整理、校勘，其中包括 S.6453、P.2347、P.2350、P.2417、P.2584、P.2735、P.3725 共7件敦煌寫卷《老子》的後記〔註25〕。

（三）綜合研究方面

饒宗頤《敦煌六朝寫本張天師道陵著老子想爾注校箋》第一次影印、校釋了 S.6825V《老子道經想爾注》，發現了反映道教原始思想的重要資料，認爲 S.6825V 爲張道陵著，並對東漢時期道家思想等進行了探討〔註26〕。之後，饒先生又陸續發表了《想爾九戒與三合義》〔註27〕、《老子想爾注續論》〔註28〕、《四論想爾注》〔註29〕。陳世驤發表《「想爾」老子道經敦煌殘卷論證》〔註30〕，

〔註23〕王重民，劉銘恕，《敦煌遺書總目索引》，北京，商務印書館，1962年。

〔註24〕王重民，《敦煌古籍敘錄》，北京，商務印書館，1958年，第229～246頁。

〔註25〕陳祚龍，「敦煌道經後記彙錄」，《大陸雜誌》，1962年第25卷第10期。

〔註26〕饒宗頤，《敦煌六朝寫本張天師道陵著老子想爾注校箋》，新竹，東南書局，1956年。

〔註27〕饒宗頤，「想爾九戒與三合義」，《清華學報》，1964年新4卷2期。

〔註28〕饒宗頤，「老子想爾注續論」，《老子想爾注校證》，上海，上海古籍出版社，1991年，第115～133頁。

〔註29〕饒宗頤，「四論想爾注」，《老子想爾注校證》，上海，上海古籍出版社，1991年，第135～146頁。

〔註30〕陳世驤，「『想爾』老子道經敦煌殘卷論證」，《清華學報》，1957年新1卷2期。

認爲「想爾注」爲張魯所作，是道教初期教徒學習的一種重要材料；嚴靈峰發表《老子想爾注校箋與五千文的來源》〔註31〕、《再論老子的想爾注與五千文》〔註32〕、《老子想爾注寫本殘卷質疑》〔註33〕，圍繞《想爾注》的作者及時代問題，與饒宗頤等人展開討論。

　　由於眾所周知的原因，本階段中國大陸關於敦煌寫卷《老子》研究的論著不多。但此時港臺、日本的學者開始加入敦煌寫卷《老子》的研究隊伍，推動了敦煌寫卷《老子》的研究工作。

三、第三階段（1976～）

　　80 年代以後，「學術界利用敦煌文獻的條件得到進一步改善。70 年代末，巴黎國立圖書館將所藏全部敦煌文獻製成縮微膠卷發行。北京圖書館所藏敦煌文獻主體部分的縮微膠卷也開始在國內發行。」「進入 90 年代，採用先進技術重拍、精印的敦煌文獻圖版本陸續推出。」〔註34〕敦煌學在中國獲得了長足的發展，進入了全面繁盛時期。與此潮流一致，這一時期敦煌寫卷《老子》研究也取得了重大進步，重要論文和專著不斷湧現，研究工作進一步深入。

（一）編目方面

　　這一時期敦煌文獻的整理、編目進入了嶄新時期，大量寫卷公佈於世，直接推動了敦煌寫卷《老子》研究的發展。較重要的有日本學者大淵忍爾於 1978年、1979 年編著的《敦煌道經目錄編》、《敦煌道經圖錄編》，前者共著錄 496件道經抄本，考訂經名並對每件寫卷的篇幅、紙質、行款、抄寫年代等進行介紹。不僅搜集資料較爲完備，而且創立了較完善的著錄體例；後者公佈了全部敦煌道經（重複抄本除外）的影寫圖版。

　　此外，施萍婷主撰稿、邰惠莉助編的《敦煌遺書總目索引新編》〔註35〕，在

〔註31〕嚴靈峰，「老子想爾注校箋與五千文的來源」，《民主評論》，1964 年 15 卷 16期。

〔註32〕嚴靈峰，「再論老子的想爾注與五千文」，《民主評論》，1965 年 16 卷 3 期。

〔註33〕嚴靈峰，「老子想爾注寫本殘卷質疑」，《大陸雜誌》，1965 年 31 卷 6 期。

〔註34〕郝春文，「敦煌文獻與歷史研究的回顧和展望」，《歷史研究》，1998 年第 1 期。

〔註35〕施萍婷主撰稿，邰惠莉助編，《敦煌遺書總目索引新編》，北京，中華書局，2000 年。

《敦煌遺書總目索引》的基礎上，對英、法、北京圖書館藏敦煌文獻重新進行整理，大致從名稱、題記、本文與說明四個方面對每一件進行著錄，其中收錄敦煌寫卷《老子》48 件。同時有關敦煌寫卷研究的論著目錄在此期間也陸續出版，如《敦煌遺書最新目錄》〔註36〕、《敦煌學研究論著目錄》〔註37〕、《1900～2001 國家圖書館藏敦煌遺書研究論著目錄索引》〔註38〕等。以上索引和目錄，大大推進了敦煌寫卷《老子》的研究工作。

（二）整理與校勘方面

本階段在敦煌寫卷《老子》的整理與校勘方面，成果較多。

姜亮夫《巴黎所藏敦煌寫本道德經殘卷綜合研究》〔註39〕對 P.2329、P.2347、P.2370、P.2375、P.2407、P.2420、P.2421、P.2435、P.2517、P.2577、P.2584、P.2594、P.2599、P.2639、P.2735、P.2823 分別從內容、字體、書寫款式等方面進行介紹，並以 P.2517、P.2584 爲底本，與其他 14 件進行校勘；同時分析《老子道德經》傳本、老學主要派別的消長演變，並將敦煌寫卷、河上公本與王弼本作詳細排比校對，異文和刪改之處分別列出。

鄭良樹《敦煌老子寫本考異》〔註40〕，首先對前人關於敦煌寫卷《老子》研究的主要成果進行整理、介紹；其次以唐文播《巴黎所藏敦煌老子寫卷校記》爲基礎，吸收羅振玉《道德經考異》之校文，比勘帛書《老子》及其前學者未校勘之敦煌寫卷《老子》13 件，即 S.0189、S.0602、S.0783、S.0792、S.0798、S.2060、S.2267、S.4365、S.4430、S.4681、S.5887、S.5920、P.3725 進行校勘。如：「無名天地始，有名萬物母」。《敦煌老子寫本考異》：「《巴黎所藏敦煌老子寫卷校記》：河上本『天地』、『萬物』下並有『之』字，羅振玉曰：敦煌本

〔註36〕黃永武主編，《敦煌遺書最新目錄》，臺北，新文豐出版公司，1986 年。

〔註37〕鄭阿財，朱鳳玉主編，《敦煌學研究論著目錄》，臺北，漢學研究中心，2000 年。

〔註38〕申國美，《1900～2001 國家圖書館藏敦煌遺書研究論著目錄索引》，北京，北京圖書館出版社，2001 年。

〔註39〕姜亮夫，「巴黎所藏敦煌寫本道德經殘卷綜合研究」，《雲南社會科學》，1981 年第 2 期、第 3 期。

〔註40〕鄭良樹，「敦煌老子寫本考異」，《中國敦煌學百年文庫》宗教卷（三），蘭州，甘肅文化出版社，1999 年。

無『之』字。案：羅氏所云敦煌本，乃散 667。」

朱謙之《老子校釋》〔註41〕，作者以唐景龍二年《易州龍興觀道德經碑》為底本，採用 15 件敦煌寫卷《老子》，即 P.2329、P.2347、P.2417、P.2517、P.2599、北 8446（昃 041）、羅振玉《老子殘卷》六種、敦煌庚本及武內敦乙本，並校以遂州碑本、舊抄《卷子》本、唐玄宗《御注》本、嚴遵本、河上本、王弼本、傅奕本、范應元本。作者先比較各本的異同，再旁徵博引，引述各家觀點，考證非常詳盡。

程南洲《倫敦所藏敦煌老子寫本殘卷研究》〔註42〕，以王弼《老子道德經注》為底本，以原中央研究院史語所收藏敦煌寫卷《老子》副本 15 件，即 S.0189（英倫戊）、S.0477（英倫庚）、S.0602（英倫卯）、S.0783（英倫丙）、S.0792（英倫丁）、S.0798（英倫甲）、S.2060（英倫己）、S.2267（英倫乙）、S.3926（英倫辛）、S.4365、S.4430、S.4681、S.5920、S.6453（英倫辰）、S.6825V 以及唐景龍二年《易州龍興觀道德經碑》、唐玄宗開元二十六年《易州龍興觀御注道德經幢》等為參校本對《老子》第四至八十一章進行校對考證。

饒宗頤《老子想爾注校證》〔註43〕一書，對 S.6825V 作詳細校釋，將經文和注文分別錄出，依河上公本次第，分注章數，並探討了抄寫時代及相關問題。

黃海德《倫敦不列顛博物院藏敦煌 S.二〇六〇寫卷研究》〔註44〕將 S.2060 寫卷與《道藏》中強思齊《道德真經玄德纂疏》、李霖《道德真經取善集》以及題名為顧歡的《道德真經注疏》三書引用的李榮注文互相校勘，認為寫卷 S.2060 的抄寫者為敦煌道士，抄寫年代應在唐肅宗和唐代宗之際，並肯定了該卷的價值。

高明《帛書老子校注》〔註45〕，作者以帛書《老子》為底本，王弼本為主

〔註41〕朱謙之，《老子校釋》，北京，中華書局，1984 年。

〔註42〕程南洲，《倫敦所藏敦煌老子寫本殘卷研究》，臺北，文津出版社，1985 年。

〔註43〕饒宗頤，《老子想爾注校證》，上海，上海古籍出版社，1991 年。

〔註44〕黃海德，「倫敦不列顛博物院藏敦煌 S.二〇六〇寫卷研究」，《四川師範大學學報（社科版）》，1992 年第 3 期。

〔註45〕高明，《帛書老子校注》，北京，中華書局，1996 年。

校本，採用 10 件敦煌寫卷《老子》，即《老子殘卷六種》、敦煌庚本、敦煌辛本和敦煌英本（即羅振玉先生所稱「英倫本」），並校以道觀碑本、歷代刊本計 33 種作爲參校本。其校注方式與朱謙之《老子校釋》相似。

郝春文《英藏敦煌社會歷史文獻釋錄》一至三卷〔註46〕，作者在第一卷中，以朱謙之《老子校釋》、陳鼓應《老子注譯及評價》爲參校本對 S.0189 進行校釋、校勘；在第二卷中，以王卡《老子道德經河上公章句》爲參校本對 S.0477 進行校釋、校勘；在第三卷中，以 S.0189 爲參校本對 S.0602 進行校釋、校勘，並對 S.0602 原勘定名稱《道經卅七章》加以糾正，重新定名爲《德經》。

（三）綜合研究方面

鄭良樹《敦煌老子寫卷探微》〔註47〕中對 60 件敦煌寫卷《老子》從內容上進行分類，並考察了 38 件敦煌寫卷《老子》中一部分與帛書本、嚴遵指歸本的關係。李斌城在《敦煌寫本唐玄宗〈道德經〉注疏殘卷研究》〔註48〕、《讀〈唐玄宗《道德經》注諸問題〉》〔註49〕兩篇文章中對「唐玄宗《道德經》注」的完成時間、標準本等問題進行探討。朱大星《論河上公〈老子〉在敦煌的流傳》〔註50〕探討了河上公本在敦煌寫卷《老子》中保存數量最多及其在敦煌地區廣爲流傳的原因。

王卡《敦煌道教文獻研究》〔註51〕，在吸收前人研究成果的基礎上，從綜述、目錄、索引三方面對目前國內外所能見到的敦煌道教文獻進行搜集整理與研究。是目前收錄敦煌道教文獻最全的一本書。其中對敦煌寫卷《老子》從內容上進行分類、綴合與介紹。

〔註46〕郝春文《英藏敦煌社會歷史文獻釋錄》（一至三卷），北京，科學出版社，2001年、2003年。

〔註47〕鄭良樹，「敦煌老子寫卷探微」，《老子論集》，臺北，世界書局，1983年，第123～141頁。

〔註48〕李斌城，「敦煌寫本唐玄宗《道德經》注疏殘卷研究」，《世界宗教研究》，1987年第1期。

〔註49〕李斌城，「讀《唐玄宗〈道德經〉注諸問題》」，《世界宗教研究》，1989年第4期。

〔註50〕朱大星，「論河上公《老子》在敦煌的流傳」，《道教論壇》，2004年第4期。

〔註51〕王卡，《敦煌道教文獻研究》，北京，中國社會科學出版社，2004年。

朱大星《敦煌本〈老子〉研究》〔註 52〕，以敦煌藏經洞所發現的《老子》漢文寫卷白文本和注疏本爲研究對象，闡述了敦煌本《老子》的文本特徵、傳本系統、注疏、流傳及成書情況。

嚴燕汝碩士學位論文《敦煌本〈老子〉俗字研究》〔註 53〕，參考黃徵先生的分類方法，對敦煌本《老子》「俗字」進行了分類，並介紹了其產生、流行的原因。

本階段敦煌寫卷《老子》的研究成果數量比前兩個階段明顯增多，成果質量也大爲提高。尤其是在校勘方面，更注重多角度、旁徵博引地考證，研究更爲深入、細緻。

第三節　本書主要內容

本書主要包括以下四個方面的內容：

一、敦煌寫卷《老子》版本整理

自從敦煌寫卷《老子》公佈以來，前賢在其版本整理與綴合方面做出了很大的努力，但由於各種原因，尚存在不完善之處。進入 21 世紀以來，隨著國內外敦煌寫卷的不斷公佈，我們所能見到的敦煌寫卷《老子》亦愈來愈來。因此，對散落異地的各卷進行綴合，不僅是必要的，同時也是研究敦煌寫卷《老子》不可或缺的重要環節。故本書對目前國內外已公佈的 78 件敦煌寫卷《老子》版本進行了全面整理，並對分散異處的各寫卷進行了綴合。

二、敦煌寫卷《老子》異文研究

本書以法藏敦煌寫卷《老子》P.2329 第一章至第九章、S.6453 第十章至第八十一章經文爲底本，與其他 76 件敦煌寫卷、馬王堆帛書《老子》甲本、馬王堆帛書《老子》乙本、郭店楚簡《老子》甲本、郭店楚簡《老子》乙本、郭店楚簡《老子》丙本、唐景龍二年《易州龍興觀道德經碑》、王弼本《老子》及河上公本《老子》經文進行比較，異文分別錄出。同時對敦煌寫卷《老子》異文

〔註52〕朱大星，敦煌《老子》研究，北京，中華書局，2007 年。

〔註53〕嚴燕汝碩士學位論文，《敦煌本〈老子〉俗字研究》，中國知網，中國優秀博碩士學位論文全文數據庫，2012 年。

用字進行分析。

三、敦煌寫卷《老子》用字分析

　　78 件敦煌寫卷《老子》經文約 54236 字，在總共 5 萬多字的敦煌寫卷《老子》經文字樣中，除去不清晰、殘缺字體外，我們共得到不重複字樣 1689 個。從中歸納出 981 個字樣主用體（包括異構字），字樣變體 708 個，字樣主用體和變體的比例是 1：0.72。

　　在 981 個字樣主用體中，有 616 個字樣主用體沒有變體。在 365 個有變體的字樣中，字樣變體與主用體的數量具體分佈爲：有 10 個變體的字樣主用體共 1 個；有 9 個變體的字樣主用體共 3 個；有 8 個變體的字樣主用體共 1 個；有 7 個變體的字樣主用體共 2 個；有 6 個變體的字樣主用體共 3 個；有 5 個變體的字樣主用體共 15 個；有 4 個變體的字樣主用體共 15 個；有 3 個變體的字樣主用體共 37 個；有 2 個變體的字樣主用體共 93 個；有 1 個變體的字樣主用體共 195 個。可以看出，變體的分佈是比較集中的。有 6 個或 6 個以上字樣變體的字樣主用體僅 10 個，約占 365 個有變體的字樣的 2.74%；有 1 個變體的字樣有 195 個，約占 365 個有變體的字樣的 53.43%；而變體在 2～5 個之間的字樣主用體共 160 個，約占 365 個有變體的字樣的 43.84%。

四、敦煌寫卷《老子》異形字與同形字分析

　　本書對敦煌寫卷中異形字與同形字進行了分類與分析。通過分析發現，敦煌寫卷《老子》中的許多異形字與同形字並非抄寫者任意爲之，而是有一定歷史傳承的。

　　在傳承的同時，漢字形體也在一定程度上得到了簡化。一些形體簡單的字形不可抗拒地發展成爲社會主要用字。如在敦煌寫卷《老子》中，「來」全部寫作「来」，無一例寫作「來」；「彌」全部寫作「弥」，無一例寫作「彌」，等等。一些構件的簡省、疊筆、混同等現象，都在一定程度上反映了漢字的簡化趨勢。

第二章　敦煌寫卷《老子》版本整理與研究

第一節　敦煌寫卷《老子》著錄情況

　　敦煌寫卷《老子》自公佈以來，對其進行整理與研究者很多，並取得了很大的成績，如在著錄方面，大淵忍爾的《敦煌道經目錄編》以其完備的體例在學界廣受讚譽，但因該書出版距今已 30 多年，後來公佈的敦煌寫卷《老子》未能著錄；王卡《敦煌道教文獻研究》中「目錄篇」在《敦煌道經目錄編》的基礎上，增加了新的敦煌寫卷《老子》，但對《敦煌道經目錄編》已有的寫卷在著錄上多因襲，因而其中的錯誤未能發現；朱大星《敦煌本〈老子〉研究》在以上兩書的基礎上，對敦煌寫卷《老子》的著錄更爲詳細，但其中仍存在一些不盡如人意之處，我們仍有必要對目前所能見到的敦煌寫卷《老子》的著錄情況進行介紹，力求進一步完善。

　　迄今爲止，在國內所能見到的海內外已公佈的敦煌寫卷計 55742 號（含重號），包括《英藏敦煌文獻（漢文非佛經部分）》13650 號、《法藏敦煌西域文獻》6038 號、《俄藏敦煌文獻》19092 號、《北京圖書館藏敦煌文獻》14005 號、《甘肅藏敦煌文獻》696 號、《天津市藝術博物館藏敦煌文獻》335 號、《北京大學圖書館藏敦煌文獻》246 號、《浙藏敦煌文獻》201 號、《上海圖書館藏敦煌吐魯番文獻》187 號、《上海博物館藏敦煌吐魯番文獻》80 號、《國立中央圖書館藏敦

煌卷子》144 號、《斯坦因第三次中亞考古所獲漢文文獻（非佛經部分）》1946
號、《中國國家圖書館藏敦煌遺書》（尚未出齊）。

在以上 55742 號敦煌文獻中，包含敦煌寫卷《老子》經文者 78 件，原件
基本上爲英、法所藏，國內與俄國、日本僅存一小部分，皆不完整。其中，僅
含《老子》經文者 48 件，《老子》經文和注疏（或序訣〔註1〕）皆存者 30 件。
前輩研究者勘定國外所藏部分的名稱有《老子道德經》、《老子道德經上下卷》、
《老子道經上卷》、《老子德經》、《老子道經河上公章句》、《唐玄宗御製道德眞
經疏》、《老子道德經義疏卷第五》、《老子道德眞經疏》、《道德經顧歡注》、《老
子道德經李榮注》、《李榮注老子道德經》等；國內所藏寫卷勘定的名稱有：散
0667、散 0668A、散 0668B、散 0668C、散 0668D、散 0668E、散 0668F、BD0941、
BD14633、BD14677 等。目前所能見到的敦煌寫卷《老子》基本來自《英藏敦
煌文獻（漢文非佛經部分）》、《法藏敦煌西域文獻》、《俄藏敦煌文獻》、國內及
日本所藏部分。現分別以所藏之處爲範圍敘述如下：

一、《英藏敦煌文獻（漢文非佛經部分）》著錄情況

《英藏敦煌文獻（漢文非佛經部分）》（以下簡稱《英藏》）爲英國人斯坦
因（Aurel Stein）於 1907 年、1913 年來華所掠，現藏於倫敦的英國國家圖書
館。其中包含《老子》經文者 17 件，編號〔註2〕分別爲：S.189、S.477、S.602、
S.783、S.792、S.798、S.2060、S.2267、S.3926、S.4365、S.4430、S.4681V、
S.5920、S.6228V、S.6453、S.6825V、S.13248。具體情況爲：

（1）S.189《道德經第三十八章至第八十一章》

尾題《老子道德經》，《英藏》據此定名。存經文 180 行、2664 字，起第
三十八章末「居其實」之「實」字，止第八十一章末，章末不注記字數。中
間無殘缺字。第五十七、五十八、五十九三章連書。大淵忍爾指出：「筆迹似
P.2584，存經文 179 行。」〔註3〕而經查證，實存經文 180 行。雖然此寫卷筆迹

〔註 1〕 序訣，指《道德經序訣》（或稱《五千文序》），非老子著。爲三國時東吳道士
　　　　葛玄撰，後人所加，故序訣部分不在本書討論範圍之內。

〔註 2〕 本書採用《英藏》編號。

〔註 3〕 〔日〕大淵忍爾，《敦煌道經目錄編》，東京，福武書店，1978 年，第 194 頁。

與 P.2584 相似，但通過比較發現，二者亦存在許多寫法不同之字，如，老，P.2584 作「老」，S.189 作「耂」；亂，P.2584 作「亂」，S.189 作「乱」；樸，P.2584 作「樸」，S.189 作「朴」；剛，P.2584 作「剄」，S.189 作「剛」，等等。此外，根據尾題來看，S.189 作《老子道德經》，P.2584 作《老子道經　上　道士索洞玄經》。兩卷尾題不一致，若屬同卷，則據 P.2584 尾題，S.189 尾題應爲《老子道經下　道士索洞玄經》，或據 S.189，P.2584 尾題亦應爲《老子道德經》。因此若定二者屬同卷，尚缺乏足夠的證據。此件除「㦚」作「㦚」、「棄」作「棄」外，「民」、「治」皆字不缺筆。抄寫年代未詳。

（2）S.477《道德經河上公章句第三章至第二十章》

第十六章後題《老子道經　河上公章句第二品》。《英藏》定名爲《老子道經卷上（河上公章句）》。首 17 行下半部分殘缺。經注連書，均爲單行大字，中間約空一字格以示區分。存經注文 247 行，3805 字（經文 902 字、注文 2903 字），起第三章「弱其志」句注「知柔謙讓」之「讓」字，止第二十章經文「如春登臺」。經注文字體大小不別，二者之間約空一字格以示區別。每章開始另起一行書寫。開始部分至第十八章爲一人書寫，從第十九章至卷末，字體與前文明顯不同，書寫較前面潦草，爲另一人抄寫。第十章首句「載營魄抱一」之「一」作「壹」，與其他卷皆不同。「淵」、「民」、「治」、「棄」皆不缺筆。王重民先生指出：「兩卷〔註4〕非同一寫本，均不避唐諱。疑唐室以老子爲祖，不避者出於道徒之手，諱避本則學子所誦習也。故此二卷，不能謂非唐代寫本。」〔註5〕

（3）S.602《道德經第七十八章至第八十一章》

卷末題記：「道經卅七章二千一百八十四字」。《英藏》據此定名爲《道經卅七章》。郝春文先生指出：「《英藏敦煌文獻》編者以末行之『道經卅七章』爲題，與所存內容不符。」〔註6〕並重新定名爲《德經》。存經文 14 行、198 字，起第七十八章「莫能行」之「行」字，止第八十一章末。每章末以雙行小字注記該章字數。字體工整。此外，第七十九章「執左契」之「左」、「天

〔註4〕指 S.477 與 S.3926。

〔註5〕王重民，《敦煌古籍敍錄》，北京，商務印書館，1958 年，第 233 頁。

〔註6〕郝春文，《英藏敦煌社會歷史文獻釋錄》第三卷，北京，社會科學出版社，2003年，第 256 頁。

道無親」之「親」下各有一稍粗長斜線，且此件左右兩側各有 3 個黑圓點「●」，不知何意。「民」不缺筆，抄寫年代未詳。

（4）S.783《道德經第二十九章至第三十七章》

卷中無題名，《英藏》定名爲《老子道德經》。存經文 35 行、534 字，起第二十九章「將欲取天下」，止第三十七章「不欲以靜天下」。中間無殘缺。每章開始另起一行書寫，第三十六章與第三十七章連書。「淵」、「民」不缺筆。大淵忍爾以爲 7 世紀抄本〔註7〕。

（5）S.792《道德經第八章至第三十七章》

卷中無題名，《英藏》定名爲《老子道德經》。存經文 122 行、1852 字，起第八章「故幾於道」之「幾」字，止第三十七章「不欲以靜天下」。首 3 行有殘缺，其餘部分完整。第十二、十三、二十七、二十八章四章中均出現換行書寫現象。第二十一、二十二章連書，第二十三章至第二十七章連書，第十章上部有四個亂寫之「乃」字。此卷似爲三人抄寫，第八章至第十四章與第二十六章「〔雖有榮〕觀，燕處超然」至第二十七章「不善人〔善人之資〕」爲一人筆迹；第十五章至第二十六章「雖有榮〔觀〕」爲另一人筆迹；第二十七章「〔不善人〕善人之資」至卷末爲第三人筆迹。每個人在用字方面亦有差別。第三十六章「魚不可脫於淵」之「魚」作「潒」，與其他卷皆不同。朱大星指出「棄」字缺筆，「治」、「昬」如字〔註8〕。而經查證，「治」、「棄」皆不缺筆，「民」缺末筆作「尸」。此卷應抄寫於唐太宗之後。

（6）S.798《道德經第四章至第三十七章》

尾題《老子道經上卷》，《英藏》據此定名。存經文 126 行、1900 字，起第四章「解其忿」，止第三十七章末。其中第十六章至第二十章中間殘缺，書寫工整。章末以雙行小字注記該章字數，但第十一、十四、三十一章注記字數錯誤，第十一章實爲 47 字，而記作「卅六字」；第十四章實爲 91 字，而記作「九十字」；第三十一章實爲 114 字，而記作「一百二十四字」。「淵」、「民」、「棄」、「昬」、「治」字皆不缺筆。抄寫年代未詳。

〔註7〕〔日〕大淵忍爾，《敦煌道經目錄編》，東京，福武書店，1978 年，第 194 頁。
〔註8〕朱大星，《敦煌本〈老子〉研究》，北京，中華書局，2007 年，第 58 頁。

（7）S.2060《道德經李榮注第五十三章至第六十一章》

卷中無題名。《英藏》定名爲《老子李榮注》。經文單行大字，注文緊接經文之後，雙行小字。存經注 75 行、2614 字（經 539 字、注 2075 字），起第五十三章「大道甚夷，其人好徑」句注「理國者多履其難」之「其」字，止第六十一章經文「小以下大國，則聚大國」之「聚」字，「小」後脫一「國」字。書寫工整，「國」作「國」或「囯」，「民」皆作「人」，「治」或作「理」。

（8）S.2267《道德經第二十八章至第五十七章》

卷中第三十七章後一行題「道經上」，第三十八章前一行題「老子德經下」。《英藏》定名爲《老子道德經上下卷》。存經文 122 行、1750 字。起第二十八章「復歸於無極」之「無」字，止第五十七章「我無欲民自樸」之「無」字，其後經文「欲」字只剩右邊構件「欠」。每章末以雙行小字注記該章字數，其中第三十二、三十三、三十七、四十二、四十三、四十六、四十八、五十一章字數注記錯誤，如第三十二章實爲 65 字，而記作「六十六字」，第三十三章實爲 36 字，而記作「卅六字」，第三十七章實爲 46 字，而記作「卅七字」。第四十五章末有不同於經文筆迹的四個小字「清（？）善根力」。大淵忍爾認爲：「紙質筆迹近似 P.2329，疑係同一抄本。」〔註9〕王卡亦指出：「按以上三件〔註10〕紙張筆迹相同，背書佛經亦同，原當係同一抄本。但文字不連續。」〔註11〕雖然 S.2267 與 P.2329 筆迹較爲相似，但在用字上存在明顯不同，如「樸」字，S.2267 作「朴」，P.2329 作「樸」；孰，S.2267 作「敦」，P.2329 作「孰」；強，S.2267 作「彊」，P.2329 作「強」；復，S.2267 作「復」，P.2329 作「復」。同時 P.2329 出自兩人手筆，第一章至第六章爲一人筆迹，第 7 章至卷末爲另一人筆迹，且此部分章末注記字數除第二十章因字數太多爲雙行外，其餘均爲單行小字，而 S.2267 均用雙行小字注記字數。大淵忍爾與王卡說法不確。不避唐諱，抄寫年代未詳。

（9）S.3926《道德經河上公章句第三十九章至第八十一章》

卷中第五十九章後一行題「老子德經下 河上公章句第四」，卷末題「老子

〔註9〕　〔日〕大淵忍爾，《敦煌道經目錄編》，東京，福武書店，1978 年，第 192 頁。

〔註10〕　指 S.602、S.2267、P.2329。

〔註11〕　王卡，《敦煌道教文獻研究》，北京，中國社會科學出版社，2004 年，第 165 頁。

德經下 河上公章句」。《英藏》定名爲《老子道德經河上公注》。經注連書，注文緊接經文之後，二者之間約空一字格以示區別，字體大小無別，存經注 561行、9746 字（經 2631 字、注 7115 字），起第三十九章「侯王無以貴高將恐蹶」句注「言侯王當屈己下人」，止第八十一章末。大淵忍爾認爲：「書寫格式同 S.0477，字品一般。」〔註 12〕兩卷均經注連書，中間約空一字格以示區別。但 S.477 每章開始均另起一行書寫，而 S.3926 除第四十、四十一、四十二、五十一章開始另起一行書寫外，其餘章均連書，多在每章經文開始前以題頭符號「●」標示。在此卷 43 章中，共有 31 章前有題頭符號「●」，只有 12 章未出現「●」，且其中包括 4 章每章開始另起一行書寫者。由於此寫卷經注連書，似不應爲分章與別的寫卷不同，而是由於抄寫者忘記另起一行，或忘記加「●」所致。第八十一章第八行與第九行之間頂端有筆畫較粗塗鴉之二字「聖王」。本寫卷同一字不同寫法交替出現，如「万」與「萬」、「達」與「逹」、「乱」與「亂」、「其」與「丌」、「全」與「全」，等等。不避唐諱，抄寫年代未詳。

（10）S.4365《唐玄宗御製道德真經疏第二十五章至第二十六章》

卷中無題名。《英藏》定名爲《唐玄宗御製道德眞經疏》。經疏分別另起一行書寫，字體大小無別，存經疏 28 行（經 2 行、疏 26 行）、393 字（經 12字、疏 381 字），起第二十五章經文「道法自然」，止第二十六章「靜爲躁君」句疏「靜有持躁」。第二十六章前標明「重爲輕根章第廿六」，然後概括章旨。此卷首 3 行上端及中間第十行至第二十行下端有殘缺。「葉」或作「葈」。大淵忍爾指出：「紙質及書寫格式同 P.3592，但筆迹不同。」〔註 13〕抄寫年代未詳。

（11）S.4430《道德經顧歡注第七十章至第八十章》

此卷字迹較模糊，無題名。《英藏》定名爲《道德經顧歡注》。字迹較潦草，經注連書，不分章節，經注之間約空一字格，字體大小無別，存經注 132 行、2941 字（經 528 字、注文 2413 字），起第七十章經文「〔吾言甚易〕知」，止第八十章「人之器而不用」句注「謂在上無爲，在」。卷中重文符號「ζ」較多。不避唐諱。大淵忍爾認爲：「似爲歸義軍時期寫本……疑即《新唐志》著錄的顧

〔註 12〕〔日〕大淵忍爾，《敦煌道經目錄編》，東京，福武書店，1978 年，第 223 頁。

〔註 13〕〔日〕大淵忍爾，《敦煌道經目錄編》，東京，福武書店，1978 年，第 245 頁。

歡《老子義疏治綱》之殘抄本。」〔註14〕

（12）S.4681《道德經河上公章句第三十八章》

首題「老子德經下 卷上　河上公章句」，緊接首題後有雙行小字：「凡四十五章。德經法地，地在下，故德經爲下。地有五行，五九卌五，故卌五章。事盡爲章，義連爲句。」《英藏》定名爲《老子德經下卷上河上公注（參 P.2639）》。經文單行大字，注文緊接經文之後，雙行小字。起第三十八章經文「上德不德」，止第三十八章「而莫之應」句注「言禮華實」，存經注 7 行、199 字（經 34 字、注 165 字）。「民」不缺筆，抄寫年代未詳。

（13）S.5920《道德經第五十五章至第五十七章》

首尾均殘，卷中無題名。《英藏》定名爲《老子道德經下篇》。存經文 11 行、93 字，起第五十五章「知常曰明」，止第五十七章「我無事而民自富」之「事」字。每行下部均有殘缺。每章開始另起一行書寫。王卡認爲：「按以上兩件〔註15〕筆迹近似，疑係同抄本。」〔註16〕但經查證，S.5920 卷末字爲「知」字，P.3895 卷首句爲「知常曰明」，二者內容不連續，中間脫「和曰常」3 字。「治」不缺筆，抄寫年代未詳。

（14）S.6228V《老子節解第三十四章至第三十五章》

卷中無題名。《英藏》定名爲《失名道經》。王卡先生考證此件爲《老子節解》〔註17〕。經疏連書，字體大小無別，中間無空格示區別，存經疏 19 行、267 字（經 84 字、疏 183 字），經文起第三十四章「其可左右」，止第三十五章「視之不足見」之「足」字。每章經疏開始另起一行書寫，卷中「謂」字除一處作「謂」外，其餘皆作「胃」。

（15）S.6453《河上公本道德經第七章至第八十一章》

第三十七章後一行題「老子道經上」，第三十八章前一行題「老子德經下」，

〔註14〕〔日〕大淵忍爾，《敦煌道經目錄編》，東京，福武書店，1978 年，第 235 頁。

〔註15〕指 P.3895 與 S.5920。

〔註16〕王卡，《敦煌道教文獻研究》，北京，中國社會科學出版社，2004 年，第 168 頁。

〔註17〕王卡，「敦煌本《老子節解》殘頁考釋」，《敦煌吐魯番研究》第六卷，北京，中華書局，2002 年，第 81～100 頁。

卷末尾題《老子道德經上下卷》,《英藏》據此定名。存經文310行、4572字,起第七章「外其身而身存」之「而」字,止第八十一章末。除首5行有殘缺外,其餘部分均完整無缺。每章末以雙行小字注記該章字數,第十四、二十九、四十六、五十二章注記字數錯誤,如第十四章實爲91字,而記作「九十字」;第五十二章實爲73字,而記作「七十二字」。第八十一章後6行題:「道經卅六章二千一百八十四字 德經卅五章二千八百一十五字 五千文上下二卷合八十一章四千九百九十九字 太極左仙公序係師定河上眞人章句 老子道德經上下卷大唐天寶十載歲次辛卯正月乙酉朔廿六日庚戌燉煌郡燉煌縣玉關鄉。」末行爲小字。同一字出現不同寫法較多,如「敵」作「歔」、「敵」、「敧」,「強」作「强」、「彊」,等等。不避唐諱,據末行小字題記被定爲唐天寶十年抄本。

（16）S.6825V《道德經想爾注第三章至第三十七章》

尾題《老子道經上 想爾》。《英藏》定名爲《老子道經上想爾注》。經注連書,字體大小無別,亦不以空格示區分,存經注580行、10103字(經2018字、注8085字),起第三章「不尚賢,使民不爭。不貴難得之貨,使民不爲盜」句注「則民不爭亦不盜」,止第三十七章「無欲以靜,天地自正」句注「臣下悉皆自正矣」。此卷書寫工整,字體近隸體。饒宗頤先生《老子想爾注校證》(以下簡稱《校證》)將此卷經文、注文分別錄出。但其中有校錄錯誤者,如第二十章,原寫卷作「我愚人之心純々」,《校證》誤將重文符號「々」釋作「!」。此外,朱大星亦指出《校證》中的兩處錯誤:第二十章「人之所畏,不可不畏。莽其未央」句注「仙王╎士與俗人同知畏死樂生,但所行異耳」,《校證》作「仙王士與俗人同知畏死樂生,但所行異耳」;第二十五章「家╎冡 寞獨立不改,周行不殆,可以爲天下母。」以上兩處「╎」爲刪除文字符號,表示其前之「王」、「家」字應該刪除〔註18〕。饒先生沒有注意到,因此校錄錯誤。王重民指出:「唐諱不避,書法帶隸意,當是六朝寫本。是書隨文闡義,體制稍近釋典。」〔註19〕饒宗頤指出:「卷中『民』字不避諱,故向來定爲六朝寫本。」〔註20〕

〔註18〕 朱大星,《敦煌本〈老子〉研究》,北京,中華書局,2007年,第 137～138頁。

〔註19〕 王重民,《敦煌古籍敘錄》,北京,商務印書館,1958年,第234頁。

〔註20〕 饒宗頤,《老子想爾注校證》,上海,上海古籍出版社,1991年,第5頁。

（17）S.13243《道德經序訣及道德經第一章》

卷中無題名。《英藏》定名爲《殘片》。王卡指出：「小碎片。楷書字佳，筆迹酷似 S.0798，疑原係同抄本。殘存 5 行 13 字，見於葛玄《序訣》及《五千文》第一章。」〔註21〕而實際存《序訣》1 行 3 字，第一章經文 3 行 10 字，有一行空白無字者，王卡亦將其計算在內。因殘片太小，無法確定是否與 S.798 爲同一抄本，抄寫年代亦無法確定。

二、《法藏敦煌西域文獻》著錄情況

《法藏敦煌西域文獻》（以下簡稱《法藏》）爲法國人伯希和（Paul Pelliot）1908 年來華所掠，全部藏於巴黎的法國國立圖書館東方寫本部。其中包含《老子》經文者 26 件，編號〔註22〕分別爲：P.2255、P.2329、P.2347、P.2350、P.2370、P.2375、P.2417、P.2420、P.2421、P.2435 2596、P.2517、P.2577、P.2584、P.2594、P.2599、P.2639、P.2735、P.2823、P.2864、P.3235、P.3237、P.3277、P.3592、P.3725、P.3895、P.4781。具體情況如下：

（1）P.2255《道德經第十三章至第八十一章》

此卷實際爲 P.2255、P.2417、P.2421 三卷的綴合。第三十七章後一行題「老子道經上」，第三十八章前一行題「老子德經下」。《法藏》定名爲《老子道德經》。存經文 290 行、4339 字，起第十三章「愛以身爲天下」，止第八十一章末。除第二十八章外，其餘章皆在章末用雙行小字注記該章字數。第八十一章後有 4 行題記：「道經卅七章二千一百八十四字　德經卅四章二千八百一十五字五千文上下二卷合八十一章四千九百九十九字　太極左仙公序係師定河上眞人章句。」此後還有弟子受經盟誓詞，王卡《敦煌道教文獻研究》〔註23〕、朱大星《敦煌本〈老子〉研究》〔註24〕中有全部釋文，但前者釋文有個別字錄錯者，如「栖」釋作「棲」、「岳」釋作「嶽」。後者釋文則較爲準確。

〔註21〕王卡，《敦煌道教文獻研究》，北京，中國社會科學出版社，2004 年，第 161 頁。

〔註22〕本書採用《法藏》編號。

〔註23〕王卡，《敦煌道教文獻研究》，北京，中國社會科學出版社，2004 年，第 163 頁。

〔註24〕朱大星，《敦煌本〈老子〉研究》，北京，中華書局，2007 年，第 36～37 頁。

王卡指出：「按以上 P.2255＋P.2421＋P.2417 抄本，紙質筆迹及經名題記均與 S.6453 相同。」〔註25〕經比勘，雖然二者筆迹相同，爲同一人抄寫。但二者題記略有不同，S.6453 作「道經卅六章、德經卅五章」，而 P.2255 作「道經卅七章、德經卅四章」，且無尾題「老子道德經上下卷」。此外，此兩卷在用字上也有所不同，如第十四章，S.6453 作「繩繩不可名」，P.2255 作「蠅蠅不可名」；第十九章，S.6453 作「見素抱樸」，P.2255 作「見素抱素」，等等。不避唐諱，據卷末盟誓文知，抄寫於唐天寶十年。

（2）P.2329《道德經序訣、太上隱訣及道德經第一章至第二十一章》

此卷第一章前一行題「老子道經上」。《法藏》定名爲《老子道德經序訣》、《太上隱訣》、《老子道經上》。存經文 77 行、1188 字，起第一章首句，止第二十一章「吾何以終甫之然」之「吾」字。每章末以小字注記該章字數。此卷出自兩人手筆，從《太上隱訣》第七行至《道經》第六章末爲一人筆迹。其餘部分爲另一人筆迹，二者不僅筆迹不同，而且章末字數注記方式亦不同。如前者用雙行小字注記，而後者除第二十章「一百一十五字」因字數多爲雙行注記外，其餘均用單行小字注記，且第十七章記作「卅八言」，此與其他卷皆不同。此外，第二、三、四、十六章字數注記錯誤，第二章實爲 86 字，而記作「八十五字」；第三章實爲 58 字，而記作「五十六字」；第四章實爲 39 字，而記作「卅七字」；第十六章實爲 67 字，而記作「六十六字」。不避唐諱，抄寫年代未詳。

（3）P.2347《道德經第五十六章至第八十一章》

尾題《老子德經下》，《法藏》據此定名。存經文 106 行、1616 字，起第五十六章首句，止第八十一章末，章末不注記字數。尾題後有受經盟誓文。除第五十七章有兩處「民」字作「㒵」外，其餘 22 處「民」字皆不缺筆，「治」、「昬」、「棄」皆不缺筆。第五十八、五十九章連書，據卷末題記被定爲唐景龍三年抄寫本。

（4）P.2350《道德經第五十九章至第八十一章》

卷中無題名。《法藏》定名爲《老子道德經》。存經文 96 行、1430 字，起

〔註25〕王卡，《敦煌道教文獻研究》，北京，中國社會科學出版社，2004 年，第 163 頁。

第五十九章「治人事天莫若式」，止第八十一章末。每章末以雙行小字注記該章字數。其中第六十五、七十五章末字數注記錯誤。第八十一章後有與 P.2255相同的 4 行題記：「道經卅七章二千一百八十四字　德經卌四章二千八百一十五字　五千文上下二卷合八十一章四千九百九十九字　太極左仙公序係師定河上真人章句。」不避唐諱。據卷末題記「太歲甲寅正月庚申朔廿二日辛巳」，大淵忍爾、鄭良樹皆定爲 714 年抄本。王卡指出：「按此盟文後黏接《十戒經》及受戒盟誓文。抄寫時間約在 714 或 774 年。」〔註26〕朱大星指出，雖然 714與 774 年均爲甲寅年，但後面的朔日「庚申」與 714 年相符，而與 774 年的朔日「庚子」不符，確定此卷抄寫於 714 年〔註27〕。

（5）P.2370《道德經序訣、太上隱訣及道德經第一章至第十五章》

此卷第一章前一行題「道經上」。存經文 55 行、778 字，起第一章首句，止第十五章「安以動之徐生」之「安」字。章末不注記字數。第四、六章末行有塗鴉之 18 字，分別爲「以以以忿忿」、「存用之不勤天長地久天地所以」，字體較經文大，筆迹與其他經文部分不同。鄭良樹《敦煌老子寫本考異》引姜亮夫語：「與二五八四卷爲一人之筆，文中亦無一字之異，即點畫亦不殊。」〔註28〕朱大星在 P.2584 卷敘錄中亦指出：「經比勘，P.2370 與此卷對應部分內容全同，疑爲同一人所寫……池田溫以爲八世紀初寫卷。」〔註 29〕而經查證，P.2370 與P.2584 筆迹相同，爲同一人抄寫，但有一處異文，即第十三章「吾所以有大患者」句，P.2370 作「吾所以大患」，P.2584 作「吾所以有大患」，P.2370 脫一「有」字。不避唐諱。

（6）P.2375《道德經第三十一章至第六十四章》

第三十七章後一行題「老子道經上」，第三十八章前一行題「老子德經下」。《法藏》定名爲《老子道德經》。存經文 148 行、2141 字，起第三十一章

〔註26〕王卡，《敦煌道教文獻研究》，北京，中國社會科學出版社，2004 年，第 164頁。

〔註27〕朱大星，《敦煌本〈老子〉研究》，北京，中華書局，2007 年，第 42 頁。

〔註28〕鄭良樹，「敦煌老子寫本考異」，《中國敦煌學百年文庫》宗教卷（三），蘭州，甘肅文化出版社，1999 年，第 62 頁。

〔註29〕朱大星，《敦煌本〈老子〉研究》，北京，中華書局，2007 年，第 61 頁。

「〔用兵則貴〕右」，止第六十四章「民之〔從事〕」。章末不注記字數。首 4 行上半部分殘缺。大淵忍爾認爲此卷「筆迹近似 S.0783」〔註30〕。但從用字和字的間架結構方面來看，二者非同一人抄寫，如「譬」字，P.2375 作「譬」、S.0783 作「𦒀」；辭，P.2375 作「辞」、S.0783 作「𤍽」；聖，P.2375 作「聖」，S.0783 作「㘴」；等等。不避唐諱，抄寫年代未詳。

（7）P.2417《道德經第三十八章至第八十一章》

《法藏》定名爲《老子道德經（見法 Pel.chin.2255）》。《敦煌秘籍留眞新編》卷下載有此卷影本〔註31〕。起第三十八章首句，止第八十一章末。《法藏》直接將其與 P.2255、P.2421 綴合，不再另出。

（8）P.2420《道德經第三十八章至第八十一章》

首題《老子德經上》。第五十九章後題《老子德經下》。尾題《老子德經下》。《法藏》定名爲《老子德經》。存經文 195 行、2923 字，起第 38 章首句，止第八十一章末。第二行下殘缺 1 字，第四行上殘缺兩字，第十二行上殘缺兩字。章末不注記字數。此卷將第四十一章「上士聞道」至「不笑不足以爲道」上屬第四十章；且第四十八章與第四十九章連書。卷中同一字出現不同寫法較多，如「囯」與「國」、「礼」與「禮」、「能」與「𦜼」、「万」與「萬」、「无」與「無」、「与」與「與」、「辯」與「辯」，等等。卷末有塗鴉之 24 字，分別爲「害聖人之道爲爲而不爭」、「老子德經下」、「老子德經下」、「老子德經」，字體大小不一。不避唐諱，抄寫年代未詳。

（9）P.2421《道德經第三十三章至第三十七章》

《法藏》定名爲《老子道德經（見法 Pel.chin.2255）》。起第三十三章，止第三十七章。《法藏》直接將其與 P.2255、P.2421 綴合，不再另出。

（10）P.2435 2596《道德經序訣、太上隱訣及道德經第一章至第十一章》

此卷爲 P.2435 與 P.2596 綴合後的名稱。包括《道德經序訣》、《太上隱訣》、

〔註30〕〔日〕大淵忍爾，《敦煌道經目錄編》，東京，福武書店，1978 年，第 190 頁。

〔註31〕〔日〕神田喜一郎輯，「敦煌秘籍留眞」，《敦煌叢刊初輯》本第 13 冊，臺北，新文豐出版公司，1985 年，第 416～427 頁。

《道德經》三部分。《太上隱訣》末行題「道經上」。《法藏》定名爲《老子道德經序訣》、《太上隱訣》、《老子道經上》。存經文 35 行、507 字，起第一章首句，止第十一章「埏埴以爲器」句。末行僅存字之右邊痕迹，字迹不可辨，章末不注記字數。書寫較工整，第九章末行與第十章首行之間有塗鴉之 11 字：「宮五刑者劓墨宮刑殯大僻」。字體較小，筆迹與經文部分不同。不避唐諱，抄寫年代未詳。

（11）P.2517《道德經成玄英義疏第五十九章至第八十一章》

尾題《老子道德經義疏卷第五》，《法藏》據此定名。首尾均有殘缺。存 304 行、10057 字（經 1326 字、注 2338 字、疏 6393 字），起第五十九章「長生久視之道」之「長」字。止第八十一章「聖人道，爲而不爭」句疏「以自牧成」。第六十七章脫經文「二曰儉」，其疏文尚在。除疏文用雙行小字外，其餘部分皆爲單行大字，疏文與其他部分之間以空格示區別。「世」作「卋」，「民」作「𠯥」、「治」作「治」。王重民《敦煌古籍敍錄》節錄羅振玉、李孟楚、馬敍倫、蒙文通諸家觀點，認爲此卷爲初唐成玄英撰寫，羅振玉先生據文中「治」皆缺末筆定爲唐高宗時寫本〔註32〕。

（12）P.2577《道德經李榮注第六十七章至第七十六章》

卷中無題名。《法藏》定名爲《老子道德經李榮注》。行款同 S.2060。存經注 71 行、2658 字（經 410 字、注 2248 字）。起第六十七章「天將救之，以慈衛之」句注「無復傾危」之「復」字，止第七十六章「是以兵強則不勝，木強則共」句注「扶弱反共攻之」之「攻」字。注文中「國」作「囯」。經文中「民」作「人」或不諱、「治」不諱，疏文中「民」作「人」、「治」作「理」，「武」不諱。抄寫於唐高宗時。

（13）P.2584《道德經序訣、太上隱訣及道德經第一章至第三十七章》

此卷包括《老子道德經序訣》、《太上隱訣》、《老子道經上》三部分。《法藏》定名爲《老子道德經序訣》、《太上隱訣》、《老子道經上》。第一章前一行題《道經上》。尾題《老子道經上》，其後左下方小字題「道士索洞玄經」。存經文 146 行、2186 字，起第一章首句，止第三十七章末。章末不注記字數。

〔註32〕王重民，《敦煌古籍敍錄》，北京，商務印書館，1958 年，第 236～242 頁。

每章開始另起一行書寫。除第十九、二十七章有兩處「棄」字缺筆作「棄」外，其餘「淵」、「民」、「治」字皆不缺筆。鄭良樹《敦煌老子寫本考異》指出此卷抄寫於唐開元二年，且與 P.2370 爲同一人抄寫〔註33〕。但同時又說 P.2370 抄寫年代未詳〔註34〕。不知所從。（參見 P.2370 著錄）

（14）P.2594《道德經李榮注第三十九章至第四十二章》

卷中無題名。《法藏》定名爲《老子道德經李榮注》。行款同 S.2060。存 46 行、1402 字（經 301 字、注 1101 字）。起第三十九章「神得一以靈」之「得」字，止第四十二章「強梁者不得其死，吾將以爲學父」句注「物皆合道，聖人元不設教」之「元」字。「基」不缺筆，抄寫於唐高宗時。

（15）P.2599《道德經第六十四章至第八十一章》

卷中無題名。《法藏》定名爲《老子道德經下卷》。首六行、第九行殘缺，其餘部分文字完整。存經文 71 行、957 字，起第六十四章「民之從事」句，止第八十一章末。每章末以雙行小字注記該章字數，其中第六十五、六十七、七十四章字數注記錯誤，如第六十五章實爲 66 字，而記作「六十五字」；第六十七章實爲 98 字，而記作「九十七字」；第七十四章實爲 55 字，而記作「五十四字」。第八十一章後有與 P.2350、P.2735 相同的題記：「道經卅七章二千一百八十四字 德經卅四章二千八百一十五字 五千文上下二卷合八十一章四千九百九十九字 太極左仙公序係師定河上眞人章句。」朱大星指出：「『民之饑』作『人之饑』，『民之難治』作『百姓之難治』」〔註35〕。經查證，此卷第六十五章作「民之難治」，而非「百姓之難治」。筆迹與 S.6453 相似，經比勘，二者有許多相同的用字，如第六十四章皆作「俗眾人之所過」；第六十五章皆作「將以娛之」；第七十五章皆作「人之饑」；第七十六章皆作「其死枯熇」；等等。似爲同一人抄寫。「民」、「治」、「武」皆不缺筆，抄寫年代未詳。

〔註33〕 鄭良樹，「敦煌老子寫本考異」，《中國敦煌學百年文庫》宗教卷（三），蘭州，甘肅文化出版社，1999 年，第 65 頁。

〔註34〕 鄭良樹，「敦煌老子寫本考異」，《中國敦煌學百年文庫》宗教卷（三），蘭州，甘肅文化出版社，1999 年，第 62 頁。

〔註35〕 朱大星，《敦煌本〈老子〉研究》，北京，中華書局，2007 年，第 43 頁。

（16）P.2639《道德經河上公章句第三十八章至第七十七章》

第五十九章注文末行題《老子德經下》。《法藏》定名爲《老子道德經》。此卷字迹模糊，首 4 行下半部分、末行上半部分殘缺。經文單行大字、注文雙行小字，每章開始另起一行書寫。存經注 259 行、約 9557 字（經約 2822 字、注約 6725 字），起第三十八章「下德不失德」句注「其功可稱」之「可」字，止第七十七章「孰能以有餘以奉天下，唯有道者」之「唯」字。經文中出現 5 處顚倒符號。「囯」與「國」、「能」與「飤」、「万」與「萬」並存，此與 P.2420 相同，「民」、「治」、「武」皆不缺筆。抄寫年代未詳。

（17）P.2735《道德經第七十五章至第八十一章》

卷中無題名。《法藏》定名爲《道德經經文本》。首 2 行上部殘缺，其餘部分經文完整。存經文 28 行、376 字，起第七十五章「以其生生之厚」之「其」字，止第八十一章末。每章開始另起一行書寫，章末以雙行小字注記該章字數。其中第七十七章末、第八十章末字數注記錯誤，第七十七章實爲 75 字，而記作「七十四字」；第八十章實爲 74 字，而記作「七十三字」。第十二行下部、第十四行與第十五行之間、第十六行下部、第十九行下部有塗鴉之 27 字，分別爲：「其不欲欲示聖七十四字」、「主受」、「受國不祥是天下」、「無親常與善人卅字」；卷末題記第十三行與第十四行之間、第十四行頂部、第十四行與第十五行之間有塗鴉之 7 字，分別爲：「八日」、「十七歲五」、「月」。以上塗鴉之 34 字字體較上下文大，筆迹與經文部分不同。第八十一章後有與 P.2350 相同的題記：「道經卅七章二千一百八十四字　德經卅四章二千八百一十五字　五千文上下二卷合八十一章四千九百九十九字　太極左仙公序係師定河上眞人章句。」不避唐諱。題記後有弟子吳紫陽受經盟誓文，據盟誓文「今謹以至德二載歲次丁酉五月戊申朔十四日辛酉」，知此卷抄寫於唐至德二年（757 年）。

（18）P.2823《唐玄宗御製道德眞經疏第二十三章》

卷中無題名。《法藏》定名爲《老子道德眞經疏》。經疏均爲單行大字。先列單句經文，疏文另起一行。存經注文 52 行（經文 11 行、注文 41 行）、642 字（經文 81 字、注文 561 字），起第二十三章解題「廣理喻以結成」句，止第二十三章「信不足，有不信」句注「旣生惑滯則執言求悟」。抄寫年代未詳。

（19）P.2864《道德經李榮注第四十二章至第五十三章》

卷中無題名。《法藏》定名爲《李榮注老子道德經》。行款同 S.2060。存 75 行、2596 字（經 430 字、注 2166 字），起第四十二章「強梁者不得其死，吾將以爲學父」句注「〔物皆合道，聖人元不〕設教」，止第五十三章「大道甚夷，其人好徑」句注「理國者多履〔其難〕」。「民」作「人」、「治」作「理」、第四十九章「慄慄」作「㦗㦗」。抄寫於唐高宗時。

（20）P.3235V0《道德經第三章至第三十七章》

卷中無題名。《法藏》定名爲《老子道德經》。卷面磨損，局部字迹難以辨認。前接《太玄眞一本際經卷第二》。存經文 176 行、約 1890 字，起第三章「使民不爲盜」之「民」字，止第三十七章「天下將自正」句。第五章首句至「以百姓爲芻狗」與第四章連書，其餘部分則另起一行書寫；第十九章與第二十章連書；第二十五章與第二十六章連書；第二十八章與第二十九章連書。其餘則每章開始另起一行書寫。「民」或缺筆或不缺，「治」、「淵」皆不缺筆。朱大星據此卷第二十一章「窈兮冥兮，其中有精」後有《唐玄宗御注道德眞經》「忽恍有無，窈冥不測，生成之用，精妙甚存」16 字，又第二十章「而貴食母」作「而貴求食於母」，推測「此卷抄寫年代不會早於唐玄宗朝」[註36]。

（21）P.3237《道德經李榮注第六十一章至第六十七章》

卷中無題名。《法藏》定名爲《李榮注老子道德經》。行款同 S.2060。存 73 行、2369 字（經 539 字、注 1830 字），起第六十一章「則取大國」之「大」字，止第六十七章「天將救之，以慈衛之」句注「以之守國，無復傾危」之「無」字。「民」作「人」或不諱，「治」不諱。

（22）P.3277《道德經李榮注第七十六章至第八十一章、第三十七章》

尾題《老子德經卷下》。《法藏》據此定名。行款同 S.2060。存 58 行、2113 字（經 358 字、注 1755 字），起第七十六章「是以兵強則不勝，木強則共」句注「扶弱反共攻之」之「之」字，止第三十七章「無欲以靜，天下自正」句注「故云天下自正也」。「民」作「人」或不諱，「治」不諱。

王重民《老子道德經注》中介紹了 P.2577、P.2594、P.2864、P.3237、P.3277

〔註36〕朱大星，《敦煌本〈老子〉研究》，北京，中華書局，2007 年，第 70 頁。

五卷李榮注本的概況：「唯八十章『小國寡民』注：「聖人理國，用無爲之道」云云……以余所知，不始於武后，而治國作理國，則可作爲作於高宗時之證。更以原卷紙色及筆迹觀之，蓋亦高宗時寫本也。」〔註37〕經查證，經文中「民」多作「人」，如「民多利器」作「人多利器」；注文中「治」多作「理」，如「以政治國」作「以政理國」，「治人及天莫若式」下注文作「下理於人上事於天，莫過以道用爲法式」，「治大國若烹小鮮」句注作「鮮，魚也。烹鮮不撓，撓則魚爛故曰理」。其他各卷亦存在此種情況，如 P.2577「是以難治」句注作「所以難理」，「基」、「武」不缺筆，「棄」作「棄」。王重民先生所說是。

（23）P.3592《唐玄宗御製道德真經疏第二章至第十章》

卷中無題名。《法藏》定名爲《老子道德眞經注疏》。此卷較模糊，首 3 行上部殘缺，末行剩下右半部分。存經注 295 行（經 62 行、注 233 行）、1755 字（經 358 字、注 1397 字），起第二章「前後相隨」句疏「相隨立國」之「立」字，止第十章「明白四達，能無知乎」句疏「若無知者，故云能無知乎」之「能」字。經注文均單行大字，先書經文，注文另起一行。「淵」作「泉」或「淥」，「民」作「人」或「尸」，「治」作「理」或「治」。抄寫年代不早於唐高宗朝。

(24) P.3725《道德經第三十四章至第三十七章》

尾題《老子道經卷上》。《法藏》據此定名。經疏連書，均爲單行。經文大字，疏文小字，緊接經文之後，無空格。每章經文開始另起一行書寫。存經疏 53 行、790 字（經 167 字、疏 623 字），起第三十四章「常無欲，可名於小」之「欲」字，止第三十七章「不欲以靜，天下將自正」句疏「泊然清淨而天下自正矣」。「淵」缺筆或作「泉」，「治」作「理」。卷末有 7 行題記，王卡《敦煌道教文獻研究》〔註38〕、朱大星《敦煌本〈老子〉研究》〔註39〕均有釋文，據末尾題記可知，此件爲官方抄本，抄寫於唐開元二十三年（735 年）。

〔註37〕王重民，《敦煌古籍敘錄》，北京，商務印書館，1958 年，第 243 頁。

〔註38〕王卡，《敦煌道教文獻研究》，北京，中國社會科學出版社，2004 年，第 176 頁。

〔註39〕朱大星，《敦煌本〈老子〉研究》，北京，中華書局，2007 年，第 93～94 頁。

（25）P.3895《道德經第四十九章至第五十五章》

卷中無題名。《法藏》定名爲《老子道德經》。存經文 30 行、375 字，起第
四十九章「不信者吾亦信之」之「者」字，止第五十五章「知和曰常」之「知」
字。首 5 行下部殘缺，第十五行至第二十行上部殘缺。第二十九行、三十行亦
殘缺。不注記字數。每章開始另起一行書寫。「民」不諱，抄寫年代未詳。（參
見 S.5920 著錄）

（26）P.4781《道德經第十九章至第二十章（殘片）》

殘片。卷中無題名。《法藏》定名爲《道德經》。存經文 5 行、31 字，起第
十九章「絕仁棄義」句，止第二十章「莽其未央哉」之「莽」字。每章末以雙
行小字注記該章字數。「棄」、「民」不缺筆。抄寫年代未詳。

三、《俄藏敦煌文獻》著錄情況

《俄藏敦煌文獻》（以下簡稱《俄藏》）基本爲奧登堡 1914 年來華所掠，今
藏俄羅斯聯邦科學院東方研究所聖彼得堡分所。與英、法藏敦煌寫卷《老子》
相比，俄藏者多爲篇幅較短的殘片，含《老子》經文者共 15 件，編號［註40］分
別爲：Дx06806、Дx08894、Дx01111、Дx01113、Дx03334、Дx11658、Д
x11805、Дx11809、Дx11873、Дx11890、Дx11816、Дx11959、Дx11964、
Дx12820、Дx12821。其中，Дx01111 與 Дx01113 被《俄藏》直接綴合爲 1 件，
定名爲《老子道德經》，Дx03334 定名爲《老子》。而 Дx06806、Дx08894、
Дx03334、Дx11658、Дx11805、Дx11809、Дx11873、Дx11890、Дx11816、
Дx11959、Дx11964、Дx12820、Дx12821《俄藏》尚未定名。具體情況如下：

（1）Дx01111 Дx01113《道德經第七十三章至第八十章》

此卷爲 Дx01111 與 Дx01113 綴合後的名稱。《俄藏》定名爲《老子道德
經》。首行文字僅存左半邊，存經文 30 行、435 字。起第七十三章「不言而善
應」句，止第八十章末。第七十五章末句作「是賢於貴」，後脫一「生」字。
章末不注記字數。書寫較爲工整，字體規範。大淵忍爾指出：「背面紙縫間鈐
『涼州都督府之印』，是唐代官方正式寫本。」［註41］但卷中「民」、「治」字

〔註40〕本書採用《俄藏》編號。
〔註41〕〔日〕大淵忍爾，《敦煌道經目錄編》，東京，福武書店，1978 年，第 199 頁。

皆不缺筆。

（2）Дx03334《道德經第三章至第四章（殘片）》

殘片。卷中無題名。《俄藏》定名爲《老子》。存經文 5 行，上部皆殘缺，共 17 字，起第三章「使民不爲盜」之「盜」字構件「皿」，止第四章「吾不知誰子」之「誰」字。第一行僅存「皿」，其餘 4 行均存 4 字。王卡將此卷定爲有字數注記抄本〔註42〕。但此卷未見有注記字數。抄寫年代未詳。

（3）Дx06806《道德經第四十六章至第四十八章（殘片）》

殘片。卷中無題名。《俄藏》亦未定名。存經文 8 行、33 字，起第四十六章「天〔下有道〕」之「天」字，止第四十八章「無爲而無不爲」之前一「爲」字。每章開始另起一行書寫。章末不注記字數。抄寫年代未詳。

（4）Дx08894《道德經第三十九章至第四十章（殘片）》

小殘片。卷中無題名。《俄藏》亦未定名。存經文 3 行、10 字，起第三十九章「是以侯王自謂孤寡」之「謂」字，止第四十章「反者道之動」之「之」字。從殘片中看不出有無注記字數。抄寫年代未詳。

（5）Дx11658《道德經第十七章至第二十章》

卷中無題名。《俄藏》亦未定名。存經文 13 行、173 字，起第十七章「下知有之」之「知」字，止第二十章「我獨悶悶」之「我」字。第十九章「見素抱樸」作「見素抱素」，此與 S.798、P.2255、P.4781 相同。章末用雙行小字注記該章字數。每章開始另起一行書寫。「民」、「棄」、「昏」皆不缺筆，抄寫年代未詳。

（6）Дx11805《道德經第五章至第八章（殘片）》

殘片，卷中無題名。《俄藏》亦未定名。存經文 8 行、55 字，起第五章「以百姓爲芻狗」之「爲」字，止第八章「水善利萬物」之「水」字。章末用雙行小字注記該章字數。每章開始另起一行書寫。抄寫年代未詳。

（7）Дx11809《道德經第九章至第十三章（殘片）》

殘片，卷中無題名。《俄藏》亦未定名。此卷上部殘缺。存經文 12 行、75

〔註42〕王卡，《敦煌道教文獻研究》，北京，中國社會科學出版社，2004 年，第 160 頁。

字，起第九章「富貴而驕」之「而」字，止第十三章「何謂寵辱」之「何」字。行款同Дx11805。抄寫年代未詳。

（8）Дx11816《道德經第十二章至第十三章（殘片）》

殘片，無題名。《俄藏》亦未定名。存經文 6 行、26 字，起第十二章「五音令人耳聾」之「聾」字，止第十三章「及我無身」之「無」字。行款同Дx11805。抄寫年代未詳。

（9）Дx11873《道德經第十四章至第十六章（殘片）》

殘片，卷中無題名。《俄藏》亦未定名。存經文 8 行、96 字，起第十四章「迎不見其首」之「首」字，止第十六章「吾以觀其復」之「觀」字。行款同Дx11805。抄寫年代未詳。

（10）Дx11890《道德經第十章至第十一章（殘片）》

殘片。卷中無題名。《俄藏》亦未定名。存經文 5 行、20 字，起第十章「專氣致柔，能嬰兒」之「能」字，止第十一章「當其無，有室之」之「有」字。每章開始另起一行書寫。從此件中看不出是否有字數注記。抄寫年代未詳。

（11）Дx11959《道德經第八章至第九章（殘片）》

卷中無題名。《俄藏》亦未定名。存經文 6 行、46 字，起第八章「上善若水，水善利萬物」之「善」字，止第九章末。行款同Дx11805。抄寫年代未詳。

（12）Дx11964《道德經第十三章至第十四章》

卷中無題名。《俄藏》亦未定名。存經文 9 行、126 字，起第十三章「得之若驚」句，止第十四章「以知古始」之「知」字。行款同Дx11805。抄寫年代未詳。

（13）Дx12820《道德經第十六章至第十七章》

卷中無題名。《俄藏》亦未定名。存經文 5 行、72 字，起第十六章首句「致虛極」，止第十七章「其次畏之侮之」之「侮」字。行款同Дx11805。抄寫年代未詳。

（14）Дx12821《道德經第十章至第十三章（殘片）》

卷中無題名。《俄藏》亦未定名。存經文 11 行、63 字，起第十章首句「載

營魄抱一」，止第十三章首句「寵辱若驚」之「寵」字。行款同Дx11805。抄寫年代未詳。

四、國內所藏敦煌寫卷《老子》文獻

國內所藏敦煌寫卷《老子》共 13 件。最早由羅振玉先生與國家圖書館收藏〔註43〕。羅先生舊藏主要見於《貞松堂藏西陲秘籍叢殘》之《老子殘卷六種》，包括散 667、敦煌丁本、《老子義殘卷一種》、敦煌丙本、敦煌己本、敦煌壬本和散 668〔註44〕。王重民先生《敦煌遺書散錄》分別作「散 0667、散 0668A、散 0668B、散 0668C、散 0668D、散 0668E、散 0668F」，本書採用王先生的定名，具體情況如下：

（一）羅振玉先生舊藏敦煌寫卷《老子》

（1）散 0667《道德經序訣、太上隱訣及道德經第一章至第五章》

此卷第一章前題「道經上」。存經文 17 行、252 字，起第一章首句「道可道，非常道」，止第五章「聖人不仁，以百姓爲芻狗」之「爲」字。每章開始另起一行書寫，章末用雙行小字注記該章字數。第四章、五章字數注記錯誤，前者實爲 58 字，而記作「五十七字」；後者實爲 39 字，而記作「四十九字」。第三章末行有塗鴉之 9 字：「無無無無無二分無別」，筆迹與此卷其他部分不同。不避唐諱，抄寫年代未詳。

（2）散 0668A《道德經第二十七章至第三十六章》

卷中無題名。首行下半部分殘缺，存經文 39 行、535 字，起第二十七章「是以聖人常善救人」之「以」字，止第三十六章「將欲翕之必固張之」之「張」字。每章開始另起一行書寫，章末用雙行小字注記該章字數。首行下鈐「抱殘翁壬戌歲所得敦煌古籍」印章。第三十八行下鈐「羅振玉」印章。不避唐諱。朱大星指出：「又此卷內容與唐天寶十載所寫之 S.6453 對應內容全同，行款也

〔註43〕據王卡《敦煌道教文獻研究》（北京，中國社會科學出版社，2004 年，第 306 頁），羅先生舊藏敦煌寫卷現分散在中國國家博物館、中國國家圖書館較多。此外，北大圖書館、上海圖書館、遼寧省檔案館、東京博物館也有一部分。

〔註44〕雖題爲《老子殘卷六種》，而實際爲 7 件，此處定名按《貞松堂藏西陲秘籍叢殘》，《羅雪堂先生全集》三編（八），臺北，大通書局有限公司，1986 年，第 3165～3194 頁。

幾乎全同，但從字體來看，這兩個卷子似非同一人所寫。」〔註45〕經比勘，第二十九章「是以聖人去甚去奢去泰」，散 0668A 作「是以聖人去甚去奢去泰」，S.6453 作「是以聖人人去甚去奢去泰」，衍一「人」字。此外，第三十三章「強行有志」，散 0668A 作「強行有志」，S.6453 作「彊行有志」。除以上兩處異文外，兩件不僅筆跡相同，而且每行經文起訖都相同，應爲同一人抄寫。則此卷亦抄寫於唐天寶十年（751 年）。

（3）散 0668B《佚名道德經注第三十八章至第四十一章》

卷中無題名。王卡《敦煌道教文獻研究》定名爲《老子道德經論（何晏注？）》〔註46〕。現藏中國國家圖書館。原編號爲「北新 0849」，現編號爲 BD14649，卷背有羅振玉先生題記「老子義殘卷」。經注分開，每章經文後附一段注，無章名章次。存經注文 54 行（經 16 行、注 38 行）、722 字（經 237 字、注 485 字），起第三十八章注「以會通也」，止第四十一章注「道之小成也能」。不避唐諱。羅振玉先生認爲：「訓解至精深，當出隋唐以前人手。」〔註47〕

（4）散 0668C《道德經第十章至第十五章》

卷中無題名。首尾均殘缺，首行下鈐「抱殘翁壬戌歲所得敦煌古籍」印章。末行下鈐「羅振玉」印章。存經文 23 行、326 字，起第十章「載營魄抱一」句，止第十五章「豫若多涉川」之「豫」字。章末不注記字數。不避唐諱，抄寫年代未詳。

（5）散 0668D《道德經第四十一章至第五十五章》

卷中無題名。首行下鈐「抱殘翁壬戌歲所得敦煌古籍」印章。尾行下鈐「羅振玉」印章。存經文 55 行、781 字，起第四十一章「〔道〕隱無名」之「隱」字，止第五十五章末。第五十一章殘缺「孰之養之」之「之養之」三字。除第四十二章後有雙行小字「七十三字」注記該章字數外，其餘章均不注記字數。第五十一章、五十二章連書。「民」作「𡈼」、「慄」作「㤟」，爲唐抄本。

（6）散 0668E《道德經第六十二章至第七十三章》

卷中無卷題。存經文 52 行、730 字，起第六十二章「古之所以貴此道者何」

〔註45〕 朱大星，《敦煌本〈老子〉研究》，北京，中華書局，2007 年，第 54 頁。

〔註46〕 王卡，《敦煌道教文獻研究》，北京，中國社會科學出版社，2004 年，第 171 頁。

〔註47〕 王重民，《敦煌古籍敘錄》，北京，商務印書館，1958 年，第 235 頁。

之「者」字，止第七十三章「天網恢恢疏而不失」之後一「恢」字。章末不注記字數。每章開始另起一行書寫。第六十二章與六十三章、第六十九章與七十章連書。不避唐諱，抄寫年代未詳。

（7）散 0668F《道德經第九章至第十四章（殘片）》

卷中無題名。每行下部皆有殘缺，首尾殘缺尤爲嚴重，首行僅存「滿」字，尾行僅存「皦」字。存經文 20 行、157 字，起第九章「金玉滿堂」之「滿」字，止第十四章「其上不皦」之「皦」字。每章開始另起一行書寫，章末用雙行小字注記字數。抄寫年代未詳。

以上 7 件，羅振玉先生《道德經考異》將除散 0668E 以外的 6 件均定爲唐寫本〔註48〕。

（二）中國國家圖書館藏敦煌寫卷《老子》

除以上羅振玉先生舊藏敦煌寫卷《老子》外，《中國國家圖書館藏敦煌遺書》收有《老子》6 件，編號爲 BD00004 背、BD0941、BD14633、BD14677、BD14738、BD15698。除 BD00004 背題爲《老子道德經河上公章句》外，其他 5 件尚未定名。具體情況如下：

（1）BD00004 背《道德經河上公章句第四十五章至第四十六章（殘片）》

殘片。《中國國家圖書館藏敦煌遺書》定名爲《老子道德經河上公章句》。經文單行大字，注文雙行小字，緊接經文之後。存經注文 4 行、48 字（經 15字、注 33 字），起第四十五章「躁勝寒」句注「不〔當剛躁〕」之「不」字，止第四十六章「戎馬生於郊」之「戎」字。朱大星指出：「唐寫本，約抄於 7 至 8世紀。」〔註49〕

（2）BD0941《道德經第二十章至第二十七章》

原件現藏中國國家圖書館，原編號爲北 8446（昃 041）。現編號爲 BD0941。卷中無題名。《敦煌寶藏》收錄此卷，定名爲《老子》〔註50〕。卷中無題名。存

〔註48〕 《羅雪堂先生全集》初編（三），臺北，大通書局有限公司，1986 年，第 1027頁。

〔註49〕 朱大星，《敦煌本〈老子〉研究》，北京，中華書局，2007 年，第 81 頁。

〔註50〕 黃永武主編，《敦煌寶藏》第 110 冊，臺北，新文豐出版公司，1985 年，第 341頁。

經文 28 行、385 字，起第二十章「我獨悶悶」之「獨」字，止第二十七章「無繩約不可解，是以聖人常善救人」之「是」字。章末用雙行小字注記該章字數，第二十二章、第二十五章字數注記錯誤，第二十二章實爲 75 字，而記作「七十四字」；第二十五章實爲 80 字，而記作「七十九字」。每章開始另起一行書寫，不標章名章次。抄寫年代未詳。

（3）BD14633《道德經第十二章至第四十八章》

原卷現藏中國國家圖書館。原編號爲北新 0833，現編號爲 BD14633。第三十七章後一行題「老子道經上」，第三十八章前一行題「老子德經下」。完整部分尚未公佈，僅見於《中國國家圖書館藏敦煌遺書精品選》中收錄的第三十七章、三十八章、三十九章、四十章。定名爲《老子道德經卷上、下》。「唐寫本。卷軸裝，首尾殘。長 259.2 釐米，高 24.5 釐米。卷前有勞健題跋及鈐印」〔註51〕。「存一百五十七行，行約十七字，起第十二章『五色令人目盲』之「五」字，迄第四十八章末『不足以取天下』之『下』字」〔註 52〕。每章開始另起一行書寫。不避唐諱。

（4）BD14677《道德經義疏第一章至第六章》

現藏中國國家圖書館，原編號爲北新 0877。完整部分尚未公佈，僅見於《中國國家圖書館藏敦煌遺書精品選》收錄的第一章、二章、三章，經注連書，字體大小無別。定名爲《老子義疏一卷》。「唐寫本。卷軸裝，首尾殘。長 270.5 釐米，高 27 釐米」。〔註53〕「計存《老子》經文第一章至第六章，以章首數字爲章名」。〔註54〕

（5）BD14738《道德經注疏第四十一章至第四十五章》

現藏中國國家圖書館。原編號爲北新 0938，現編號爲 BD14738。完整部分尚未公佈，僅見於《中國國家圖書館藏敦煌遺書精品選》收錄的第四十二章、四十三章，經注連書，字體大小無別。定名爲《老子義疏一卷》。「唐寫本。卷

〔註51〕李際寧主編，《中國國家圖書館藏敦煌遺書精品選》，北京，中國國家圖書館出版社，2000 年，第 22 頁。

〔註52〕朱大星，《敦煌本〈老子〉研究》，北京，中華書局，2007 年，第 45 頁。

〔註53〕李際寧主編，《中國國家圖書館藏敦煌遺書精品選》，北京，中國國家圖書館出版社，2000 年，第 21 頁。

〔註54〕朱大星，《敦煌本〈老子〉研究》，北京，中華書局，2007 年，第 100 頁。

軸裝，首尾殘。長 97.5 釐米，高 25.4 釐米。卷後有袁虔題識」。〔註55〕「原卷無題，亦不標章名章次。存經注文五十六行，行約十七字。起第四十一章注文『具循之則身安而國家可保矣』之『具』字，迄第四十五章注文『以欲心若……』」。〔註56〕行款同散 0668B。

（6）BD15698《道德經第十六章至第十九章（殘片）》

「原卷現藏國家圖書館，今據原件著錄。原編號忘 98。碎片……存七行半。此卷首尾及下半部均殘，首行殘損嚴重，僅存數字左側殘畫，難以辨認爲何字。」〔註57〕此件未見，朱大星與王卡均認爲此件存第十六章至第十九章經文片段，與 S.798、P.4781 行款、字迹相同，可綴合。

五、其他敦煌寫卷《老子》

（一）書道博物館藏本

《沙州諸子廿六種》收錄東京中村不折氏舊藏《老子》兩種，現藏書道博物館。具體介紹如下：

（1）《道德經第三十九章至第五十二章（殘片）》

卷中無題名。《沙州諸子廿六種》定名爲《老子道德經殘卷》。存經文 53 行、800 字，起第三十九章「昔之得一者」之「得」字，止第五十二章「塞其兌，閉其門」句。每章開始另起一行書寫。章末用雙行小字注記該章字數，第四十一章、四十九章字數注記錯誤，第四十一章實爲 96 字，而記作「九十五字」；第四十九章實爲 64 字，而記作「六十三字」。「基」、「㦡」皆不缺筆，抄寫年代未詳。此寫卷原卷不可見，僅見於《沙州諸子廿六種》排印本。

（2）《道德經第五十五章至第五十六章（殘片）》

卷中無題名。《沙州諸子廿六種》定名爲《老子道德經殘卷》。《敦煌遺書散錄》作散 0868〔註58〕。存經文 9 行、87 字，起第五十五章「含德之厚比於赤子」

〔註55〕李際寧主編，《中國國家圖書館藏敦煌遺書精品選》，北京，中國國家圖書館出版社，2000 年，第 24 頁。

〔註56〕朱大星，《敦煌本〈老子〉研究》，北京，中華書局，2007 年，第 104 頁。

〔註57〕朱大星，《敦煌本〈老子〉研究》，北京，中華書局，2007 年，第 50 頁。

〔註58〕北京商務印書館編，《敦煌遺書總目索引》，北京，中華書局，1983 年，第 332 頁。

句，止第五十六章「不可得賤，故爲天下貴」句。每章開始另起一行書寫。此寫卷原卷不可見，僅見於《沙州諸子廿六種》排印本。王重民《敦煌遺書散錄》據《昭和法寶目錄》著錄 0868 號爲「六朝經片帖五卷」〔註59〕。據王重民先生所說，則此爲六朝抄本。

（二）其　他

（1）散 0583

此卷原件及影本皆未見。王卡據《德化李氏出售敦煌寫本目錄》將其歸入標字經文本類，並指出，起第十三章，止第四十八章〔註60〕。

（2）日本藏本《道德經第一章至第六章》

第一章前一行題《老子道經上》。武內義雄將其定名爲《敦煌本老子殘卷》，見於《武內義雄全集》第五卷前圖版〔註61〕。存經文 20 行、299 字，起第一章首句「道可道，非常道」，止第六章「綿綿若存」句。每章末用雙行小字注記該章字數，第二章字數注記錯誤，實爲 86 字，而記作「八十五字」。每章開始另起一行書寫，無章名章次。「淵」、「民」、「治」皆不缺筆，抄寫年代未詳。

王卡先生將以上 4 件歸入吐魯番寫卷〔註62〕。

（3）四天王寺大學藏本 A26《道德經河上公章句第六章、第二十三章、第二十五章（殘片）》

卷中無題名。4 件碎片，第一件存第六章經文「谷神不死」之「神不死」三字；第二件僅殘存注文「曲」字；第三件存第二十三章經文「希言自然」之「然」字及此句注文 10 字；第四件存第二十五章經注文共 8 行、105 字（經 28 字、注 77 字），起經文「吾不知其名」之「不」字，止「地法天」句注「天澹泊不動」之「泊」字。經文單行大字，注文緊接經文之後，雙行小字。藤枝晃編著《高昌殘影》有影件，並附有釋文〔註63〕。

〔註59〕北京商務印書館編，《敦煌遺書總目索引》，北京：中華書局，1983 年，第 332 頁。

〔註60〕王卡，《敦煌道教文獻研究》，北京，中國社會科學出版社，2004 年，第 163 頁。

〔註61〕〔日〕武內義雄，《武內義雄全集》第五卷，東京，角川書店，2006 年。

〔註62〕王卡，《敦煌道教文獻研究》，北京，中國社會科學出版社，2004 年，第 169～170 頁。

〔註63〕〔日〕藤枝晃編著，《高昌殘影》，京都，法藏館，2005 年，第 139～140 頁。

（4）大谷文書 8120 號《道德經河上公章句第六十一章（殘片）》

殘片。吐峪溝出土。卷中無題名。首尾均殘，每行上部皆殘缺，經文單行大字，注文雙行小字。共存經注 6 行，起經文「牝常以靜勝牡」之「常」字，止「夫兩者各得其所欲，大者宜爲下」句注「大國小國各欲行其所」之「各」字。《大谷文書集成》第 3 卷圖版 48 即此件影本，附有釋文，並認爲其爲唐抄本〔註64〕。

（5）《太上玄元道德經第五十一章至第八十一章》

原爲香港張虹所藏，現藏美國普林斯頓大學蓋斯特圖書館。尾題《太上玄元道德經卷終》。後附題記「建衡二年庚寅五月五日燉煌郡索紞寫已」。存經文 118 行、2068 字，起第五十一章「道生之，德畜之」句，止第八十一章末。每章開始另起一行書寫，無章名章次。不注記字數。

此卷發現以來，學者便對該卷的眞僞展開了討論，多數學者認爲其爲後人僞造，如嚴靈峰、池田溫、王卡。亦有學者認爲此卷不僞者，如王素《西晉索紞寫〈道德經〉殘卷》一文則主張在未找到有力的證據之前，不宜將此卷斷爲贗品〔註65〕。從行款及重文符號來看，此卷與其他卷不同：從每行的字數來說，其他敦煌寫卷《老子》經文本皆爲十七八字，而此卷則約爲 20 字；從重文符號來看，其他寫卷皆作「ㄑ」，而此卷皆作「、」，尤其是兩字重文者，如第 55 章「是謂不道，不道早已」，《太上玄元道德經》作「是謂不、道、早已」，在「不道」下各加一點，表示二字需要重複。

第二節　敦煌寫卷《老子》各卷綴合情況

由於敦煌寫卷《老子》發現後不久便分散異地，因此存在原屬同一卷而散落各處者，甚至有一分爲十二者。將這些本屬一卷而散落異地的不同寫卷綴合爲一，恢復其本來面目，對於全面研究敦煌寫卷《老子》是一件重要的基礎工作。

〔註64〕龍谷大學佛教文化研究所編，《大谷文書集成》，京都，法藏館，2003 年，第243 頁。

〔註65〕王素，「西晉索紞寫《道德經》殘卷」，《中國文物報》，1994 年 4 月 3 日第 3版。

　　自從敦煌寫卷《老子》公佈以來，前賢在其綴合方面做出了很大的努力，但由於資料的限制，他們的工作尚存在許多不完善之處。進入 21 世紀以來，隨著國內外敦煌寫卷的不斷公佈，我們所能見到的敦煌寫卷《老子》亦愈來愈多。因此對散落異地的各卷進行綴合，不僅是必要的，同時也是研究《老子》不可或缺的重要環節。

　　在以上著錄的 78 件敦煌寫卷《老子》中，可進行綴合者有以下各卷：

　　（1）S.798A＋BD15698＋P.4781＋S.798B《道德經第四章至第三十七章》

　　S.798、BD15698、P.4781 三件筆迹、行款皆同，文字首尾相接，皆不避唐諱。S.798 於第四十六行處裂開，王卡、朱大星將前後部分分別稱為 S.798A、S.798B，在其斷裂處，約缺 4 行經文，可補入 BD15698、P.4781 兩卷，其裂痕完全密合〔註66〕。以上三卷綴合後，存經文 132 行，起第四章「解其忿」句，止第三十七章末。但第四十六行至第四十九行下部仍有殘缺。

　　（2）S.4681＋P.2639《道德經河上公章句第三十八章至第七十七章》

　　此 2 件筆迹、行款皆同，文字首尾相接，裂縫完全密合。兩件綴合後，存經注文 262 行，約 9756 字。起第三十八章首句「上德不德」，止第七十七章「唯有道者」之「唯」字。據 S.4681 卷前題記及 P.2639 第五十九章後題「老子德經下」知，《老子道德經河上公章句》分為《道經》36 章、《德經》45 章，且《道經》、《德經》又各分為上下兩卷，即共分為 4 卷。

　　（3）P.2255＋P.2417＋P.2421《道德經第十三章至第八十一章》

　　此 3 件筆迹、行款皆同，文字首尾相接，《法藏》已將三者綴合。（參見 P.2255 著錄）

　　（4）P.2435＋P.2596《道德經序訣、太上隱訣及道德經第一章至第十一章》

　　此 2 件筆迹、行款皆同，《法藏》已將此 2 件綴合，作「P.2435 2596」。（參見 P.2435 2596 著錄）

　　（5）P.2594＋P.2864＋S.2060＋P.3237＋P.2577＋P.3277《道德經李榮注第三十九章至第八十一章、第三十七章》

　　此 6 件筆迹、行款皆同，文字首尾相接，裂縫完全密合。綴合後，存經注文 398 行、13752 字，起第三十九章「神得一以靈」之「得」字，至第八十一

〔註66〕朱大星，《敦煌寫卷〈老子〉研究》，北京，中華書局，2007 年，第 49 頁。

章末，後又接第三十七章，止第三十七章「無欲以靜，天下自正」句注「故云天下自正也」。《法藏》、《英藏》對此6件名稱勘定不統一，如P.2594、P.2577，《法藏》定名爲《老子道德經李榮注》；P.2864、P.3237，《法藏》定名爲《李榮注老子道德經》；P.3277，《法藏》定名爲《老子德經卷下》；S.2060，《英藏》定名爲《老子李榮注》。

（6）Дx01111＋Дx01113《道德經第七十三章至第八十章》

此2件筆迹、行款皆同。《俄藏》將此二者綴合，作「Дx01111　Дx01113」。（參見Дx01111　Дx01113著錄）

（7）Дx11805＋Дx11959＋Дx12821＋Дx11809＋Дx11890＋Дx11816＋Дx11964＋Дx11873＋Дx12820＋Дx11658＋BD0941＋散0688A《道德經第五章至第三十六章》

此12件是敦煌寫卷《老子》綴合卷數最多的寫卷，其殘損程度可見一斑。此12件筆迹、行款皆同，文字首尾相接，裂縫完全密合。其中《俄藏》10件爲碎片，皆未定名。綴合後，存經文123行、1668字，起第五章「以百姓爲芻狗」之「爲」字，止第三十六章「將欲翕之，必固張之」之「張」字。除BD0941定名爲《老子》外，其餘皆未定名。此外，王卡指出：「此件與散0667疑係同抄本。」〔註67〕朱大星亦指出：「散0667與上述綴合殘卷內容可以衝接。另外，筆迹亦近似，但『字』、『可』、『爲』、『無』等字寫法稍有不同，疑其與上述綴合殘卷原係同一卷，唯由不同二人抄寫而已。」〔註68〕經比勘，二者筆迹較爲相似。散0667止第五章「聖人不仁，以百姓爲」句，Дx11805殘片起第五章「以百姓爲芻狗」之「爲」字，若二者可綴合爲一卷，則衍一「爲」字。

此外，BD0941、散0688A與S.6453不僅筆迹相同，用字幾乎全同，BD0941＋散0688A與S.6453對應部分除有6行經文起訖不同外，其餘行經文起訖皆同。此3件爲同一人抄寫。不避唐諱，抄寫年代未詳。

（8）散0668D＋P.2347《道德經第四十一章至第八十一章》

此2件筆迹、行款皆同，文字首尾相接，裂縫完全密合。綴合後，存經文

〔註67〕王卡，《敦煌道教文獻研究》，北京，中國社會科學出版社，2004年，第160頁。

〔註68〕朱大星，《敦煌本〈老子〉研究》，北京，中華書局，2007年，第55頁。

161 行、297 字，起第四十一章「道隱無名」之「隱」字，止第八十一章末。據卷末題記被定爲唐景龍三年（709 年）抄寫本。

78 件敦煌寫卷《老子》綴合後爲 54 件，其中綴合最多者爲《俄藏》部分，15 件中有 10 件可綴合爲 1 件，只剩下Дх03334、Дх06806、Дх08894 三件小殘片無法綴合。

第三章　敦煌寫卷《老子》異文研究

第一節　敦煌寫卷《老子》異文比較

　　本節以法藏敦煌寫卷《老子》P.2329 第一章至第九章、S.6453 第十章至第八十一章經文爲底本，與其他 76 件敦煌寫卷、馬王堆帛書《老子》甲本、馬王堆帛書《老子》乙本、郭店楚簡《老子》甲本、郭店楚簡《老子》乙本、郭店楚簡《老子》丙本、唐景龍二年易州龍興觀《道德經五千文》、王弼本《老子》及河上公本《老子》經文進行比較，異文分別錄出。同時對部分敦煌寫卷《老子》異文進行了分析。

第一章
道，可道，非常道。名，可名，非常名。

　　可道，帛甲本〔註1〕作「可道也」。非常道，帛甲本作「非恒道也」。可名，帛甲本作「可名也」。非常名，帛甲本作「非恒名也」。P.2370、P.2435 2596、

〔註 1〕指馬王堆帛書《老子》甲本，此據馬王堆漢墓帛書整理小組《馬王堆漢墓帛書（參）》（北京，文物出版社，1978 年）整理。帛乙本同此。

P.2584、散 0667、武內本〔註2〕、景龍本〔註3〕、王本〔註4〕、河上本〔註5〕同底本〔註6〕。S.13243 僅殘存「非常名」三字；帛乙本僅殘存「道可道也」、「恒名也」七字。

无名，天地始；有名，万物母。

　　无，王本、河上本作「無」。天地始，帛甲本、帛乙本作「萬物之始也」，王本、河上本作「天地之始」。万，P.2370、P.2584 作「萬」，散 0667 作「萬」，帛甲本、帛乙本、景龍本、王本、河上本作「萬」。母，帛甲本、帛乙本作「之母也」，王本、河上本作「之母」。P.2435 2596、武內本同底本。

常无欲，觀其妙；常有欲，觀其徼。

　　常无欲，帛甲本作「故恒无欲也」，帛乙本句首缺一字，作「恒无欲也」，王本、河上本作「故常無欲」。觀，P.2370、P.2435 2596、P.2584、散 0667 皆作「觀」，帛甲本、王本、河上本皆作「以觀」，帛乙本前者闕、後者作「以觀」。其妙，帛甲本作「其眇」，帛乙本闕。有欲，帛甲本作「有欲也」，帛乙本作「又欲也」。其徼，P.2370、P.2584 作「所曒」，P.2435 2596 作「所徼」，散 0667 作「其曒」，帛甲本、帛乙本作「其所噭」，王本、河上本作「其徼」。武內本、景龍本同底本。S.13243 僅殘存「其妙常」三字。

此兩者同出而異名，同謂之玄，玄之又玄，衆妙之門。

　　此兩者同出而異名，帛甲本、帛乙本作「兩者同出，異名同胃」。此，王本、河上本作「此」。兩，王本、河上本作「兩」。異，王本、河上本作「異」。

〔註2〕指見於《武內義雄全集》第五卷前圖版之《道德經》第一章至第六章。

〔註3〕指大唐景龍二年正月易州龍興觀《道德經五千文》，簡稱「景龍本」。此據北平研究院史學研究會考古組《古本道德經校刊》整理，民國 25 年（1936 年）。

〔註4〕指王弼本《老子》，此據高明《帛書老子校注》（北京，中華書局，1996 年）整理，其依據版本爲清光緒元年浙江書局刻明華亭張子象本。

〔註5〕指河上公本《老子》，此據王卡《老子道德經河上公章句》（北京，中華書局，1993 年）整理。其依據版本爲《四部叢刊》影印鐵琴銅劍樓藏南宋建安虞氏刊本，本書底本斷句亦依據王卡此書。

〔註6〕本書底本是指寫卷 P.2329（第 1～9 章）與 S.6453（第 10～81 章）。此外，文中未指出「××作××」或「××同底本」者，即爲缺者。

玄之又玄，P.2435 2596 作「玄之有玄」，王本作「玄而有玄」。衆，P.2370、P.2435
2596、P.2584、散 0667 作「衆」，王本、河上本作「眾」。武內本、景龍本同
底本。S.13243 僅殘存「之玄玄」三字；帛甲本作「兩者同出，異名同胃，玄
之有玄，眾妙之口〔註7〕」；帛乙本作「兩者同出，異名同胃，玄之又玄，眾
妙之門」。

第二章

天下皆知美之為美，斯惡已；皆知善之為善，斯不善已。

　　知，簡甲本〔註8〕皆作「智」。為，散 0667 皆作「为」。美之為美，P.2435
2596 作「羑之為美」，散 0667 作「羑之為羑」，BD14677 作「美之為美」，簡
甲本作「散之為散也」，帛甲本作「美為美」，帛乙本、王本、河上本作「美之
為美」。斯惡已，P.2370、BD14677 作「斯惡已」，簡甲本、帛乙本作「亞已」，
帛甲本作「惡已」，王本、河上本皆作「斯惡已」。皆知善之為善，簡甲本、帛
甲本、帛乙本作「皆知善」。善，P.2370、P.2584、BD14677 皆作「善」，王本、
河上本作「善」。斯不善已，武內本作「斯不善已」，簡甲本作「此其不善已」，
帛甲本作「訾不善矣」，帛乙本作「斯不善矣」，王本、河上本皆作「斯不善
已」。

有无相生，難易相成，長短相形，高下相傾，音聲相和，先後相随。

　　有无相生，簡甲本作「又亡之相生也」，帛甲本作「有无之相生也」，王本、
河上本作「故有无相生」，帛乙本僅殘存「生也」二字。難易相成，簡甲本作
「戁惕之相成也」，帛甲本、帛乙本作「難易之相成也」。難，P.2435 2596、
P.2584、BD14677 作「難」。長短相形，簡甲本作「長耑之相型也」，帛甲本作
「長短之相刑也」，帛乙本作「長短之相刑也」。形，王本作「較」。高下相傾，
簡甲本作「高下之相涅也」，帛甲本、帛乙本作「高下之相盈也」。高，王本、
河上本作「高」。音聲相和，簡甲本作「音聖之相和也」，帛甲本作「意聲之
相和也」，帛乙本作「音聲之相和也」。聲，P.2370、P.2584 作「聲」，P.2435 2596

〔註7〕□，表示缺一字。下同。

〔註8〕指郭店楚簡《老子》甲本。本書依據彭浩校編《郭店楚簡〈老子〉校讀》（武
　　　漢，湖北人民出版社，2000 年）整理。簡乙本、簡丙本同此。

作「聲」，BD14677作「聲」，王本、河上本作「聲」。先後相隨，BD14677作
「前後相隨」，簡甲本作「先後之相墮也」，帛甲本、帛乙本作「先後之相隋，
恒也」，王本、河上本作「前後相隨」。散0667、武內本、景龍本同底本。

是以聖人治寂无為之事，行无為之教。

聖，帛甲本作「聲」，帛乙本作「耶」。治寂，P.2370、P.2584、BD14677、
景龍本作「治廢」，簡甲本、帛甲本、帛乙本作「居」，王本、河上本作「處」，
P.3592不可辨。无為之事，散0667、BD14677作「无為之事」，P.3592、王本、
河上本作「無為之事」，簡甲本作「亡為之事」。无為之教，P.2370、P.2435 2596、
P.2584、P.3592、散0667、BD14677、帛乙本、王本、河上本作「不言之教」，
簡甲本作「不言之孝」，帛甲本闕。武內本、景龍本同底本。

万物作而不辭，

万物，P.2370、P.2584作「萬物」，P.3592、散0667作「萬物」，簡甲本作
「萬勿」，帛乙本、王本、河上本作「萬物」。作，P.2370、P.2435 2596、P.2584、
散0667作「作」，P.3592作「作」，BD14677作「作為」，簡甲本作「俊」，帛
乙本作「昔」，王本、河上本作「作焉」。不辭，P.2370、P.2435 2596、P.2584
作「不為始」，散0667作「不為始」，P.3592、景龍本作「不辭」，BD14677作
「不辭」，簡甲本作「弗忖也」，帛乙本作「弗始」，王本、河上本作「不辭」。
武內本同底本。帛甲本僅殘存「也」字。

生而不有，為而不恃，成功不居。夫惟不居，是以不去。

為，散0667、BD14677作「為」。不恃，簡甲本、帛甲本作「弗志也」，
帛乙本作「弗侍也」。成功，P.3592、BD14677作「功成」，簡甲本作「成」，
帛甲本、帛乙本作「成功」，王本、河上本作「功成」。不居，P.2370前者作「不
寂」、後者作「不處」，P.2435 2596、散0667皆作「不寂」，P.2584皆作「不處」，
BD14677前者作「而弗居」、後者作「弗居」，簡甲本前者作「而弗居」、後者
作「弗居也」，帛甲本前者作「而弗居也」、後者作「居」，帛乙本前者作「而
弗居也」、後者作「弗居」，王本、河上本皆作「弗居」。夫，簡甲本作「天」。
惟，P.2370、P.2584、P.3592、散0667、BD14677、景龍本作「唯」，簡甲本、
帛甲本、帛乙本、王本作「唯」，河上本作「惟」。不去，簡甲本作「弗去也」，

帛甲本、帛乙本作「弗去」。武內本同底本。P.2370、P.2435 2596、P.2584、散0667、簡甲本、帛甲本、帛乙本無「生而不有」句。

第三章

不尚賢，使民不争。

　　尙，P.2370、P.2435 2596、P.2584、散0667、帛乙本、景龍本作「上」。賢，P.2370、P.2584、散0667作「寶」，P.3592、BD14677作「賢」。民，P.3592作「𡶠」。争，P.3592、BD14677、景龍本、王本、河上本作「爭」。武內本同底本。帛甲本僅殘存「不上賢」三字。

不貴難得之貨，使民不盗。

　　難，P.2370、P.2435 2596、P.2584作「難」，散0667作「難」，帛乙本、王本、河上本作「難」。之貨，P.2370、P.2584作「貨」。民，P.3592作「𡶠」，帛乙本、王本、河上本作「民」。不盗，P.3592、帛乙本、王本、河上本作「不為盗」。武內本、景龍本同底本。P.3235V⁰僅殘存「𡶠不為盗」四字；BD14677僅殘存「不貴難」三字；帛甲本僅殘存「民不為」三字。

不見可欲，使心不亂。

　　心，帛乙本作「民」，王本作「民心」。亂，S.6825V作「𤔔」，P.2435 2596、P.3235V⁰作「亂」，王本、河上本作「亂」。P.2370、P.2584、P.3592、散0667、武內本、景龍本同底本。帛甲本僅殘存「民不亂」三字。

聖人治，虛其心，實其腹，

　　聖人治，P.3235V⁰作「是以聖人治」，P.3592作「是以聖人之治」，帛乙本作「是以耴人之治也」，王本作「是以聖人之治」，河上本作「是以聖人治」。聖，S.6825V作「睲」。虛，S.6825V作「靈」，據其注文「虛去心中凶惡」知，「靈」似應爲「虛」字之誤，P.2435 2596、P.3235V⁰、散0667、景龍本作「虛」，P.3592作「虙」，帛乙本、王本、河上本作「虛」。P.2370、P.2584、武內本同底本。Дx03334僅殘存「心實其腹」四字；帛甲本僅殘存「是以聲人之」五字。

弱其志，强其骨。

志，帛甲本、帛乙本、王本、河上本作「志」。强，S.6825V 作「弻」，P.3235V⁰ 作「强」，P.2370、P.2584、散 0667 作「彊」，P.2435 2596 作「强」，P.3592 作「強」。骨，帛甲本、帛乙本、王本、河上本作「骨」。武內本、景龍本同底本。S.477 僅殘存「强其骨」三字；帛甲本僅殘存「强其骨」三字。

常使民无知无欲，使夫智者不敢為，則无不治。

常，帛甲本、帛乙本作「恒」。民，P.3235V⁰、P.3592 作「𠯳」，帛甲本、帛乙本作「民」。无知无欲，P.3235V⁰ 作「無欲」，P.3592、王本、河上本作「無知無欲」，帛甲本、帛乙本作「无知无欲也」。欲，S.6825V 作「欵」。使夫智者，S.6825V、P.2370、P.2435 2596、P.2584、散 0667、景龍本作「使知者」，P.3235V⁰、P.3592 作「使夫知者」，帛乙本作「使夫知」，帛甲本作僅殘存「使」字，S.477 闕。不敢為，S.6825V、P.2370、P.2435 2596、P.2584 作「不敢不為」，P.3235V⁰、P.3592、王本、河上本作「不敢為也」，散 0667 作「不敢不为」，帛乙本作「不敢弗為而已」，景龍本作「不敢為」，S.477、帛甲本闕。則无不治，P.3235V⁰ 作「為無則無不治矣」，「為無」後脫一「為」字，P.3592 作「為無為，則無不治矣」，王本、河上本作「為無為，則無不治」，帛乙本作「則无不治矣」，S.477 僅殘存「不治」二字，帛甲本闕。武內本同底本。Дx03334 僅殘存「知者不」三字。

第四章

道沖，而用之又不盈。渊似万物之宗。

沖，S.477、P.3592、王本、帛乙本作「沖」。又，S.477、P.3235V⁰、P.3592 作「或」，帛乙本作「有」，王本、河上本作「或」，景龍本闕。不盈，S.477、S.6825V、P.3235V⁰ 作「不盈」，P.3592、景龍本作「不盈」，帛乙本作「弗盈也」，王本、河上本作「不盈」。渊，S.6825V 作「渊」，P.2370、P.2584、散 0667 作「渊」，P.2435 2596 作「測」，P.3235V⁰ 作「渊兮」，P.3592 作「洸兮」，帛乙本作「淵呵」，景龍本作「深乎」，王本作「淵兮」，河上本作「淵乎」，S.477 闕。似，帛乙本作「佁」，S.477 闕。万，S.6825V 作「萬」，P.2370、P.2584 作「萬」，P.3235V⁰、P.3592、散 0667 作「萬」，帛乙本、王本、河上本作「萬」，S.477

闕。之宗，景龍本作「宗」。武內本同底本。帛甲本僅殘存「盈也瀟呵始萬物之宗」九字。

挫其銳，解其忿，和其光，同其塵。

挫，S.6825V、武內本作「挫」，帛甲本、帛乙本作「銼」。銳，王本、河上本作「銳」，帛乙本作「兌」，帛甲本無。解，S.477 作「解」，S.6825V 作「解」，P.2370、P.2435 2596、P.2584 作「解」，P.3235V⁰ 作「觧」，散 0667 作「解」，帛甲本、帛乙本、王本、河上本作「解」。忿，P.3235V⁰ 作「紛」，P.3592、帛甲本、王本、河上本作「紛」，帛乙本作「芬」。塵，S.477、P.2435 2596、P.2584、P.3235V⁰、散 0667、帛乙本、景龍本、王本、河上本作「塵」，S.6825V、P.2370 作「塵」，P.3592 作「塵」。Дx03334 僅殘存「挫其銳」句。S.477、S.798 缺「挫其銳」句；帛甲本句末缺「其塵」二字。

湛然常存，吾不知誰子，象帝之先。

湛然常存，S.477、P.3235V⁰、P.3592 作「湛兮似或存」，S.798、S.6825V、P.2370、P.2435 2596、P.2584、散 0667 作「湛似常存」，帛乙本作「湛呵似或存」，景龍本作「湛常存」，王本作「湛兮似或存」，河上本作「湛兮似若存」，帛甲本僅存「或存」二字，Дx03334 闕。誰子，S.477 作「其誰之子」，P.3592 作「其誰子」，帛乙本作「其誰之子也」，王本、河上本作「誰之子」，Дx03334 僅殘存「誰」字，帛甲本僅殘存「子也」二字。象，S.477 作「象」，S.6825V 作「像」，P.2370、P.2584 作「象」，P.3235V⁰ 作「象」，P.3592 作「魚」。武內本同底本。

第五章

天地不仁，以万物為芻狗；聖人不仁，以百姓為芻狗。

万，S.798、P.3592、散 0667 作「萬」，S.6825V 作「萬」，P.2370、P.2584、P.3235V⁰ 作「萬」，P.2435 2596、帛甲本、帛乙本、王本、河上本作「萬」。為，P.3235V⁰ 前者如字、後者作「為」，散 0667 皆作「為」，帛甲本前者如字、後者闕。芻狗，S.798 與武內本前者作「芻狗」、後者如字，P.3592 前者作「蒭狗」、後者作「蒭狗」，S.6825V 前者作「蒭苟」、後者作「蒭苟」，景龍本皆作「苴狗」，帛乙本、王本、河上本皆作「芻狗」，帛甲本前者作「芻狗」、後者僅殘存「狗」字。聖，S.6825V 作「聖」，帛甲本作「聲」。百姓，散 0667 作「百姓」。S.477

僅殘存「天地不仁」、「芻狗」六字；俄綴〔註9〕僅殘存「為芻」二字。

天地之間，其猶囊籥？

地，簡甲本作「陛」。之間，S.477、S.798、S.6825V、P.2370、P.2435 2596、P.2584 作「之閒」，簡甲本作「之刄」，帛甲本闕。其猶，簡甲本作「其猷」，帛甲本僅殘存「猶」字。囊籥，S.477 作「囊籥乎」，S.798、S.6825V、P.2370、P.2435 2596、P.2584 作「橐籥」，P.3235V⁰ 作「橐籥乎」，P.3592、王本、河上本作「橐籥乎」，簡甲本作「呢籥與」，帛甲本、帛乙本作「橐籥輿」。武內本、景龍本同底本。

虛而不屈，動而喻出。多言數窮，不如守忠。

虛，P.3235V⁰、簡甲本、帛甲本、帛乙本、王本、河上本作「虛」，P.3592 作「虐」。不屈，帛甲本、帛乙本作「不淈」，P.3592 闕。動，簡甲本作「逹」，帛甲本作「蹱」，帛乙本作「勭」。喻，S.477、S.798、S.6825V、P.2370、P.2435 2596、P.2584、P.3235V⁰、P.3592、簡甲本、王本、河上本作「愈」，帛甲本、帛乙本、景龍本作「俞」。言，S.798、S.6825V、P.2370、P.2435 2596、P.2584、帛甲本、帛乙本作「聞」。數，S.477 作「数」，S.798 作「数」，S.6825V 作「數」，P.2370 作「数」，P.2435 2596 作「數」，P.2584、P.3592 作「數」，P.3235V⁰ 作「數」，帛甲本、帛乙本、王本、河上本作「數」，景龍本作「數」。不如守忠，帛甲本、帛乙本作「不若守於中」。忠，S.477、S.798、S.6825V、P.2370、P.2435 2596、P.2584、P.3235V⁰、P.3592、景龍本、王本、河上本作「中」。武內本同底本。俄綴僅殘存「愈出多聞」四字；簡甲本無「多言數窮，不如守忠」句。

第六章
谷神不死，是謂玄牝，

谷，帛甲本、帛乙本作「浴」。謂，帛甲本、帛乙本作「胃」。牝，P.2584 作「牝」。S.477、S.798、S.6825V、P.2370、P.2435 2596、P.3235V⁰、P.3592、

〔註9〕俄綴，是指俄藏 10 件敦煌寫卷《老子》殘片綴合後的總稱，其綴合順序爲：
Дx11805＋Дx11959＋Дx12821＋Дx11809＋Дx11890＋Дx11816＋Дx11964
＋Дx11873＋Дx12820＋Дx11658，起第五，止第三十六章。

俄綴、武內本、景龍本、王本、河本同底本。四天王寺本僅殘存「谷」字；帛甲本缺「不」字。

玄牝門，天地根。

　　玄牝門，S.477、帛甲本、帛乙本、王本、河上本作「玄牝之門」，P.3235V^{0}作「牝門」。牝，P.2584作「牝」。天地根，S.477作「是謂天地之根」，S.6825V作「天地根」，P.3235V^0、P.3592、王本、河上本作「是謂天地根」，帛乙本作「是胃天地之根」，帛甲本僅殘存「是胃」、「地之根」五字。S.798、P.2370、P.2435 2596、武內本、景龍本同底本。俄綴僅殘存「玄」字。

綿綿*若存*，用之不勤。

　　綿綿，S.477、S.6825V 作「绵绵」，P.2435 2596、P.3592、王本作「縣縣」，P.3235V^{0}作「縣」，其他敦煌寫卷及帛書本、傳世本〔註10〕皆爲疊音詞，P.3235V^{0}脫一「縣」字，帛甲本、帛乙本作「縣縣呵」。若，帛甲本、王本、河上本作「若」，帛乙本作「其若」。勤，S.477、P.3235V^0、景龍本作「勤」，S.798 作「勤」，S.6825V、P.2370、P.2435 2596、P.2584、P.3592 作「勤」，帛甲本、帛乙本作「堇」，王本、河上本作「勤」。俄綴僅殘存「存用之不勤」五字；武內本僅殘存「綿綿若存」四字。

第七章
天長地久。天地所以能長久者，以其不自生，故能長久。

　　所，帛甲本、帛乙本、王本、河上本作「所」。能，帛甲本、帛乙本、王本、河上本皆作「能」。長久，S.477、P.3235V^0、P.3592 前者作「長且久」、後者作「長生」，帛甲本前者僅殘存「且久」二字、後者作「長生」，帛乙本、王本、河上本前者作「長且久」、後者作「長生」，景龍本前者如字、後者作「長生」。不自生，帛甲本、帛乙本作「不自生也」。S.798、S.6825V、P.2370、P.2435 2596、P.2584 同底本。P.3592「以其不自生」五字不可辨；俄綴缺「以其不自生」句。

〔註10〕本章所說的敦煌寫卷、簡本、帛書本、傳世本皆就《老子》而言，下同。

是以聑人後其身而身先，外其身而身存。

　　聑，S.477、S.798、P.2370、P.2435 2596、P.2584、P.3235V⁰、P.3592、景龍本、王本、河上本作「聖」，帛甲本作「聲」，帛乙本作「耶」。後，S.6825V 作「復」，帛甲本作「芮」，帛乙本作「退」。外其身而身存，帛乙本作「外其身而身先，外其身而身存」。S.6453 僅殘存「而身存」三字；俄綴僅殘存「是以聖人後其而身存」九字。

以其无私，故帳成其私。

　　以其，S.477、P.3235V⁰、P.3592、景龍本、王本、河上本作「非以其」，帛甲本、帛乙本作「不以其」。无私，S.477 作「无私耶」，P.3235V⁰ 作「無私邪」，P.3592、河上本作「無私耶」，俄綴作「无尸」，帛乙本作「无私興」，王本作「無私邪」，帛甲本僅殘存「无」、「興」二字。私，S.798、S.6825V、P.2370、P.2435 2596、P.2584 皆作「尸」。故帳成其私，P.3235V⁰ 作「故成其私」，帛甲本、帛乙本、王本、河上本作「故能成其私」，P.3592 僅殘存「私」字，俄綴僅殘存「故帳」二字。

第八章

上善若水，水善利万物又不争。

　　善，S.477 前者作「善」、後者作「善」，S.798、S.6825V、俄綴皆作「善」，S.6453、P.2435 2596、P.3235V⁰、P.3592 皆作「善」，帛甲本、帛乙本、王本、河上本皆作「善」。若，帛甲本作「治」，帛乙本作「如」，王本、河上本作「若」。万物，S.477、S.6453、S.6825V、P.3592、帛甲本、帛乙本、王本、河上本作「萬物」，S.798 作「萬物」，P.2370、P.2584 作「萬物」，俄綴闕。又不争，S.477、河上本作「而不爭」，S.798、景龍本作「又不爭」，帛甲本作「而有静」，帛乙本作「而有争」，王本作「而不争」，俄綴闕。

處衆人之所惡，故幾於道。

　　處，S.477、S.798、P.2435 2596、景龍本作「夏」，P.3235V⁰ 作「處」，P.3592、王本、河上本作「處」，帛甲本、帛乙本作「居」。衆，S.6825V 作「欷」，王本、河上本作「眾」。所，帛甲本、帛乙本、王本、河上本作「所」。惡，S.6825V

作「惡」，P.3592、帛甲本、王本、河上本作「惡」，帛乙本作「亞」。幾，S.798、P.2370、P.2584、P.3592、景龍本作「幾」，帛甲本、帛乙本、王本、河上本作「幾」。枺道，S.477 作「枺道矣」，S.6825V、P.3592、王本作「於道」，帛甲本、帛乙本作「於道矣」。S.6453 僅殘存「故幾枺道」四字；俄綴僅殘存「故幾枺道」四字。

居善地，心善淵，

善，S.477、P.2435 2596、P.3235V⁰、P.3592 皆作「善」，S.798 皆作「善」，帛甲本、帛乙本、王本、河上本皆作「善」。淵，S.477、S.798、P.3235V⁰ 作「淵」，S.6825V 作「渕」，P.2370、P.2584 作「渕」，P.2435 2596 作「渕」，帛甲本作「潚」，帛乙本、王本、河上本作「淵」，景龍本作「渕」，P.3592 不可辨。S.6453 僅殘存「居善地」三字；俄綴僅殘存「居善地」三字。

與善仁，言善信，政善治，事善胈，動善時。夫唯不爭，故无尤。

與善仁，帛乙本作「予善天」，帛甲本無。善，S.477 第一個與第五個作「善」、其餘皆作「善」，P.2435 2596、P.3235V⁰、P.3592 皆作「善」，S.798 皆作「善」，S.6825V 第一個如字、後四者皆作「善」，帛甲本、帛乙本、王本、河上本皆作「善」。仁，P.2435 2596、景龍本作「人」。言善信，P.3235V⁰ 作「言善」，其他敦煌寫卷及帛書本、傳世本皆有「信」字，P.3235V⁰ 脫，帛甲本作「予善信」。政，S.477 作「ᇟ」，P.2584 作「政」，帛甲本、帛乙本、王本、河上本作「正」。治，P.3592 作「治」。胈，帛甲本、帛乙本、王本、河上本作「能」。動，帛甲本作「蹱」。唯，P.2435 2596 作「隹」，P.3592 作「惟」，帛甲本、帛乙本、王本、河上本作「唯」。爭，S.477、P.3592、景龍本、河上本作「爭」，帛甲本作「靜」。无，P.3235V⁰、P.3592、王本、河上本作「無」。S.798、P.2370 同底本。S.792 僅殘存「胈動善時夫唯不」七字；S.6453 僅殘存「政善治事善胈動善」、「不爭故无尤」十三字；俄綴僅殘存「信政善治事善胈動善時」十字；P.3592 缺「事善胈，動善時」句。

第九章

持而盈之，不若其已。

持，帛甲本、帛乙本作「揑」，簡甲本作「朶」。盈，S.792、景龍本作「盈」，

S.798、S.6825V 作「滿」，S.6453、P.2370、俄綴作「潚」，P.2584 作「潚」，簡甲本作「涅」，帛甲本、帛乙本、王本、河上本作「盈」。不若其已，簡甲本作「不不若已」，帛甲本僅殘存「不」字。若，S.477、S.792、P.3235V^0、P.3592、王本作「如」，帛乙本、王本作「若」，河上本作「知」。已，S.477、P.2435 2596、P.2584、P.3235V^0 作「巳」，景龍本作「以」。

揣而銳之，不可長保。

揣，簡甲本作「湍」，帛乙本作「掘」。銳，S.477、S.798、P.2370、P.2584 作「挩」，S.6825V 作「悅」，簡甲本作「群」，帛乙本作「兌」，王本作「梲」。保，S.798、S.6453、S.6825V、P.2370、P.2435 2596、P.2584 作「寶」，簡甲本作「保也」，帛乙本作「葆也」。S.792、P.3235V^0、P.3592、景龍本、河上本同底本。俄綴僅殘存「揣梲」二字；帛甲本僅殘存「兌」、「之」、「可長葆之」六字。

金玉滿堂，莫之脿守。

滿，S.6825V 作「滿」，P.2584 作「潚」，簡甲本作「涅」，帛甲本作「盈」，王本、河上本作「滿」，帛乙本闕。堂，S.798、S.6825V、P.2370、P.2584、簡甲本、帛甲本、帛乙本作「室」。莫之，S.798、P.2435 2596、P.3592 作「莫之」，S.6825V 作「莫之」，簡甲本作「莫」。脿守，簡甲本作「能獸也」，帛甲本作「守也」，帛乙本作「能守也」，王本、河上本作「能守」。S.477、S.6453、P.3235V^0、景龍本同底本。S.792 僅殘存「金」、「莫之脿守」五字；散 0668F 僅殘存「滿」字；俄綴句首缺「金」字。

富貴而驕，自遺其咎。

富貴，S.792 作「富貴」，S.798、S.6825V、P.2435 2596、P.3235V^0、俄綴作「冨貴」，簡甲本作「貴福」，帛甲本、帛乙本、景龍本、王本、河上本作「富貴」。而驕，S.792、P.3235V^0 作「而憍」，S.798、俄綴作「而驕」，P.3592 作「而憍」，簡甲本作「喬」，帛乙本、王本、河上本作「而驕」。自遺，P.3235V^0 作「而遺」。其咎，S.798、S.6825V 作「咎」，簡甲本、帛甲本、帛乙本作「咎也」，王本、河上本作「其咎」，俄綴闕。S.477、S.6453、P.2370、P.2584 同底本。

功成、名遂、身退，天之道。

　　功成、名遂，S.798、S.6453、S.6825V、P.2370、P.2584 作「名成、功遂」，簡甲本作「攻述」，帛甲本作「功述」，帛乙本、王本作「功遂」，俄綴僅殘存「遂」字，散 0668F 闕。切，河上本作「功」。退，S.792、P.3235V⁰、P.3592 作「退」，S.798、P.2370、P.2435 2596、P.2584、散 0668F、景龍本作「退」，帛甲本作「芮」。天之道，簡甲本、帛乙本作「天之道也」，P.3592、帛甲本僅殘存「天」字，散 0668F 僅殘存「天之」二字。S.477 同底本。

第十章

載營魄抱一，能无離，

　　魄，帛乙本作「柏」，王本、河上本作「魄」。抱，S.798、S.6825V、散 0668F 作「抱」。一，S.477 作「壹」。能，帛乙本、王本、河上本作「能」。无離，S.477 作「无離乎」，S.6825V、河上本作「無離」，P.3235V⁰、P.3592、王本作「無離乎」，帛乙本作「毋離乎」。S.792、P.2329、P.2370、P.2435 2596、P.2584、俄綴、景龍本同底本。散 0668C、散 0668F 缺「能无離」句。

專氣致柔，能嬰兒。

　　專，帛乙本作「榑」，王本、河上本作「專」。氣，S.477 作「炁」。致，帛乙本作「至」，王本、河上本作「致」。柔，S.6825V 作「柔」。能，S.792 作「能如」，帛乙本、王本、河上本作「能」。嬰兒，S.477、P.3235V⁰、帛乙本、王本作「嬰兒乎」，S.798、S.6825V 作「嬰兒」，P.2584 作「嬰兒」，P.3592 闕。P.2329、P.2370、P.2435 2596、俄綴、景龍本同底本。帛甲本僅殘存「能嬰兒乎」四字。

滌除玄覽，能无疵。

　　滌除，S.792 作「滌除」，S.6825V 作「滌除」，P.2370、P.2584、P.3592、俄綴、景龍本、王本、河上本作「滌除」，帛甲本、帛乙本作「脩除」，散 0668C、散 0668F 闕。覽，S.798、P.2435 2596、P.2584、P.3235V⁰、P.3592 作「覽」，S.6825V 作「睨」，P.2329、散 0668F 作「覽」，俄綴作「覽」，散 0668C 作「覽」，帛甲本、帛乙本作「藍」。能，帛甲本、帛乙本、王本、河上本作「能」。无疵，

S.792 作「無疵」，S.477 作「无疵乎」，P.3235V⁰ 作「無乎疵」，P.3592 作「無疵乎」，帛甲本作「毋疵乎」，帛乙本作「毋有疵乎」，王本作「無疵乎」，河上本作「無疵」。

愛民治國而无知。

愛，P.3235V⁰ 作「憂」，其他敦煌寫卷及帛書本、傳世本皆作「愛」，P.3235V⁰ 因「憂」與「愛」形近而誤。民，S.792、S.3592 作「𣍟」，S.798、P.2329、P.2370、P.2435 2596、P.2584、P.3235V⁰ 作「民」，景龍本作「人」。治國，S.6825V 作「冶國」，P.3592 作「治國」，帛乙本作「栝國」，王本、河上本作「治國」。而无知，S.477 作「㷱无知乎」，S.792 作「㷱無為」，P.2329、景龍本作「㷱无為」，P.3235V⁰ 作「㷱無為乎」，P.3592 作「㷱無為乎」，帛乙本作「能毋以知乎」，王本作「能無知乎」，河上本作「能無為」。俄綴、散 0668C 同底本。散 0668F 僅殘存「愛」字。

明白四達而无為。天門開闔而為雌。

明，P.2370 作「朙」。達，S.792、S.6825V、P.2370、P.2435 2596 作「達」。而无為，S.477 作「㷱无知乎」，S.792 作「㷱无知」。天門，S.6825V 作「天地」。而為雌，S.792 作「㷱為雌」。雌，王本、河上本作「雌」。S.798、P.2584、俄綴同底本。S.477 作「天門開闔㷱為雌乎，明白四達㷱无知乎」；S.792 作「天門開闔㷱為雌。明白四達㷱無知」；P.2329 作「天門開闔㷱為雌。明白四達㷱无知」；P.3235V⁰、P.3592 作「天門開闔㷱無雌乎，明白四達㷱無知乎」；帛乙本作「天門啓闔，能為雌乎？明白四達，能毋以知乎」；景龍本作「天門開闔㷱為雌。明白四達㷱无知」；王本作「天門開闔，能無雌乎？明白四達，能無為乎」；河上本作「天門開闔，能為雌。明白四達，能無知」。散 0668C 僅殘存「為天地開闔而為雌」八字；散 0668F 僅殘存「天門開闔而為」六字。

生之畜之，生而不有，為而不恃，長而不宰，是謂玄德。

不，帛乙本皆作「弗」。宰，帛乙本作「宰也」，王本、河上本作「宰」。謂，帛乙本作「胃」。德，S.6825V 作「德」，帛乙本、王本、河上本作「德」。S.477、S.792、S.798、P.2329、P.2370、P.2435 2596、P.2584、P.3235V⁰、俄綴、

散 0668C、景龍本同底本。散 0668F 僅殘存「生之」、「而不恃長而不宰是謂」
十一字；帛甲本僅殘存「生之畜之生而弗」、「德」八字。帛乙本無「為而不恃」
句。

第十一章

卅輻共一轂，當其无，有車之用；

　　卅，景龍本、王本、河上本作「三十」。輻，S.798、S.6825V、P.2329、
Дx12821、散 0668F 作「輻」，帛乙本作「楅」。轂，S.477 作「轂」，S.792、
P.3235V⁰、俄綴、散 0668F 作「轂」，S.6825V 作「轂」，P.2329 作「轂」，散
0668C 作「轂」，帛乙本、王本、河上本作「轂」。无，S.792、P.3235V⁰、王本、
河上本作「無」。之用，帛乙本作「之用也」，散 0668F 闕。P.2370、P.2584 同
底本。帛甲本僅殘存「卅」、「其无」、「之用」五字。

埏殖以為器，當其无，有器之用；

　　埏，S.477 作「挻」，S.792、S.798 作「埏」，S.6825V、P.2370、P.2584、
P.3235V⁰、散 0668C 作「埏」，帛甲本、帛乙本作「燃」，王本、河上本作「埏」。
殖，S.477 作「埴」，S.792、帛甲本、帛乙本、景龍本、王本、河上本作「埴」，
S.798 作「殖」，S.6825V 作「殖」，P.2329 作「填」，似為「埴」之誤，P.2584
作「殖」，散 0668C 作「埴」，P.3235V⁰此字不可辨。以為，S.6825V、帛甲本
作「為」，帛乙本作「而為」。器，S.792、S.6825V、P.2370、P.2584、俄綴、
散 0668C、景龍本皆作「器」，S.798 前者如字、後者作「器」，帛甲本、帛乙
本、王本皆作「器」。无，S.792、P.3235V⁰、王本、河上本作「無」。有器之
用，帛乙本作「有埴器之用也」，帛甲本僅殘存「有埴器」三字。散 0668F 僅
殘存「其无有器之用」六字。

鑿戶牖以為室，當其无，有室之用。

　　鑿，S.477 作「鑿」，S.792 作「鑿」，S.798、散 0668C 作「鑿」，P.2329、
俄綴作「鑿」，P.2370、P.2584、P.3235V⁰ 作「鑿」，帛乙本作「鑿」，王本、河
上本作「鑿」。牖，S.477、S.792、散 0668C、帛乙本、王本、河上本作「牖」，
S.6825V 作「牖」。當其无，S.792、P.3235V⁰、王本、河上本作「當其無」，P.2370

僅殘存「當其」二字。之用，帛乙本作「之用也」。散 0668F 僅殘存「鑿戶牖」、
「之用」五字；帛甲本僅殘存「當其无有」、「用也」六字。帛乙本無「以為室」
三字。景龍本「鑿」、「牖」二字不清楚。

有之以為利，無之以為用。

　　有之，S.477、S.792、帛甲本、帛乙本、王本、河上本作「故有之」。无，
S.792、王本、河上本作「無」。S.798、S.6825V、P.2329、P.2370、P.2584、俄
綴、散 0668C、景龍本同底本。P.3235V^0 作「故有之以為用」；散 0668F 僅殘存
「有之以為」、「之以為」七字。

第十二章

**五色令人目盲，五音令人耳塞，五味令人口爽，馳騁田獵令人心發狂，難
得之貨令人行妨。**

　　色，散 0668C、散 0668F 作「色」。音，P.2370、P.2584 作「者」，其他敦
煌寫卷及帛書本、傳世本皆作「音」，P.2370、P.2584 作「者」，於句意不通，
應為「音」字之誤。聾，P.2329、P.3235V^0、王本、河上本作「聾」。爽，S.6825V
作「爽」，王本、河上本作「爽」。馳騁，S.477、S.792、S.6825V、P.2370、P.2584、
P.3235V^0、散 0668C 作「馳騁」。田獵，S.477、S.792、P.3235V^0、景龍本、河
上本作「田獵」，P.2584 作「田獦」，散 0668C 作「田獵」，王本作「畋獵」。發，
S.6825V 作「弢」，王本、河上本作「發」。難，S.6825V、P.2370、俄綴作「難」，
散 0668C 作「難」，散 0668F 作「難」。得，S.6825V 作「淂」。貨，S.6825V 作
「貨」。S.798 同底本。散 0668F 缺「五味令人口爽馳騁」、「行妨」十字；帛甲
本作「色使人目明，馳騁田臘使人口□□□，難得之貨使人之行方，五味使人之
口啩，五音使人之耳聾」；帛乙本作「五色使人目盲，馳騁田臘使人心發狂，
難得之貨使人之行仿，五味使人之口爽，五音使人之耳□」。

是以聖人為腹不為目，故去彼取此。

　　聖人，S.792、P.2329、S.6825V 作「聖人」，散 0668C 作「聖人」，帛甲
本作「聲人之治也」，帛乙本作「耴人之治也」。不為目，帛乙本作「而不為
目」，帛甲本僅殘存「不」字。彼，S.798、S.6825V、P.2370、P.2584、俄綴、

散 0668F 作「伇」，帛甲本作「罷」。取此，S.6825V 作「耴此」，帛甲本作「耳此」，帛乙本作「而取此」，王本、河上本作「取此」，P.2370 不可辨。S.477、P.3235V⁰、景龍本同底本。散 0668F 句首缺「是以聖人」四字。

第十三章

寵辱若驚，貴大患若身。

　　寵，S.477、S.792、河上本作「寵」，簡乙本作「人㤚」，帛甲本作「龍」，帛乙本作「弄」。辱，S.6825V 作「辱」，散 0668C 作「辱」，簡乙本、帛甲本、帛乙本、王本、河上本作「辱」。若，P.2329 皆作「為」，簡乙本、帛甲本、帛乙本、王本、河上本皆作「若」。驚，S.477、S.792、P.2370、P.2584 作「驚」，S.798、P.3235V⁰、散 0668C、散 0668F 作「驚」，S.6825V 作「驚」，簡乙本作「纓」，帛甲本、帛乙本、景龍本、王本、河上本作「驚」。大患，帛甲本作「大梡」。俄綴同底本。P.3235V⁰ 缺「身」字。

何謂寵辱？寵為下。

　　何謂，簡乙本作「可胃」，帛甲本作「苛胃」，帛乙本作「何胃」，P.3235V⁰ 僅殘存「謂」字。寵辱，帛甲本作「龍辱若驚」，帛乙本作「弄辱若驚」，王本作「寵辱若驚」。寵，S.477 前者作「寵」、後者作「辱」，S.792 皆作「寵」，景龍本前者如字、後者作「辱」，王本皆作「寵」，河上本前者作「寵」、後者作「辱」。辱，S.6825V 作「辱」，散 0668C 作「辱」，簡乙本、河上本作「辱」。寵為下，S.6825V 作「為下」，據其注文「為下者，貪寵之人計之下者耳，非道所貴也」知，S.6825V 此處脫「寵」字，簡乙本作「㤚為下也」，帛甲本作「龍之為下」，帛乙本作「弄之為下也」。S.798、P.2329、P.2584、俄綴同底本。散 0668F 僅殘存「何謂」二字；P.2370 句末缺「下」字。

得之若驚，失之若驚，是謂寵辱若驚。何謂貴大患若身？

　　得，S.6825V 作「淂」。若，帛甲本、帛乙本、王本、河上本皆作「若」。驚，S.477、S.792 皆作「驚」，S.798、P.2370、P.2584、P.3235V⁰、散 0668C、散 0668F、俄綴皆作「驚」，S.6825V 皆作「驚」，帛甲本、帛乙本、景龍本、王本、河上本作「驚」。辱，S.6825V 作「辱」，散 0668C 作「辱」，帛甲本、帛乙本、景龍本、王本、河上本作「辱」。寵，S.477、S.792、河上本作「寵」，

帛甲本作「龍」，帛乙本作「弄」。謂，帛甲本、帛乙本皆作「胃」。患，帛甲本作「梡」。P.2329 同底本。散 0668F 僅殘存「得之若驚失之若驚是謂寵」、「貴大患若」十五字；簡乙本僅殘存「得之若纓遊之若纓是胃恖辱纓」、「若身」十五字；帛甲本缺「失之」之「之」字。

吾所以有大患，為我有身；及我无身，吾有何患？

吾，簡乙本作「虗」。所，簡乙本、帛甲本、王本、河上本作「所」。有大患，S.477、S.792、P.3235V⁰、帛乙本、王本、河上本作「有大患者」，P.2370 作「大患」，簡乙本作「又大患者」，帛甲本作「有大梡者」。為，S.477 作「坐」，P.3235V⁰ 作「为」。我，S.477、S.792、P.3235V⁰、帛甲本、帛乙本、王本、河上本皆作「吾」，簡乙本皆作「虗」。有身，簡乙本皆作「又身」，帛甲本作「有身也」。及，簡乙本作「返」。无，S.792、P.3235V⁰、帛乙本、王本、河上本作「無」，簡乙本作「亡」。吾有何患，S.477 作「吾有何患乎」，帛甲本作「有何梡」，帛乙本作「有何患」，簡乙本僅殘存「或可」二字。S.798、S.6825V、P.2329、P.2584、散 0668C、俄綴、景龍本同底本。散 0668F 僅殘存「以有大患」、「我无身吾有何患」十一字。

故貴以身於天下，若可託天下。

貴以身，P.3235V⁰、景龍本作「貴身」，帛甲本、帛乙本作「貴為身」。於，S.792、P.3235V⁰、王本、河上本作「為」，P.3235V⁰ 作「为」，帛甲本、帛乙本作「於為」。天下，S.477、河上本作「天下者」。若，S.477、河上本作「則」，帛甲本、帛乙本、王本作「若」。可，S.477、帛甲本、帛乙本作「可以」。託，S.477 作「寄於」，S.792、P.2329、P.3235V⁰ 作「寄」，帛甲本作「�」，帛乙本作「橐」，王本作「寄」，河上本作「寄於」，P.2370 闕。天下，帛甲本作「天下矣」，P.2370 僅殘存「下」字，俄綴僅殘存「天」字。S.798、P.2584、散 0668C 同底本。S.6825V 脫「若可託天下」句，其注文尚在；散 0668F 僅殘存「故貴以身」、「天下」六字；簡乙本僅殘存「為天下若可以厇天下矣」十字；帛乙本句末「天下」後缺一字。

愛以身為天下，若可寄天下。

愛，簡乙本作「悉」，俄綴闕。為天下，S.477、景龍本、河上本作「為天

下者」。若，S.477、河上本作「乃」，簡乙本、王本作「若」，帛甲本、帛乙本作「女」。可，S.477、簡乙本、帛甲本、帛乙本、河上本作「可以」。寄天下，簡乙本作「迲天下矣」，帛乙本作「寄天下矣」。寄，S.477作「託扵」，S.792、P.2329、P.3235V⁰、王本作「託」，帛甲本作「寄」，河上本作「託於」。S.798、S.6825V、P.2255、P.2370、P.2584、散0668C同底本。散0668F僅殘存「愛以身為天下」六字。

第十四章

視之不見名曰夷，聽之不聞名曰希，搏之不得名曰微。

夷，P.2329作「夷」，王本、河上本作「夷」。聽，S.6825V作「聴」，P.2329作「聴」，王本、河上本作「聽」。希，S.477、P.2370、P.2584、俄綴作「㣺」，S.798作「帝」，S.6825V作「帝」。搏，S.6825V、P.2255、散0668C作「博」，王本、河上本作「搏」，俄綴闕。得，S.6825V作「淂」。微，S.477、P.2329作「㣲」，S.792作「微」，S.798、P.2370、P.2584、俄綴、散0668C作「微」，S.6825V作「㣲」，P.2255作「微」，景龍本作「㣲」，王本、河上本作「微」。P.3235V⁰同底本。帛甲本作「視之而弗見，名之曰微。聽之而弗聞，名之曰希。搨之而弗得，名之曰夷」；帛乙本作「視之而弗見，口之曰微。聽之而弗聞，命之曰希。搨之而弗得，命之曰夷」；0668F僅殘存「視之不見名曰」、「名曰微」九字。

此三者不可致詰，故混而為一。

此，王本、河上本作「此」，帛甲本、帛乙本無。致，P.2329、P.2370作「致」，帛甲本、帛乙本作「至」，王本、河上本作「致」。詰，帛甲本、帛乙本作「計」，王本、河上本作「詰」。混，帛甲本作「圂」，帛乙本作「緒」。為，P.3235V⁰作「為」。S.477、S.792、S.798、S.6825V、P.2255、P.2584、俄綴、散0668C、景龍本同底本。帛甲本句末缺「而為一」三字。

其上不皦，其下不忽，繩繩不可名，復歸扵无物。

其上不皦，帛甲本作「一者，其上不攸」，帛乙本作「一者，其上不謬」，P.3235V⁰僅殘存「其上」二字。其，P.2329皆作「在」，P.3235V⁰前者如字、後者闕，景龍本前者如字、後者作「在」。皦，散0668C作「皎」，王本、河上本作「皦」。忽，S.477、S.792、P.2329、P.3235V⁰、散0668C、景龍本、王

本、河上本作「昧」。繩繩，S.477 作「繩繩兮」，S.792 作「绳绳」，S.798、P.2255 作「蠅蠅」，S.6825V 作「蠅蠅」，P.2329 作「乘乘」，P.2370、P.2584、俄綴作「蠅蠅」，P.3235V⁰ 作「绳绳」，散 0668C 作「繩繩」，帛甲本、帛乙本作「尋尋呵」，王本、河上本作「繩繩」。名，帛甲本作「名也」，帛乙本作「命也」。復，S.477、S.792、S.798、俄綴、帛甲本、帛乙本、王本、河上本作「復」。歸扵，S.477 作「歸扵」，S.798、P.2584、散 0668C、俄綴作「歸扵」，S.6825V 作「歸扵」，帛甲本、帛乙本、王本、河上本作「歸於」。无，S.792、P.3235V⁰、王本、河上本作「無」。

是无狀之狀，无物之像，是謂惚恍。

是无狀之狀，S.477、景龍本作「是謂无狀之狀」，S.792、P.3235V⁰ 作「是謂無狀之狀」，帛甲本、帛乙本作「是胃无狀之狀」，王本、河上本作「是謂無狀之狀」。无，S.792、P.3235V⁰、王本、河上本皆作「無」。像，S.477 作「象」，S.792 作「芻」，S.798 作「像」，S.6825V 作「像」，P.2329、P.3235V⁰、散 0668C、王本、河上本作「象」，P.2370、P.2584 作「像」，帛乙本作「象」，帛甲本闕。是謂，河上本作「是為」，帛乙本作「是胃」，P.2370、帛甲本闕。惚恍，S.477、景龍本、河上本作「忽恍」，S.792 作「忽悅」，S.6825V 作「惚慌」，帛乙本作「沕望」，P.2370、帛甲本闕。P.2255、俄綴同底本。

迎不見其首，随不見其後。

迎，S.477 作「随之」，P.2584 作「迎」，S.798、散 0668C、俄綴作「迎」，P.2255 作「迎」，帛乙本作「隋而」，王本、河上本作「迎之」。首，S.477、帛乙本作「後」。随，S.477 作「迎之」，帛乙本作「迎而」，王本、河上本作「随之」。後，S.477、帛乙本作「首」，S.6825V 作「後」。S.792、P.2329、P.3235V⁰、景龍本同底本。P.2370 僅殘存「随不見其後」五字；散 0668C 缺後一「不見」二字；帛甲本僅殘存「而不見其首」五字；

執古之道，以邲今之有，以知古始，是謂道紀。

執古，P.3235V⁰ 作「執故」，散 0668C 作「執古」，帛甲本、帛乙本作「執今」。邲，S.477、S.6825V 作「卸」，S.792、P.3235V⁰ 作「御」，景龍本作「語」，帛甲本、帛乙本、王本、河上本作「御」。今之有，帛甲本、帛乙本、王本、

河上本作「今之有」，P.2370 闕。以知，S.792、P.3235V^0 作「胎知」，S.6825V
作「以故」，王本作「能知」，P.2370 闕。古始，P.3235V^0 作「故始」。是謂，
帛甲本、帛乙本作「是胃」，散 0668C 闕。道紀，S.477、S.6825V、散 0668C
作「道紀」，S.792、俄綴作「道紀」，P.2370、帛乙本、王本、河上本作「道
紀」，景龍本作「道已」，帛甲本闕。S.798、P.2255、P.2329、P.2584 同底本。

第十五章

古之善為士者，微妙玄通，深不可識。

　　古，P.3235V^0 作「故」，簡甲本作「長古」。善，S.477 作「苦」，S.798、
S.6825V、P.2329、P.2370、P.2584、俄綴、散 0668C、景龍本作「善」，簡甲
本、帛乙本、王本、河上本作「善」。為，S.792 作「爲」。士，帛乙本作「道」。
微妙，簡甲本作「必非溺」，帛乙本作「微眇」。微，S.477 作「㣲」，S.798、
P.2370、景龍本作「微」，S.6825V 作「㣲」，P.2255 作「微」，P.2584、散 0668C
作「微」，王本、河上本作「微」。通，簡甲本、帛乙本作「達」。可識，簡甲
本、帛乙本作「可志」，散 0668C 闕。帛甲本僅殘存「深不可志」四字。

夫ᵇ唯不可識，故強為之容。

　　ᵇ唯，S.6825V、帛甲本、帛乙本、景龍本、王本、河上本作「唯」。識，帛
甲本、帛乙本作「志」。強，S.477、P.3235V^0 作「强」，S.792、S.798、P.2329、
俄綴、散 0668C、帛甲本、帛乙本、景龍本、王本、河上本作「强」，S.6825V
作「强」，P.2370、P. 2584 作「強」。為，P.3235V^0 作「爲」。P.2255 同底本。簡
甲本作「是以為之頌」；俄綴缺「不」字；散 0668C 句首缺「夫ᵇ唯不」三字。

豫若冬涉川。

　　豫，S.477 作「豫兮」，S.792、P.2584、俄綴、景龍本作「豫」，S.798 作
「豫」，S.6825V 作「豫」，P.2329 作「喻」，簡甲本作「夜虖」，帛甲本、帛乙
本作「曰：與呵」，王本作「豫焉」，河上本作「與兮」。若，簡甲本作「奴」，
帛甲本、帛乙本作「其若」，王本、河上本作「若」。冬，俄綴作「各」，其他
敦煌寫卷及簡本、帛書本、傳世本皆作「冬」，俄綴因「各」與「冬」字形相
近而誤。涉，S.792、P.3235V^0 作「涉」，簡甲本、王本、帛乙本、河上本作「涉」。

川，帛乙本作「水」。P.2255 同底本。P.2370 作僅殘存「豫若」二字；散 0668C
僅殘存「豫」字；帛甲本僅殘存「曰與呵其若冬」六字。

猶若畏四鄰。

猶若，S.477 作「猶兮」，簡甲本作「猷虖」，帛乙本作「猶呵」，王本、河
上本作「猶兮」。若，簡甲本作「其奴」，帛甲本、帛乙本作「其若」，王本、
河上本作「若」。畏，簡甲本作「愄」。鄰，S.477、S.792、P.3235V⁰、景龍本、
河上本作「隣」，簡甲本、帛乙本作「哭」，俄綴闕。S.798、S.6825V、P.2255、
P.2329、P.2584 同底本。帛甲本僅殘存「畏四」二字。

儼若客。

儼，S.477 作「儼兮」，簡甲本作「敢虖」，帛乙本作「嚴呵」，王本、河上
本作「儼兮」，帛甲本闕。若，S.477 作「其若」，簡甲本作「其奴」，帛甲本、
帛乙本、王本、河上本作「其若」。客，王本作「容」。S.792、S.798、S.6825V、
P.2255、P.2329、P.2370、P.2584、P.3235V⁰、俄綴、景龍本同底本。

散若冰將汋。

散，S.477 作「渙兮」，S.792 作「渙」，S.6825V 作「散」，P.2329 作「渙」，
P.3235V⁰、景龍本作「焕」，俄綴作「散」，王本、河上本作「渙兮」。若，王本、
河上本作「若」。冰，S.477 作「冰之」，王本、河上本作「冰之」。將，S.792、
S.798、P.2329、P.3235V⁰、俄綴作「將」，王本、河上本作「将」。汋，S.477、
S.792、P.3235V⁰、景龍本作「釋」，王本、河上本作「釋」。P.2255、P.2370、P.2584
同底本。簡甲本作「觀虖其奴懌」；帛甲本、帛乙本作「渙呵其若淩澤」。

混若樸。曠若谷，眮若濁。

混，S.477 作「毅兮其」，S.792、P.3235V⁰ 作「敦兮其」，P.2329、景龍本
作「敦」，簡甲本作「屯虖」，帛乙本作「沌呵」，王本、河上本作「敦兮其」。
若，簡甲本皆作「其奴」，帛乙本皆作「其若」，王本、河上本皆作「若」，俄綴
前二者如字、後者闕。樸，S.477、S.6825V 作「樣」，S.792、簡甲本、帛乙本、
王本作「樸」，S.798 作「撲」，P.2255、P.2584、俄綴作「撲」，P.2329、景龍本
作「朴」。曠，S.477、S.792、P.3235V⁰ 作「曠兮其」，帛乙本作「湷呵」，景龍

本作「混」，王本、河上本作「曠兮其」。若谷，P.3235V⁰作「谷」，脫「若」字，帛乙本、景龍本作「若濁」。旽，S.477作「混兮其」，S.792、P.3235V⁰作「渾兮其」，P.2329作「混」，簡甲本作「坉虗」，帛乙本作「湷呵」，景龍本作「曠」，王本作「混兮其」，河上本作「渾兮其」。濁，S.792、簡甲本、王本、河上本作「濁」，帛乙本作「浴」，景龍本作「谷」，俄綴闕。帛甲本僅殘存「呵其若楃」、「漳」、「若浴」七字；簡甲本無「曠若谷」句。

濁以靜之徐清，安以動之徐生。

濁，S.792作「孰能濁」，P.2329、P.3235V⁰、景龍本作「孰能濁」，簡甲本作「竺能濁」，王本、河上本作「孰能濁」。濁以，帛甲本、帛乙本作「濁而」。靜之，簡甲本作「朿者」，帛甲本作「情之」，帛乙本、景龍本、河上本作「靜之」。徐清，S.477作「徐徐自清」，簡甲本作「牀舍清」，帛甲本作「余清」，帛乙本、王本、河上本作「徐清」。徐，S.6825V皆作「俆」。安，S.477、S.792、P.3235V⁰作「孰安」，簡甲本作「竺能庀」，帛甲本、帛乙本作「女」，王本、河上本作「孰能安」。動之，S.477、S.792、P.2329、P.3235V⁰、王本、河上本作「久動之」，簡甲本作「迬者」，帛甲本、帛乙本作「重之」。徐生，簡甲本作「牀舍生」，帛甲本作「余生」，帛乙本、王本、河上本作「徐生」。S.798、P.2255、P.2584、俄綴同底本。P.2370僅殘存「濁以」、「之徐清」、「安以動」八字。

保此道者不欲盈，夫ʰ唯不盈，胀弊復成。

保，帛乙本作「葆」。此，簡甲本、帛乙本、王本、河上本作「此」。道，簡甲本作「衍」。欲，S.6825V作「欨」，簡甲本作「谷」。盈，S.792、S.798、P.2584皆作「盈」，簡甲本前者作「䇂呈」、後者無，帛乙本前者作「盈」、後者無，景龍本皆作「盈」，王本、河上本皆作「盈」。ʰ唯，王本、河上本作「唯」。胀，S.477、S.792、P.3235V⁰作「故胀」，帛乙本作「是以能」，王本、河上本作「故能」。弊，S.477、P.2255作「獘」，S.792作「獘」，S.6825V作「獘」，P.2329作「蔽」，帛乙本作「獘而」，王本、河上本作「蔽」。復成，S.477、S.792、P.3235V⁰、王本、河上本作「不新成」，S.798作「復成」，帛乙本作「不成」。俄綴僅殘存「保」、「欲盈」、「夫ʰ唯不盈胀」、「復成」十字；簡甲本無「夫

「唯不盈，帤弊復成」句；帛甲本僅殘存「葆此道不欲盈夫唯不欲」、「成」十一字；帛乙本無「夫唯不盈」句。

第十六章

致虛燄，守靜蔦。

致，S.477、簡甲本、帛甲本、帛乙本作「至」，王本、河上本作「致」。虛，S.792、S.798、P.2255、俄綴作「壺」，簡甲本、帛甲本、帛乙本、王本、河上本作「虛」。燄，S.477 作「極」，簡甲本作「互也」，帛甲本、帛乙本作「極也」，王本、河上本作「極」。守，簡甲本作「獸」。靜，河上本作「靜」，簡甲本作「中」，帛甲本作「情」。蔦，S.477 作「蔦」，S.792、王本、河上本作「篤」，S.6825V 作「蔦」，P.3235V⁰ 作「蔦」，簡甲本作「箮也」，帛甲本作「表也」，帛乙本作「督也」。P.2329、P.2584、景龍本同底本。

萬物並作，吾以觀其復。

並，帛甲本、帛乙本作「旁」，簡甲本作「方」。萬，S.6825V、P.2584 作「萬」，S.792、S.798、P.3235V⁰ 作「萬」。物，簡甲本作「勿」。作，S.798、S.6825V 作「作」，P.2329、俄綴作「作」，簡甲本作「笈」。吾，簡甲本作「居」。觀，S.6825V、P.3235V⁰、帛甲本、帛乙本、王本、河上本作「觀」，簡甲本作「須」。其復，S.477、S.792、S.798、P.2584、俄綴、王本、河上本作「其復」，簡甲本作「逵也」，帛甲本、帛乙本作「其復也」。P.2255、景龍本同底本。

夫物云云，各歸其根。

夫物，簡甲本作「天道」，帛甲本、帛乙本作「天物」。云云，S.477 作「芸芸」，S.792、P.3235V⁰ 作「芸芸」，簡甲本作「員員」，帛甲本作「雲雲」，帛乙本作「祊祊」，王本作「蕓蕓」，河上本作「芸芸」。歸，S.477 作「復歸」，S.792 作「復歸」，S.798、P.2584、俄綴、景龍本作「歸」，S.6825V 作「歸」，P.3235V⁰ 作「復歸」，簡甲本作「逵」，帛甲本、帛乙本作「復歸於」，王本、河上本作「復歸」。根，S.6825V 作「根」，簡甲本作「堇」，帛甲本闕。P.2255、P.2329 同底本。

歸根曰靜，靜曰復命。

歸，S.6825V 作「歸」，P.2584、俄綴、景龍本作「歸」，王本、河上本作

「歸」，帛乙本闕。根，S.6825V 作「根」，帛乙本闕。曰靜，景龍本、河上本作「曰靜」。靜曰，S.477、王本、河上本作「是謂」，景龍本作「靜曰」，帛乙本作「靜是胃」。復，S.477、S.792、俄綴、帛乙本、王本、河上本作「復」。P.2255、P.2329、P.3235V^0 同底本。S.798 僅殘存「靜靜曰復命」五字；帛甲本僅殘存「靜是胃復命」五字。

復命曰常，知常明。

復，S.477、S.792、S.798、俄綴、帛甲本、帛乙本、王本、河上本作「復」。曰常，帛甲本、帛乙本作「常也」。明，S.477、S.792、P.2329、P.3235V^0、王本、河上本作「曰明」，S.6825V 作「明」，P.2584、景龍本作「曰明」，帛甲本、帛乙本作「明也」。P.2255 同底本。

不知常，忘作，凶。

忘，S.477、S.792、S.6825V、P.3235V^0、王本、河上本作「妄」，帛甲本作「巿」，帛乙本作「芒」。作，P.2329、俄綴、景龍本作「作」，帛甲本、帛乙本無。凶，帛甲本作「巿作凶」，帛乙本作「芒作凶」。P.2255、P.2584 同底本。S.798 僅殘存「不」字。

知常容，容能公，公能生，生能天，天能道，道能久。沒身不殆。

容，S.477 作「曰容」。能，S.477、S.792、P.3235V^0、帛甲本、帛乙本、王本、河上本皆作「乃」。生，S.477、S.792、P.3235V^0、帛甲本、帛乙本、景龍本、王本、河上本皆作「王」。沒，S.477、景龍本作「沒」，S.792 作「歿」，S.6825V 作「沒」，P.3235V^0 作「歿」，俄綴作「沒」，帛甲本作「沕」，帛乙本、王本、河上本作「沒」。殆，帛甲本作「怠」。P.2255、P.2329、P.2584 同底本。S.798 僅殘存「知常容容能公公能生生」十字；帛甲本缺「生乃」、「道乃久」五字；帛乙本缺「久」字。

第十七章

太上，下知有之。其次，親之譽之。其次，畏之侮之。

太，簡丙本、帛甲本、帛乙本作「大」。知，簡丙本作「智」。有之，簡丙本作「又之」，帛乙本僅殘存「又」字。其次，簡丙本前者作「其即」、後者作

「其既」，帛乙本前者闕、後者如字。親之，簡丙本作「新」，帛甲本、帛乙本作「親」，王本作「親而」。譽，景龍本作「豫」。侮之，S.477、河上本作「其次，侮之」，簡丙本作「其即，㑞之」，帛甲本、帛乙本作「其下，母之」。S.792、S.6825V、P.2255、P.2329、P.2584、P.3235V^0、俄綴同底本。Дx11658 僅殘存「知」、「之」、「其次親」、「之」六字。

信不呈有不信。猶其貴言。

呈，S.477 作「呈焉」，簡丙本、帛甲本、帛乙本、景龍本作「足」，王本、河上本作「足焉」。有，簡丙本作「安又」，帛甲本作「案有」，帛乙本作「安有」，河上本無。不信，王本作「不信焉」，河上本無。猶，S.477 作「猶兮」，簡丙本作「猷虖」，帛乙本作「猶呵」，景龍本作「由」，王本作「悠兮」，河上本作「猶兮」，帛甲本闕。言，簡丙本、帛甲本、帛乙本作「言也」。S.792、S.6825V、P.2255、P.2329、P.2584、P.3235V^0、俄綴同底本。

成功遂事，百姓謂我自然。

成功，S.792、P.3235V^0 作「功成」，簡丙本作「成事」，王本、河上本作「功成」。遂事，S.792、S.6825V、P.3235V^0、景龍本、王本、河上本作「事遂」，簡丙本作「述祉」。百姓，簡丙本作「而百眚」，帛甲本作「而百省」，帛乙本作「而百姓」。謂，S.477、王本、河上本作「皆謂」，簡丙本作「曰」，帛甲本、帛乙本作「胃」。然，S.477、P.2255、P.2584 作「然」，S.792 作「然」，簡丙本作「肰也」。P.2329、俄綴同底本。

第十八章

大道廢，有仁義。

大道，簡丙本作「古大道」，帛甲本、帛乙本作「故大道」。廢，S.477、S.792、P.2255、俄綴作「癈」，S.6825V 作「癈」，P.2584 作「廢」，簡丙本作「㡻」，帛甲本、帛乙本、王本、河上本作「廢」。有，簡丙本作「安又」，帛甲本作「案有」，帛乙本作「安有」。仁，簡丙本作「息」，景龍本作「人」。義，S.792、P.2329、P.2584、俄綴、簡丙本、帛甲本、帛乙本、王本、河上本作「義」。P.3235V^0 同底本。

智慧出，有大為。六親不和，有孝慈。國家昏亂，有忠臣。

　　智，S.6825V 作「矧」，帛甲本、帛乙本作「知」。慧，帛甲本作「快」。有，簡丙本皆作「安又」，帛甲本皆作「案有」，帛乙本第一個與第三個作「安有」、第二個作「安又」。大為，S.477、S.6825V、P.2584、王本、河上本作「大偽」，P.3235V⁰ 作「大偽」，帛乙本闕。親，簡丙本作「新」。孝，帛甲本作「畜」。慈，S.477、S.6825V 作「慈」，簡丙本作「孯」，帛甲本、帛乙本作「茲」。國家，S.6825V、帛乙本、王本、河上本作「國家」，簡丙本作「邦豪」，帛甲本作「邦家」，P.3235V⁰ 不可辨。昏亂，S.477 作「昬亂」，S.6825V 作「昏亂」，S.792 作「昏亂」，景龍本、王本、河上本作「昏亂」，帛甲本、帛乙本作「悶亂」，簡丙本僅殘存「緡」字，P.3235V⁰ 不可辨。忠，簡丙本作「正」，帛甲本、帛乙本作「貞」。P.2255、俄綴同底本。簡丙本無「智慧出，有大為」句。

第十九章

絕聖棄智，民利百倍。

　　絕，S.477 作「绝」，S.6825V、P.2255、P.2329、P.2584、俄綴作「絕」，P.3235V⁰ 作「绝」，簡甲本作「丝」，帛甲本、帛乙本、王本、河上本作「絕」。聖，S.6825V 作「聖」，簡甲本作「智」，帛甲本作「聲」，帛乙本作「耴」。棄，S.6825V 作「棄」，P.2329 作「棄」，P.3235V⁰、簡甲本作「弃」，帛甲本、帛乙本、王本、河上本作「棄」。智，S.6825V、帛甲本、帛乙本作「知」，簡甲本作「支」。民，S.792 作「㠯」，P.2329、P.2584、P.3235V⁰ 作「民」，帛乙本作「而民」。倍，簡甲本作「伓」，帛甲本作「負」。景龍本同底本。

絕仁棄義，民復孝慈。絕巧棄利，盜賊无有。

　　絕，S.477 皆作「绝」，S.792、S.798＋P.4781、俄綴皆作「絕」，P.3235V⁰ 皆作「绝」，帛甲本、帛乙本、王本、河上本皆作「絕」。仁，景龍本作「民」。巧，P.3235V⁰ 作「巧」。棄，S.6825V 作「棄」，P.2329 皆作「棄」，P.2584 皆作「棄」，P.3235V⁰ 皆作「弃」，帛甲本、帛乙本、王本、河上本皆作「棄」。義，S.477、S.792、P.2329、P.2584、俄綴、帛甲本、帛乙本、王本、河上本作「義」。民，S.792 作「㠯」，P.2329、P.2584、P.3235V⁰ 作「民」，帛乙本作「而民」。復，

S.477、S.792、S.798＋P.4781、俄綴、帛甲本、帛乙本、景龍本、王本、河上本作「復」。孝,帛甲本作「畜」。慈,S.6825V 作「慈」,帛甲本、帛乙本作「兹」。盜,S.6825V 作「盜」。无,S.792、P.3235V^0、王本、河上本作「無」。P.2255 同底本。P.3235V^0「賊」字不可辨;簡甲本作「𢼊攴弃利,䠡惻亡又,𢼊僞弃慮,民复季子」。

此三言,為文未㞔,故令有所属。

此,帛甲本、帛乙本、王本、河上本作「此」,簡甲本無。三言,S.477、S.792、P.3235V^0、景龍本、王本、河上本作「三者」。為,S.477、P.3235V^0、簡甲本、帛甲本、帛乙本、王本、河上本作「以為」,S.792 作「以为」。文,簡甲本作「�夏」。未㞔,S.477、S.792、P.3235V^0、簡甲本、景龍本、王本、河上本作「不㞔」,簡甲本、帛甲本、帛乙本、王本、河上本作「不足」。故,簡甲本作「或」。令,簡甲本作「命之」,帛甲本、帛乙本作「令之」。有所属,簡甲本作「或𦞦豆」。所,帛甲本、帛乙本、王本、河上本作「所」。属,S.792、P.3235V^0、帛甲本、帛乙本、王本、河上本作「屬」,S.6825V 作「属」,P.2584 作「属」。S.798＋P.4781、P.2255、P.2329、俄綴同底本。

見素抱朴,少私寡欲。

見素,簡甲本作「視索」。抱,S.798、P.3235V^0 作「抱」,S.6825V 作「抱」,簡甲本作「保」。朴,S.477 作「撲」,S.792、P.3235V^0、帛乙本、王本作「樸」,S.798、P.2255、俄綴作「素」,S.6825V 作「樸」,簡甲本作「僕」,P.2584 脫。私,簡甲本作「厶」,帛乙本、王本、河上本作「私」。寡,S.477、P.2329、P.3235V^{0}作「寡」,S.792、P.2584 作「宣」,S.6825V、俄綴作「寡」,簡甲本作「須」,帛乙本作「而寡」,王本、河上本作「寡」。欲,S.6825V 作「欸」。P.2255、景龍本同底本。帛甲本僅殘存「見素抱」三字;帛乙本後有「絕學无憂」四字;王本後有「絕學無憂」四字。

第二十章

絕學无憂。

絕,S.792、S.798、俄綴、河上本作「絕」,P.3235V^0 作「绝」,簡乙本作

「幽」。學，S.6825V、P.2584作「學」。无，S.792、P.3235V⁰、河上本作「無」，簡乙本作「亡」。憂，簡乙本作「惎」。S.477、P.2255、P.2329、景龍本同底本。帛乙本、王本此句屬上章。

唯之與何，相去幾何？美之與惡，相去何若？

唯，簡乙本、帛甲本、帛乙本、王本、河上本作「唯」。與何，S.477、S.792、P.2584、P.3235V⁰、俄綴、景龍本、王本、河上本作「與阿」，簡乙本作「與可」，帛甲本作「與訶」，帛乙本作「與呵」。與，S.6825V前者如字、後者作「与」。相去，帛甲本、帛乙本皆作「其相去」。幾，P.2584、P.4781、俄綴作「幾」，簡乙本、帛甲本、帛乙本、王本、河上本作「幾」。美，S.477、S.792作「善」，S.6825V作「关」，P.2255、俄綴作「羔」，P.3235V⁰、王本、河上本作「善」，簡乙本作「𢀰」，帛甲本、帛乙本作「美」，景龍本作「善」。惡，S.6825V作「惡」，簡乙本、帛乙本作「亞」，帛甲本、王本、河上本作「惡」。何若，簡乙本作「可若」，帛甲本、帛乙本、王本、河上本作「何若」。P.2329同底本。簡乙本、帛甲本、帛乙本無「之」字。

人之所畏，不可不畏。

所，簡乙本、帛乙本、王本、河上本作「所」。畏，簡乙本皆作「禔」，帛乙本前者如字、後者作「畏人」。不可，簡乙本、帛乙本作「亦不可以」。S.477、S.792、S.798＋P.4781、S.6825V、P.2255、P.2329、P.2584、P.3235V⁰、俄綴、景龍本同底本。帛甲本僅殘存「人之」、「亦不」四字。

莽其未央。

莽，S.477作「荒兮」，S.792、P.3235V⁰作「荒兮」，S.6825V作「莽」，P.2255作「莽」，帛乙本作「朢呵」，景龍本僅存一「忙」字，王本、河上本作「荒兮」。未央，S.477作「未央裁」，S.792、P.3235V⁰作「未央哉」，帛乙本作「未央才」，王本、河上本作「未央哉」。S.798＋P.4781、P.2329、P.2584、俄綴同底本。

眾人熙熙，若亨太牢，若春登臺。

眾，S.6825V作「㣴」，帛甲本、帛乙本作「眾」。熙熙，S.792作「熙熙」，S.6825V、俄綴作「熙熙」，帛甲本、帛乙本作「𦧇𦧇」，王本、河上本作「熙

熙」。若，S.477、S.792、P.3235V⁰、王本、河上本皆作「如」，帛甲本、帛乙本前者作「若」、後者作「而」。亨，S.477、S.792、P.3235V⁰、景龍本作「亨」，帛甲本、帛乙本作「鄉於」，王本、河上本作「享」。太牢，S.792、P.2584、河上本作「太牢」，S.798 作「大牢」，S.6825V 作「大牢」，P.2329、P.3235V⁰、俄綴作「太牢」，帛甲本、帛乙本、王本作「大牢」。臺，S.477 作「臺」，S.792、P.2255、帛甲本、帛乙本、景龍本、王本、河上本作「臺」，S.798、P.3235V⁰作「臺」，S.6825V 作「臺」。P.2255 同底本。

我䰄未兆，若嬰兒未孩。魆无所歸。

䰄，S.792 作「獨怕兮」，P.3235V⁰作「獨怕兮」，帛甲本作「泊焉」，帛乙本作「博焉」，王本作「獨泊兮」，河上本作「獨怕兮」。未兆，S.792、王本、河上本作「其未兆」，P.2584 作「未兆」，P.3235V⁰作「其未兆」，帛甲本作「未垗」，帛乙本作「未垗」。若，S.792、P.3235V⁰、王本、河上本作「如」。嬰，S.792 作「嬰」，S.798 作「嬰」，S.6825V、帛乙本、景龍本、王本、河上本作「嬰」，P.2584 作「㜽」。未孩，S.792、P.3235V⁰、王本、河上本作「之未孩」，帛乙本作「未咳」。魆，S.792 作「乘乘兮」，S.6825V 作「魆」，P.2329、P.2584 作「魆」，P.3235V⁰作「乘ㄟ兮」，帛乙本作「纍呵」，景龍本作「乘乘」，王本作「儽儽兮」，河上本作「乘乘兮」。无，S.792、P.3235V⁰作「若無」，帛乙本作「似无」，王本、河上本作「若無」。所，帛乙本、王本、河上本作「所」。歸，S.798、P.2584、俄綴、景龍本作「歸」，S.6825V 作「歸」，帛乙本、王本、河上本作「歸」。P.2255 同底本。帛甲本僅殘存「我泊焉未垗」、「若」、「纍呵如」九字。

衆人皆有餘，我獨若遺。

衆人，S.6825V 作「㪅人」，帛乙本作「眾人」，王本、河上本作「衆人」，帛甲本闕。有餘，帛乙本作「又余」。我，S.792、P.3235V⁰、王本、河上本作「而我」。獨，S.792、帛甲本、王本、河上本作「獨」。若，王本、河上本作「若」，帛甲本無。S.798、P.2255、P.2329、P.2584、俄綴、景龍本同底本。帛乙本無「我獨若遺」句。

我愚人之心純純。

愚，S.792、P.3235V⁰作「遇」，S.798、P.2584 作「愚」，帛甲本作「禺」。之

心，S.792、P.3235V⁰ 作「之心也犾」，帛甲本、帛乙本作「之心也」，王本、河上本作「之心也哉」。純純，S.792 作「純純兮」，S.6825V 作「纯ㄑ」，P.3235V⁰ 作「純ㄑ兮」，帛甲本作「蠢蠢呵」，帛乙本作「湷湷呵」，王本、河上本作「沌沌兮」。P.2255、P.2329、俄綴、景龍本同底本。

俗人照照，我獨若昏。

俗，S.6825V 作「俗」，帛乙本作「鬵」。照照，S.792 作「照昭」，S.6825V 作「照ㄑ」，P.3235V⁰、景龍本作「昭昭」，帛乙本、王本、河上本作「昭昭」。獨，S.792、S.798、帛乙本、王本、河上本作「獨」。若，帛乙本、河上本作「若」，P.3235V⁰、王本無。，S.792、P.3235V⁰、景龍本作「昏」，S.6825V 作「昬」，帛乙本作「閭呵」，王本作「昏昏」。P.2255、P.2329、P.2584、俄綴同底本。帛甲本僅殘存「鬵」、「閭呵」三字。

俗人察察，我獨悶悶。

俗，S.6825V、P.2329 作「俗」，帛甲本、帛乙本作「鬵」。察察，S.6825V、P.3235V⁰ 作「察ㄑ」，帛甲本作「蔡蔡」，帛乙本、王本、河上本作「察察」。獨，S.792、S.798、帛甲本、帛乙本、王本、河上本作「獨」。悶悶，S.6825V、P.3235V⁰ 作「悶ㄑ」，帛甲本作「閊閊呵」，帛乙本作「閩閩呵」。P.2255、P.2584、俄綴＋BD0941 同底本。

忽若晦。寂无所止。

忽，帛甲本作「忽呵」，帛乙本作「沕呵」，景龍本作「淡」，王本作「澹兮」，河上本作「忽兮」。若，帛甲本、帛乙本、王本作「其若」，河上本作「若」。晦，帛乙本、景龍本、王本、河上本作「海」，帛甲本闕。寂，S.792 作「寂」，S.6825V 作「家」，P.3235V⁰ 作「寂兮」，帛甲本、帛乙本作「塱呵」，景龍本作「漂」，王本作「飂兮」，河上本作「漂兮」。无，S.792、P.3235V⁰ 作「似無」，S.6825V 作「無」，帛甲本作「其若无」，帛乙本作「若无」，王本、河上本作「若無」。所，帛甲本、帛乙本、河上本作「所」，王本無。止，S.792、S.6825V、帛甲本、帛乙本、景龍本、王本、河上本作「止」。S.798、P.2255、P.2329、P.2584、BD0941 同底本。

眾人皆有巳，我獨頑似鄙。

　　眾，S.6825V 作「猒」，帛乙本作「眾」，王本、河上本作「家」。巳，S.792、P.3235V⁰、帛乙本、王本、河上本作「以」，S.798、P.2584 作「已」。我，王本、河上本作「而我」。獨，S.798、帛乙本、王本、河上本作「獨」。頑，帛乙本作「閫」。似鄙，S.792、P.2584、P.3235V⁰ 作「似鄙」，S.798 作「以鄙」，S.6825V 作「以鄙」，帛乙本作「以鄙」。P.2255、P.2329、景龍本同底本。BD0941 僅殘存「家」、「我獨頑似鄙」六字；帛甲本僅殘存「以悝」二字。

我欲異扵人，而貴食母。

　　我，帛甲本、帛乙本作「吾」。欲，S.792、P.3235V⁰、景龍本作「獨」，帛甲本、帛乙本作「欲獨」，王本、河上本作「獨」。異，王本、河上本作「異」。扵，S.6825V、王本、河上本、帛甲本、帛乙本作「於」。食母，S.792、P.3235V⁰ 作「求食扵母」。S.798、P.2255、P.2329、P.2584、BD0941 同底本。

第二十一章
孔德之容，惟道是從。

　　德，S.6825V 作「德」，帛甲本、帛乙本、王本作「德」。惟，帛甲本、帛乙本、河上本作「唯」，王本作「惟」。從，S.6825V 作「伇」，P.2584 作「従」，帛甲本、帛乙本、王本作「從」。S.792、S.798、P.2255、P.2329、P.3235V⁰、BD0941、景龍本同底本。

道之為物，惟恍惟惚。

　　為，S.792、P.3235V⁰ 作「為」，帛甲本、帛乙本無。惟，S.798 前者如字、後者作「惟」，P.2329 前者如字、後者作「惟」，BD0941 皆作「惟」，帛甲本、帛乙本、河上本皆作「唯」，王本皆作「惟」。恍，S.792、河上本作「怳」，S.798 作「慌」，S.6825V 作「慌」，BD0941 作「慌」，帛甲本、帛乙本作「朢」。惚，S.792、帛甲本、景龍本、河上本作「忽」，帛乙本作「沕」。P.2255、P.2584 同底本。

恍惚中有物。惚慌中有像。

　　恍惚，S.792 作「忽兮怳」，S.798 作「慌惚」，S.6825V 作「慌惚」，P.2329

作「惚恍」，P.3235V⁰ 作「忽兮恍」，帛乙本作「沕呵朢呵」，景龍本作「忽恍」，王本作「惚兮恍兮」，河上本作「忽兮恍兮」，帛甲本僅殘存「呵」字。中，S.792、P.3235V⁰、王本、河上本皆作「其中」。有，帛乙本前者作「又」、後者如字。物，S.792 作「烏」，P.3235V⁰、景龍本、王本、河上本作「象」，帛甲本、帛乙本作「象呵」。惚慌，S.792 作「悅兮忽」，S.798 作「惚慌」，P.2329 作「惚慌」，P.2584 作「惚恍」，P.3235V⁰ 作「恍兮忽」，帛甲本作「朢呵忽呵」，帛乙本作「朢呵沕呵」，景龍本作「恍忽」，王本作「恍兮惚兮」，河上本作「悅兮忽兮」。像，S.792、P.3235V⁰、景龍本、王本、河上本作「物」，S.798 作「像」，S.6825V 作「像」，P.2584 作「像」，帛甲本、帛乙本作「物呵」。P.2255、BD0941 同底本。

窈冥中有精。

窈，S.792 作「窈兮」，帛甲本作「潿呵」，帛乙本作「幼呵」，王本、河上本作「窈兮」。冥，S.792 作「冥兮」，S.6825V 作「冥」，帛甲本作「鳴呵」，帛乙本作「幼呵」，景龍本作「冥」，王本、河上本作「冥兮」。中，S.792、帛乙本、王本、河上本作「其中」。精，帛甲本作「請吔」，帛乙本作「請呵」。S.798、P.2255、P.2329、P.2584、BD0941 同底本。P.3235V⁰ 作「窈兮冥兮其中有精。忽恍有無，窈冥不測，生成之用，精妙甚存」。朱大星指出：「今檢《道藏》本《唐玄宗御注道德眞經》『杳兮冥，其中有精』句下注云『惚恍有無，杳冥不測，生成之用，精妙甚存』，可知上句係玄宗注文，而誤入《老子》經文中。」〔註11〕

其精甚真，其中有信。

精，帛甲本、帛乙本作「請」。真，S.6825V 作「真」。S.792、S.798、P.2255、P.2329、P.2584、P.3235V⁰、BD0941、景龍本、王本、河上本同底本。帛甲本句末缺「有信」二字。

自古及今，其名不去，以閱終甫。

今，帛甲本、帛乙本、王本、河上本作「今」。閱，帛甲本、帛乙本作「順」，王本、河上本作「閱」。終甫，S.792、P.3235V⁰、景龍本作「衆甫」，S.6825V 作「終甫」，帛甲本作「眾役」，帛乙本作「眾父」，王本、河上本作「眾甫」。

〔註11〕朱大星，《敦煌本〈老子〉研究》，北京，中華書局，2007 年，第 70 頁。

S.798、P.2255、P.2329、BD0941、景龍本同底本。

吾何以知終甫之然？以此。

終甫，S.792、P.3235V⁰、景龍本作「眾甫」，S.6825V 作「终甫」，帛甲本作「眾伕」，帛乙本作「眾父」，王本、河上本作「眾甫」。之然，S.792 作「之然芡」，P.3235V⁰ 作「之然芡」，P.2255、P.2584 作「然」，帛乙本作「之然也」，王本作「之狀哉」，河上本作「之然哉」。此，帛甲本、帛乙本、王本、河上本作「此」。S.798、BD0941 同底本。P.2329 僅殘存「吾」字。

第二十二章

曲則全，枉則㞏，

曲，S.6825V 作「囲」。全，S.6825V 作「今」。枉，帛乙本作「汪」。㞏，S.792、P.3235V⁰、王本、河上本作「直」，S.6825V 作「正」，帛甲本作「定」。S.798、P.2255、P.2584、BD0941、景龍本同底本。

窪則盈，弊則新，

窪，S.6825V 作「窐」，S.798、P.2584、BD0941 作「窪」，帛甲本、帛乙本作「洼」。盈，S.792、帛甲本、帛乙本、王本、河上本作「盈」，S.798 作「盈」，P.2584、景龍本作「盈」。弊，S.792 作「獘」，S.798、P.2584、P.3235V⁰、景龍本、河上本作「弊」，S.6825V 作「幣」，帛甲本、王本作「敝」，帛乙本作「獘」。P.2255 同底本。

少則得，多則或。

得，S.6825V 作「淂」。或，S.792 作「惑」，帛甲本、帛乙本、王本、河上本作「惑」。S.798、P.2255、P.2584、P.3235V⁰、BD0941、景龍本同底本。

是以聖人抱一，為天下式。

聖，S.6825V 作「珵」，帛甲本作「聲」，帛乙本作「耴」。抱，S.798、S.6825V 作「抱」，帛甲本、帛乙本作「執」。為，P.3235V⁰ 作「为」，帛甲本、帛乙本作「以為」。式，帛甲本、帛乙本作「牧」。S.792、P.2255、P.2584、BD0941、景龍本、王本、河上本同底本。

不自是故章，不自見故明，

　　自是，S.792、P.3235V⁰、景龍本、王本、河上本作「自見」，帛乙本作「自視」，帛甲本僅殘存「是」字。章，S.792、P.3235V⁰、帛甲本、王本、河上本作「明」，S.6825V 作「章」，BD0941 作「彰」，景龍本作「明」。見，S.792、P.3235V⁰、景龍本、王本、河上本作「是」，帛乙本作「見也」。明，S.798、S.6825V、P.2255、P.2584、BD0941 作「明」，帛甲本作「章」，景龍本作「彰」。

不自伐故有功，不自矜故長。

　　功，帛甲本、帛乙本、王本、河上本作「功」。不自矜，帛甲本、帛乙本作「弗矜」。矜，S.792、S.6825V 作「矜」，S.798、P.3235V⁰、BD0941 作「矜」，P.2584 作「矜」，景龍本、王本、河上本作「矜」。P.2255 同底本。

夫惟不爭，故莫能與爭。

　　惟，S.792、S.798、S.6825V、P.2584、P.3235V⁰、BD0941 作「惟」，帛甲本、帛乙本、王本、河上本作「唯」。爭，景龍本、河上本皆作「爭」。莫能，S.792、P.3235V⁰ 作「天下莫能」，S.6825V 作「莫能」，帛甲本、帛乙本作「莫能」，景龍本作「天下莫能」，王本、河上本作「天下莫能」。與，S.792、P.3235V⁰、BD0941、帛甲本、帛乙本、景龍本、王本、河上本作「與之」。P.2255 同底本。

古之所謂曲則全，豈虛語！故成全而歸之。

　　古，P.3235V⁰ 作「故」。所，帛乙本、王本、河上本作「所」。謂，帛乙本作「胃」。曲則全，S.792、王本、河上本作「曲則全者」，S.6825V 作「曲則全」，帛乙本作「曲全者」。豈虛語，S.792、P.3235V⁰ 作「豈靈言哉」，S.798 作「豈靈語」，P.3235V⁰ 作「豈虛言哉」，帛乙本作「幾語才」，王本、河上本作「豈虛言哉」。故成全，S.792、P.3235V⁰、帛乙本、王本、河上本作「誠全」，S.6825V 作「故成全」。而歸，S.792 作「而歸」，S.798、P.2584、景龍本作「而歸」，S.6825V 作「而歸」，帛乙本作「歸」，王本、河上本作「而歸」。P.2255、BD0941 同底本。帛甲本僅殘存「古」、「語才誠金歸之」七字。

第二十三章

希言自然，飄風不終朝，趨雨不終日。

　　希，S.798、S.6825V 作「帚」，P.2584、P.3235V⁰ 作「布」。然，S.792 作「然」，P.2584 作「然」。飄風，帛甲本、河上本作「飄風」，帛乙本作「勮風」，王本作「故飄風」。終，S.6825V、P.3235V⁰ 皆作「终」，帛甲本、帛乙本皆作「冬」。朝，S.6825V 作「朝」。趨，S.792、P.2823、P.3235V⁰、景龍本、王本、河上本作「驟」，S.798 作「趍」，S.6825V、P.2584 作「迻」，帛甲本、帛乙本作「暴」。P.2255、BD0941 同底本。四天王寺本僅殘存「希言自」三字。

孰為此？天地。

　　孰，S.792、P.2823、P.3235V⁰ 作「孰」，S.798 作「埶」，P.2584、景龍本作「熟」，帛甲本、帛乙本、王本、河上本作「孰」。為，S.792 作「为」。此，S.792、P.2823、P.3235V⁰ 作「此者」，帛甲本、帛乙本作「此」，王本、河上本作「此者」。S.6825V、P.2255、BD0941 同底本。

天地尚不能久，而況扵人？

　　尚，帛乙本作「而」，景龍本作「上」。不，帛乙本作「弗」。能，帛乙本、王本、河上本作「能」。而，帛乙本作「有」。況，帛乙本作「兄」，王本作「況」。扵人，S.792、P.2823、P.3235V⁰ 作「扵人乎」，帛乙本、王本、河上本作「於人乎」。S.798、S.6825V、P.2255、P.2584、BD0941 同底本。帛甲本僅殘存「天地」二字。

故從事而道者，道得之同扵德者，德得之同扵失者，道失之。

　　從，S.6825V 作「俊」。道者，S.6825V 作「道」。道得之，S.798 作「道淂之」，S.6825V 作「淂之」。同扵德者，S.6825V 皆作「同於德者」。德得之同扵失者，S.6825V 作「德淂之同於失者」。P.2255、P.2584、BD0941 同底本。S.792 作「故從事扵道，道者同扵道，德者同扵德，失者同扵失，同扵道者道亦得之，同扵德者，德亦得之。同扵失者，失亦得之」。P.2823、P.3235V⁰ 與 S.792 基本相同，僅其中「故從事扵道」，P.2823、P.3235V⁰ 作「故從事扵道者」，同扵德者，P.2823 作「同扵得者」，德亦得之，P.3235V⁰ 作「口口得之」，失亦得之，P.2823 作「失亦得矣」。S.6825V 作「故俊事而道，淂之同於德者，德淂

之同於失者，道失之」；帛甲本作「故從事而道者同於道，德者同於德，者者同於失。同口口口，道亦德之。同於口者，道亦失之」；帛乙本作「故從事而道者同於道，德者同於德，失者同於失。同於德者，道亦德之。同於失者，道亦失之」；景龍本作「故従事而道者，道德之同扵德者，德德之同扵失者，道失之」；王本、河上本作「故從事於道者，道者同於道，德者同於德，失者同於失。同於道者，道亦樂得之；同於德者，德亦樂得之；同於失者，失亦樂得之」。

信不昰，有不信。

昰，王本、河上本作「足焉」。不信，王本、河上本作「不信焉」。S.792、S.798、S.6825V、P.2255、P.2584、P.2823、P.3235V⁰、BD0941、景龍本同底本。

第二十四章
喘者不久，跨者不行。

喘者不久，S.792、P.3235V⁰、河上本作「跂者不立」，帛甲本、帛乙本作「炊者不久」，景龍本、王本作「企者不立」。跨，S.798、P.2584 作「跨」，S.6825V 作「跨」，景龍本作「夸」，帛甲本、帛乙本、王本、河上本作「跨」。P.2255、BD0941 同底本。帛甲本、帛乙本無「跨者不行」句。

自見不明，自是不彰，

自見，S.792、王本、河上本作「自見者」，帛甲本作「自視」，帛乙本作「自視者」，P.3235V⁰僅殘存「者」字。明，S.792、P.3235V⁰、王本、河上本作「明」，帛甲本、帛乙本作「章」。自是，S.792、P.3235V⁰、王本、河上本作「自是者」，帛乙本作「自見者」，帛甲本殘僅存「見者」二字。彰，S.6825V 作「彰」，帛甲本、帛乙本作「明」。S.798、P.2255、P.2584、BD0941、景龍本同底本。

自饒无功，自矜不長。

自饒，S.792、P.3235V⁰、帛甲本、帛乙本、王本、河上本作「自伐者」，景龍本作「自伐」。饒，P.2584 作「饒」。无，S.792、S.6825V、P.3235V⁰、王本、河上本作「無」。功，帛甲本、帛乙本、王本、河上本作「功」。自矜，S.792 作「自矜者」，S.6825V、P.2255、景龍本作「自矜」，P.2584 作「自矜」，P.3235V⁰

作「自矜者」，帛甲本、帛乙本、王本、河上本作「自矜者」。S.798、BD0941
同底本。

其在道，曰餘食餟行。

在道，S.792、P.3235V^{0}作「枋道也」，帛甲本、帛乙本、王本作「在道也」，
河上本作「於道也」。餘，P.2584作「餘」，帛甲本作「粽」。食，S.6825V作「食」。
餟，S.792、P.3235V^0、帛甲本、帛乙本、景龍本、王本、河上本作「贅」。S.798、
P.2255、BD0941同底本。

物有惡之，故有道不處。

物有，S.792、P.3235V^{0}作「物或」，帛甲本、帛乙本、王本、河上本作「物
或」，景龍本作「物或有」。惡，帛甲本、王本、河上本作「惡」，帛乙本作「亞」。
有道，P.3235V^0、王本、河上本作「有道者」，帛甲本、帛乙本作「有欲者」。
不，帛乙本作「弗」，帛甲本闕。處，S.6825V、P.3235V^{0}作「處」，帛甲本、
帛乙本作「居」，王本作「處」，河上本作「處也」。S.798、P.2255、P.2584、
BD0941同底本。

第二十五章
有物混成，先天地生。

有，簡甲本作「又」。物，簡甲本作「𧪾」。混，簡甲本作「蟲」，帛甲本、
帛乙本作「昆」。地，簡甲本作「陞」。S.792、S.798、S.6825V、P.2255、P.2584、
P.3235V^0、BD0941、景龍本、王本、河上本同底本。

寂漠獨立不改，周行不殆，可以為天下母。

寂漠，S.792、P.3235V^{0}作「寂兮察兮」，S.798、P.2584作「寂漠」，S.6825V
作「家¦家漠」，簡甲本作「敓繆」，帛甲本作「繡呵繆呵」，帛乙本作「蕭呵漻
呵」，王本、河上本作「寂兮寥兮」。獨，S.792、P.3235V^0、帛甲本、帛乙本、
王本、河上本作「獨」，簡甲本作「蜀」。不改，S.792、P.3235V^0、河上本作「而
不改」，S.798、王本作「不改」，簡甲本作「不亥」，帛乙本作「而不玹」，帛甲
本闕。不殆，S.792、P.3235V^0、王本、河上本作「而不殆」。為，S.792、P.3235V^0
作「为」。P.2255、BD0941、景龍本同底本。簡甲本、帛甲本、帛乙本無「周
行不殆」句。

吾不知其名，字之曰道。

不，簡甲本、帛甲本、帛乙本作「未」。知，簡甲本作「智」。名，帛乙本作「名也」。字，簡甲本作「𦥑」。S.792、S.798、S.6825V、P.2255、P.2584、P.3235V⁰、BD0941、景龍本、王本、河上本同底本。四天王寺本僅殘存「不知其名」、「字」五字；簡甲本句首無「吾」字。

吾強為之名曰大，大曰逝，逝曰遠，遠曰反。

吾，簡甲本作「𠂤」，S.792、P.3235V⁰、王本、河上本無。強，S.792、BD0941、帛乙本、景龍本、王本、河上本作「强」，S.6825V 作「彊」，P.2255作「强」，P.2584 作「強」，P.3235V⁰ 作「強」，簡甲本作「𢏌」。為，P.3235V⁰作「爲」。逝，簡甲本皆作「澫」，帛乙本皆作「𥱬」。遠，簡甲本皆作「連」，P.3235V⁰ 前者作「遠」、後者作「〻」。〔註12〕帛乙本、王本、河上本皆作「遠」。反，S.792、P.3235V⁰、景龍本作「返」。S.798 同底本。四天王寺本僅殘存「強為之名曰」、「大曰逝」、「曰」十字；帛甲本僅殘存「吾強為之名曰大」、「曰𥱬𥱬曰」十一字。

道大，天大，地大，王大。

道大，S.792、P.3235V⁰、王本、河上本作「故道大」，簡甲本、帛甲本闕。地，簡甲本作「陸」。王大，S.792、簡甲本、帛甲本、帛乙本、王本、河上本作「王亦大」，S.6825V 作「生大」，P.3235V⁰作「王厽大」。S.798、P.2255、P.2584、BD0941、景龍本同底本。四天王寺本僅殘存「故道大天大地」六字。

域中有四大，而王處一。

域，簡甲本、帛甲本、帛乙本作「國」，王本、河上本作「域」。有，簡甲本作「又」。四大，簡甲本作「四大安」。王，S.6825V 作「生」。處，S.792、P.3235V⁰、帛甲本、帛乙本、王本、河上本作「居」，S.6825V、P.2584、景龍本作「凥」，簡甲本作「𡰪」。一，S.792 作「其一焉」，P.3235V⁰作「其一焉」，BD0941、景龍本作「其一」，簡甲本作「一安」，帛甲本、帛乙本作「一焉」，王本、河上本作「其一焉」。S.798、P.2255 同底本。四天王寺本僅殘存「域中有」三字。

〔註12〕「〻」爲重文符號，下同。

人法地，地法天，天法道，道法自然。

　　地，S.6825V、P.3235V⁰ 前者如字、後者作「⺀」，簡甲本皆作「陸」。天，S.6825V 前者如字、後者作「⺀」。道，S.6825V、P.3235V⁰ 前者如字、後者作「⺀」。然，S.792 作「然」，P.2255、P.2584 作「然」，簡甲本作「狀」。S.798、BD0941、帛乙本、景龍本、王本、河上本同底本。S.4365 僅殘存「道法自然」四字；四天王寺本僅殘存「天」字；帛甲本僅殘存「人法地地法」五字。

第二十六章

重為輕根，**靜**為躁君，是以君子終日行，不離輜重。

　　為，S.792、P.3235V⁰ 皆作「为」。輕，S.792 作「輕」，S.798、P.2584 作「輕」，S.6825V 作「輕」，帛甲本作「巠」，帛乙本、王本、河上本作「輕」。根，S.6825V 作「根」。靜，帛甲本作「清」，景龍本、河上本作「靜」。躁君，S.798、S.6825V、P.2255、BD0941 作「躁君」，P.2584 作「躁君」，P.3235V⁰ 作「跥君」，帛甲本、帛乙本作「趮君」，王本、河上本作「躁君」。君子，帛甲本、帛乙本、王本作「君子」，河上本作「聖人」。終，S.6825V、P.3235V⁰ 作「终」，帛甲本作「眾」，帛乙本作「冬」。離，帛乙本作「遠」。輜重，S.792、P.3235V⁰ 作「輺重」，帛甲本、帛乙本作「其甾重」，景龍本、王本、河上本作「輜重」。S.4365 僅殘存「重為輕根靜為躁君」八字；帛甲本句首缺「重」字。

雖**有榮觀**，燕處**超然**。

　　雖，S.792、帛乙本、王本、河上本作「雖」。榮，帛乙本作「環」。觀，S.6825V 作「觀」，P.3235V⁰、王本、河上本作「觀」，帛乙本作「官」。燕，S.792、S.798、P.2584 作「燕」，S.6825V 作「燕」。處，S.792、S.6825V、P.2584 作「處」，帛乙本、王本、河上本作「處」。超然，S.6825V、P.2584 作「超然」，帛乙本作「則昭若」，王本、河上本作「超然」。P.2255、BD0941、景龍本同底本。帛甲本僅殘存「唯有環官燕處」、「若」七字。

如何萬乘之主，以身輕天下？輕則失本，躁則失君。

　　如何，S.792 作「奈何以」，P.3235V⁰、王本、河上本作「奈何」，帛甲本、帛乙本作「若何」。萬，S.792、S.798 作「萬」，S.6825V 作「萬」，P.2255、BD0941、帛甲本、帛乙本、景龍本、王本、河上本作「萬」，P.2584 作「萬」。

乘,帛甲本、帛乙本、王本、河上本作「乘」。主,帛甲本、帛乙本作「王」。以,S.792、P.3235V⁰、帛甲本、帛乙本、王本、河上本作「而以」。輕,S.798、P.2584 皆作「輕」,S.6825V 皆作「輕」,帛甲本前者作「巠於」、後者作「巠」,帛乙本前者作「輕於」、後者作「輕」,王本、河上本皆作「輕」。失本,S.792、P.3235V⁰、景龍本、河上本作「失臣」。躁,S.792、王本、河上本作「躁」,S.798、S.6825V、P.2584、BD0941 作「躁」,P.3235V⁰ 作「跺」,帛甲本、帛乙本作「趮」。君,S.792、王本、河上本、帛甲本、帛乙本作「君」。

第二十七章
善行无徹迹,善言無瑕適。

善,S.798、S.6825V、P.2584、景龍本皆作「善」,帛甲本前者作「善」、後者闕,帛乙本、王本、河上本皆作「善」。行,帛甲本、帛乙本作「行者」。无,S.792、P.3235V⁰、王本、河上本皆作「無」,S.6825V 前者如字、後者作「無」。徹,S.792、P.3235V⁰、景龍本作「轍」,S.6825V 作「徹」,帛甲本作「勶」,帛乙本作「達」,王本、河上本作「轍」。言,帛甲本、帛乙本作「言者」。瑕適,S.792、P.3235V⁰ 作「瑕讁」,S.798、帛甲本、帛乙本作「瑕適」,S.6825V 作「瑕適」,P.2255、BD0941 作「瑕適」,景龍本作「瘕讁」,王本、河上本作「瑕讁」。

善計不用籌筭,善閇无關捷不可開,善結无繩約不可解。

善,S.798、S.6825V、P.2584、景龍本皆作「善」,帛甲本、帛乙本、王本、河上本皆作「善」。計,帛甲本、帛乙本作「數者」,王本作「數」。用,帛甲本作「以」。籌,帛甲本、帛乙本作「檮」,王本、河上本作「籌」。筭,S.792、P.3235V⁰ 作「筭」,帛甲本作「䇡」,帛乙本作「䇏」,景龍本、王本、河上本作「策」。閇,S.792、河上本作「閉」,帛甲本、帛乙本作「閉者」。无,S.792、王本、河上本皆作「無」,S.6825V、P.3235V⁰ 前者作「無」、後者如字,帛甲本前者如字、後者闕。開捷,P.3235V⁰、景龍本作「關鍵」,帛甲本作「閵籥」,帛乙本作「關籥」,王本、河上本作「關楗」。不可開,S.792、P.3235V⁰、王本、河上本作「而不可開」,帛甲本、帛乙本作「而不可啟也」。結,S.6825V 作「结」,S.6825V、P.3235V⁰ 作「结」,帛甲本、帛乙本作「結

者」。繩約，S.792 作「绳约」，S.798 作「繩約」，S.6825V、P.3235V⁰ 作「绳约」，P.2584 作「绳约」，王本、河上本作「繩約」，帛甲本僅殘存「繩」字。不可，S.792、P.3235V⁰、帛甲本、帛乙本、王本、河上本作「而不可」。解，S.792 作「解」，S.6825V、P.3235V⁰ 作「解」，P.2255 作「解」，P.2584、BD0941 作「解」，帛甲本、帛乙本作「解也」，王本、河上本作「解」。

是以聖人常善救人，而无棄人；常善救物，而无棄物，是謂襲明。

是，P.3235V⁰ 前者如字、後者作「是」。聖，S.792、S.6825V 作「埕」，帛甲本作「聲」，帛乙本作「耶」。常，帛甲本、帛乙本作「恆」。善，S.798、S.6825V、景龍本皆作「善」，P.2584 皆作「善」，帛甲本、帛乙本、王本、河上本皆作「善」。救，帛甲本、帛乙本前者作「怵」、後者無，王本、河上本皆作「救」。而，S.792、P.3235V⁰、王本、河上本皆作「故」。无，S.792、S.6825V、P.3235V⁰、王本皆作「無」。棄，S.798 前者作「棄」、後者作「棄」，S.6825V 皆作「棄」，P.2584、P.3235V⁰ 皆作「棄」，帛甲本、帛乙本、王本、河上本皆作「棄」。常善救物，S.792「作「是以埕人常善救物」，帛甲本、帛乙本無。而无棄物，帛甲本、帛乙本作「物无棄財」。謂，帛甲本、帛乙本作「胃」。襲明，S.792、P.3235V⁰、王本、河上本作「襲明」，帛甲本作「恍明」，帛乙本作「曳明」，景龍本作「龔明」。P.2255 同底本。散 0668A 僅殘存「以聖人常善救人而」、「棄物是謂襲明」十四字；BD0941 僅殘存「是」字。

善人，不善人之師；不善人，善人之資。

善，S.798、S.6825V、景龍本皆作「善」，P.2584 皆作「善」。之師，S.6825V 作「師」，帛甲本、帛乙本、王本、河上本作「之師」。資，S.6825V 作「資」。P.2255、散 0668A 同底本。S.792、P.3235V⁰ 句首有「故」字；帛甲本僅殘存「故善」、「之師不善人善人之齋也」十二字；帛乙本作「故善人，善人之師；不善人，善人之資也」；王本、河上本作「故善人者，不善人之師；不善人者，善人之資」。

不貴其師，不愛其資，雖知大迷，此謂要妙。

師，帛甲本、帛乙本、王本、河上本作「師」。資，S.6825V 作「資」，帛甲本作「齋」。雖，S.792、帛乙本、王本、河上本作「雖」，帛甲本作「唯」。

知，S.798、P.2584、王本作「智」，帛甲本、帛乙本作「知乎」。迷，帛甲本作「眯」。此，S.792、帛甲本、帛乙本、王本、河上本作「是」，P.3235V^{0}作「昰」。謂，帛甲本、帛乙本作「胃」。要妙，帛甲本、帛乙本作「眇要」。P.2255、散0668A、景龍本同底本。

第二十八章

知其雄，守其雌，為天下奚。

雄，S.792、S.798、P.2255、P.2584、帛甲本、帛乙本、景龍本、王本、河上本作「雄」。雌，S.6825V作「雒」，王本、河上本作「雌」。為，P.3235V^{0}作「为」。奚，S.792、P.3235V^0、王本、河上本作「谿」，帛甲本作「溪」，帛乙本作「雞」，景龍本作「蹊」。散0668A同底本。

常德不離，復歸扵嬰兒。

常德不離，帛甲本作「恆德不雞。恆德不雞」，帛乙本作「恆德不離。恆德不離」。德，S.6825V作「徳」，景龍本作「得」，王本、河上本作「德」。復，S.792、S.798、帛甲本、帛乙本、王本、河上本作「復」。歸，S.792、S.6825V作「歸」，S.798、P.2584作「歸」，帛甲本、王本、河上本作「歸」。扵，王本、河上本作「於」，帛甲本無。嬰，S.792、S.798作「婴」，S.6825V作「嬰」。P.2255、散0668A同底本。S.792、王本、河上本句首有「為天下谿」句；P.3235V^{0}句首有「為天下谿」句；帛甲本句首有「為天下溪」句；帛乙本句首有「為天下雞」句，句末缺「歸於嬰兒」四字；景龍本句首有「為天下蹊」句。

知其白，守其黑，為天下式。

知其白，S.6825V作「知白」，其他敦煌寫卷及帛書本、傳世本皆有「其」字，S.6825V脫，帛甲本作「知其日」。黑，帛甲本、帛乙本作「辱」，王本、河上本作「黑」。為，P.3235V^{0}作「为」。式，帛甲本、帛乙本作「浴」。S.792、S.798、P.2255、P.2584、散0668A、景龍本同底本。

常德不貣，復歸扵无极。知其榮，守其辱，為天下谷。為天下谷，常德乃足，復歸扵撲。

貣，S.792、P.3235V^0、景龍本、王本、河上本作「忒」，S.798、P.2584作

「貸」，P.2255、散 0668A 作「俄」。德，S.6825V 皆作「德」，景龍本前者如字、後者作「得」，王本、河上本皆作「德」。為，P.3235V⁰ 皆作「为」。復，S.792、S.2267 前者如字、後者作「復」，S.798、王本、河上本皆作「復」。歸，S.792、S.6825V 皆作「歸」，S.798、P.2584 皆作「歸」，王本、河上本皆作「歸」。扗，S.6825V 前者如字、後者作「於」，王本、河上本皆作「於」。无，S.792、P.3235V⁰、王本、河上本作「無」。椓，S.792 作「極」，S.2267 作「椓」，S.6825V、P.3235V⁰ 作「極」，王本、河上本作「無極」。辱，S.798、王本、河上本皆作「辱」，S.6825V、散 0668A 作「辱」。足，王本、河上本皆作「足」。撲，S.792、P.3235V⁰ 作「撲」，P.3235V⁰、王本、河上本作「樸」，S.798 作「撲」，S.6825V、P.2255 作「樸」，景龍本作「朴」。帛甲本作「為天下浴，恆德乃口。恆德乃口口口口口知其，守其黑，為天下式。為天下式，恒德不貸。德不貸，復歸於无極」；帛乙本作「為天下浴，恒德乃足。恆德乃足，復歸於樸。知其白，守其黑，為天下式。為天下式，恒德不貸。恒德不貸，復歸於无極」。S.792 句首有「為天下式」句，S.792 脫後一「谷」字；P.3235V⁰、王本、河上本句首有「為天下式」句；S.2267 句首缺「常德不俄復歸扗」七字。

撲散為器，聖人用為官長，是以大剬无割。

撲，S.792 作「撲」，S.798 作「撲」，S.6825V、P.2255、帛乙本、王本作「樸」，P.3235V⁰ 作「⺀（撲）」，此處承上句「復歸扗撲」之「撲」，P.3235V⁰ 作「撲」而言，帛甲本作「榏」，景龍本、河上本作「朴」。散，S.792 作「散」，S.2267、景龍本作「散」，S.6825V 作「散」，散 0668A 作「散」。為器，S.792 作「則為噐」，S.798、S.2267、S.6825V、P.2584、景龍本作「為噐」，P.3235V⁰ 作「則為噐」，帛乙本、王本、河上本作「則為器」，帛甲本闕。聖，S.792、S.2267 作「聖」，S.6825V 作「聖」，帛乙本作「耵」，帛甲本僅殘存「人」字。用為，S.792、王本、河上本作「用之則為」，P.3235V⁰ 作「用之則为」，帛甲本、帛乙本作「用則為」。是以，S.792、P.3235V⁰、王本、河上本作「故」，帛甲本、帛乙本作「夫」。剬，S.792、S.6825V、P.3235V⁰、帛甲本、帛乙本、景龍本、王本、河上本作「制」。无割，S.792、P.3235V⁰ 作「不割」，S.798 作「不割」，S.6825V、P.2584 作「无割」，帛甲本作「无割」，王本、河上本作「不割」。

第二十九章

將欲耵天下而為之，吾見其不得巳。

　　將，S.783、S.792、S.798、S.2267、P.3235V^{0}作「将」，S.6825V作「将」、帛甲本、王本、河上本作「將」。欲，S.6825V作「歆」。耵，S.783、S.792、P.2584、P.3235V^0、散0668A、帛甲本、王本、河上本作「取」。為，P.3235V^{0}作「為」。不，帛甲本作「弗」。得，S.6825V作「淂」，帛甲本闕。巳，S.783、S.798、S.2267、P.2584、P.3235V^0、王本、河上本作「已」，S.792作「己」，帛甲本闕。P.2255、景龍本同底本。帛乙本僅殘存「將欲取天」、「得巳」六字。

天下神器，不可為。為者敗之，執者失之。

　　天下神器，帛乙本作「夫天下神器也」，帛甲本僅殘存「器也」二字。器，S.792、S.6825V、P.2584、景龍本作「噐」，王本作「器」。不可為，S.792、王本、河上本作「不可為也」，P.3235V^{0}作「不可为也」，帛甲本、帛乙本作「非可為者也」。為者，P.3235V^{0}作「为者」，帛乙本作「為之者」。執者，帛乙本作「執之者」。S.783、S.798、S.2267、P.2255、散0668A同底本。

夫物或行或随，或嘘或吹，或彊或羸，或接或堕。

　　夫，S.792、P.3235V^0、帛乙本、王本、河上本作「故」，帛甲本無。或，帛甲本、帛乙本、王本、河上本皆作「或」。随，S.798作「随」，帛甲本、王本、河上本作「隨」，帛乙本作「隋」。嘘，S.792作「煦」，S.798作「嘘」，P.3235V^{0}作「烋」，帛甲本作「炅」，帛乙本作「熱」，王本作「歔」，河上本作「呴」。吹，帛乙本作「砐」，帛甲本闕。彊，S.783、景龍本、王本、河上本作「强」，S.792作「强」，S.6825V作「强」，P.2584作「強」，P.3235V^{0}作「強」。羸，S.783、S.792、S.798、S.2267作「羸」，S.6825V、P.2584、P.3235V^{0}作「贏」，景龍本作「嬴」，王本、河上本作「羸」。接，S.792、P.3235V^0、景龍本、河上本作「載」，帛甲本作「杯」，帛乙本作「陪」，王本作「挫」。堕，S.783、P.3235V^0、景龍本作「隳」，S.792作「陲」，S.798、S.6825V、散0668A作「堕」，帛甲本作「撱」，帛乙本作「墮」，王本、河上本作「隳」。P.2255同底本。S.792無「或吹」二字；帛甲本缺「或彊或羸」句；帛乙本無「或彊或羸」句。

是以聖人人去甚，去奢，去泰。

是，P.3235V⁰作「昰」。聖人人，S.783作「聖人」，S.792、S.2267、S.6825V作「聖人」，S.798、P.2255、P.2584、P.3235V⁰、散0668A、王本、河上本作「聖人」，帛甲本作「聲人」，帛乙本作「耴人」，底本衍一「人」字。奢，帛甲本、帛乙本作「大」。泰，S.783、S.792、S.2267、P.3235V⁰作「泰」，S.798、S.6825V、P.2255、P.2584、散0668A、景龍本、王本作「泰」，帛甲本作「楮」，帛乙本作「諸」。

第三十章

以道佐人主者，不以兵彊天下，其事好還。

道，簡甲本作「衍」。佐，S.783作「佐」，簡甲本作「差」，景龍本作「作」。人主者，簡甲本作「人宝者」，帛甲本、帛乙本作「人主」。不以，簡甲本作「不谷以」。彊，S.783作「强枋」，S.792作「强」，P.3235V⁰作「强」，簡甲本、帛乙本作「强於」，景龍本、王本、河上本作「强」，帛甲本闕。其事好還，帛乙本僅殘存「其」字，帛甲本闕，簡甲本無。還，S.792作「還」，王本、河上本作「還」。S.798、S.2267、S.6825V、P.2255、P.2584、散0668A同底本。

師之所處，荊棘生。

師之，王本、河上本作「師之」，帛甲本闕。所，帛甲本、王本、河上本作「所」。處，S.6825V、P.2584作「處」，P.3235V⁰作「處」，帛甲本作「居」，王本、河上本作「處」。荊棘，S.783作「荊棘」，S.792作「荊棘」，S.6825V作「荊棘」，P.2584作「荊棘」，P.3235V⁰作「荊棘」，帛甲本作「楚杅」，王本、河上本作「荊棘」。生，S.792作「生焉」，王本、河上本作「生焉」，P.3235V⁰作「生焉」，帛甲本作「生之」。S.798、S.2267、P.2255、散0668A、景龍本同底本。帛乙本僅殘存「棘生之」三字。

故善者果而已，不以取彊。

善，S.783、S.2267、P.2584作「善」，S.798、S.6825V、景龍本作「善」，簡甲本、帛甲本、帛乙本、王本、河上本作「善」。已，S.783、S.792、S.798、S.2267、S.6825V、P.3235V⁰、簡甲本、王本、河上本作「已」，帛甲本、帛乙

本作「已矣」。不以，S.792、P.3235V⁰、王本、河上本作「不敢以」，帛甲本、帛乙本作「毋以」。取，S.798、S.2267、S.6825V 作「耴」。彊，S.783、景龍本、王本、河上本作「強」，S.792 作「强」，P.2584 作「强」，P.3235V⁰ 作「强」，簡甲本作「強」，帛甲本、帛乙本作「強焉」。P.2255、散 0668A 同底本。S.792、王本、河上本句首有「大軍之後，必有凶年」句；P.3235V⁰ 句首有「大事之後，必有凶年」句。

果而勿驕，果而勿矜，果而勿伐，

勿，簡甲本皆作「弗」，帛甲本與帛乙本前者作「毋」、後者如字。驕，S.792 作「矜」，S.2267、S.6825V、P.2255、P.2584、散 0668A 作「驕」，P.3235V⁰ 作「矜」，簡甲本作「癹」，帛甲本作「驕」，帛乙本作「驕」，王本、河上本作「矜」。矜，S.783、S.6825V 作「矜」，S.792、P.3235V⁰、王本、河上本作「伐」，P.2584、景龍本作「矜」，簡甲本作「喬」，帛甲本、帛乙本作「矜」。果而勿伐，帛甲本僅殘存「勿伐」二字，帛乙本僅殘存「果」、「伐」二字。伐，S.792、P.3235V⁰ 作「憍」，S.798 作「代」，為「伐」字之誤，簡甲本作「秢」，王本、河上本作「驕」。

果而不得已，是果而勿彊。

帛乙本作「果而毋得已居，是胃果而強」。不，帛甲本、帛乙本作「毋」。得，S.6825V 作「淂」。已，S.783、S.798、S.2267、S.6825V、P.2584、P.3235V⁰、王本、河上本作「已」，S.792 作「己」，帛甲本、帛乙本作「已居」，景龍本作「以」。是，P.3235V⁰ 作「昰」，簡甲本、帛甲本、帛乙本作「是胃」，王本、河上本無。勿，簡甲本、帛甲本「不」，帛乙本無。彊，S.783、帛甲本、帛乙本、景龍本、王本、河上本作「強」，S.792 作「强」，P.2584、P.3235V⁰ 作「强」，簡甲本作「強」。P.2255、散 0668A 同底本。簡甲本無「果而不得已」句，句末有「其事好」三字；帛甲本缺後一「果」字。

物壯則老，謂之非道，非道早也。

壯，S.798、景龍本作「壯」，P.2584、P.3235V⁰ 作「壯」，帛甲本、帛乙本、王本、河上本作「壯」。則，帛甲本、帛乙本作「而」。老，S.783、S.798、P.2584、帛甲本、帛乙本、王本、河上本作「老」。謂之，S.792、王本、河上本作「是

謂」，P.3235V⁰ 作「昰謂」，帛甲本、帛乙本作「胃之」。非道，S.792 前者作「不道」、後者無，P.3235V⁰、帛甲本、帛乙本、王本、河上本皆作「不道」。早，帛甲本、帛乙本作「蚤」。也，S.783、S.798、P.3235V⁰、帛甲本、帛乙本、景龍本、王本、河上本作「已」，S.792 作「己」，S.6825V、P.2584 作「巳」。S.2267、P.2255、散 0668A 同底本。

第三十一章

夫佳兵者，不祥之器。

佳，P.2255、散 0668A 作「佳」，帛甲本、帛乙本無。兵者，河上本作「兵」。器，S.792、S.6825V、P.2584、景龍本作「噐」，帛乙本作「器也」，王本、河上本作「器」，帛甲本「器」後缺一字。S.783、S.798、S.2267、P.3235V⁰同底本。

物或惡之，故有道不處。

或，帛甲本、王本、河上本作「或」。惡，S.6825V 作「惡」，帛甲本、王本、河上本作「惡」。有道，S.792、P.3235V⁰、王本、河上本作「有道者」，帛甲本作「有欲者」。不，帛甲本作「弗」。處，S.792 作「虍」，S.6825V、P.2584 作「處」，帛甲本作「居」，王本、河上本作「處」。S.783、S.798、S.2267、P.2255、散 0668A、景龍本同底本。帛乙本僅殘存「物或亞」三字。

君子居則貴左，用兵則貴右。

用，簡丙本作「甬」。左，S.783 作「左」。君子，S.783、S.792 作「君子」，帛甲本、王本、河上本作「君子」，帛乙本闕。S.798、S.2267、S.6825V、P.2255、P.2584、P.3235V⁰、散 0668A、景龍本同底本。

兵者不祥器，非君子之器，

不祥器，S.792、P.2584、景龍本作「不祥之噐」，P.2255、P.3235V⁰ 作「不祥之器」，王本、河上本作「不祥之器」。君，S.783、S.792 作「君」，王本、河上本作「君」。器，S.792、S.6825V、P.2584、景龍本皆作「噐」，王本、河上本作「器」。S.798、S.2267、散 0668A 同底本。P.2375 僅殘存「兵者不祥之噐」六字；簡丙本僅殘存「古曰兵者」四字；帛甲本作「故兵者非君子之器也，□□不祥之器也」；帛乙本作「故兵者非君子之器，兵者不祥□器也」。

不得巳而用之，恬惔為上。

　　不得巳，S.6825V 作「不淂已」。巳，S.783、S.792、S.2267、S.6825V、P.2584、帛甲本、帛乙本、王本、河上本作「不得已」，簡丙本僅殘存「得巳」二字。用，簡丙本作「甬」。恬惔，S.792、P.3235V^0 作「恬淡」，簡丙本作「銛繜」，帛甲本作「銛襲」，帛乙本作「銛襱」。為，P.3235V^0 作「为」。S.798、P.2255、散 0668A、景龍本同底本。P.2375 僅殘存「用之恬惔爲上」六字。

故不美，若美，必樂之，是樂煞人。

　　美，S.2267 皆作「羙」，S.6825V 前者作「羙」、後者作「羮」，P.2255、散 0668A 皆作「羮」。若美，景龍本作「若美之」。樂煞人，S.783 作「樂敥人」，S.6825V 作「煞人」。S.798、P.2584 同底本。S.792 作「勝而不美，而美之者，是樂殺人」；P.2375 僅殘存「故不美」、「人」四字；P.3235V^0 作「勝不羮，而羮之者，是樂殺人」；簡丙本作「弗姚也，敧之，是樂殺人」；帛甲本、帛乙本作「勿美也，若美之，是樂殺人也」；王本、河上本作「勝而不美，而美之者，是樂殺人」。

夫樂煞者，不可得意扵天下。

　　煞者，S.783 作「敥者」，S.792、P.3235V^0 作「殺人者」，S.6825V 作「煞者」，帛甲本、帛乙本作「殺人」，王本、河上本作「殺人者」。不可，帛甲本、帛乙本作「不可以」，王本、河上本作「則不可以」。得意，S.792、P.3235V^0、帛甲本、帛乙本、王本、河上本作「得志」，S.6825V 作「淂意」。扵，帛甲本、帛乙本、王本、河上本作「於」。天下，帛甲本、帛乙本、王本、河上本作「天下矣」。S.798、S.2267、P.2255、P.2584、散 0668A、景龍本同底本。P.2375 僅殘存「夫樂煞者不可得」七字；簡丙本僅殘存「夫樂」、「以得志於天下」八字。

故吉事尚左，喪事尚右。

　　故，簡丙本作「古」，帛甲本作「是以」，S.792、P.3235V^0、王本無。尚，簡丙本、帛甲本皆作「上」。左，S.783、S.6825V 作「厷」。喪，S.783、S.792、P.3235V^0、景龍本、王本、河上本作「凶」，S.6825V 作「衺」。S.798、S.2267、P.2255、P.2584、散 0668A 同底本。P.2375 僅殘存「尚左喪事尚右」六字；帛乙本僅殘存「是以吉事」四字。

是以偏将軍居左，上将軍居右。

是以，P.2375 作「是以」，S.792、王本、河上本無。偏，S.783 作「徧」，S.792、S.6825V、P.2584、散 0668A、帛乙本、景龍本、王本、河上本作「偏」，S.798、S.2267 作「偏」，P.2375 作「偏」，簡丙本作「㡀」，帛甲本作「便」。居，S.792 皆作「虜」。左，S.783 作「左」。上將軍，帛乙本作「而上將軍」。将，S.783、S.792、S.798、S.2267、P.2375 皆作「將」，S.6825V 前者作「将」、後者如字，簡丙本皆作「牁」，帛甲本、帛乙本、王本、河上本皆作「將」。P.2255 同底本。P.3235V⁰ 僅殘存「偏将軍㡀左上」六字。

言以喪禮處之。煞人眾多，以悲哀泣之。

喪，S.783 作「宦」，S.6825V 作「㕥」，P.2375 作「喪」。禮，S.6825V、P.2375 作「礼」，簡丙本作「豊」。處之，S.783、S.798、S.2267、P.2255、散 0668A 作「處之」，S.792 作「虜之」，簡丙本、帛甲本作「居之也」，王本、河上本作「處之」。煞人眾多，帛甲本作「殺人眾」，王本作「殺人之眾」，簡丙本僅殘存「古殺」二字。煞，S.783 作「敳」，S.792 作「殺」，S.6825V 作「煞」，王本、河上本作「殺」。眾，S.6825V 作「衆」，王本、河上本作「眾」。以，簡丙本作「則以」。悲哀，S.783、S.2267、S.6825V、P.2375 作「悲哀」，S.792、S.798、P.2255、散 0668A 作「悲哀」，簡丙本作「悆悲」，帛甲本作「悲依」。泣，簡丙本作「位」，帛甲本作「立」。P.3235V⁰ 僅殘存「以宦禮處之殺人眾」、「之」九字；帛乙本僅殘存「殺」、「立之」三字；景龍本無「言以喪禮處之」句。

戰勝，以喪禮處之。

戰，S.783、S.798、P.2375、簡丙本、帛甲本、王本、河上本作「戰」，帛乙本闕。勝，S.783、S.2267 作「勝」，簡丙本作「勑」，帛乙本作「朕」，王本、河上本作「勝」。以，簡丙本作「則以」，帛乙本作「而以」。喪，S.783、P.3235V⁰ 作「宦」，S.6825V 作「㕥」，P.2375 作「㕥」，景龍本作「哀」。禮，S.6825V、P.2375、P.3235V⁰ 作「礼」，簡丙本作「豊」。處，S.792 作「虜」，S.6825V、P.2375、P.2584 作「處」，簡丙本作「居」，帛甲本、帛乙本、王本、河上本作「處」。散 0668A 同底本。

第三十二章

道常无名，樸雖小，天下不敢臣。

常，簡甲本作「亙」，帛乙本作「恆」。无，S.792、P.3235V⁰、王本、河上本作「無」，P.2375 作「旡」，簡甲本作「亡」。樸，S.783、S.798、S.2267、P.2584、散 0668A 作「撲」，S.792 作「撲」，P.3235V⁰、帛乙本、王本作「樸」，簡甲本作「僕」，景龍本、河上本作「朴」。雖，S.783、S.792、王本、河上本作「雖」，簡甲本、帛乙本作「唯」。小，簡甲本作「妻」。天下，簡甲本作「天陞」，帛乙本作「而天下」。不敢臣，P.2255 作「敢臣」，脫「不」字，簡甲本、帛乙本作「弗敢臣」，王本作「莫能臣也」。S.6825V 同底本。帛甲本僅殘存「道恆无名握唯」六字。

王侯若帋守，萬物將自賓。

王侯，S.792 作「侯王」，P.3235V⁰ 作「侯王」，簡甲本、帛乙本、河上本作「侯王」，帛甲本僅殘存「王」字。若，簡甲本作「女」，帛甲本、帛乙本、王本、河上本作「若」。帋，簡甲本、帛甲本、帛乙本、王本、河上本作「能」。守，簡甲本作「獸之」，帛甲本、帛乙本、王本、河上本作「守之」。萬，S.783、P.3235V⁰ 作「万」，S.798、散 0668A 作「萬」，S.2267 作「蕅」，S.6825V 作「萬」，P.2584 作「萬」。物，簡甲本作「勿」。將，S.783、S.792、S.798、S.2267、P.2375、P.3235V⁰ 作「將」，簡甲本作「牆」，帛甲本、帛乙本、王本、河上本作「將」。賓，簡甲本作「宾」，帛甲本、帛乙本、王本、河上本作「賓」。P.2255、景龍本同底本。

天地相合，以降甘露，民莫之令而自均。

天地，S.792 作「天下」，簡甲本作「天陞」。相合，簡甲本作「相合也」。降，S.783、P.2375 作「降」，簡甲本作「逾」，王本、河上本作「降」。露，簡甲本作「零」。民，S.792、P.3235V⁰、景龍本作「人」。莫，S.783、P.2255、P.2375、P.3235V⁰、簡甲本、王本、河上本作「莫」，P.2584 作「莫」。令，簡甲本作「命」。而，簡甲本作「天」。均，S.798、S.6825V、散 0668A 作「均」，簡甲本作「均安」。S.2267 同底本。帛甲本僅殘存「天地相谷以俞甘洛民莫之」、「焉」十二字；帛乙本僅殘存「天地相合以俞甘洛」、「令而自均焉」十三字。

始制有名，名亽既有，

　　始制，簡甲本作「訂折」。有，簡甲本皆作「又」。亽，S.783、S.792、P.2375、P.3235V[0]、簡甲本、帛乙本、景龍本、王本、河上本作「亦」，S.2267、散 0668A 作「尒」，S.6825V 作「邷」。既，S.798、S.2267、P.2375 作「旡」，S.6825V、簡甲本、帛乙本、王本、河上本作「既」，P.2584 作「旡」。S.2267、P.2255 同底本。帛甲本僅殘存「始制有」、「有」四字。

夫亽將知止，知止不殆。

　　夫，S.783、景龍本作「天」，應為「夫」字之誤。亽，S.792、P.2375、簡甲本、帛乙本、王本、河上本作「亦」，S.2267、散 0668A 作「尒」，S.6825V 作「邷」，S.783、景龍本無。將，S.783、S.792、S.798、S.2267、P.2375 作「将」，S.6825V 作「将」，簡甲本作「牰」，帛乙本、王本、河上本作「將」。知，簡甲本皆作「智」。止，S.783、S.792、S.6825V、簡甲本、帛乙本、王本皆作「止」，P.2375 前者如字、後者脫，河上本皆作「之」。不殆，S.792 作「所以不殆」，簡甲本作「所以不訂」，帛乙本、河上本作「所以不殆」，王本作「可以不殆」，P.2375 無。P.2255、P.2584 同底本。P.3235V[0] 僅殘存「夫亦將」、「所」、「殆」五字；帛甲本僅殘存「夫」、「所以不」四字。

𡴥道在天下，猶川谷與江海。

　　𡴥，P.2375 作「譬」，簡甲本、帛乙本作「卑」，王本、河上本作「譬」，散 0668A 闕。道，S.792、簡甲本、帛乙本、王本、河上本作「道之」，散 0668A 闕。在，簡甲本作「才」。天下，簡甲本、帛乙本作「天下也」。猶，簡甲本、帛乙本作「猷」。川谷，簡甲本作「少浴」，帛乙本作「小浴」。與，S.792、簡甲本、帛乙本、河上本作「之與」，王本作「之於」。江海，簡甲本作「江海」，帛乙本作「江海也」。S.783、S.798、S.2267、S.6825V、P.2255、P.2584、景龍本同底本。P.3235V[0] 僅殘存「譬道之在天下」、「川谷」八字；帛甲本僅殘存「俾道之在天」、「浴之與江海也」十一字。

第三十三章

知人者智，自知者明。

　　智，S.6825V 作「𣉻」，帛乙本作「知也」。自知者，帛乙本作「自知」。明，

S.783、S.792、S.798、P.2255、P.2375、P.2584、散 0668A 作「明」，帛乙本作「明也」。S.2267、景龍本、王本、河上本同底本。P.3235V⁰ 僅殘存「知人者智自知」六字；帛甲本僅殘存「知人者知也自知」七字。

朕人有力，自朕者彊。

朕人，S.792、P.3235V⁰ 作「朕人者」，帛乙本作「朕人者」，王本、河上本作「勝人者」。有力，帛乙本作「有力也」。朕，S.2267 皆作「朕」，帛乙本皆作「朕」。彊，S.783、景龍本、河上本作「強」，S.792 作「強」，P.2584、P.3235V⁰ 作「強」，帛乙本作「強也」，P.2375 闕。S.798、S.6825V、P.2255、散 0668A 同底本。帛甲本僅殘存作「者有力也自勝者」七字。

知足者富，強行有志。

知足者，帛乙本、王本作「知足者」，P.2375 僅殘存「足者」二字，P.3235V⁰ 僅殘存「知」字。富，S.783、S.798、P.2584、景龍本作「富」，帛乙本作「富也」，王本、河上本作「富」。強行，S.792 作「強行者」，S.798 作「強行」，S.2267 作「強行」，S.6825V、散 0668A 作「彊行」，P.2584 作「強行」，P.3235V⁰ 作「強行者」，帛乙本、王本、河上本作「強行者」。有志，S.6825V、P.2375 作「有志」，帛乙本作「有志也」。P.2255 同底本。帛甲本僅殘存「也強行者有志也」七字。

不失其所者久，死而不亡者壽。

所，帛甲本、帛乙本、王本、河上本作「所」。久，帛甲本、帛乙本作「久也」。死而不亡，帛甲本作「死不忘」，帛乙本作「死而不忘」，P.3235V⁰ 闕。亡，P.2375 作「亡」。壽，S.792 作「壽」，S.6825V 作「壽」，帛甲本、帛乙本作「壽也」，王本、河上本作「壽」。S.783、S.798、S.2267、P.2255、P.2584、散 0668A、景龍本同底本。

第三十四章
大道氾，其可左右。

大道氾，帛乙本作「道渢呵」，S.6228V 闕。氾，S.783、P.2375、P.2584 作「汎」，S.792、P.3235V⁰ 作「汎兮」，王本、河上本作「氾兮」。其可左右，帛

乙本作「其可左右也」，P.3235V⁰ 僅殘存「其可」二字。左，S.783、S.6228V
作「左」。S.798、S.2267、S.6825V、P.2255、散 0668A、景龍本同底本。帛甲
本僅殘存「道」字。

萬物恃以生而不辞，成功不名有。

萬，S.783、S.792、S.798、S.6228V 作「万」，S.2267、P.2584 作「萬」，
S.6825V 作「萬」，P.2375 作「萬」。恃以生，S.783、S.792、S.6228V、景龍本
作「恃之以生」，王本、河上本作「恃之而生」。辞，S.783、S.792 作「辤」，
王本、河上本作「辭」。成功，S.792 作「功成」，王本、河上本作「功成」，散
0668A 僅殘存「成」字。不名有，S.6228V 作「不霧」。P.2255 同底本。P.3235V⁰
僅殘存「侍之以生而不辞功成不」十字；帛甲本僅殘存「遂事而弗名有也」七
字；帛乙本僅殘存「成功遂」、「弗名有也」七字。

衣被萬物不為主，可名於小。

衣被，S.792、P.3235V⁰ 作「愛養」，景龍本、河上本作「愛養」，王本作
「衣養」，帛甲本、帛乙本無。萬，S.783、S.6228V、P.3235V⁰ 作「万」，S.798、
P.2375 作「萬」，S.2267、P.2584 作「萬」，S.6825V 作「萬」。不為主，S.792、
S.6228V、王本、河上本作「而不為主」，P.3235V⁰ 作「而不為主」，帛甲本、
帛乙本作「歸焉而弗為主」。可名於小，S.792 作「常無欲，可名於小」，S.6228V
作「故常无欲，可名於小」，P.3235V⁰ 作「常無欲，可名口小」，帛甲本、帛乙
本作「則恒无欲也，可名於小」，景龍本作「可名於大」，王本、河上本作「常
無欲，可名於小」。P.2255、散 0668A 同底本。P.3725 僅殘存「可名於小」四
字。

萬物歸之不為主。可名於大，

萬，S.783、S.6228V、P.3235V⁰ 作「万」，S.798、P.2375 作「萬」，S.2267、
P.2584 作「萬」，S.6825V 作「萬」。歸之，S.783 作「歸之」，S.792 作「歸之」，
S.798、P.2375、P.2584 作「歸之」，S.2267 作「歸之」，S.6228V 作「歸焉」，
S.6825V 作「歸之」，帛甲本、帛乙本、王本、河上本作「歸焉」，散 0668A
僅殘存「之」字。不為主，S.6228V、王本、河上本作「而不為主」，P.3235V⁰
作「不為主」，帛乙本作「而弗為主」，S.6228V 僅殘存「不為」二字，帛甲本

僅殘存「為主」二字。名，帛乙本作「命」。柠，帛甲本、帛乙本、王本作「於」，河上本作「為」。P.2255 同底本。P.3725 僅殘存「可名柠大」四字。

是以聖人終不為大，故胲成其大。

是以，P.2375、P.3235V⁰ 作「是以」，王本作「以其」。聖人，S.783、S.792、S.6825V 作「埕人」，S.2267 作「埕人」，王本無。終，S.6228V、P.3235V⁰ 作「终」。胲，王本、河上本作「能」。S.798、P.2255、P.2584、P.3235V⁰、景龍本同底本。P.3725 僅殘存「人终不為大故」、「成其大」九字；散 0668A 僅殘存「是以聖人終不」、「成其大」九字；帛甲本作「是口聲人之能成大也，以其不為大也，故能成大」；帛乙本作「是以耶人之能成大也，以其不為大也，故能成大」。

第三十五章

執大象，天下往；往而不害，安平太。

執，簡丙本作「埶」。象，S.792 作「象」，S.798 作「象」，S.2267、P.3725 作「象」，S.6825V 作「象」，P.2375、P.2584 作「象」。往而不害，P.2584 作「往不害」，P.3235V⁰「而」字不可辨。往，S.6825V 前者作「注」、後者作「佳」。害，S.798 作「害」，S.6825V、P.2584、P.3235V⁰、景龍本作「害」，簡丙本、帛甲本、帛乙本、王本、河上本作「害」。安，簡丙本、帛甲本、帛乙本、王本、河上本作「安」，散 0668A 闕。平，簡丙本作「坪」，散 0668A 闕。太，S.792、P.3235V⁰、P.3725 作「泰」，S.798、S.6825V、簡丙本作「大」，S.6228V 作「泰」，散 0668A 闕。S.783、P.2255 同底本。帛甲本缺「天下」二字。

樂與珥，過客凵。

珥，S.783、S.792、S.6228V、P.2375、P.3725、簡丙本、帛甲本、王本、河上本作「餌」，P.2584 作「餌」，P.3235V⁰、帛甲本闕。過，S.6825V 作「過」，簡丙本作「怹」，帛甲本、帛乙本、王本、河上本作「過」。客，帛甲本、帛乙本作「格」。凵，S.783、S.792、S.6228V、簡丙本、帛甲本、帛乙本、王本、河上本作「止」，P.3235V⁰ 闕。S.798、S.2267、P.2255、景龍本同底本。散 0668A 僅殘存「凵」字；

道出言，惔无味。

　　道出言，S.792、P.3235V⁰、P.3725、王本、河上本作「道之出口」，S.6228V 作「道之出言」，帛甲本、帛乙本作「故道之出言也」，簡丙本僅殘存「古道」二字。惔，S.783、S.6825V、P.2375、P.2584、景龍本作「淡」，S.792、P.3235V⁰、P.3725、王本、河上本作「淡乎」，S.798 作「恢」，應爲「惔」之誤，S.6228V 作「啖」，簡丙本作「淡可」，帛甲本作「曰談呵」，帛乙本作「曰淡呵」。无味，S.792、P.3235V⁰、P.3725、王本、河上本作「其無味」，簡丙本作「其無味也」，帛甲本、帛乙本作「其無味也」。S.2267、P.2255、散 0668A 同底本。

視不畟見，聴不畟聞，用不可既。

　　視，S.792、P.3725、簡丙本、帛乙本、王本、河上本作「視之」，帛甲本闕。畟，S.792 前者無、後者如字，P.3725、簡丙本、帛甲本、帛乙本、王本、河上本皆作「足」。見，帛甲本、帛乙本作「見也」。聴，S.792、P.3725 作「聴之」，S.2267 作「聴」，S.6825V 作「聴」，簡丙本作「聖之」，帛甲本、帛乙本、王本、河上本作「聴之」。聞，簡丙本作「𦖽」，帛甲本、帛乙本作「聞也」。用，S.792、P.3725、帛甲本、帛乙本、王本、河上本作「用之」，簡丙本作「而」。可，王本、河上本作「足」。既，S.798、S.2267、P.2375 作「旣」，S.6825V、王本、河上本作「既」，P.2584 作「旣」，簡丙本作「旣也」，帛甲本、帛乙本作「旣也」。S.783、P.2255、景龍本同底本。S.6228V 僅殘存「視之不畟」四字；P.3235V⁰ 僅殘存「視之不」、「畟聞用之不可既」十字；散 0668A 僅殘存「視不」、「可既」四字；

第三十六章
将欲翕之，必固張之；

　　将，S.783、S.792、S.798、S.2267、P.2375、P.3235V⁰ 作「将」，S.6825V 作「将」，帛甲本、帛乙本、王本、河上本作「將」。欲，S.6825V 作「欵」。翕，S.783、P.2375、河上本作「噏」，S.792 作「飲」，P.3235V⁰、P.3725、王本作「歙」，帛甲本作「拾」，帛乙本作「擒」。固，帛甲本、帛乙本作「古」，景龍本作「故」。P.2255、P.2584 同底本。P.3235V⁰ 句末缺「張之」二字；散 0668A 僅殘存「翕之必」三字。

将欲弱之，必固彊之；

將，S.783、S.792、S.798、S.2267、P.2375 作「将」，S.6825V 作「将」，P.3725 作「將」，帛甲本、帛乙本、王本、河上本作「將」。欲，S.6825V 作「欲」。必固，帛乙本作「必古」，景龍本作「必故」，帛甲本闕。彊，S.783、P.3725 作「強」，S.792 作「強」，P.2375、帛甲本、帛乙本、景龍本、王本、河上本作「強」，P.2584 作「強」。P.2255 同底本。P.3235V⁰ 僅殘存「之」字。

将欲癈之，必固興之；

將，S.783、S.792、S.798、S.2267、P.2375、P.3235V⁰ 作「将」，S.6825V 作「将」，P.3725 作「將」，帛甲本、帛乙本、王本、河上本作「將」。欲，S.6825V 作「欲」。癈，S.6825V 作「癈」，P.2584 作「癈」，P.3235V⁰、P.3725 作「廢」，帛甲本、帛乙本作「去」，王本、河上本作「廢」。固，帛甲本、帛乙本作「古」。興之，P.2255、P.2584、帛甲本、帛乙本作「與之」，王本、河上本作「興之」，P.3235V⁰ 闕。

将欲奪之，必固與之，是謂微明。

將，S.783、S.792、S.798、S.2267、P.2375 作「将」，P.3725 作「將」，帛甲本、帛乙本、王本、河上本作「將」。奪，S.783、S.792 作「奪」，S.798、S.6825V、P.2375、景龍本作「奪」，P.3725 作「奪」，帛甲本、帛乙本、王本、河上本作「奪」。固，帛甲本、帛乙本作「古」。與之，帛乙本作「予之」，帛甲本僅殘存「予」字。是，P.2375 作「昰」。謂，帛甲本、帛乙本作「胃」。微明，S.783、S.798 作「微明」，S.792 作「嶶明」，S.2267 作「微明」，S.6825V 作「微明」，P.2255 作「微明」，P.2375 作「微明」，P.2584、P.3725 作「微明」，帛甲本、帛乙本、王本、河上本作「微明」。S.6825V 脫「欲」字，其他敦煌寫卷及帛書本、傳世本皆有「其」字，且其前「将欲翕之」、「将欲弱之」、「将欲癈之」、「将欲奪之」中皆有「欲」字，故此處脫。P.3235V⁰ 僅殘存「固與之是謂」、「明」六字。

柔弱朕剛彊。

柔，S.6825V 作「柔」。朕，S.2267 作「朕」，帛甲本、本王、河上本作「勝」，帛乙本作「朕」。剛彊，S.783 作「剛强」，S.792 作「剛强」，S.6825V 作「剛彊」，

P.2375 作「強」，P.2584 作「剄強」，P.3725 作「剛強」，帛甲本、帛乙本作「強」，王本、河上本作「剛強」。S.798、P.2255 同底本。P.3235V⁰ 僅殘存「弱」字；景龍本作「柔勝剄弱勝強」。

魚不可脫扵渊，國有利器不可以視人。

魚，S.792 作「潡」，S.798、S.2267 作「魚」，S.6825V 作「𩵋」。脫，S.6825V 作「縢」，帛甲本、王本、河上本作「脫」，帛乙本作「說」。扵，帛甲本、帛乙本、王本、河上本作「於」。渊，S.783、S.2267 作「渊」，S.798 作「㴱」，S.6825V、P.2375 作「渊」，P.3725 作「㴱」，景龍本作「渊」，帛甲本作「瀟」，帛乙本、王本、河上本作「淵」。國，S.6825V、帛乙本、王本、河上本作「國」，帛甲本作「邦」。有，S.792、P.3725、王本、河上本作「之」，帛甲本、帛乙本無。器，S.792、S.6825V、P.2584、P.3725、景龍本作「噐」，帛甲本、帛乙本、王本、河上本作「器」。可以，景龍本作「可」。視人，S.792、P.2375、P.3725、帛乙本、景龍本、王本、河上本作「示人」。P.2255 同底本。P.3235V⁰ 僅殘存「不可脫扵渊國之利器不可」十一字。

第三十七章

道常无為而无不為，王俟若𦲷守，萬物将自化。

道，簡甲本作「衍」。常，簡甲本作「互」，帛甲本、帛乙本作「恒」。無為而無不為，簡甲本作「亡為也」，帛甲本、帛乙本作「无名」。無，S.792、P.3277、P.3725、王本、河上本皆作「無」。為，P.3277 前者如字、後者作「为」。無不為，S.2267 作「无不」，脫「為」字。王俟，S.783、P.3725、景龍本作「俟王」，S.792 作「侯王」，簡甲本、帛甲本、帛乙本、王本、河上本作「侯王」。若，帛甲本、帛乙本、王本、河上本作「若」，簡甲本無。𦲷，P.3277、簡甲本、帛乙本、王本、河上本作「能」，帛甲本無。守，簡甲本、帛甲本、帛乙本、王本作「守之」。萬物，S.783 作「万物」，S.792、S.798、S.6825V、P.2375、P.3277 作「萬物」，S.2267、P.2584 作「萬物」，簡甲本作「而萬勿」。将，S.783、S.792、S.798、S.2267、P.2375 作「将」，P.3725 作「將」，簡甲本作「牅」，帛甲本、帛乙本、王本、河上本作「將」。化，簡甲本作「憍」，帛甲本作「愿」。P.2255 同底本。P.3235V⁰ 僅殘存「道常无為而无不」、「物将自化」十一字。

化如欲作，

化，簡甲本作「憍」，帛甲本作「戀」。如，S.783、S.792、P.2375、P.2584、P.3235V⁰、P.3277、P.3725、簡甲本、帛甲本、帛乙本、景龍本、王本、河上本作「而」。欲，S.6825V 作「欿」，簡甲本作「雒」。作，S.783、S.792、S.6825V、P.2255、P.2375、P.2584、P.3235V⁰、帛乙本、景龍本、王本、河上本作「作」，P.3277 作「作」，簡甲本作「复」，帛甲本闕。S.798、S.2267 同底本。

吾将鎮之以无名之撲。

将，S.783、S.792、S.798、S.2267、P.2375 作「将」，簡甲本作「牸」，帛乙本、王本、河上本作「將」。鎮，S.6825V 作「鎮」，簡甲本作「貞」，帛乙本作「閬」。无，S.792 作「無」，P.3277、P.3725、王本、河上本作「無」，簡甲本作「亡」。撲，S.792、P.3725 作「撲」，S.798 作「撲」，S.6825V、P.2375、P.3277 作「樸」，簡甲本作「斁」，景龍本、河上本作「朴」，帛乙本、王本作「樸」。P.2255、P.2584 同底本。P.3235V⁰ 僅殘存「吾将」、「名之樸」五字；帛甲本僅殘存「名之椏」三字；簡甲本句首無「吾」字。

无名之撲，尒将不欲。

无名之撲，帛乙本作「閬之以无名之樸」，BD14633 僅殘存「之撲」二字，帛甲本僅殘存「无名之椏」四字。无，S.792、P.3277、P.3725、王本、河上本作「無」。撲，S.792、P.3725 作「撲」，S.798 作「撲」，S.6825V 作「樸」，P.3277、王本作「樸」，景龍本、河上本作「朴」。尒，S.783、S.792、S.6825V、P.2375、P.3725、景龍本、河上本作「亦」，S.2267、P.2255、BD14633 作「厽」，S.6825V 作「尒」，帛甲本、帛乙本作「夫」，王本作「夫亦」。将，S.792、S.798、S.2267、P.2375 作「将」，帛甲本、帛乙本、王本、河上本作「將」。欲，S.6825V 作「欿」，帛甲本、帛乙本作「辱」。P.2584 同底本。P.3235V⁰ 僅殘存「無名之樸」四字。

无欲以静，天地自正。

无欲，S.783、S.792、P.3725、景龍本、王本、河上本作「不欲」，S.6825V 作「无欿」，P.3277 作「無欲」，帛甲本、帛乙本作「不辱」。静，S.792、P.3725 作「争」，景龍本、河上本作「靜」，帛甲本作「情」。天地，S.783、S.792、P.3277、P.3725、景龍本、王本、河上本作「天下」。自正，S.792、P.3725 作「将自正」，

S.6825V 作「自凸」,「凸」字爲「ㆦ」字之誤,據其注文「道常无欲,樂清静,故令天地常ㆦ」中亦作「ㆦ」,P.3277 作「自正」,帛甲本、帛乙本作「將自正」,景龍本作「將自正」,王本、河上本作「將自定」,S.783 闕。S.798、S.2267、P.2255、P.2375、P.2584、BD14633 同底本。P.3235V⁰ 僅殘存「下將」二字;簡甲本作「夫亦牂智足,智以束,萬勿牂自定」。

第三十八章

上德不德,是以有德;

德,帛乙本、王本、河上本皆作「德」。是,P.2375 作「昰」。S.2267、S.4681、P.2255、P.2420、BD14633、景龍本同底本。

下德不失德,是以无德。

是,P.2375 作「昰」。无,景龍本、王本、河上本作「無」。德,帛乙本、王本、河上本皆作「德」。S.2267、S.4681＋P.2639、P.2255、P.2420、BD14633 同底本。帛甲本僅殘存「德」字。

上德无為而无以為。下德為之而有以為。

无以為,帛乙本作「无以為也」。德,帛乙本、王本、河上本皆作「德」。无,S.4681 皆作「旡」,王本、河上本皆作「無」。為,S.4681 皆作「为」。S.2267、P.2255、P.2375、P.2420、BD14633 同底本。帛甲本僅殘存「上德无」、「无以為也」七字;帛乙本無「下德為之而有以為」句;景龍本缺「下德為之而有以為」之「為之」二字。

上仁為之而无以為。上義為之而有以為。

无,P.2639 作「旡」,景龍本、王本、河上本作「無」,帛甲本闕。以為,帛甲本、帛乙本作「以為也」。為,P.2639 皆作「为」。義,S.2267、P.2375、帛甲本、王本、河上本作「義」,帛乙本作「德」。P.2255、BD14633 同底本。P.2420 句首缺「上仁」二字。

上禮為之而莫之應,則攘臂而仍之。

為,P.2639 作「为」。莫,S.2267 作「莫」,P.2420、BD14633 作「莫」。應,帛乙本作「㾾」。臂,P.2375、P.2420、P.2639 作「臂」,帛乙本、王本、河上本

作「臂」。仍，帛乙本作「乃」，王本作「扔」。P.2255、景龍本同底本。P.2420
缺「上禮為之而莫之應」句之「之而」二字；帛甲本僅殘存「上禮」、「攘臂而
乃之」七字。

故失道而後德，失德而後仁，

後，P.2420 前者作「浚」、後者如字，帛甲本皆作「後」，帛乙本前者作
「後」、後者作「句」。德，帛甲本、帛乙本、王本、河上本皆作「德」。S.2267、
P.2255、P.2639、BD14633、景龍本同底本。

失仁而後義，失義而後禮。

義，P.2375、P.2639、帛乙本、王本、河上本皆作「義」。後，P.2420 前者
如字、後者作「浚」，帛乙本皆作「句」。S.2267、P.2255、BD14633、景龍本同
底本。帛甲本僅殘存「失仁而後義」五字。

夫禮者，忠信之薄而亂之首。

夫，P.2375 作「失」，其他敦煌寫卷及帛書本、傳世本皆作「夫」，P.2375
「失」字應爲「夫」字之誤。禮，P.2375、P.2420 作「礼」。薄，S.2267、P.2375
作「薄」，P.2420 作「薄」，帛乙本作「泊也」，王本、河上本作「薄」。亂，
P.2375、P.2639 作「乱」，帛乙本、王本、河上本作「亂」。首，帛乙本作「首
也」。P.2255、BD14633、景龍本同底本。帛甲本僅殘存「而亂之首也」五字。

前識者，道之華，而愚之始。

華，P.2255 作「華」，P.2420 作「華」，帛甲本、帛乙本、王本作「華也」。
愚，S.2267 作「愚」。始，帛甲本、帛乙本作「首也」。P.2375、P.2639、BD14633、
景龍本、河上本同底本。帛甲本缺「前識者」句。

是以大丈夫處其厚不處其薄；

是，P.2375 作「昰」。處，P.2375、P.2420、P.2639、BD14633 皆作「處」，
帛甲本皆作「居」，王本前者作「處」、後者作「居」，河上本皆作「處」。厚，
BD14633 作「厚」。不，帛甲本作「而不」。薄，S.2267 作「薄」，P.2420 作「薄」，
帛甲本作「泊」，王本、河上本作「薄」。P.2255、景龍本同底本。帛乙本僅殘

存「是以大丈夫居」、「居其泊」九字。

居其實不居其華。故去彼取此。

　　居其，P.2420 皆作「處其」，P.2639 前者作「處其」、後者如字，王本前者作「處其」、後者如字，河上本皆作「處其」，S.189 前者闕、後者如字。不，帛乙本作「而不」。華，S.2267、P.2255、P.2375、P.2639 作「華」，P.2420 作「華」。彼，BD14633 作「彼」，帛甲本作「皮」，帛乙本作「罷」。取此，帛乙本作「而取此」，王本、河上本作「取此」。景龍本同底本。

第三十九章
昔之得一者，天得一以清，地得一以寧，

　　昔之，帛乙本作「昔」，書道排印本〔註13〕闕。寧，P.2375、BD14633 作「寧」，P.2420 作「宇」，河上本作「寧」。S.189、S.2267、P.2255、P.2639、散 0668B、景龍本、王本同底本。帛甲本缺「地得一」之「一」字。

神得一以靈，谷得一以盈，

　　靈，S.189、P.2375、P.2594、散 0668B、景龍本、王本、河上本作「靈」，P.2420 作「靈」，P.2639 作「靈」，BD14633 作「壷」，書道排印本作「虛」，帛甲本、帛乙本作「霝」。谷，帛甲本、帛乙本作「浴」。盈，S.189、P.2420、P.2639 作「盈」，散 0668B 作「盈」。S.2267、P.2255 同底本。

萬物得一以生，侯王得一以為天下正。

　　萬，S.189、S.2267 作「萬」，P.2375、P.2420、P.2594、P.2639、景龍本作「万」，王本、河上本作「萬」。得，P.2420 前者作「淂」、後者如字。侯王，P.2375、書道排印本、帛乙本、王本、河上本作「侯王」。為，P.2639 作「为」。正，S.189 作「政」，P.2594、P.2639 作「岳」，散 0668B、王本作「貞」。P.2255、BD14633 同底本。散 0668B、帛乙本無「萬物得一以生」句；帛甲本僅殘存「侯」、「而以為」、「正」五字；

〔註13〕書道排印本，指日本書道博物館藏兩件《道德經（殘卷）》，一件存第三十九章至第五十二章，另一件存第五十五章至第五十六章。由於原件在日本不可見，此據《沙州諸子廿六種》排印本整理。

其致之，天无以清将恐裂，

致之，散 0668B 作「致之也」，書道排印本、王本、河上本作「致之」，帛甲本作「致之也」，帛乙本作「至也」。天无以，帛甲本、帛乙本作「胃天毋已」。无，P.2594、散 0668B、景龍本、王本、河上本作「無」，P.2639 作「旡」。将，S.2267、P.2375、P.2420、P.2639 作「将」，書道排印本、帛甲本、帛乙本、王本、河上本作「將」。恐，書道排印本、帛甲本、帛乙本、王本、河上本作「恐」。裂，帛乙本作「蓮」，帛甲本闕。S.189、P.2255、BD14633 同底本。景龍本無「其致之」三字。

地无以寧将恐發，神无以靈将恐歇，

无，P.2594、散 0668B、景龍本、王本、河上本皆作「無」，P.2639 皆作「旡」。寧，S.2267 作「宁」，P.2375、BD14633 作「寧」，書道排印本、王本、河上本作「寧」。将，S.2267、P.2375、P.2420、P.2639 皆作「将」，書道排印本、王本、河上本皆作「將」。恐，書道排印本、王本、河上本皆作「恐」。發，S.189 作「癈」，P.2375、P.2639、散 0668B 作「發」，王本、河上本作「發」。靈，S.189、P.2375、P.2594、散 0668B、書道排印本、景龍本、王本、河上本作「靈」，S.2267 作「霊」，P.2639 作「霊」，BD14633 作「靁」。歇，書道排印本、王本、河上本作「歇」。P.2255 同底本。P.2420 僅殘存「地无」、「将恐發神无以靈将恐歇」十二字；帛甲本僅殘存「胃地毋」、「將恐」、「胃神毋已霝」、「恐歇」十二字；帛乙本僅殘存「地毋已寧將恐發神毋」、「恐歇」十一字。

谷无以盈将恐竭，萬物无以生将恐滅，侯王无以貴将恐蹷。

无以，P.2594、散 0668B、景龍本、王本皆作「無以」，P.2639 第一與第三個皆作「旡以」、第二個僅殘存「以」字，帛乙本皆作「毋已」，河上本第一個作「無」、後二者皆作「無以」。盈，S.189、散 0668B 作「盈」，P.2420 作「盈」，書道排印本、王本、河上本作「盈」，帛乙本闕。将，S.2267、P.2375、P.2420、P.2639 皆作「将」，書道排印本、王本、河上本皆作「將」。恐，書道排印本、王本、河上本皆作「恐」，帛乙本前者無、後者作「恐」。竭，P.2594、P.2639 作「竭」，書道排印本、王本、河上本皆作「竭」，帛乙本作「渴」。萬，S.189、S.2267 作「萬」，P.2375、P.2420 作「万」，BD14633 作「萬」。滅，S.189、P.2420、BD14633 作「滅」，P.2375 作「威」。侯，P.2375、書道排印

本、帛乙本、王本、河上本作「侯」。貴，P.2594、散 0668B 作「貴而高」，帛乙本作「貴以高」，景龍本作「貴高」，王本、河上本作「貴高」。蹷，S.189作「蹷」，BD14633 作「�」，書道排印本、景龍本、河上本作「蹶」，帛乙本作「欮」，王本作「蹶」。P.2255 同底本。散 0668B、帛乙本無「萬物无以生將恐滅」句；帛甲本僅殘存「胃浴毋已盈將恐渴胃侯王毋已貴」十四字。

故貴以賤為本，高以下為基。

貴以賤，S.3926 作「貴必以賤」，P.2420 作「貴必以賤」，P.2639 作「貴必以賤」，帛甲本作「必貴而以賤」，帛乙本作「必貴以賤」。賤，S.189 作「賎」，P.2375、P.2594 作「賎」。為，S.3926 前者作「为」、後者如字，P.2639 皆作「为」。高以下，S.3926、P.2420、P.2639 作「高必以下」，帛甲本、帛乙本作「必高矣而以下」，河上本作「高必以下」。高，書道排印本、王本作「高」。S.2267、散 0668B、BD14633、景龍本同底本。

是以王侯自謂孤㝢不穀。此其以賤為本耶？非？

是以，P.2375 作「昰以」，帛乙本作「夫是以」。王侯，S.189、S.3926、P.2420、P.2594、P.2639、散 0668B、景龍本作「侯王」，P.2375 作「王侯」，書道排印本、帛乙本、王本、河上本作「侯王」。謂，S.3926、P.2639 作「曰」，帛乙本作「胃」，河上本作「稱」。孤，書道排印本、帛乙本、王本、河上本作「孤」。㝢，S.189作「宜」，S.2267、P.2375、書道排印本作「宣」，P.2594、散 0668B 作「㝢」，帛乙本、王本、河上本作「寡」。穀，S.189、散 0668B 作「穀」，S.2267、P.2255、P.2375 作「穀」，S.3926 作「榖」，P.2420 作「榖」，P.2594、BD14633 作「穀」，P.2639 作「榖」，書道排印本、王本作「穀」，帛乙本作「㯱」，河上本作「穀」。此其，S.2267 作「以其」，S.3926 作「此非」，散 0668B 作「是其」，王本、河上本作「此非」。以賤，帛乙本作「賤之」。賤，S.189 作「賎」，S.2267、S.3926 作「賎」，P.2375、P.2420、P.2594、P.2639 作「賎」。為，P.2639 作「为」，帛乙本無。耶，散 0668B、帛乙本作「與」，王本作「邪」，S.3926、P.2420、P.2639 無。非，S.3926、P.2420、P.2639 作「悲乎」，散 0668B、帛乙本作「非也」，王本、河上本作「非乎」。Дx08894 僅殘存「謂孤」二字；帛甲本僅殘存「夫是以侯王自胃」、「寡不㯱此其」十二字。

故致數與无譽。

致，P.2420 作「致」，書道排印本、帛甲本、王本、河上本作「致」，帛乙本作「至」。數與无譽，S.189、S.2267 作「數譽无譽」，S.3926 作「數車无車」，P.2255 作「數與无譽」，P.2375、BD14633 作「數譽無譽」，P.2420 作「數車无車」，P.2594 作「數譽無譽」，P.2639 作「數車无車」，散 0668B 作「數輿無輿也」，書道排印本作「數譽无譽」，景龍本作「數車無車」，帛甲本、帛乙本作「數輿无輿」，王本作「數輿無輿」，河上本作「數車无車」。Дx08894 僅殘存「譽無譽」三字。

不欲禄禄如玉，落落如石。

不欲，帛乙本作「是故不欲」。禄禄，S.3926、P.2375、P.2594、景龍本、王本、河上本作「琭琭」，P.2639 作「碌ゝ」。如，帛乙本皆作「若」。玉，P.2420 作「王」。落落，S.189、P.2375 作「落落」，S.3926、帛乙本作「硌硌」，P.2420、P.2639 作「落ゝ」，P.2594 作「砮砮」，P.2639、書道排印本、河上本作「落落」，王本作「珞珞」。S.2267、P.2255、散 0668B、BD14633 同底本。帛甲本僅殘存「是故不欲」、「若玉硌」七字。

第四十章

反者，道之動；弱者，道之用。

反者，簡甲本作「返也者」，帛乙本作「反也者」，帛甲本闕。道之動，簡甲本作「道僮也」，帛甲本、帛乙本作「道之動也」。弱者，簡甲本作「溺也者」，帛甲本作「弱也者」，帛乙本僅殘存「者」字。用，簡甲本作「甬也」，帛甲本、帛乙本作「用也」。S.189、S.2267、S.3926、P.2255、P.2375、P.2420、P.2594、P.2639、散 0668B、BD14633、書道排印本、景龍本、王本、河上本同底本。Дx08894 僅殘存「反者道之」四字。

天地之物生扵有，有生扵无。

天地，S.189、S.3926、P.2420、P.2594、P.2639、散 0668B、簡甲本、帛乙本、景龍本、王本、河上本作「天下」。之物，S.3926、王本、河上本作「萬物」，P.2420、P.2639、景龍本作「万物」，簡甲本作「之勿」。有，簡甲本前者作「又」、後者無。扵，書道排印本、簡甲本、帛乙本、王本、河上本皆作「於」。

无，散 0668B、P.2594、景龍本、王本、河上本作「無」，P.2639 作「旡」，簡甲本作「亡」。S.2267、P.2255、P.2375、BD14633 同底本。帛甲本僅殘存「天」字；帛乙本缺後一「生」字。

第四十一章

上士聞道，懃愢行。

聞，簡乙本作「昏」。懃，S.189 作「勤」，S.2267 作「懃」，S.3926、散 0668B、景龍本作「勤」，P.2375、P.2420 作「勤」，P.2594、P.2639、散 0668B 作「勤」，書道排印本作「懃」，簡乙本作「堇」，王本、河上本作「勤」。愢行，S.3926、P.2420、P.2639、散 0668B、景龍本、王本、河上本作「而行之」，P.2594 作「能行」，書道排印本作「能行之」，簡乙本作「能行於其中」。P.2255 同底本。帛乙本僅殘存「上」、「道堇能行之」六字。

中士聞道，若存若亡。下士聞道，大喫之。

中，書道排印本作「忠」。聞，簡乙本皆作「昏」。若，書道排印本、簡乙本、帛乙本、王本、河上本皆作「若」。存，簡乙本作「昏」。亡，P.2255、P.2594、P.2639 作「㠯」。大喫，S.189 作「大唉」，S.3926、P.2255、P.2375、散 0668B、書道排印本、景龍本作「大咲」，P.2420 作「大而喫」，簡乙本作「大芺」，帛乙本、王本、河上本作「大笑」。S.2267 同底本。

不喫，不㠯以為道。

不，簡乙本作「弗」。喫，S.189 作「唉」，S.3926、P.2255、P.2375、書道排印本、景龍本作「咲」，散 0668B 作「咲之」，簡乙本作「大芺」，書道排印本、王本、河上本作「笑」。㠯，簡乙本、王本、河上本作「足」。為，P.2639 作「为」。道，簡乙本作「道矣」。S.2267、P.2420、P.2594 同底本。帛乙本僅殘存「弗笑」、「以為道」五字。

是以逮言有之：

是以，P.2375 作「昰以」，景龍本、王本、河上本作「故」，S.3926、P.2420、P.2639 無。逮，書道排印本、簡乙本、帛乙本、王本、河上本作「建」。有之，散 0668B、帛乙本作「有之曰」，簡乙本作「又之」。S.189、S.2267、P.2255、P.2594 同底本。

明道若昧，進道若退，夷道若類。

　　明，S.2267、P.2420、P.2639、書道排印本、帛乙本、景龍本、王本作「明」，P.2375 作「聞」。若，書道排印本、王本、河上本皆作「若」，帛乙本皆作「如」。昧，P.2375、P.2639 作「昧」，帛乙本作「費」。夷，S.2267、P.2375、P.2639 作「夷」，書道排印本、帛乙本、王本、河上本皆作「夷」。退，S.189、散 0668B 作「退」。類，S.189、P.2255 作「纇」，P.2375 作「纇」，P.2420 作「類」，王本作「纇」。S.3926、景龍本同底本。P.2594 無「進道若退」句；簡乙本僅殘存「明道女孛遲道」、「道若退」九字。

上德若俗，大白若辱。

　　上德，散 0668B 作「大白」，簡乙本作「上惪」，帛乙本、王本、河上本作「上德」。若，P.2594 前者作「若若」、後者如字，前者衍一「若」字，P.2639 皆作「若」，書道排印本、王本、河上本皆作「若」，簡乙本皆作「女」，帛乙本皆作「如」。俗，S.189、S.3926、P.2375、P.2420、P.2594、P.2639、景龍本、王本、河上本作「谷」，S.2267 作「佑」，散 0668B 作「辱」，書道排印本作「俗」，簡乙本作「浴」，帛乙本作「浴」。大白，散 0668B 作「上德」。辱，S.3926、P.2375、P.2420、P.2594 作「辱」，散 0668B 作「谷」，書道排印本、簡乙本、帛乙本、王本、河上本作「辱」。P.2255 同底本。

廣德若不呈，逮德若偷。質真若渝。

　　若，P.2639 皆作「若」，書道排印本、王本、河上本皆作「若」。逮，書道排印本、王本、河上本作「建」。德，P.2420 前者如字、後者作「道」，書道排印本、王本、河上本皆作「德」。不呈，散 0668B 作「濡」，P.2375 作「呈」，書道排印本、王本、河上本作「不足」。偷，S.3926、河上本作「揄」，P.2420 作「榆」。真，S.2267 作「真」，S.3926、P.2639 作「直」，P.2420、河上本作「直」，書道排印本作「真」。渝，P.2420 作「渝」，P.2594 作「偷」，書道排印本作「渝」。S.189、P.2255、景龍本同底本。散 0668B 無「逮德若偷」句。簡乙本僅殘存「坒惪女不足建惪女」、「貞女愉」十一字；帛乙本僅殘存「廣德如不足建德如」、「質」九字。

大方无隅，大器晚成，大音希聲，

　　无，P.2594、散 0668B、景龍本、王本、河上本作「無」，P.2639 作「旡」，簡乙本作「亡」。隅，S.189、S.2267 作「隅」，簡乙本、帛乙本作「禺」。器，S.189、S.3926、P.2639、書道排印本、景龍本作「噐」，簡乙本、帛乙本、王本、河上本作「器」。晚，S.189、帛乙本作「免」，S.3926 作「晚」，簡乙本作「曼」。希，P.2420 作「稀」，簡乙本作「祇」。聲，S.189 作「聲」，S.2267 作「聲」，S.3926 作「聲」，P.2375、P.2639 作「聲」，P.2420 作「聲」，P.2594 作「聲」，散 0668B 作「聲」，書道排印本、帛乙本、王本、河上本作「聲」，簡乙本作「聖」。P.2255、景龍本同底本。

大象无形，道隱无名。

　　大，帛乙本作「天」。象，S.189、S.3926、P.2375、P.2420、散 0668B 作「象」，S.2267 作「象」。无，散 0668B、P.2594、景龍本、王本、河上本皆作「無」，P.2639 皆作「旡」。形，帛乙本作「刑」。隱，S.189 作「隱」，S.2267、S.3926、P.2420、散 0668B 作「隱」，P.2594、書道排印本、王本、河上本作「隱」，帛乙本作「襃」。P.2255 同底本。散 0668D 僅殘存「隱无名」三字；簡乙本僅殘存「天象亡埅道」五字。

夫唯道，善貸且成。

　　唯，S.189、S.2267、S.3926、P.2375、P.2420、散 0668B、書道排印本作「唯」，帛乙本、王本、河上本作「唯」。善，S.189、P.2420 作「善」，S.2267、P.2639 作「善」，S.3926、帛乙本、景龍本、王本、河上本作「善」。貸，P.2375 作「貸」，P.2420、P.2639、景龍本、書道排印本、王本、河上本作「貸」，P.2594、P.2639 作「貸」，散 0668B、帛乙本作「始」。且成，S.189 作「生成」，P.2594 作「生」，帛乙本作「且善成」，景龍本作「且善」。P.2255 同底本。帛甲本僅殘存「道善」二字。

第四十二章

道生一，一生二，二生三，三生萬物。萬物負陰而抱陽，沖氣以為和。

　　萬物，S.189、S.2267 皆作「萬物」，P.2375、P.2420、P.2639、景龍本皆作「万物」，BD14738 前者作「萬物」、後者作「是以萬物」，王本、河上本

皆作「萬物」。員陰，S.3926、書道排印本、王本、河上本作「負陰」。抱陽，
S.189、S.2267、S.3926、P.2375、P.2639、書道排印本、景龍本、王本、河上
本作「抱陽」，P.2420 作「枹陽」，BD14738 作「㧈陽」。沖，S.189、P.2375、
P.2639、景龍本、河上本作「沖」。氣，BD14738 作「炁」。P.2255、P.2594 同
底本。散 0668D 僅殘存作「道生一一生二二生三」、「㧈陽沖氣以為和」十六
字；帛甲本僅殘存「中氣以為和」五字；帛乙本作「道生一一生二二生三三
生」、「以為和」十四字。

人之所惡，隹孤宣不穀，而王公以自名。

人，帛甲本作「天下」。所惡，書道排印本、帛甲本、王本、河上本作「所
惡」，帛乙本作「所亞」。隹，S.189、S.3926、P.2420、景龍本作「唯」，書道
排印本、帛甲本、帛乙本、王本、河上本作「唯」。孤，書道排印本、帛甲
本、王本、河上本作「孤」，散 0668D、帛乙本闕。宣，S.189 作「宲」，S.3926、
P.2255、P.2375、P.2420、P.2594、P.2639、BD14738、景龍本作「寡」，帛甲
本、帛乙本、王本、河上本作「寡」，散 0668D 闕。穀，S.3926 作「鞪」，P.2255
作「穀」，P.2375 作「轂」，P.2420 作「轂」，P.2639 作「轂」，書道排印本、
王本作「谷」，帛甲本、帛乙本作「桼」，河上本作「轂」，散 0668D 闕。王
公，BD14738 作「王侯」。自名，S.3926、P.2639、景龍本、河上本作「為稱」，
P.2420 作「為禍」，帛甲本作「自名也」，帛乙本闕。S.2267 同底本。

故物或損之而益，益之而損。

或，書道排印本、王本、河上本作「或」。益之，S.3926、P.2420、P.2594、
BD14738、景龍本作「或益之」，P.2639 作「或益之」，書道排印本、王本作「或
益之」。益，S.189、S.2267、P.2420、P.2639、散 0668D 皆作「益」。損，書道
排印本、王本、河上本皆作「損」。P.2255、P.2375 同底本。散 0668D 句末缺「而
損」二字；帛甲本僅殘存「勿或敗之」、「之而敗」七字；帛乙本僅殘存「云云
之而益」五字。

人之所教，亦我義教之。

所，書道排印本、王本、河上本作「所」。亦我義教之，S.3926 作「我亦
教之」，P.2420 作「我亦教之」，P.2594 作「亦我義教」，P.2639 作「我亦義教

之」，BD14738 作「亦我所以教人」，書道排印本作「我亦義教之」，景龍本、河上本作「我亦教之」，王本作「我亦教人」。我，S.189 作「我」。義，S.2267、P.2375 作「義」。P.2255 同底本。散 0668D 句首缺「人」字；帛甲本僅殘存「故人」、「教夕議而教人」八字。

彊梁者不得其死，吾将以為學父。

彊梁者，BD14738 作「故強梁者」，帛甲本作「故强良者」。彊，S.189、P.2420 作「強」，河上本作「强」，P.2375、P.2594、景龍本、王本作「強」，P.2639 作「强」。梁，書道排印本、王本、河上本作「梁」。不得其死，BD14738 作「不可得其死」，帛甲本作「不得死」。死，P.2639 作「死」，将，S.3926、P.2255、P.2375、P.2420、P.2639、散 0668D 作「将」，書道排印本、王本、河上本作「將」，帛甲本闕，S.2267 無。為，P.2639 作「为」。學父，S.189、S.2267、P.2594、散 0668D 作「學父」，S.3926、P.2420、P.2639、景龍本、王本、河上本作「教父」。帛乙本僅殘存「將以」、「父」三字。

第四十三章
天下之至柔，馳騁天下之至堅。

馳騁，P.2375、散 0668D 作「馳」，其他敦煌寫卷及帛書本、傳世本皆為「馳騁」，且「馳」字一般不單獨使用，故 P.2375、散 0668D 脫「騁」字，P.2864、BD14738、景龍本作「馳騁」，書道排印本、王本、河上本作「馳騁」，帛甲本僅殘存「騁於」二字。至堅，P.2375 作「至堅」，帛甲本作「致堅」。S.189、S.2267、S.3926、P.2255、P.2420、P.2639 同底本。帛乙本僅殘存「天下之至」、「馳騁乎天下之」十字。

无有入无閒。

无，P.2864、BD14738、景龍本、王本、河上本皆作「無」，P.2639 皆作「无」。入，S.3926、P.2420、P.2639、BD14738、景龍本作「入於」，帛甲本作「入於」。閒，S.189、景龍本作「閒」，S.2267、P.2255、P.2375、P.2864、散 0668D、BD14738、書道排印本、帛甲本、王本、河上本作「間」。帛乙本僅殘存「无間」二字。

是以知无為有益。不言之教，无為之益，天下帝及之。

　　是以，S.3926、P.2420、P.2639、BD14738、景龍本王本、河上本、作「吾是以」，P.2375 作「昰以」。有益，S.3926、王本、河上本作「之有益」，P.2420、P.2639 作「之有益」，BD14738 作「之有益也」。知，S.2267 作「和」，其他敦煌寫卷及帛書本、傳世本皆作「知」，S.2267 誤書「矢」爲「禾」。無，P.2864、散 0668D、BD14738、景龍本、王本、河上本皆作「無」，P.2639 皆作「旡」。為，P.2639 皆作「為」。益，S.189、S.2267、P.2420、P.2639、散 0668D 皆作「益」。帝，S.189、S.3926、P.2255、P.2375、P.2864、BD14738、景龍本、王本、河上本作「希」，P.2420 作「稀」，散 0668D 作「希」。及之，P.2420 作「及之名」，此處「名」字似爲連下章首句「名與身孰親」之「名」字而衍，在 P.2420 寫卷中，有連章書寫的例子，如第四十章與第四十一章、第四十八章與第四十九章，BD14738 作「及之矣」。書道排印本同底本。帛甲本僅殘存「五是以知无為」、「益也不」、「教无為之益」、「下希能及之矣」二十字；帛乙本僅殘存「吾是以」、「也不」、「矣」六字。

第四十四章

名與身孰親？身與貨孰多？得與亡孰病？

　　與，S.189 皆作「興」，P.2420 皆作「与」。孰，S.189、P.2639、書道排印本、景龍本皆作「熟」，S.3926、P.2375、P.2420、P.2864、散 0668D 皆作「孰」，簡甲本皆作「管」，帛甲本、王本、河上本皆作「孰」。親，簡甲本作「新」，帛甲本作「親」。得，P.2864 作「淂」，簡甲本皆作「賞」。亡，簡甲本皆作「頁」。病，簡甲本皆作「疠」。S.2267、P.2255 同底本。帛乙本僅殘存「名與」二字。

是故甚愛必大費，多藏必厚亡。

　　是故，P.2375 作「昰故」，S.3926、P.2420、P.2639、簡甲本、河上本無。愛，簡甲本作「惡」。費，簡甲本作「賣」。多，簡甲本作「厚」。藏，S.189、S.3926 作「藏」，S.2267、P.2375 作「蔵」，散 0668D 作「藏」，P.2255 作「蔵」，P.2420、P.2639 作「蔵」，書道排印本、王本、河上本作「藏」，簡甲本作「賢」。厚，P.2255、P.2864 作「厚」，簡甲本作「多」。亡，P.2639 作「亾」，簡甲本作「頁」。景龍本同底本。帛乙本僅殘存「甚」、「亡」二字。

故知⻊不辱，知⼼不殆，可以長久。

故，簡甲本作「古」，S.3926、P.2420、P.2639、P.2864、河上本無。知，簡甲本皆作「智」。⻊，書道排印本、簡甲本、帛甲本、王本、河上本作「足」。辱，S.3926、P.2375、P.2864 作「辱」，散 0668D 作「厚」，書道排印本、簡甲本、帛甲本、王本、河上本作「辱」。知⼼不殆，P.2639 作「則知止不殆」。⼼，P.2375、散 0668D、簡甲本、帛甲本、王本、河上本作「止」。殆，簡甲本作「怠」。久，簡甲本作「舊」。S.189、S.2267、P.2255、景龍本同底本。

第四十五章

大成若缺，其用不弊。大滿若沖，其用不窮。

缺，簡乙本作「夬」，帛甲本、王本、河上本皆作「缺」。若，P.2639 皆作「若」，書道排印本、簡乙本、帛甲本、王本、河上本皆作「若」。用，簡乙本皆作「甬」。弊，S.189、S.2267、P.2375、P.2420、散 0668D、書道排印本、景龍本、王本、河上本作「弊」，S.3926 作「敝」，簡乙本、帛甲本作「幣」。滿，P.2375、散 0668D 作「滿」，P.2420、P.2639、景龍本作「盈」，P.2639、帛甲本、王本、河上本作「盈」，簡乙本作「浧」。沖，S.189、P.2375、P.2639、P.2864、景龍本、河上本作「冲」，簡乙本作「中」，帛甲本作「盅」。窮，P.2375 作「窮」，簡乙本作「宭」，帛甲本作「鄘」。P.2255 同底本。

大直若屈，大巧若拙，大辯若訥。

直，S.189、P.2375、P.2420、P.2864、書道排印本、景龍本、河上本作「直」，S.2267、S.3926、P.2639 作「直」，散 0668D 作「真」。屈，帛甲本皆作「詘」。若，P.2639 皆作「若」，書道排印本、王本、河上本皆作「若」，帛甲本皆作「如」。辯，書道排印本、王本、河上本作「辯」，帛甲本皆作「贏」。訥，S.189、P.2255、P.2420、散 0668D、書道排印本作「呐」，P.2864 作「納」，帛甲本作「炪」。簡乙本作「大攷若仳，大成若詘。大植若屈」；帛乙本僅殘存「如拙」、「絀」三字。

躁勝寒，静勝熱，清静為天下政。

躁，S.189、P.2255、書道排印本作「躁」，S.3926、P.2375、P.2864、王本、

河上本作「躁」，P.2420 作「踩」，P.2639 作「踩」，散 0668D 作「喿」，簡乙本作「杲」，帛甲本作「趮」。朕，S.2267、S.3926 皆作「勝」，簡乙本皆作「勅」，王本、河上本作「勝」。寒，簡乙本作「蒼」。靜，S.3926 前者作「靜」、後者如字，書道排印本皆作「靜」，簡乙本前者作「青」、後者作「清」，帛甲本皆作「靚」，景龍本前者如字、後者作「靜」。熱，P.2375 作「焚」，散 0668D 作「熱」，書道排印本作「熱」，簡乙本作「然」，帛甲本作「炅」，王本、河上本作「熱」。清靜，S.189、散 0668D 作「清净」，帛甲本作「請靚」，河上本作「清靜」。為，P.2639 作「以為」，景龍本作「以為」，帛甲本作「可以為」。政，S.189、S.3926、P.2639、P.2864、散 0668D 作「㶚」，P.2375、P.2420、帛甲本、景龍本、王本、河上本作「正」，簡乙本作「定」。BD00004 僅殘存「為天下正」四字；帛乙本僅殘存「趮朕寒」三字。

第四十六章

天下有道，却走馬以糞。

　　却，王本作「卻」。走，S.3926 作「走」，書道排印本、王本、河上本作「走」。馬，P.2375、P.2420、P.2639 作「馬」。糞，S.189、P.2864、散 0668D、景龍本作「糞」，P.2420、P.2639、書道排印本、王本、河上本作「糞」。S.2267、P.2255 同底本。Дx06806 僅殘存「天」字；BD00004 僅殘存「天下有道却走」六字；帛甲本僅殘存「天下有」、「走馬以糞」七字；帛乙本僅殘存「道卻走馬」、「糞」五字。

天下无道，戎馬生於郊。罪莫大於可欲。

　　无，P.2420、P.2864、散 0668D、景龍本、王本、河上本作「無」，P.2639 作「旡」。戎，散 0668D 作「我」，其他敦煌寫卷及簡本、帛書本、傳世本皆作「戎」，「戎」與「我」字形相近，散 0668D 誤「戎」為「我」。馬，P.2255、P.2420、P.2639 作「馬」。於，書道排印本、帛甲本、帛乙本、王本、河上本皆作「於」。罪，簡甲本作「辠」。莫，S.189、S.2267、散 0668D 作「莫」，P.2255、P.2420、書道排印本、簡甲本、帛甲本、帛乙本、王本、河上本作「莫」。大於，簡甲本作「厚虒」，帛乙本作「大」。可，簡甲本作「甚」。S.3926、P.2375 同底本。Дx06806 僅殘存「郊罪」二字；BD00004 僅殘存「天下无道戎」五字；簡

甲本無「天下无道，戎馬生扵郊」句；帛乙本句缺「天下」二字；王本無「罪莫大扵可欲」句。

禍莫大扵不知旻，咎莫大甚扵欲得。

禍，S.3926 作「祸」，P.2864 作「禂」，書道排印本、王本、河上本作「禍」，帛甲本作「旤」。莫，S.189 前者作「莫」、後者作「莫」，S.2267 前者作「莫」、後者作「莫」，S.3926、P.2255、P.2420、P.2639、書道排印本、帛甲本、王本、河上本皆作「莫」，散 0668D 皆作「莫」，P.2375、P.2864 皆作「莫」。扵，書道排印本、帛甲本、王本、河上本皆作「於」。旻，書道排印本、帛甲本、王本、河上本作「足」。咎，書道排印本、帛甲本、王本、河上本作「咎」。大甚，S.189、P.2255、P.2375、P.2420、散 0668D、書道排印本作「甚」，S.3926、P.2639、景龍本、王本作「大」，帛甲本作「憯」，P.2864 無，「大」、「甚」爲近義詞，二者用一即可，其他敦煌寫卷及簡本、帛書本、傳世本均未見「大」、「甚」連用者，底本與 P.2255 爲同一人抄寫，P.2255 作「甚」，底本似衍一「大」字。簡甲本作「咎莫僉虖谷得，化莫大虖不智足」；Дx06806 僅殘存「扵欲得」三字；帛乙本僅殘存「禍」字。

知旻之旻，常旻。

知旻之旻，S.3926、P.2420、P.2639、景龍本、王本、河上本作「知旻之旻故」，簡甲本作「智足之爲足」。常旻，S.3926、P.2420、P.2639 作「常旻矣」，簡甲本作「此互足矣」，王本、河上本作「常足矣」。旻，書道排印本、王本、河上本皆作「足」。S.189、S.2267、P.2255、P.2375、P.2864、散 0668D 同底本。Дx06806 僅殘存「知旻之」三字；帛甲本僅殘存「恆足矣」三字；帛乙本僅殘存「足矣」二字。

第四十七章

不出户，知天下；不闚牖，知天道。

不出户，帛甲本、帛乙本作「不出於户」。知天下，S.3926、P.2639、帛甲本、帛乙本作「以知天下」，P.2420 作「而知天下」。闚，帛甲本作「規於」，帛乙本作「挌於」，景龍本、河上本作「窺」，王本作「闚」，牖，S.3926、P.2375、P.2420、王本、河上本作「牖」，書道排印本作「牖」，散 0668D 脫，帛乙本闚。

知天道，S.189、P.2864、散 0668D、景龍本、王本、河上本作「見天道」，S.3926、P.2639 作「以見天道」，P.2420 作「而見天道」，帛甲本作「以知天道」，帛乙本僅殘存「知天道」三字。S.2267、P.2255、書道排印本同底本。Дx06806 僅殘存「不出户知天下」六字。

其出弥遠，其知弥少。

其出，P.2420 作「出」，帛乙本作「其出也」。弥，王本、河上本皆作「彌」，帛乙本皆作「簚」。遠，帛乙本作「遠者」，王本、河上本作「遠」。少，景龍本作「近」，帛乙本闕。S.189、S.2267、S.3926、P.2255、P.2375、P.2639、P.2864、散 0668D、書道排印本同底本。Дx06806 僅殘存「知弥少」三字；帛甲本僅殘存「其出也彊遠其」六字。

是以聖人不行而知，不見而名，不為而成。

是，P.2375 作「旻」。聖，S.2267、S.3926 作「聖」。為，P.2639 作「为」。S.189、P.2255、P.2420、P.2864、散 0668D、書道排印本、景龍本、王本、河上本同底本。Дx06806 僅殘存「是以聖」、「而成」五字；帛甲本僅殘存「為而」二字；帛乙本僅殘存「而名弗為而」五字。

第四十八章

為學日益，為道日損。

為，P.2639 皆作「为」，簡乙本前者無、後者如字。學，P.2375、P.2420、書道排印本、景龍本、王本、河上本作「學」，簡乙本、帛乙本作「學者」。益，S.189、S.2267、P.2420、P.2639、散 0668D 作「益」。為道，S.2267 作「為」，於句意不通，脫「道」字，簡乙本作「為道者」，帛乙本作「聞道者」。日損，書道排印本、王本、河上本作「日損」，簡乙本、帛乙本作「日云」，散 0668D 作「日」，與句意不通，脫「損」字，Дx06806 闕。S.3926、P.2255、P.2864 同底本。

損之又損之，以至扵无為，无為无不為。

損之，書道排印本、王本、河上本皆作「損之」，簡乙本前者作「員之」、後者作「員」。以至扵，散 0668D 作「至扵」，簡乙本作「以至」，王本、河上

本作「以至於」。无為，P.2639 皆作「旡为」，簡乙本前者作「亡為也」、後者作
「亡為」。无不為，S.3926、P.2420 作「而无不為」，P.2639 作「而旡不為」，簡
乙本作「而亡不為也」，王本、河上本作「而無不為」。无，P.2864、散 0668D、
景龍本、王本、河上本皆作「無」。S.189、S.2267、P.2255、P.2375 同底本。
Дx06806 僅殘存「為無為」三字；帛乙本僅殘存「云之有云以至於无」八字。

耴天下常以无事，及其有事，不㞢以取天下。

耴，S.189、S.3926、P.2255、P.2375、P.2420、P.2639、P.2864、書道排
印本、帛乙本、景龍本、王本、河上本作「取」。常以，帛乙本作「恒」。无，
P.2639 作「旡」，P.2864、散 0668D、景龍本、王本、河上本作「無」。有事，
帛乙本作「有事也」。㞢，書道排印本、帛乙本、王本、河上本作「足」。取，
S.2267、P.2864、散 0668D 作「耴」。帛甲本僅殘存「取天下也恒」五字。

第四十九章
聖人无心，以百姓心為心。

聖，S.2267、S.3926 作「聖」，帛乙本闕。无心，S.3926、P.2420 作「无常
心」，P.2639 作「旡常心」，P.2864、散 0668D、景龍本作「無心」，王本、河
上本作「無常心」，帛乙本作「恒無心」。百姓心，帛乙本作「百省之心」。姓，
P.2864 作「姓」。為，P.2639 作「为」。S.189、P.2255、P.2375、書道排印本同
底本。帛甲本僅殘存「以百」、「之心為」五字。

善者吾善之，不善者吾亦善之，得善。

善，S.189、P.2420 皆作「善」，S.2267、P.2639 皆作「善」，散 0668D、
書道排印本、王本、河上本皆作「善」。吾善之，P.2420 作「吾厺善之」。亦，
S.3926、P.2420 作「厺」，P.2864 作「厺」。得善，S.3926 作「得善矣」，P.2420
作「德善矣」，P.2639 作「德善」，P.2864 作「淂善」，王本、河上本作「德善」。
P.2255、P.2375、景龍本同底本。帛甲本僅殘存「善者善之不善者亦善」九字；
帛乙本僅殘存「善」、「善也」三字。

信者吾信之，不信者吾亦信之，得信。

吾信之，P.2420 作「吾厺信之」。亦，S.3926、P.2420 作「厺」，P.2864 作

「厽」。得信，S.3926 作「得信矣」，P.2420 作「德信矣」，P.2639 作「德信」，
P.2864 作「淂信」，帛乙本、王本作「德信也」，河上本作「德信」。S.189、S.2267、
P.2255、P.2375、散 0668D、書道排印本、景龍本同底本。P.3895 僅殘存「者
吾厽」三字；帛甲本僅殘存「信也」二字；帛乙本無「吾」字。

聖人在天下慄慄，為天下混心，

聖人，S.2267、S.3926、P.2420 作「耴人」，帛乙本作「耴人之」，帛甲本
僅殘存「之」字。在天下，帛乙本作「在天下也」。慄慄，S.189、散 0668D
作「悚悚」，S.3926、景龍本、河上本作「怵怵」，P.2375 作「慄慄」，P.2420
作「怵怵」，P.2639 作「怵〻」，P.2864 作「慄〻」，帛甲本作「愉愉焉」，帛
乙本作「欲欲焉」，王本作「歙歙」。為，P.2639 作「為」。混心，S.189、P.2375、
P.2864、散 0668D、書道排印本作「混其心」，S.3926、P.2420、P.2639、帛乙
本、景龍本、王本、河上本作「渾其心」，帛甲本作「渾心」。P.2255 同底本。
P.3895 僅殘存「聖人」、「下混其心」六字。

而百姓皆注其耳目，聖人皆恔之。

而百姓皆，S.189、S.3926、P.2420、P.2639、散 0668D、景龍本、河上本作
「百姓皆」，P.2864 作「百姓」。聖，S.2267、S.3926 作「耴」。恔之，P.2864 作
「姟之」，S.3926、P.2375、P.2420、P.2639、景龍本、河上本作「孩之」。P.2255、
書道排印本同底本。P.3895 僅殘存「百姓皆注其耳」六字；帛甲本僅殘存「百
姓皆屬耳目焉聖人」九字；帛乙本僅殘存「皆注其」三字；王本僅殘存「聖人
皆孩子」五字。

第五十章
出生入死。生之徒什有三，死之徒什有三，人之生動之死地什有三。

死，P.2639 皆作「死」。徒，S.3926 皆作「徒」，散 0668D 皆作「徍」，書
道排印本、王本、河上本皆作「徒」。什，S.3926、P.2420、P.2639、P.2864、
景龍本、王本、河上本皆作「十」。人之生動之死地什有三，王本作「人之生
動之死地亦十有三」。之死地，S.3926 作「皆之死地」，P.2639 作「皆之死地」。
S.189、S.2267、P.2255、P.2375 同底本。P.3895 僅殘存「出生入死生之徍十有
三」、「之生動皆之死地十有三」二十字；帛甲本僅殘存「生」、「有」、「徒十

有三而民生生動皆之死地之十有三」十九字；帛乙本僅殘存「生入死生之」、「徒十又三而民生生僅皆之死地之十有三」二十二字。

夫何故？以其生生之厚。

何故，S.3926、P.2639 作「何故夭」，帛甲本、帛乙本作「何故也」。生生之厚，P.2420 作「生ゝ之厚也」，P.2639 作「生ゝ之厚」，帛甲本作「生生也」，帛乙本作「生生」，河上本作「求生之厚」。厚，S.189、S.3926、P.2375、書道排印本、景龍本、王本作「厚」。S.2267、P.2255、P.2864、散 0668D 同底本。P.3895 僅殘存「夫」、「生之厚」四字；帛乙本句首缺「夫」字。

蓋聞善攝生者，陸行不愚兕虎，入軍不被甲兵；

蓋，帛乙本、王本、河上本作「蓋」。善，S.189、P.2420 作「善」，S.2267、S.3926、P.2639、景龍本作「善」，散 0668D、書道排印本、帛乙本、王本、河上本作「善」。攝，帛乙本作「執」。陸，帛乙本作「陵」。愚，S.189 作「遇」，S.2267 作「愚」，S.3926、P.2255、P.2375、P.2420、P.2639、P.2864、散 0668D、景龍本、書道排印本、王本、河上本作「遇」，帛乙本作「辟」。兕，S.189、P.2420、P.2639、P.2864、景龍本作「兕」，S.2267 作「兕」，P.2255、P.2375、散 0668D、書道排印本作「兕」，帛乙本作「豕」，王本、河上本作「兕」。虎，S.3926、P.2639、景龍本作「虎」，P.2255、散 0668D 作「雨」，P.2375 作「虎」，P.2420、P.2864、書道排印本、帛乙本、王本、河上本作「虎」。被，書道排印本、帛乙本、王本、河上本作「被」。甲兵，S.189、散 0668D 作「鉀兵」，帛乙本作「兵革」。P.3895 僅殘存「盖聞善攝生者陸行」、「不被甲兵」十二字；帛甲本僅殘存「蓋」、「執生者陵行不」、「矢虎入軍不被甲兵」十五字。

兕无所駐其角，虎无所錯其爪，

兕，S.189、P.2420、P.2639、P.3895、景龍本作「兕」，S.2267 作「兕」，P.2255、P.2375、P.2864、散 0668D、書道排印本作「兕」，帛甲本作「矢」，王本、河上本作「兕」。无，P.2639 前者作「无」、後者如字，P.2864、散 0668D、景龍本、王本、河上本皆作「無」。所，P.2639 前者作「所」、後者如字，帛甲本、王本皆作「所」，河上本前者無、後者作「所」。駐，S.189、P.2255、P.2375 作「駐」，S.3926、P.2420、P.3895 作「投」，P.2639 作「揆」，帛甲本作「楢」，景龍本作「投」，

王本、河上本作「投」。虒，S.189 作「帚」，S.3926、P.2639、景龍本作「肅」，P.2375 作「虒」，P.2420、P.2864、書道排印本、帛甲本、王本、河上本作「虎」，P.3895 作「虒」，散 0668D 作「帚」。錯，S.189、S.3926、P.2375、P.2420、P.2639、P.3895、散 0668D、王本、河上本作「措」，S.2267 作「錯」，P.2864 作「措」，景龍本作「揩」，帛甲本作「昔」。其爪，S.189、散 0668D 作「其狐」，河上本作「爪」。帛乙本僅殘存「眔無」、「其蚤」四字。

兵无所容其刃，夫何故？以其无死地。

无，P.2639 前者作「旡」、後者如字，P.2864、散 0668D、景龍本、王本、河上本皆作「無」。所，王本、河上本皆作「所」。其刃，王本、河上本皆作「其刃」，P.2375 闕。何故，S.3926、P.3895 作「何故抎」。死地，P.2420 作「死地也」，P.2639 作「死地」。S.189、S.2267、P.2255、書道排印本同底本。帛甲本僅殘存「兵无所容」、「何故也以其无死地焉」十三字；帛乙本僅殘存「兵」、「也以其无」五字。

第五十一章

道生之，德畜之，物形之，勢成之。

德畜之，帛甲本作「而德畜之」，書道排印本、帛乙本、王本、河上本作「德畜之」。形，帛甲本、帛乙本作「刑」。勢成之，帛甲本、帛乙本作「而器成之」。勢，S.189、S.3926、P.2639、P.3895 作「勢」，S.2267 作「埶」，P.2375、P.2864 作「執」，P.2420、景龍本、王本、河上本作「勢」，散 0668D 作「勢」，書道排印本作「熟」。P.2255 同底本。

是以萬物尊道貴德。

是，P.2375 作「昰」。萬，S.189、S.2267 作「萬」，P.2375、P.2420、P.2639、P.3895、景龍本作「万」，散 0668D 作「萬」。尊道，S.189、S.3926、P.2639、P.3895、景龍本、王本、河上本作「莫不尊道」，P.2420、P.2864 作「莫不尊道」。貴德，S.189、S.3926、P.2420、P.2639、P.2864、P.3895、散 0668D、景龍本作「而貴德」，帛乙本、王本、河上本作「而貴德」，帛甲本僅殘存「而貴」二字。P.2255、書道排印本同底本。

道尊德貴，夫莫之爵而常自然。

　　道尊，S.3926、P.2420、P.2639、景龍本、王本、河上本作「道之尊」，帛乙本作「道之尊也」，帛甲本僅殘存「之尊」二字。德貴，S.3926、P.2420、P.2639、景龍本作「德之貴」，帛甲本、帛乙本作「德之貴也」，王本、河上本作「德之貴」。莫，S.189、散0668D作「莫」，S.2267、S.3926、P.2375、P.2864作「莫」。爵，S.189、P.2255作「爵」，S.3926、P.2420、P.2639、P.3895、景龍本、王本、河上本作「命」，散0668D作「爵」，書道排印本作「爵」，帛甲本作「时」，帛乙本作「爵也」。常，帛甲本、帛乙本作「恒」。自然，S.189、S.2267、P.2375、P.2639、散0668D作「自然」，帛甲本、帛乙本作「自然也」。

故道生之、畜之、長之、育之、成之、孰之、養之、覆之。

　　畜之，S.3926、P.2639、P.3895、景龍本作「德畜之」，王本、河上本作「德畜之」。長之、育之，P.2864作「長育之」。成，王本作「亭」。孰，P.2375、P.2864作「孰」，S.189、S.3926、P.2420、P.2639、書道排印本、景龍本作「熟」，王本作「毒」，河上本作「孰」。養之、覆之，P.2864作「養覆之」。養，S.2267、S.3926、P.2375、P.2420、P.2639作「養」。覆，S.189作「覆」，P.2375、P.3895作「覆」，書道排印本、王本、河上本作「覆」。P.2255同底本。散0668D僅殘存「故道生之長之育之成之孰」、「覆之」十三字；帛甲本僅殘存「道生之畜之長之遂之亭」十字；帛乙本僅殘存「道生之畜之」、「之亭之毒之養之復之」十四字。

生而不有，為而不恃，長而不宰，是謂玄德。

　　不有，帛甲本作「弗有也」。為，P.2639作「為」。不恃，S.2267作「恃」，其他敦煌寫卷及帛書本、傳世本「恃」前皆有否定副詞「不」或「弗」，S.2267脫「不」字，散0668D作「不恨」，帛甲本作「弗寺也」。不宰，書道排印本、王本、河上本作「不宰」，帛甲本作「弗宰也」。是謂，P.2375作「昰謂」，帛甲本作「此之謂」。德，書道排印本、帛甲本、王本、河上本作「德」。S.189、S.3926、P.2255、P.2420、P.2864、P.3895、景龍本同底本。帛甲本句首缺「生而」二字；帛乙本僅殘存「弗宰」、「是胃玄德」六字。

第五十二章

天下有始，以為天下母。

以為，P.2639 作「以为」，P.3895 作「可以為」，P.2375 僅殘存「為」字。S.189、S.2267、S.3926、P.2255、P.2420、P.2864、散 0668D、書道排印本、景龍本、帛甲本、帛乙本、王本、河上本同底本。

既得其母，以知其子；

既，S.189、P.3895 作「旡」，S.2267 作「旡」，P.2375、P.2420、P.2639、散 0668D 作「旡」，P.2864、書道排印本、帛乙本、王本、河上本作「既」，帛甲本作「惡」。得，P.2420、P.2864、景龍本、河上本作「知」。以知，P.2420、景龍本作「又知」，P.3895 作「復知」，河上本作「復知」。其子，P.2864 作「其其子」，衍「其」字，帛甲本僅殘存「其」字。S.3926、P.2255 同底本。

既知其子，復守其母，沒身不殆。

既，S.189、P.3895 作「旡」，S.2267 作「旡」，P.2375、P.2639、散 0668D 作「旡」，P.2420 作「旡」，P.2864、書道排印本、帛乙本、王本、河上本作「既」。復，S.189、P.2420、P.2639、P.3895、散 0668D、景龍本作「復」。沒，S.3926 作「沒」，P.2639 作「沒」，P.2864 作「沒」，P.3895 作「歿」，散 0668D、景龍本作「沒」，書道排印本作「沒」，帛甲本、帛乙本、王本、河上本作「沒」。殆，帛乙本作「怡」。P.2255 同底本。帛甲本無「既知其子」句。

塞其兌，閉其門，終身不勤。

塞其兌，簡乙本作「閟其門」。兌，書道排印本、王本、河上本作「兌」，帛甲本作「閲」，帛乙本作「垅」。閉其門，簡乙本作「賽其逆」，P.3895 僅殘存「閉」、「門」二字。閉，帛甲本、帛乙本、王本、河上本作「閉」。終，P.2639、P.2864 作「终」，帛乙本作「冬」。勤，S.189、P.2864、P.3895 作「勤」，S.2267 作「勤」，S.3926 作「勤」，P.2375、景龍本作「勤」，P.2420、P.2639 作「勤」，P.2864 作「勤」，散 0668D 作「勤」，簡乙本作「孟」，帛甲本、帛乙本作「堇」，王本、河上本作「勤」。P.2255 同底本。書道排印本缺「終身不勤」句。

開其兌，濟其事，終身不救。

開，簡乙本、帛甲本作「啟」。兌，簡乙本作「逆」，帛甲本作「悶」，王

本、河上本作「兌」。濟，S.3926 作「済」，P.3895 作「資」，簡乙本作「賽」。終，P.2639、P.2864 作「终」。不救，簡乙本作「不逮」，王本、河上本作「不救」，帛甲本闕。S.189、S.2267、P.2255、P.2375、P.2420、散 0668D、景龍本同底本。帛乙本僅殘存「啟其㙂齊其」、「不棘」七字。

見小曰曰明，用柔曰彊。

曰曰明，S.189、S.3926、P.2864 作「曰明」，S.2267、P.2375、P.2420、P.2639、帛乙本、景龍本、王本、河上本作「曰明」，散 0668D 作「是曰明」，底本與 P.2255 皆衍一「曰」字。用柔，S.3926、P.2420、P.2639、P.3895、帛甲本、景龍本、王本作「守柔」，帛乙本僅殘存「守」字。曰彊，帛甲本作「曰強」，河上本作「曰强」，帛乙本僅殘存「強」字。彊，S.189、P.2420 作「強」，P.2375、P.2864、景龍本作「强」，P.2639、散 0668D 作「彊」。P.2255 同底本。

用其光，復歸其明，无遺身殃，是謂襲常。

復，S.3926、P.2375、P.2639、P.2864、帛甲本、王本、河上本作「復」。歸，S.189、P.2375 作「歸」，S.2267、S.3926、P.2864、P.3895 作「歸」，P.2420、P.2639、散 0668D 作「歸」，帛甲本、王本、河上本作「歸」。明，S.2267、P.2375、P.2639、帛甲本、景龍本、王本、河上本作「明」。无，P.2639 作「旡」，P.2864、散 0668D、景龍本、王本、河上本作「無」，帛甲本作「毋」。殃，帛甲本作「央」，P.3895 闕。是，P.2375 作「昰」，P.3895 闕。謂，帛甲本作「胃」，王本作「為」。襲，S.3926、P.2420、P.2639、景龍本、王本、河上本作「習」，P.2375 作「䙝」，P.2864 作「䙡」。P.2255 同底本。帛乙本僅殘存「用」、「遺身央是胃」、「常」七字。

第五十三章
使我爪然有知，行柊大道，隹施甚畏。

我，S.189 作「我」。爪，S.189、S.3926、P.2375、P.2420、P.2639、P.2864、散 0668D、帛乙本、王本、河上本作「介」。然，S.189、P.2375、P.2639、散 0668D 作「然」。柊，帛乙本、王本、河上本作「於」。隹，S.3926、P.2375、P.2420、P.2864、景龍本作「唯」，帛乙本、王本、河上本作「唯」。施，帛乙

本作「他」。甚，S.3926、P.2420、P.2639、景龍本、河上本作「是」。S.2267、P.2255 同底本。P.3895 僅殘存作「有知行於大道唯施是畏」十字；帛甲本僅殘存「使我摞有知」、「大道唯」八字。

大道甚夷，民甚好侄。

夷，S.2267、散 0668D 作「戻」，帛乙本、王本、河上本作「夷」。民甚，S.189 作「其民」，S.3926、P.2420、P.2639 作「而民」，P.2864 作「其人」，散 0668D 作「其叚」，帛乙本作「民甚」，景龍本作「而人」，王本、河上本作「而民」。侄，S.189、S.3926、P.2420 作「侄」，S.2267、P.2864 作「徑」，P.2639 作「俓」，帛乙本作「僻」，王本、河上本作「徑」。P.2255、P.2375 同底本。P.3895 僅殘存「而民好侄」四字；帛甲本僅殘存「甚夷民甚好解」六字。

朝甚除，田甚苗，倉甚虗。

除，散 0668D 作「除」。苗，S.189、S.3926、P.2639、散 0668D、景龍本、王本、河上本作「蕪」，S.2060、P.2420、P.3895 作「蕪」，P.2255 作「苗」，帛甲本、帛乙本作「芜」。甚虗，S.2060 作「其壺」。虗，S.3926 作「霊」，P.2420、帛甲本、帛乙本、王本、河上本作「虛」。S.2267、P.2375 同底本。

服文綵，帶利刀劔，猒飲食，資貨有餘。

服，帛乙本、王本、河上本作「服」。綵，P.2639 作「綵」，帛乙本作「探」。劔，S.189、S.2060、P.2255、P.2375、P.2639 作「劒」，帛乙本、王本、河上本作「劍」。猒，S.189 作「𤅢」，S.2267 作「猒」，S.3926、P.2375 作「鼇」，P.2255 作「癮」，散 0668D 作「鼇」，帛乙本作「猒」，王本、河上本作「厭」。飲，S.189、S.2267 作「飲」，帛乙本無。資貨，S.3926、P.2420、P.2639、景龍本、王本、河上本作「財貨」，帛乙本作「齋財」。有餘，S.189、S.2267 作「有餘」，散 0668D 作「有餘」，帛乙本闕。P.3895 僅殘存「利劒美飲食資貨有餘」九字；帛甲本作「服文采帶利」、「食」六字。

是謂盜誇，盜誇非道！

是，P.2375 作「是」。盜誇，S.189 前者如字、後者作「盜誇」，S.3926、景龍本作「盜夸」，P.2375 皆作「盜踦」，P.2420 皆作「盜夸」，P.2639 皆作「盜

誇」，P.3895、王本前者作「盜夸」、後者無，河上本前者作「盜誇」、后者無。
盜誇非道，S.3926、景龍本作「非道也犾」，P.2420 作「盜夸非道也犾」，P.3895
作「非道犾」，王本作「非道也哉」，河上本作「非道哉」。S.189、S.2060、S.2267、
P.2255、散 0668D 同底本。

第五十四章

善建不拔，善抱不脫，子孫祭祀不輟。

　　善建，S.3926、P.2639 作「善建者」，P.2420 作「善建者」，P.3895、景
龍本作「善建者」，簡乙本、王本、河上本作「善建者」。善，S.189、S.2267
皆作「善」，S.2060、散 0668D 皆作「善」。拔，S.189、S.2060、P.2375、P.2639、
P.3895、散 0668D 作「扱」，S.2267 作「扰」，S.3926 作「拔」，P.2255 作「杤」，
簡乙本、王本、河上本作「拔」。善抱，S.3926、P.2639 作「善抱者」，P.2420
作「善抱者」，P.3895、景龍本作「善抱者」，簡乙本作「善休者」，王本、河
上本作「善抱者」。脫，簡乙本作「兌」，王本、河上本作「脫」。祭祀，S.189
作「祭祠」，S.3926、P.2639 作「以祭祀」，散 0668D 作「祭柯」，簡乙本作「以
其祭祀」，王本作「以祭祀」，河上本作「祭祀」。輟，S.189 作「餟」，P.2375、
散 0668D 作「餟」，S.2060、S.3926、P.2420、P.2639、景龍本、王本、河上
本作「輟」，P.3895 作「綴」，簡乙本作「乇」。帛甲本僅殘存「善建」、「拔」、
「子孫以祭祀」八字；帛乙本僅殘存「善建者」、「子孫以祭祀不絕」十字。

脩之身，其德乃真。

　　脩，S.189、P.2639、P.3895、景龍本作「脩」，S.3926、P.2420 作「修」，簡
乙本作「攸」，帛乙本作「脩」，王本、河上本作「修」。之，S.3926、P.2420、
P.2639 作「之扵」，王本、河上本作「之於」。德，簡乙本作「悳」，帛乙本、王
本、河上本作「德」。乃，S.2060、P.2420 作「能」，S.3926、P.2639、P.3895、
簡乙本、帛乙本、景龍本、王本、河上本作「乃」。真，S.2267、散 0668D 作
「真」，簡乙本作「貞」。P.2255、P.2375 同底本。

脩之家，其德乃有餘。

　　脩，S.189、S.2060、P.3895、景龍本作「脩」，S.3926、P.2420 作「修」，簡
乙本作「攸」，帛乙本作「脩」，王本、河上本作「修」。之，S.3926、P.2420、P.2639

作「之扵」，王本、河上本作「之於」。家，簡乙本作「豪」。其德能有餘，簡乙本作「其悳又将」，帛乙本作「其德乃有餘」，王本、河上本作「其德乃餘」。能，P.3895 作「乃」，S.2060、S.3926、P.2420、P.2639、景龍本無。餘，S.189、S.2267作「餘」，散 0668D 作「餘」。P.2255、P.2375 同底本。帛甲本僅殘存「餘」字。

脩之鄉，其德能長，脩之國，其德能豐。

脩，S.189、P.3895、景龍本皆作「脩」，S.2060 前者作「脩」、後者如字，S.3926、P.2420 皆作「修」，簡乙本皆作「攸」，帛乙本皆作「脩」，王本、河上本作「修」。鄉，S.189、S.2267 作「郷」，S.3926、P.2420、P.2639 作「扵郷」，簡乙本作「向」，帛乙本作「鄉」，王本、河上本作「於鄉」。德，簡乙本皆作「悳」，帛乙本、王本、河上本皆作「德」。能，S.2060 皆作「能」，S.3926、P.2420、P.2639、P.3895、簡乙本、帛乙本、景龍本、王本、河上本皆作「乃」。國，S.3926、P.2420、P.2639、景龍本作「扵國」，帛乙本作「國」，王本、河上本作「於國」。豐，簡乙本作「奉」，帛乙本作「𡐨」。P.2255、P.2375、散 0668D 同底本。帛甲本僅殘存「脩之」二字。

脩之天下，其德能普。

脩，S.189、P.3895、景龍本作「脩」，S.3926 作「修」，P.2420 作「修」，帛乙本作「脩」，王本、河上本作「修」。之，S.3926、P.2420、P.2639、景龍本作「之扵」，王本、河上本作「之於」。德，帛乙本、王本、河上本皆作「德」。能，S.2060 作「能」，S.3926、P.2420、P.2639、P.3895、帛乙本、景龍本、王本、河上本作「乃」。普，帛乙本作「博」。S.2267、P.2255、P.2375、散 0668D 同底本。簡乙本僅殘存「攸之天下」四字。

故以身觀身，以家觀家，以鄉觀鄉，以國觀國，以天下觀天下。吾何以知天下之然？以此。

觀，S.3926 前二者如字、後三者作「觀」，王本、河上本皆作「觀」。鄉，S.189、S.2267 皆作「郷」，帛乙本、王本、河上本皆作「鄉」。國，帛乙本皆作「邦」，王本、河上本皆作「國」。吾何以，P.3895 作「吾以何」，河上本作「何以」。之然，S.189、S.2267、P.2375、散 0668D 作「之然」，S.3926、P.2639 作「之然犹」，P.3895 作「之然犹」，王本、河上本作「之然哉」。此，帛乙本、王

本、河上本作「此」。P.2255、P.2420、景龍本同底本。S.2060 無「以鄉觀鄉」句；簡乙本僅殘存「豪以向觀向以邦觀邦以天下觀天下虖可以智天」二十字；帛甲本僅殘存「以身觀身以家觀」、「國以天下觀天下」、「天下之然茲以」二十字；帛乙本缺第一個「觀」及「觀天下」四字。

第五十五章

含德之厚，比於赤子。

含，S.189、帛乙本、景龍本、王本、河上本作「含」，S.2060、S.3926 作「含」，P.2255、P.2420 作「含」，簡甲本作「𡖋」，帛甲本闕。德，簡甲本作「悳」，帛乙本、王本、河上本作「德」，帛甲本闕。厚，S.2060、P.3895 作「厚」，簡甲本、帛乙本作「厚者」。於，散 0868、簡甲本、帛甲本、帛乙本、王本、河上本作「於」。S.2267、P.2375、P.2639、散 0668D 同底本。

毒虫不螫，玃鳥猛狩不狎。

毒虫，S.189、P.2639 作「毒𧉧」，S.3926 作「毒蟲」，P.3895 作「蜂蠆𧌒虵」，簡甲本作「蟲蠆蟲它」，帛甲本作「逢𧊒螟地」，帛乙本作「蠢癘虫蛇」，王本作「蜂蠆𧌒蛇」。不，簡甲本、帛甲本、帛乙本作「弗」。螫，S.189、S.2267、散 0668D、P.3895 作「螫」，S.2060、P.2375、景龍本、河上本作「螫」，P.2420 作「螫」，簡甲本作「蟄」，帛甲本、王本作「螫」，帛乙本作「赫」。玃鳥猛狩不狎，S.189 作「猛獸不攄玃鳥不搏」，S.2060 作「猛獸不攄猴鳥不搏」，S.2267 作「玃鳥猛狩不狎」，S.3926 作「猛狩不搋玃鳥不博」，P.2375 作「玃鳥猛獸不搏」，P.2420 作「猛獸不攄玃鳥不搏」，P.2639、景龍本作「猛獸不攄玃鳥不搏」，散 0668D 作「猛獸不攄猴鳥不搏」，簡甲本作「攫鳥猷獸弗扣」，帛甲本作「攫鳥猛獸弗搏」，帛乙本作「據鳥孟獸弗捕」，王本作「猛獸不據，攫鳥不搏」，河上本作「猛獸不據，玃鳥不搏」，P.3895 僅殘存「猛狩不」、「不博」五字。玃，P.2255 作「鸓」。散 0868 僅殘存「毒虫」、「搏」三字。

骨弱薊柔而握固，未知牝牡之合而朘作，精之至。

骨，帛乙本、王本、河上本作「骨」。薊，S.2060 作「蒴」，S.3926、P.2375、P.2420、P.2639 作「筋」，帛乙本、王本、河上本作「筋」。握，P.2420 作「握」。

牝牡，S.189 作「牝木」，S.2060、散 0668D 作「牝牝」，S.2267、P.2420、景龍本、帛乙本、王本、河上本作「牝牡」。合，S.189「含」，散 0668D 作「含」，即今之「含」字，與句意不通，應爲「合」字之誤，帛乙本作「會」。酸，S.189、散 0668D、河上本「朘」，S.2060、S.3926、P.2420、P.2639 作「朘」，帛乙本作「朘」，景龍本缺此字，王本作「全」。作，S.189、S.2267、P.2639「作」，S.2060、S.3926 作「作」。帛乙本作「怒」。精之至，P.2639、帛乙本、王本、河上本作「精之至也」。P.2255 同底本。P.3895 僅殘存「骨弱荕柔而握固未知牝牝之」十二字；散 0868 僅殘存「骨弱荕柔而握固未知」、「精之至」十二字；簡甲本作「骨溺蓳狄而捉固，未智牝戊之合然惄，精之至也」；帛甲本作僅殘存「骨弱筋柔而握固未知牝牡」、「精」、「至也」十四字。

終日骄而不嗄，和之至。知和曰常，知常曰明，

終，S.2060、P.2639 作「终」，帛乙本作「冬」。骄，簡甲本作「虖」，帛甲本、帛乙本、王本、河上本作「號」。嗄，S.189、S.2060、S.2267、S.3926、P.2639 作「嗄」，P.2420、河上本作「啞」，簡甲本作「惌」，帛甲本作「炭」，帛乙本作「嚘」。之至，P.2639 作「之志也」，簡甲本、帛甲本、王本、河上本作「之至也」，帛乙本闕。知和曰常，帛甲本作「和曰常」，簡甲本作「和曰景」，河上本作「知和日常」，帛乙本僅殘存作「常」字。知常，簡甲本作「智和」，帛甲本作「知和」。曰，河上本作「日」。明，S.2267、P.2375、P.2420、P.2639、簡甲本、帛甲本、帛乙本、景龍本、王本、河上本作「明」。P.2255、散 0668D 同底本。S.5920 僅殘存「知常曰明」四字；P.3895 僅殘存「而不嗄和」、「知」五字；散 0868 僅殘存「終日號而不嗄和之」、「明」九字。

益生曰詳，心使氣曰彊。

益，S.189、S.2267、P.2420、P.2639、散 0668D 作「益」，簡甲本作「賹」。曰，河上本作「日」，帛乙本闕。詳，S.2060、S.2267、S.3926、P.2375、P.2420、P.2639、帛甲本、帛乙本、景龍本、王本作「祥」，簡甲本作「羕」。使氣，簡甲本作「叀燹」。彊，S.189、P.2420 作「強」，S.2060、帛甲本、帛乙本、景龍本、王本、河上本作「强」，P.2375、P.2639、散 0668D 作「强」，簡甲本作「弻」。P.2255、散 0868 同底本。S.5920 僅殘存「益生日祥心」五字。

物壯則老，謂之非道，非道早已。

　　物，簡甲本作「勿」。壯，P.2255、P.2375、P.2639 作「壯」，簡甲本作「臧」，王本、河上本作「壯」，帛乙本闕。老，S.2060、S.3926、P.2420、散 0668D、簡甲本、帛乙本、王本、河上本作「老」。謂之，簡甲本作「是胃」，帛乙本作「胃之」。非道，S.3926、S.5920、P.2639、簡甲本、帛乙本、景龍本、王本、河上本皆作「不道」。早，帛乙本作「蚤」。已，S.2060、S.2267、S.5920、P.2375、P.2420、P.2639、散 0668D、帛乙本、景龍本、王本、河上本作「已」。S.189 同底本。S.5920 缺「物壯則老」句；散 0868 僅殘存「道非道早已」五字；簡甲本無「非道早已」句；帛甲本僅殘存「卽老胃之不道不道」八字。

第五十六章

知者不言，言者不知。

　　知者，S.5920 作「智者」，簡甲本作「智之者」，帛甲本闕。不，簡甲本、帛甲本、帛乙本皆作「弗」。言者，簡甲本作「言之者」。不知，S.5920 作「不智」，簡甲本作「弗智」。S.189、S.2060、S.2267、S.3926、P.2255、P.2347、P.2375、P.2420、P.2639、散 0868、景龍本、王本、河上本同底本。

塞其兌，閂其門，挫其銳，解其忿，和其光，同其塵，是謂玄同。

　　兌，王本、河上本作「兌」。閂，王本、河上本作「閉」。挫，S.189、S.2267、P.2375、P.2639 作「挫」。銳，王本、河上本作「銳」。解，S.2060、S.3926 作「解」，P.2375 作「觧」，王本、河上本作「解」。忿，王本作「分」，河上本作「紛」。塵，S.189、S.3926、P.2255、P.2420、P.2639、景龍本、王本、河上本作「塵」，S.2060、P.2375 作「座」。是，P.2375 作「昰」。P.2347 同底本。S.5920 僅殘存「觧其忿和其光同其座」九字；散 0868 僅殘存「塞其兌」、「解其忿和其光同其塵是」十三字；簡甲本作「閟其逃，賽其門，和其光，同其新，紉其畬，解其紛，是胃玄同」；帛甲本作「塞其悶，閉其口口其光，同其壑，坐其閱，解其紛，是胃玄同」；帛乙本作「塞其垸，閉其門，和其光，同其塵，銼其兌而解其紛，是胃玄同」。

故不可得親，不可得疏；

　　故，簡甲本作「古」。得親，S.2267 作「得親」，S.3926、P.2420、景龍本、

帛甲本、王本、河上本作「得而親」，P.2375 作「德親」，P.2639 作「得而親之」，簡甲本作「得天新」，帛乙本作「得而親也」。不可得疏，S.189、P.2375 作「不可得踈」，S.2060 作「不可淂踈」，S.3926 作「厽不可得而踈」，P.2347 作「不可得踈」，P.2420 作「厽不可得而踈」，P.2639 作「亦不可得而踈之」，簡甲本作「亦不可得而疋」，帛甲本作「亦不可得而疏」，景龍本作「不可得而踈」，王本作「不可得而疏」，河上本作「亦不可得而踈」，帛乙本僅殘存「亦」、「而」二字。P.2255 同底本。S.5920 僅殘存「親不可得而踈」六字；散 0868 僅殘存「親不可得踈」五字。

不可得利，不可得害：

得利，S.3926、P.2420、P.2639、簡甲本、帛甲本、景龍本、王本、河上本作「得而利」。不可得害，S.189、S.2060 作「不可得害」，S.3926 作「厽不可得而害」，P.2420 作「厽不可得而害」，P.2639、景龍本作「亦不可得而害」，簡甲本、帛甲本、河上本作「亦不可得而害」，王本作「不可得而害」，散 0868 僅殘存「不可」二字。S.2267、P.2255、P.2347、P.2375 同底本。S.5920 僅殘存「不可得而」四字；帛乙本僅殘存「而利」、「得而害」五字。

不可得貴，不可得賤；

不可得貴，S.2060 作「不可淂貴」，S.2267 作「不可德貴」，S.3926 作「厽不可得而貴」，P.2420 作「不可淂而貴」，P.2639、帛乙本、景龍本、王本、河上本作「不可得而貴」，S.5920 僅殘存「可得而貴」四字，帛甲本僅殘存「不可」、「而貴」四字，散 0868 闕。不可得賤，S.3926 作「厽不可得而賤」，S.5920、P.2420 作「厽不可得而賤」，P.2639 作「亦不可得而賤」，散 0868 作「不可得賤」，簡甲本作「亦可不可得而戔」，帛甲本作「亦不可得而淺」，帛乙本、景龍本、河上本作「亦不可得而賤」，王本作「不可得而賤」。P.2255 同底本。

故為天下貴。

故，簡甲本作「古」。為，P.2639 作「为」。S.189、S.2060、S.2267、S.3926、P.2255、P.2347、P.2375、P.2420、散 0868、景龍本、帛甲本、帛乙本、王本、河上本同底本。

第五十七章

以政之國，以奇用兵，以无事取天下。

　　政，S.3926、P.2420、景龍本作「𡵆」，簡甲本、帛甲本、帛乙本、王本、河上本作「正」。之，S.189、P.2347、P.2375、P.2639、景龍本、王本、河上本作「治」，S.2060 作「理」。國，簡甲本、帛甲本作「邦」，帛乙本、王本、河上本作「國」。奇，簡甲本作「敆」，帛甲本、帛乙本作「畸」，王本、河上本作「奇」。用，簡甲本作「甬」。无，S.2060、P.2347、P.2375、景龍本、王本、河上本作「無」，P.2639 作「𠑽」，簡甲本作「亡」。取，S.2060、S.2267、P.2255、P.2347、景龍本作「耴」。S.5920 僅殘存「以𡵆治國以奇用兵以」九字。

吾何以知天下之然？以此。

　　吾，簡甲本作「虗」。何以，簡甲本作「可以」。知，簡甲本作「智」。天下之然，S.3926 作「其然犾」，P.2420 作「天下其然」，P.2639 作「其然犾」，簡甲本作「其狀也」，帛乙本作「其然也才」，景龍本作「其然」，王本、河上本作「其然哉」。然，S.189、S.2267、P.2347、P.2375 作「然」。以此，王本、河上本作「以此」，簡甲本、帛乙本無。S.2060、P.2255 同底本。S.5920 僅殘存「其然以此」四字；帛甲本僅殘存「吾何」、「也哉」四字。

天下多忌諱，而民弥貧。民多利器，國家滋昏。

　　天下，簡甲本作「夫天」，帛甲本、帛乙本作「夫天下」。多忌諱，S.189、S.2060、P.2255、P.2375、P.2420、P.2639 作「多忌諱」，S.3926、帛乙本作「多忌諱」，簡甲本作「多期章」，帛甲本闕。弥，P.2639 作「狝」，王本、河上本、帛甲本、帛乙本作「彌」，簡甲本作「爾」。民，S.189、P.2375、P.2420、P.2639 皆作「民」，S.2060、景龍本皆作「人」，P.2347 前者作「𡳿」、後者如字。貧，簡甲本作「畔」。器，S.189、S.2060、P.2375、P.2639、景龍本作「噐」，簡甲本、帛甲本、帛乙本、王本、河上本作「器」。國家，簡甲本作「而邦」，帛甲本作「而邦家」，王本、河上本作「國家」，帛乙本闕。滋，S.2060、P.2639 作「滋」，S.3926 作「滋」，P.2347、P.2420 作「滋」，簡甲本作「慈」，帛甲本作「兹」，帛乙本闕。昏，S.2060 作「𣅊」，P.2375、P.2639、簡甲本、景龍本作「昏」。S.2267 同底本。S.5920 僅殘存「天下多忌諱」、「家滋昏」八字。

民多知巧，奇物滋起。法物滋彰，盜賊多有。

　　民，S.2060、P.2420、P.2639、簡甲本、景龍本、王本、河上本作「人」，
P.2347 作「㝠」。知巧，S.2267 作「巧」，S.3926 作「枝巧」，P.2420、P.2639、
景龍本、王本作「伎巧」，簡甲本作「智」，河上本作「技巧」。奇物，簡甲本作
「天剞勿」，王本、河上本作「奇物」。滋，S.2060、P.2347 皆作「滋」，S.3926
前者如字，後者作「滋」，P.2420、P.2639 皆作「滋」，簡甲本皆作「慈」。起，
S.189、P.2420 作「起」，S.3926、P.2255 作「起」，簡甲本作「记」，王本、河
上本作「起」。彰，S.189、簡甲本作「章」，S.2060 作「彰」，P.2347 作「鄣」。
法物，簡甲本作「法勿」，王本作「法令」。盜賊多有，簡甲本作「眺惻多又」。
P.2375 同底本。S.5920 僅殘存「人多知伎巧奇」、「多有」八字；帛甲本僅殘存
「人多知而何物茲」、「盜賊」九字；帛乙本僅殘存「物茲章而盜賊」六字。

故聖人云：我无為民自化，我无事民自冨，我好静民自政，

　　故，簡甲本、帛乙本作「是以」。聖，S.2267、S.3926 作「聖」，帛乙本闕。
云，P.2639 作「言云」，簡甲本、帛乙本作「之言曰」。我无為民自化，簡甲本
作「我無事而民自福」。民自化，S.3926、P.2639、帛乙本、王本、河上本作「而
民自化」。民，S.189、P.2375、P.2420、P.2639 皆作「民」，S.2060、景龍本皆作
「人」。无，S.2060、P.2347、景龍本、王本、河上本皆作「無」，P.2639 皆作「无」。
為，P.2639 作「為」。我无事民自冨，S.3926、P.2639 作「我好静而民自正」，
P.2420 作「我好静民自正」，簡甲本作「我亡為而民自蠱」，帛乙本、王本作「我
好静而民自正」，景龍本作「我好静人自正」，河上本作「我好静而民自正」。冨，
S.189、S.2060 作「冨」。我好静民自政，S.3926 作「我无事而民自冨」，P.2420
作「我无事民自冨」，P.2639 作「我旡事而民自冨」，簡甲本作「我好青而民自
正」。帛乙本作「我无事而民自富」，景龍本作「我無事人自冨」，王本、河上本
作「我無事而民自富」。我，S.189 皆作「我」。静，S.2060 作「靜」。政，S.189、
S.2060、P.2347 作「正」，P.2375、景龍本作「正」。P.2255 同底本。S.5920 僅殘
存「故聖人言」、「我无事」七字；帛甲本僅殘存「我无為而民自化我好静而民
自正我无事」十七字。

我无欲民自樸。

　　我，S.189 作「我」。无欲，簡甲本作「谷不穀」，帛乙本作「欲不欲」。无，

S.2060、P.2347、景龍本、王本、河上本作「無」，P.2639 作「旡」。民，S.189、
P.2375、P.2420 作「民」，S.2060 作「人」，S.3926、P.2639、簡甲本、帛乙本、
王本、河上本作「而民」。樸，S.189、S.2060、S.3926、P.2347、P.2375、P.2639、
景龍本、河上本作「朴」，P.2420 作「撲」，簡甲本、帛乙本、王本作「樸」。
P.2255 同底本。S.2267 僅殘存「我无欲」三字。

第五十八章

其政悶悶，其民蠢蠢，

政，帛乙本作「正」。悶悶，S.2060、P.2639 作「悶ゝ」，帛乙本作「閔閔」。
民，S.2060、景龍本作「人」。蠢蠢，S.189、S.3926、P.2347、P.2420、景龍本、
河上本作「醇醇」，S.2060、P.2639 作「醇ゝ」，P.2375 作「蠢蠢」，帛乙本作「屯
屯」，王本作「淳淳」。P.2255 同底本。

其政察察，其民缺缺。

政，帛乙本作「正」。察察，S.2060、P.2639 作「察ゝ」，帛乙本、王本、
河上本作「察察」。民，S.2060、景龍本作「人」，P.2420 作「政」。缺缺，S.2060、
P.2639 作「缺ゝ」，S.3926 作「缺缺」，王本、河上本作「缺缺」。S.189、P.2255、
P.2347、P.2375 同底本。

禍福之所倚，福禍之所伏，孰知其極？

禍福，S.2060 作「褐福」，S.3926 作「禍兮福」，P.2347 作「禍福」，P.2420
作「禍兮福」，P.2639 作「禍兮福」，帛甲本作「禍福」，王本、河上本作「禍
兮福」。福禍，S.2060 作「福褐」，S.3926 作「福兮禍」，P.2420 作「福禍」，
P.2639 作「福兮禍」，帛甲本作「福禍」，王本、河上本作「福兮禍」。所，帛
甲本、王本、河上本皆作「所」。倚，帛甲本、王本、河上本作「倚」。孰，
S.189、P.2639、景龍本作「熟」，S.2060、S.3926、P.2347、P.2375、P.2420 作
「孰」，王本、河上本作「孰」。極，S.189、P.2639 作「極」，S.2060、P.2375
作「極」，S.3926 作「極」，P.2347 作「極」，P.2420 作「拯」，王本、河上本
作「極」。P.2255 同底本。帛甲本缺「孰知其極」句；帛乙本僅殘存「所伏孰
知其極」六字。

其无政，政復為奇，善復為誂，

　　无，S.2060、P.2347、景龍本、王本作「無」，P.2639 作「旡」。政，S.189、S.2060、S.3926、P.2347、P.2639 皆作「正」，景龍本前者作「正」、後者如字，P.2375、P.2420、王本、河上本皆作「正」。奇，王本、河上本作「奇」。善，S.189作「善」，S.3926、P.2420、P.2639 作「善」，S.2060、P.2347、王本、河上本作「善」。復，S.189、P.2347、P.2420、P.2639 皆作「復」，S.2060 前者作「復」、後者如字，S.3926 前者如字、後者作「復」。為，P.2639 皆作「为」。誂，P.2255作「訞」，P.2420、P.2639 作「妖」，王本作「妖」，河上本作「訞」。帛乙本僅殘存「无正也正」、「善復為」七字。

人之迷，其日固久。

　　迷，帛乙本作「恣也」。固，S.2060 作「故」。久，帛乙本作「久矣」。S.189、S.3926、P.2255、P.2347、P.2375、P.2420、P.2639、景龍本、王本、河上本同底本。帛乙本句首缺「人」字。

方而不割，廉而不穢，直而不肆，光而不耀。

　　割，S.189、P.2347、P.2639、景龍本作「割」，帛乙本、王本、河上本作「割」，S.2060 無。廉，P.2347、P.2420 作「廢」，景龍本作「廉」，帛乙本作「兼」，王本、河上本作「廉」。穢，S.3926、P.2420 作「害」，P.2639、景龍本作「害」，帛乙本作「刺」，王本作「劌」，河上本作「害」。直，S.189、S.2060、S.3926、P.2375、帛乙本、景龍本、王本、河上本作「直」，P.2639 作「宜」。肆，帛乙本作「絏」。耀，S.3926、P.2639、景龍本、河上本作「曜」，帛乙本作「眺」，王本作「耀」。P.2255 同底本。S.189、S.2060、P.2347、P.2420、P.2639、景龍本、王本、河上本句首有「是以聖人」四字；S.3926 句首有「是以聖」三字，於句意不通，脫「人」字；帛乙本句首有「是以」二字。

第五十九章
治人事天莫若式，

　　治，簡乙本作「紿」。事，S.189、S.2060、P.2347 作「及」。莫，S.189、S.3926、P.2420、帛乙本、王本、河上本作「莫」，P.2639 作「若」。若，簡乙本、帛乙本、王本、河上本作「若」。式，S.3926、P.2420、P.2639 作「嗇」，

簡乙本、帛乙本、景龍本、王本、河上本作「嗇」。P.2255、P.2350、P.2375
同底本。

夫'隹式，是以早伏，早伏謂之重積德。

  '隹，S.2060、S.3926、P.2347、P.2350、P.2375、P.2639、景龍本作「唯」，
P.2420、簡乙本、帛乙本、王本、河上本作「唯」。式，S.3926、P.2639 作「嗇」，
P.2420 作「嗇」，簡乙本、帛乙本、景龍本、王本、河上本作「嗇」。是以，P.2375
作「昰以」，P.2420、P.2639、景龍本、河上本作「是謂」。早伏，S.3926、P.2420、
P.2639、景龍本皆作「早服」，簡乙本前者作「枭」、後者作「是以枭備」，帛乙
本皆作「蚤服」，王本、河上本皆作「早服」。謂之，帛乙本作「胃之」，簡乙本
作「是胃」。德，王本、河上本作「德」，帛乙本闕。簡乙本句末缺「重積德」
三字。S.189、P.2255 同底本。

重積德則无不克，无不克莫知其撫。

  德，王本、河上本作「德」。无，S.2060、P.2347、景龍本、王本、河上本
皆作「無」，P.2639 皆作「旡」。克，S.189 前者作「刻」、後者作「剋」，P.2347、
P.2420 皆作「尅」，P.2639 皆作「剋」，景龍本、河上本皆作「剋」。莫知，S.189、
P.2255、P.2350 作「莫知」，S.3926、P.2420、P.2639、景龍本、王本、河上本作
「則莫知」。撫，S.2060 作「撫」，S.3926、P.2420、P.2639、景龍本作「極」，
P.2347 作「極」，王本、河上本作「極」。P.2375 同底本。簡乙本僅殘存「不克」、
「不克則莫智其互」九字；帛乙本僅殘存「重積」、「莫知其」五字。

佷知其撫，可以有國。

  佷，S.2060、S.3926、景龍本作「莫」，P.2420、P.2639、簡乙本、王本、
河上本作「莫」。知，簡乙本作「智」。撫，S.189、P.2639 作「極」，S.3926 作
「極」，P.2347 作「極」，簡乙本作「互」，王本、河上本作「極」。可以，S.3926
作「則可以」。有，簡乙本作「又」。國，簡乙本作「邦」，王本、河上本作「國」。
P.2255、P.2350、P.2375 同底本。帛甲本僅殘存「可以有國」四字。

有國之母，可以長久。是以深根固蔕，長生久視之道。

  有國之母，P.2347 作「之母」。國，王本、河上本作「國」。是以，S.3926、

P.2420、P.2639、景龍本、王本、河上本作「是謂」，P.2375 作「昰以」。蒂，S.2060、P.2375 作「蒂」，王本作「柢」，河上本作「蒂」。S.189、P.2255、P.2350 同底本。P.2517 僅殘存「長生」二字；簡乙本僅殘存「又邦之母可以長」、「長生舊視之道也」十四字；帛甲本僅殘存「有國之母可以長久是胃深椏固氐」、「道也」十六字；帛乙本僅殘存「有國之母可」、「是胃深根固氐長生久視之道也」十八字。

第六十章

治大國若烹小腥，以道莅天下，其鬼不神。

　　治，P.2517 作「治」。國，帛乙本、王本、河上本作「國」。若，P.2639、帛乙本、王本、河上本作「若」。烹，S.189、P.2347、P.2517、景龍本作「亨」，S.3926、P.2350、P.2375 作「享」，P.2255 作「烹」，帛乙本、王本作「亨」，河上本作「烹」。小腥，S.2060、P.2420、P.2639、景龍本、帛乙本、王本、河上本作「小鮮」，S.3926 作「小鮮」。莅，S.189、S.3926、P.2350、P.2420、P.2639、王本、河上本作「莅」，S.2060 作「侇」，帛乙本「立」。天下，S.3926、P.2420、P.2639 作「天下者」。鬼，帛乙本、王本、河上本作「鬼」。帛甲本僅殘存「天下其鬼不神」六字。

非其鬼不神，其神不傷人。非其神不傷人，聖人亦不傷人。

　　鬼，帛甲本、帛乙本、王本、河上本作「鬼」。不神，帛甲本、帛乙本作「不神也」。不，帛甲本、帛乙本前三者皆如字、後者作「弗」。傷人，S.2060 第一個與第三個作「傷人」、第二個作「傷人」，S.3926、王本、河上本皆作「傷人」，P.2347 皆作「傷人」，P.2350 第一個與第三個如字、第二個作「傷人」，P.2375、P.2517 皆作「傷人」，帛甲本前二者作「傷人也」、後者僅殘存「傷」字，帛乙本前二者作「傷人也」、後者作「傷也」。非其神，帛甲本作「非其申」。聖人，P.2517 作「聖人」，帛乙本闕。亦，S.2060、S.3926、P.2420、P.2517 作「亦」，P.2639 作「之」，帛乙本闕。S.189、P.2255、P.2420、景龍本同底本。

夫兩不相傷，故得交歸。

　　兩，S.189 作「兩者」，帛乙本、王本、河上本作「兩」。不相傷，S.2060

作「不相傷」，S.3926、王本、河上本作「不相傷」，P.2347 作「不相傷」，P.2375、P.2517 作「不相傷」，帛乙本僅殘存「相傷」二字。得，S.189、S.2060、P.2347、P.2375、P.2420、P.2639 作「德」。帛乙本、王本、河上本作「德」。歸，S.189、P.2350、P.2375 作「歸」，S.3926 作「歸焉」，P.2347、P.2420、P.2517 作「歸」，P.2639 作「歸焉」，帛乙本、王本、河上本作「歸焉」。P.2255、景龍本同底本。帛甲本僅殘存「不相」、「德交歸焉」六字。

第六十一章

大國者下流，天下之郊，天下之郊。

國，帛甲本作「邦」，王本、河上本作「國」。下流，S.3926、王本、河上本作「下流」，帛甲本作「下流也」。郊，S.2060 皆作「交」，S.3926、P.2420、P.2639、景龍本、王本、河上本前者作「交」、後者作「牝」，帛甲本前者作「牝」、後者作「郊也」。S.189、P.2255、P.2347、P.2350、P.2375、P.2517 同底本。帛乙本僅殘存「大國」、「牝也天下之交也」九字。

牝常以靜勝牡，故大國以下小國，則取小國；

牝，景龍本作「牡」。勝，王本、河上本作「勝」。牡，S.189、S.2060、S.3926、P.2375、景龍本作「牝」，P.2347、P.2420、帛乙本、王本、河上本作「牡」。靜，P.2517 作「彭」，河上本作「靜」。國，王本、河上本皆作「國」。小國，P.2639 皆作「小国」。取，S.2060 作「耴」。P.2255、P.2350 同底本。S.3926、P.2639、景龍本、王本、河上本「故大國以下小國」句前有「以靜為下」句，P.2420「故大國以下小國」句前有「靜為下」句。帛甲本僅殘存「牝恒以靚勝牡為其靚」、「宜為下大邦」、「下小」、「則取小邦」二十字；帛乙本作「牝恒以靜朕牡。為其靜也，故宜為下。故大國以下口國，則取小國」。

小國以下大國，則聚大國。

國，帛甲本皆作「邦」，帛乙本、王本、河上本皆作「國」。小國，S.2060 作「小」，脫「國」字，P.2517、P.2639 作「小国」。大國，P.2639 前者作「大国」、後者如字。聚，S.189、S.3926、P.2420、王本、河上本作「取」，P.2347、景龍本作「耴」，P.2350、P.2639 作「聚」，帛甲本、帛乙本作「取於」。P.2255、P.2375

同底本。P.3237 僅殘存「大國」二字。

故惑下而取，惑下而聚。

　　惑，S.189、S.3926、P.2347、P.2375、P.2420、P.2517、P.2639、P.3237、景龍本皆作「或」，P.2350 前者如字、後者作「或」，帛甲本、王本、河上本皆作「或」。而取，S.3926、景龍本作「以耴」，P.2347、P.2350、P.3237 作「而耴」，P.2420、P.2639、帛甲本、王本、河上本作「以取」。惑下而聚，P.2420 作「大者或下而取小」。而聚，S.189、帛甲本、王本、河上本作「而取」，S.3926 作「而耴」，P.2350、P.2639、P.3237 作「而聚」，景龍本作「如耴」。P.2255 同底本。帛乙本僅殘存「故或下」、「下而取」六字；河上本句首無「故」字。

夫大國不過欲兼畜人，小國不過欲入事人。

　　夫，P.2420 作「取」，與其後「小國」句不對應，且其他敦煌寫卷及帛書本、傳世本未見作「取」者，P.2420 在此章前兩句中「聚」皆作「取」，此處「取」字似連上文而衍，帛乙本作「故」，帛甲本闕，S.3926、P.2639、景龍本、河上本無。大國，帛甲本作「大邦者」，帛乙本作「大國者」，王本、河上本作「大國」。過，帛甲本、王本、河上本皆作「過」，帛乙本前者闕、後者作「過」。兼，P.2347、P.2420、P.3237 作「兼」，帛甲本、王本、河上本作「兼」，帛乙本作「並」。小國，P.2639 作「小囯」，帛甲本作「小邦者」，帛乙本、王本、河上本作「小國」。不過欲入事人，P.3237 作「不過入事人」，脫「欲」字。S.189、P.2255、P.2350、P.2375、P.2517 同底本。

夫兩者各得其所欲，故大者宜為下。

　　夫，景龍本作「此」，S.3926、P.2639 無。兩者，王本、河上本作「兩者」，S.3926、P.2639 無。得，P.3237 作「淂」。所，河上本作「所」。宜，王本、河上本作「宜」。為，P.2639 作「为」。S.189、P.2255、P.2347、P.2350、P.2375、P.2517 同底本。S.3926、P.2420、P.2639、河上本無「故」字；帛甲本僅殘存「夫皆得其欲」、「為下」七字；帛乙本僅殘存「夫」、「其欲則大者宜為下」九字。

第六十二章
道者萬物之奧，善人之寶，不善人所不保。

萬，S.189 作「萬」，P.2375、P.2420、P.2517、景龍本作「万」。奧，帛甲本、帛乙本作「注也」。善，S.189、P.2420、P.2517、P.2639 皆作「善」，S.3926、P.2350、P.2639 皆作「善」，帛甲本、帛乙本、王本、河上本皆作「善」。寶，帛甲本、帛乙本作「葆也」。所不保，S.3926、P.2420、P.2639 作「之所保」，帛甲本作「之所葆也」，帛乙本作「之所保也」，王本、河上本作「之所保」，景龍本作「之所不保」。P.2255、P.2347 同底本。P.3237 作「道者萬物之奧，善人之所不寶」；帛甲本句首缺「道」字。

羹言可以市，尊行可以加人。人之不善，奚棄之有？

羹，S.189、P.2347、P.2420、P.3237 作「美」，S.3926、P.2350、P.2517 作「美」，帛甲本、帛乙本、王本作「美」。市，S.189、S.3926、P.2420 作「市」，P.3237 作「巿」。加，帛甲本、帛乙本作「賀」。人之不善，P.2347 作「之不善」，脫「人」字。善，S.189、S.3926、P.2350、P.2420、P.2517 作「善」，P.2639 作「善」，P.3237、帛甲本、帛乙本、王本、河上本作「善」，王本作「美」。奚棄，S.189 作「奚棄」，S.3926 作「何棄」，P.2375、P.3237 作「奚弃」，P.2420、P.2639、景龍本作「何弃」，王本、河上本作「何棄」，帛甲本、帛乙本僅殘存「何」字。之有，帛甲本僅殘存「有」字，帛乙本闕。P.2255 同底本。

故立天子，置三公，雖有供之璧以先四馬，不如坐進此道。

公，帛甲本作「卿」，帛乙本作「鄉」。置，S.189、S.3926、P.2347、P.2350、P.2375、P.2420、P.2517、P.2639 作「寘」。雖，P.2420、王本、河上本作「雖」，P.2517、P.3237 作「雖」。供之璧，S.189 作「供璧」，S.3926 作「拱璧」，P.2347 作「供璧」，P.2350 作「拱之璧」，P.2375 作「拱之璧」，P.2420、P.2517、P.2639、P.3237 作「拱璧」，帛甲本作「共之璧」，景龍本作「拱璧」，王本、河上本作「拱璧」，帛乙本僅殘存「璧」字。四馬，S.189、P.2347、P.2375 作「駟馬」，S.3926、P.2420、P.2517、P.2639 作「駟馬」，P.3237、景龍本、王本、河上本作「駟馬」。不如，帛甲本作「不善」，帛乙本作「不若」。坐進此道，帛甲本、帛乙本作「坐而進此」。坐，S.189、P.2347、P.2350、P.2420、P.2517、P.3237、景龍本、王本、河上本作「坐」。此，王本、河上本作「此」。P.2255 同底本。帛乙本句首缺「故」字。

古之所以貴此道者何？不曰求以得，有罪以免，故為天下貴。

所，帛甲本、王本、河上本作「所」。此，帛甲本、王本、河上本作「此」。何，帛甲本作「何也」。曰，河上本作「曰」，帛甲本作「胃」。求以得，P.2639、王本、河上本作「以求得」，帛甲本僅殘存「得」字。免，S.3926、P.2420、P.2639、河上本作「免耶」，P.2517、P.3237、景龍本作「勉」，帛甲本作「免與」，王本作「免邪」。為，P.2639作「為」。S.189、P.2255、P.2347、P.2350、P.2375同底本。散0668E僅殘存「者何不曰以求淂有罪以勉」、「下貴」十三字；帛乙本僅殘存「古之」、「不胃求以得有罪以免與故為天下貴」十七字。

第六十三章
為无為，事无事，味无味，大小多少，報惡以德。

為，P.2639皆作「为」，散0668E前者如字、後者作「為」。无，P.2347、P.2517、P.3237、景龍本、王本、河上本皆作「無」，P.2639皆作「无」，簡甲本皆作「亡」。味，簡甲本皆作「未」，帛甲本前者如字、後者作「未」。報惡，S.189、P.2347、P.2420、P.3237、景龍本作「報怨」，S.3926作「報怨」，P.2517作「報怨」，P.2639、散0668E作「報怨」，帛甲本、王本、河上本作「報怨」。德，帛甲本、王本、河上本作「德」。P.2255、P.2350、P.2375同底本。帛乙本僅殘存「為无為」三字；簡甲本無「大小多少，報惡以德」句。

圖難扵易，為大扵細。

圖，S.189、P.2255、P.2347、P.2517、散0668E、景龍本作「圖」，S.3926、P.2420作「圖」，P.2350作「圖」，王本、河上本作「圖」。難，S.189、S.3926、P.2350、P.2375作「難」，P.2347作「難」，散0668E作「難」，王本、河上本作「難」。扵，王本、河上本皆作「於」。易，S.3926、散0668E、王本、河上本作「其易」，P.2347作「易」，P.2375作「易」，P.2420作「其易」，P.2639作「其易」。為，P.2639作「為」。細，S.3926、王本、河上本作「其細」，P.2420作「其小」，P.2639、散0668E作「其細」。P.3237同底本。帛甲本僅殘存「圖難乎」三字；帛乙本僅殘存「乎其细也」四字。

天下難事必作扵易，大事必作扵小，

難，S.189作「難」，S.3926、P.2350、散0668E、景龍本作「難」，P.2347

作「雖」，P.2420 作「難」，帛甲本作「之難」，王本、河上本作「難」。作，
S.3926、P.2255、P.2347、P.2350、P.2375、P.2420、P.2517、帛甲本、景龍本、
王本、河上本作「作」，P.3237 作「作」。扵，帛甲本、王本、河上本皆作「於」。
易，P.2347、P.2420、P.2639 作「易」，P.2375 作「易」。大事，S.3926、P.2420、
P.2639、散 0668E、景龍本、王本、河上本作「天下大事」，帛甲本作「天下之
大」。作，S.189、P.2639、散 0668E 作「作」，P.3237 作「作」。小，S.3926、P.2420、
散 0668E、帛甲本、景龍本、王本、河上本作「細」，P.2639 作「细」。帛乙本
僅殘存「天下之」、「易天下之大」八字。S.3926、景龍本後有「是以聖人終不
為大，故胀成其大」句；P.2420 後有「是以聖人終日不為大，故胀成其大」句；
P.2639 後有「是以聖人終不為大，故能成其大」句；散 0668E 後有「是以聖人
終不為」、「成其大」十字；帛甲本後有「是以聖人冬不為大故能」十字；王本、
河上本後有「是以聖人終不為大，故能成其大」句。

夫輕諾必寡信，多易必多難，是以聖人猶難之，故終无難。

　　輕諾，S.189、P.2639、P.3237 作「輕諾」，P.2517 作「輕諾」，帛乙本作
「輕若」，王本、河上本作「輕諾」。多，簡甲本作「大少之多」。寡，S.189、
S.3926、P.2347、P.2639 作「宣」，散 0668E 作「寞」，王本、河上本作「寡」。
易，P.2347、散 0668E 作「易」，P.2375、P.2420、P.2639 作「易」，簡甲本作
「惕」。是，P.2375 作「昰」。聖，P.2517、散 0668E 作「聖」，帛乙本作「耴」。
猶，簡甲本作「猷」。難，S.189 第一個與第三個皆如字、第二個作「難」，
S.3926 第一個作「難」、第二個作「難」、第三個如字，P.2347 第一個作「難」、
第二個與第三個作「難」，P.2350、P.2375、P.2517 皆作「難」，P.2420、P.2639、
散 0668E 皆作「難」，簡甲本皆作「難」，帛乙本前者作「難」、後者作「難矣」，
王本、河上本皆作「難」。故，簡甲本作「古」。終，P.2517、P.2639、P.3237、
散 0668E 作「终」。无，P.2347、P.2517、P.3237、帛乙本、景龍本、王本、河
上本作「無」，P.2639 作「旡」，簡甲本作「亡」。P.2255 同底本。散 0668E 缺
「必多難」之「必」字；簡甲本無「夫輕諾必寡信」句；帛甲本僅殘存「必
多難是」、「人猶難之故終於无難」十三字；帛乙本缺「必寡信」之「必寡」二
字。

第六十四章

其安易持，其未兆易謀，

安，簡甲本、帛甲本作「安也」，王本、河上本作「安」。易，P.2347、P.2420皆作「易」，P.2375、P.2639皆作「易」，P.2420前者如字、後者作「易」。持，P.2347作「恃」，簡甲本作「朱也」，帛甲本作「持也」。其未兆易謀，P.2350作「其未易兆謀」，簡甲本作「其未菟也，易悔也」，帛甲本闕。兆，S.189、P.2347、P.2375、P.2420、P.2639、P.3237作「兆」，S.3926作「兆」，P.2517、散0668E、王本、河上本作「兆」。P.2255、景龍本同底本。

其毳易破，其微易散，

毳，S.189、S.3926、P.2375、P.2420、P.2517、P.2639、P.3237、散0668E、景龍本作脆」，P.2347作「晚」，王本、河上本作「脆」，簡甲本作「霾也」。易，P.2347皆作「易」，P.2375前者作「易」、後者如字，P.2420、P.2639皆作「易」。破，簡甲本作「畔也」，王本作「泮」。微，S.3926作「微」，P.2347作「嵌」，P.2350、王本、河上本作「微」，P.2375、P.2420、散0668E作「微」，P.2639作「微」，簡甲本作「幾也」。散，P.2347作「散」，P.2375、P.2517、散0668E作「散」，P.3237作「散」，簡甲本作「後也」。P.2255同底本。

為之於未有，治之於未亂。

為，P.2639作「为」。於，簡甲本、王本、河上本皆作「於」。未有，簡甲本作「其亡又也」。治，P.2517作「治」，簡甲本作「紣」。未亂，S.189、P.2347、P.2350、P.2375、P.2420、P.2517、P.2639、景龍本作「未亂」，P.3237作「亂」，其他敦煌寫卷及簡本、傳世本皆有「未」字，且與其前句「未有」不相對應，因此P.3237脫「未」字，簡甲本作「其未亂」，王本、河上本作「未亂」，散0668E僅殘存「未」字。S.3926、P.2255同底本。

合抱之木，生於豪末。

合，P.2375作「含」，其他敦煌寫卷及傳世本皆作「合」，P.2375作「含」，即今之「含」字，與句意不通，應為「合」字之誤。抱，P.2347、P.2639、景龍本作「抱」，P.2420、散0668E作「枹」。於，帛乙本、王本、河上本作「於」。

豪，P.2639、景龍本作「毫」，王本、河上本作「毫」。S.189、S.3926、P.2255、P.2350、P.2517、P.3237 同底本。簡甲本僅殘存「合」、「末」二字；帛甲本僅殘存「毫末」二字；帛乙本僅殘存「木生於毫末」五字。

九重之臺，起扵累土。

重，S.3926、P.2639、景龍本、王本、河上本作「層」，P.2420 作「曾」，帛甲本、帛乙本作「成」。臺，S.189、S.3926、P.2347、P.2375、P.2420、P.2517、P.2639、P.3237、帛甲本、帛乙本、景龍本、王本、河上本作「臺」，散 0668E 作「臺」。起，S.189、P.2420 作「起」，S.3926 作「起」，P.2255、作「起」，帛甲本、帛乙本作「作」，王本、河上本作「起」。扵，帛甲本、帛乙本、王本、河上本作「於」。累，帛甲本作「贏」，帛乙本作「藥」。土，P.2347、P.2517、帛甲本、帛乙本、王本、河上本作「土」，P.2420 作「士」，P.2639 作「圡」。P.2350 同底本。散 0668E 僅殘存「九曾之臺」、「土」五字；簡甲本僅殘存「九成之臺甲」、「足下」七字。

百刃之高，起扵昰下。

百刃之高，S.189、S.3926、P.2347、P.2420、P.2639、P.3237、散 0668E、景龍本、王本、河上本作「千里之行」，P.2517 作「而百刃之高」，帛甲本作「百仁之高」，帛乙本作「百千之高」。起扵昰下，S.189、S.3926、P.2347、P.2420、P.2639、P.3237、散 0668E、景龍本作「始扵昰下」，帛乙本、王本、河上本作「始於足下」，帛甲本僅殘存「台於足」三字。P.2255、P.2350、P.2375 同底本。

為者敗之，執者失之。

為者，P.2639 作「为者」，簡甲本、簡丙本、帛乙本作「為之者」。敗，P.2375 作「則」，其他敦煌寫卷及簡本、傳世本皆作「敗」，P.2375「則」字似爲「敗」字之誤。執者，簡甲本、簡丙本作「執之者」，景龍本作「執者」。失，簡甲本作「遠」，簡丙本作「遊」。S.189、S.3926、P.2255、P.2347、P.2350、P.2420、P.2517、P.3237、散 0668E、王本、河上本同底本。

是以聖人无為，故无敗；无執，故无失。

是以，P.2375 作「昰以」，S.3926、P.2420、P.2639、簡丙本無。聖，P.2517、散 0668E 作「聖」。无，P.2347、P.2517、P.3237、簡丙本、景龍本、王本、河上本皆作「無」，P.2639 皆作「旡」，簡甲本皆作「亡」。為，P.2639 作「为」。故，簡甲本、簡丙本皆作「古」。无執，P.2639 作「聖人无執」，散 0668E 作「聖人无執」，景龍本作「無執」。无失，簡甲本作「亡遂」，簡丙本闕。S.189、P.2255、P.2350 同底本。帛甲本僅殘存「也」、「无敗」、「无執也故无失也」十字；帛乙本僅殘存「是以耵人无為」六字。

民之從事，常扵幾成而敗之，慎終如始，則无敗事。

民，S.189、P.2420、P.2639 作「民」，P.2517 作「㞢」，P.3237 作「人」。從事，S.3926、P.2347 作「從事」，P.2420、P.2517 作「從事」，帛甲本、帛乙本作「從事也」，王本、河上本作「從事」。常，帛甲本、帛乙本作「恒」。扵，帛甲本、帛乙本、王本、河上本作「於」。幾，S.189、S.3926、P.2350、P.2420、P.2517、P.2639 作「幾」，帛甲本、帛乙本作「其」，王本、河上本作「幾」。成，帛甲本作「成事」。敗，P.2517 皆作「敗」。慎終如始，帛甲本作「故慎終若始」，帛乙本作「故曰：慎冬若始」。慎，散 0668E 作「慎」。終，P.2639、P.3237、散 0668E 作「終」。無敗事，帛乙本作「無敗事矣」，帛甲本僅殘存「則」字。无，P.2347、P.2517、P.3237、景龍本、王本、河上本作「無」，P.2639 作「旡」。P.2255 同底本。P.2375 僅殘存「民之」二字；P.2599 僅殘存「民之從事」、「敗事」六字；簡甲本作「臨事之紀，斳冬女忖，此亡敗事矣」；簡丙本作「斳終若訂，則無敗事壴。人之敗也，互於其戝成也敗之」。

是以聖人欲不欲，不貴難得之貨；

聖，P.2517、散 0668E 作「聖」，帛乙本作「耵」，簡丙本闕。欲不欲，S.3926 作「欲不欲欲」，衍一「欲」字，簡甲本作「谷不谷」。不貴，帛甲本、帛乙本作「而不貴」。難，S.3926、P.2347、P.2420、P.2639、散 0668E 作「難」，P.2350 作「難」，P.2517 作「難」，簡甲本、帛甲本、帛乙本、王本、河上本作「難」，簡丙本作「戁」。得，P.3237 作「淂」，散 0668E 作「淂」，P.2599 闕。之貨，帛甲本作「之脬」，P.2599 闕。S.189、P.2255、景龍本、王本、河上本同底本。簡甲本句首無「是以」二字；帛甲本句首缺「是以聖人」四字。

學不學，俗眾人之所過；以輔萬物之自然，而不敢為。

　　學，S.3926、P.2255、P.2347、P.2420、P.2599、P.2639、簡丙本、帛甲本、帛乙本、景龍本、王本、河上本作「學」，簡甲本作「孝」。學，S.189、P.2350、P.2517、P.3237、散 0668E 作「學」，簡甲本作「孝」。俗，S.189、P.2347、P.2350、P.2517、P.3237 作「備」，S.3926、P.2639、散 0668E、簡丙本、帛甲本、帛乙本、景龍本、王本、河上本作「復」，P.2420 作「以復」，簡甲本作「返」。眾，散 0668E 作「衆」，王本、河上本作「眾」。所過，簡甲本作「所→𠇗」，簡丙本作「所𨒅」，帛甲本、帛乙本、王本、河上本作「所過」。以，簡甲本作「是古聖人能」，簡丙本作「是以能」，帛甲本、帛乙本作「能」。輔，P.3237 作「輔」，簡甲本作「尃」，簡丙本作「捕」。萬物，S.189 作「萬物」，P.2420、P.2517、P.2639、景龍本作「万物」，P.2599 作「萬物」，簡甲本、簡丙本作「萬勿」。自然，S.189、P.2347、P.2639、散 0668E 作「自然」，簡甲本、簡丙本作「自肰」，帛甲本僅殘存「自」字，P.2599 闕。而不敢為，S.3926 作「不而敢為焉」，P.2639 作「而不敢為」，散 0668E 作「而不敢為為」，簡甲本作「而弗能為」，簡丙本、帛甲本、帛乙本作「而弗敢為」，P.2599、帛甲本僅殘存「不敢為」三字。

第六十五章

古之善為道者，非以明民，將以娛之。

　　古之，帛甲本作「故曰」，P.2599 闕。善，S.189、P.2420、P.2517 作「善」，S.3926、P.2350、P.2639、散 0668E 作「善」，P.2347、P.3237、王本、河上本作「善」，帛甲本無。為，P.2639 作「为」。明，P.2347、P.2420、P.2517、P.2639、帛甲本、景龍本、王本、河上本作「明」。民，S.189、P.2420、P.2599、P.2639 作「民」，P.2517 作「𡵂」，P.3237、景龍本作「人」，帛甲本作「民也」。將，S.189 作「將」，P.2347、P.2420、P.2517、P.2639、散 0668E 作「將」，帛甲本、王本、河上本作「將」。娛之，S.189 作「愚之」，P.2347、P.2420、P.2639、P.3237、景龍本、王本、河上本作「愚之」，P.2517 作「愚𡵂」，散 0668E 作「遇之」，帛甲本作「愚之也」。P.2255 同底本。S.3926 無「將以娛之」句；帛乙本僅殘存「古之為道者非以明」、「之也」十字。

民之難治，以其知。

　　民，S.189、P.2420、P.2599、P.2639 作「民」，P.2517 作「𡵂」，P.3237 作

「人」，散 0668E 作「民民」，衍「民」字，帛乙本作「夫民」，景龍本闕。難治，
S.189、P.2350、P.3237、散 0668E 作「難治」，P.2347、P.2420、P.2639 作「難治」，
P.2517 作「難治」，帛乙本作「難治也」，王本、河上本作「難治」，P.2599 僅殘
存「難」字。知，S.189、P.2347、P.2517、景龍本作「多智」，S.3926、P.2420、
P.2639、王本、河上本作「智多」，P.2350、P.2599、P.3237 作「多知」，散 0668E
作「知多」，帛乙本作「知也」。P.2255 同底本。帛甲本僅殘存「民之難」、「知
也」五字。

故以智治國，國之賊；不以智治國，國之德。

智，帛甲本、帛乙本皆作「知」。治，P.2517 皆作「治」，散 0668E、帛甲
本、帛乙本皆作「知」。國，P.2639 分別作「國〻國〻」，散 0668E 分別作
「國國國〻」，帛甲本前三者皆作「邦」、第四個闕，帛乙本、王本、河上本皆
作「國」。賊，帛甲本、帛乙本作「賊也」。不以，帛甲本、帛乙本作「以不」。
德，S.3926、P.2599、P.2639、景龍本、王本、河上本作「福」，P.2420、散 0668E
作「福」，帛甲本、帛乙本作「德也」。S.189、P.2255、P.2347、P.2350、P.3237
同底本。S.3926、P.2420、P.2639、散 0668E、景龍本句首無「故」字。

知此兩者，亦揩式；常知揩式，是謂玄德。

知此，帛甲本、帛乙本作「恒知此」，王本、河上本作「知此」。兩，帛
甲本、帛乙本、王本、河上本作「兩」。亦，P.2420 作「厼」，P.2517、P.3237、
散 0668E 作「厼」，P.2639 作「是謂」。揩式，散 0668E 皆作「揩或」，帛甲本
與帛乙本前者作「稽式也」、後者作「稽式」，王本皆作「稽式」，河上本皆作
「楷式」。常，帛甲本、帛乙本作「恒」。是謂，帛甲本作「此胃」，帛乙本作
「是胃」。德，帛甲本、帛乙本、王本、河上本作「德」。S.189、S.3926、P.2255、
P.2347、P.2350、P.2599、景龍本同底本。

玄德深遠，與物反，然後迺至大慎。

德，帛甲本、帛乙本、王本作「德」。深遠，S.3926、散 0668E 作「深矣，
遠矣」，P.2639 作「深矣，遠矣」，帛甲本、帛乙本、王本、河上本作「深矣，
遠矣」。與，P.2420、P.2517 作「与」，帛乙本闕。反，S.3926、P.2420 作「反矣」，
P.2639、散 0668E 作「反矣」，帛乙本、王本、河上本作「反矣」，帛甲本僅殘

存「矣」字。然後，S.189、P.2255、P.2347、P.2599 作「然後」，S.3926、P.2420、P.2639、散 0668E、帛甲本、帛乙本、河上本無。迺，S.3926、P.2420、P.2517、P.2639、散 0668E、帛甲本、帛乙本、景龍本、河上本作「乃」。愼，S.189、S.3926、P.2255、P.2347、P.2420、P.2517、P.2639、P.3237、帛甲本、帛乙本、景龍本、河上本作「順」。P.2350 同底本。

第六十六章

江海所以胜為百谷王者，以其善下之，故胜為百谷王。

　　江海，簡甲本作「江海」，帛甲本僅殘存「海」字，P.2599 闕。所以，S.189 作「所」，脫「以」字，帛甲本作「之所以」。胜，P.2420、P.2639、P.3237、帛甲本、王本、河上本皆作「能」，簡甲本無。為，P.2639 皆作「为」。谷，簡甲本、帛甲本皆作「浴」。善下之，簡甲本作「能為百浴下」。善，S.189、P.2420、P.2517 作「善」，P.2347、P.3237、帛甲本、王本、河上本作「善」，P.2350 作「善」，散 0668E 作「善」。之，S.3926、P.2420、P.2639 作「之故」。故胜為，S.189 作「故胜為為」，衍一「為」字，S.3926 作「胜為」，簡甲本、帛甲本作「是以能為」。P.2255 同底本。簡甲本、景龍本無「百谷王者」之「者」字；帛乙本僅殘存「江海所以能為百浴」、「其」、「下之也是以能為百浴王」十九字。

是以聖人欲上民，以其言下之；欲先民，以其身後之。

　　聖人，S.3926、散 0668E 作「聖人」，P.2517 作「聖人言」，帛甲本作「聖人之」，帛乙本作「耵人之」，王本無。上民，S.189、P.2420、P.2599 作「上民」，P.2517、P.2639、景龍本作「上人」，帛甲本、帛乙本作「上民也」。以其言，S.3926、P.2420、景龍本、王本、河上本作「必以言」，P.2639、帛甲本、帛乙本作「必以其言」，散 0668E 作「以言」。欲，帛甲本、帛乙本作「其欲」。先民，S.189、P.2420、P.2599 作「先民」，P.2517 作「先足」，景龍本作「先人」，帛甲本僅殘存「先」字，帛乙本作「先民也」。以其身，S.3926、P.2420、散 0668E、景龍本、王本、河上本作「必以身」，P.2639、帛甲本、帛乙本作「必以其身」。後，散 0668E 作「後」。P.2255、P.2347、P.2350、P.3237 同底本。簡甲本作「聖人之才民前也，以身後之。其才民上也，以言下之」。

是以霙上其民不重，霙前而民不营。

　　是以，S.3926、P.2420、P.2639、散 0668E、王本、河上本作「是以聖人」，帛甲本、帛乙本作「故」。霙，P.2350、散 0668E 皆作「嫝」，帛甲本、帛乙本皆作「居」，王本、河上本皆作「處」。上，帛甲本作「前」。其，S.189、S.3926、P.2347、P.2420、P.2517、P.2639、散 0668E、帛甲本、帛乙本、景龍本、王本、河上本作「而」。民，S.189、P.2420、P.2599、P.2639 皆作「民」，P.2517 皆作「𡳵」，P.3237 前者作「人」、後者如字，景龍本皆作「人」。不重，帛甲本作「弗害也」，帛乙本作「弗重也」。前，帛甲本作「上」。不，帛甲本、帛乙本作「弗」。营，S.189、P.2347、P.2639、散 0668E、景龍本作「害」，P.2350 作「营」，帛甲本作「重也」，帛乙本、王本、河上本作「害」。P.2255 同底本。簡甲本作「其才民上也民弗厚也，其才民前也民弗宝也」。

是以天下樂推而不厭。以其无爭，故天下莫㿱與之爭。

　　是以，散 0668E 作「昰以」，簡甲本、帛乙本無。推，簡甲本作「進」，帛乙本作「誰」。不，簡甲本、帛乙本作「弗」。厭，S.189、P.2255 作「癕」，S.3926 作「猒」，P.2347 作「䏿」，P.2599 作「癕」，散 0668E 作「厭」，簡甲本作「詀」，帛乙本作「猒也」，王本、河上本作「厭」。以其，S.3926、散 0668E 作「非以其」，帛乙本作「不以其」。無，S.3926、P.2420、P.2639、散 0668E、簡甲本、景龍本、王本、河上本作「不」，P.2517、P.3237 作「無」。爭，S.3926 前者作「爭」、後者如字，P.2517、P.2639、景龍本、河上本皆作「爭」，簡甲本前者作「静也」、後者作「静」，帛乙本前者作「爭與」、後者作「爭」。故，簡甲本作「古」。莫，S.189、散 0668E 作「莫」，P.2347、P.2350、P.2420、P.2517、P.2639、簡甲本、王本、河上本作「莫」。㿱，P.2639、簡甲本、王本、河上本作「能」。與之，P.2420、P.2517 作「与之」，帛乙本作「與」。帛甲本僅殘存「天下樂隼而弗猒也非以其静與」、「静」十四字；帛乙本缺「天下莫㿱與之爭」之「天」字。

第六十七章

天下皆以我大，不嘆。夫隹大，故不嘆。若嘆，久其小。

　　以，S.3926、P.2420、P.2639、散 0668E、景龍本、王本、河上本作「謂」，帛乙本作「胃」。我大，S.189 作「我大」。王本作「我道大」。不嘆，S.3926、

P.2420、P.2639、散 0668E、王本、河上本作「似不肖」，P.2517 作「似不笑」，
P.3237、景龍本作「不肖」，帛乙本作「大而不宵」。嘆，S.189、P.2255、P.2350
作「咲」，P.2347 作「唉」。夫隹大，帛乙本作「夫唯不宵」。隹，S.3926、P.2420、
P.2639、P.3237、景龍本作「隹」，王本、河上本作「唯」，S.189、P.2347 無。
不嘆，S.3926、P.2420、P.2639、散 0668E、王本、河上本作「似不肖」，帛
乙本作「能大」。若嘆，S.3926 作「若肖久矣」，P.2420、散 0668E、景龍本
作「若肖」，P.2639 作「若肖」，帛乙本作「若宵」，王本、河上本作「若肖」。
嘆，S.189、P.2255、P.2350 皆作「咲」，P.2347 皆作「唉」，P.2517 皆作「喚」，
P.2599 皆作「嘆」，P.3237、景龍本皆作「肖」。久其小，S.189、P.2347、P.3237
作「久其細」，S.3926 作「其細也」，P.2420 作「久矣其細也」，P.2517 作「救
其小」，P.2639 作「久矣其細也夫」，散 0668E 作「久矣其細也」，帛乙本、王
本作「久矣其細也夫」，景龍本作「久矣其細」，河上本作「久矣其細」。帛甲
本僅殘存「夫唯」、「故不宵若宵細久矣」十字；帛乙本缺「天下皆以我大」
之「皆」字。

我有三寶，寶而持之。一曰慈，二曰儉，三曰不敢為天下先。

　　我有，S.189 作「我有」。S.3926、P.2639 作「夫我有」，帛甲本、帛乙本
作「我恒有」。三寶，帛甲本作「三葆」，帛乙本作「三珤」，河上本作「三寶」。
寶而持之，S.3926、P.2420、P.2639、王本、河上本作「持而保之」，帛甲本作
「之」，帛乙本作「市而珤之」，散 0668E、景龍本作「持而寶之」。慈，P.2255、
P.2420、P.2639、P.3237、散 0668E 作「慈」，P.2599 作「慈」，帛甲本、帛乙
本作「茲」。儉，P.2347、P.2420、P.2599、散 0668E、景龍本、王本、河上本
作「儉」，帛甲本、帛乙本作「檢」。不敢為，P.2517 作「不為」，P.2599 作「不
敢為為」，衍一「為」字，P.2639 作「不敢為」。P.2350 同底本。P.2517 脫「二
曰儉」句，其注文「少欲足知守分不貪，此經寶也」尚在；帛甲本缺「三曰不
敢為天下先」句。

夫慈，故𦖛勇；儉，故𦖛廣；

　　夫慈，S.3926、帛乙本作「夫茲」，P.2255、P.2347、P.2420、P.2639、散
0668E 作「夫慈」，P.2599 作「夫慈」，王本作「夫慈」，河上本作「慈」。𦖛勇，
P.2420、P.2639、P.3237 作「能勇」，王本、河上本作「能勇」。儉，S.3926、

P.2347、P.2420、P.2599、散 0668E、景龍本、王本、河上本作「儉」，帛乙本作「檢」。故胝廣，P.2420、P.2639、王本、河上本作「故能廣」，P.3237 作「故廣」，帛乙本作「敢能廣」。S.189、P.2350、P.2517 同底本。帛甲本僅殘存「故能廣」三字。

不敢為天下先，故胝成器長。

為，P.2517、P.2639 作「为」。胝成，P.2420、P.2639、P.3237、王本、河上本作「能成」，散 0668E 作「故胝為民」，帛甲本、帛乙本作「能為成」。器長，S.189、P.2350、P.2517、P.2599、P.2639、散 0668E 作「噐長」，S.3926 作「器成」，據其注文「長謂得道人」知，「成」為「長」之誤，帛甲本作「事長」，帛乙本、王本、河上本作「器長」。P.2255、P.2347、景龍本同底本。P.2517 此句誤入疏文中。

今赦其慈且勇，赦其儉且廣，赦其後且先，死矣。

今，帛甲本、帛乙本、王本、河上本作「今」。赦，S.189、P.2347 前者作「捨」、後二者作「赦」，P.2420 皆作「舍」，帛甲本、帛乙本皆作「舍」，P.2517 皆作「捨」，P.3237 皆作「捨」。赦其，S.3926 前者作「舍其」、後二者作「舍」，P.2639 皆作「捨」，散 0668E 前者作「釋」、後二者作「舍」，景龍本皆作「捨」，王本、河上本皆作「舍」。慈，P.2255、P.2420、P.3237、散 0668E 作「慈」，P.2599 作「慈」，帛甲本、帛乙本作「茲」。勇，王本、河上本作「勇」。儉，P.2420、P.2599、散 0668E 作「儉」，帛乙本作「檢」。後，P.2420、P.2639 作「浚」。死矣，P.2420 作「死矣」，P.2639 作「死矣」，帛甲本作「則必死矣」，帛乙本作「則死矣」，王本、河上本作「死矣」。P.2350 同底本。帛甲本無「赦其儉且廣」句。

夫慈，以陳則政，以守則固。天將救之，以慈衛之。

慈，P.2255、P.2347、P.2420、P.2639、P.3237、散 0668E 皆作「慈」，P.2599 皆作「慈」，帛甲本前者作「茲」、後者作「女以茲」，帛乙本前者作「茲」、後者作「如以茲」。以陳，S.3926、P.2420、景龍本作「以戰」，P.2517、P.3237 作「以陣」，P.2639、散 0668E 作「以戰」，帛乙本作「以單」，王本、河上本

作「以戰」，帛甲本闕。政，S.189、S.3926、P.2347、P.2420、P.2517、P.2639、P.3237、散 0668E 作「朕」，帛甲本、景龍本、王本作「勝」，帛乙本作「朕」。將，S.3926、P.2347、P.2420、P.2517、P.2639、帛甲本、帛乙本作「將」，散 0668E 作「将」，王本、河上本作「將」。救之，S.3926 作「救助」，P.2639 作「救之以善」，散 0668E 作「救之以善」，帛甲本、帛乙本作「建」，王本、河上本作「救之」。衛，S.189、P.2347、P.2350、P.2420、P.2517、P.2599、P.2639、P.3237 作「衛」，帛甲本、帛乙本作「垣」。S.3926 無「以慈衛之」句；P.2347 句首無「夫」字；

第六十八章

古之善為士者不武，善戰不怒；善朕敵不争，善用人為下。

古之，帛乙本作「故」，散 0668E、帛甲本、王本、河上本無。善，S.189、P.2517、散 0668E 皆作「善」，S.3926、P.2350、P.2420、P.2639、散 0668E 皆作「善」，P.2347、帛甲本、帛乙本、王本、河上本皆作「善」。為，P.2639 皆作「為」。武，散 0668E 作「武」。戰，S.3926 作「戰者」，P.2420、景龍本作「戰者」，P.2350、P.2577 作「戰」，P.2517 作「戰」，P.2639、帛甲本、王本、河上本作「戰者」，散 0668E 作「戰者」，帛乙本作「單者」。朕敵，S.189 作「朕敵」，S.3926、P.2420 作「朕敵者」，P.2255 作「朕敵」，P.2347 作「朕敵」，P.2350 作「朕敵」，P.2517 作「朕敵」，P.2577 作「朕敵」，P.2599 作「朕敵」，P.2639 作「朕敵者」，散 0668E 作「朕敵者」，景龍本作「朕敵者」，帛甲本、王本、河上本作「勝敵者」，帛乙本作「朕敵者」。不争，S.3926、P.2639、散 0668E、王本、河上本作「不與」，P.2350、P.2517、P.2577、景龍本作「不争」，P.2420 作「不与」，帛乙本作「弗與」，帛甲本僅殘存「弗」字。用人，S.3926、P.2420、P.2639、散 0668E、帛甲本、帛乙本、王本、河上本作「用人者」，景龍本作「用仁者」。為下，P.2639 作「為下」，散 0668E 作「為天下」，帛甲本、帛乙本、王本作「為之下」。

是謂不争之德，是謂用人之力，是謂配天，古之極。

争，P.2517、P.2577、P.2639、帛乙本、景龍本、王本、河上本作「争」，帛甲本作「諍」。之德，帛甲本、王本、河上本作「之德」，帛乙本僅殘存「德」字。是謂用人之力，帛甲本、帛乙本作「是胃用人」，景龍本作「是以用人之力」。

是謂配天，散 0668E 作「是配天」，帛甲本作「是胃天」，帛乙本作「是胃肥天」。
極，S.189、S.3926 作「極」，P.2255 作「極」，P.2347、P.2639 作「極」，P.2420
作「拯」，P.2517 作「拯」，P.2577 作「撅」，P.2599 作「極」，散 0668E 作「極
也」，帛甲本、帛乙本作「極也」，王本、河上本作「極」。P.2350 同底本。帛甲
本缺句首「是」字。

第六十九章
用兵有言：吾不敢為主而為客，不敢進寸而退尺。

有言，帛甲本作「有言曰」，帛乙本作「又言曰」。吾不敢，散 0668E 作
「吾不帳」。為，P.2639 皆作「为」，散 0668E 前者作「为」、後者如字。不敢
進寸，帛甲本作「吾不進寸」。退，S.189、P.2350、P.2517、P.2577 作「退」，
帛甲本作「芮」。S.3926、P.2255、P.2347、P.2420、P.2599、景龍本、王本、河
上本同底本。

是謂行无行，攘无臂，

謂，帛甲本、帛乙本作「胃」。无，P.2517、P.2577、王本、河上本皆作「無」，
P.2639 皆作「旡」。攘，帛甲本作「襄」。臂，S.189、S.3926、P.2255、P.2347、
P.2350「臂」，P.2420、P.2577、P.2639、散 0668E 作「臂」，帛甲本、帛乙本、
王本、河上本作「臂」。P.2599、景龍本同底本。

執无兵，仍无敵。

執无兵，S.3926 作「仍無欻」，P.2420 作「仍无欻」，P.2577 作「執無兵」，
P.2639 作「仍旡敵」，景龍本作「仍无敵」，王本作「扔无敵」，河上本作「仍
無敵」。仍无敵，S.3926、P.2420 作「執无兵」，P.2639 作「執旡兵」，景龍本
作「執无兵」，王本、河上本作「執無兵」，P.2577 無。仍，帛甲本、帛乙本
作「乃」。敵，S.189「欻」，P.2347 作「欻」，P.2350 作「敵」，P.2517 作「敵」，
P.2599、散 0668E 作「欻」，帛甲本作「敵矣」，帛乙本作「敵」。无，P.2517
皆作「無」。P.2255 同底本。

禍莫大於侮敵，侮敵則幾亡吾寶。

禍，S.3926 作「禍」，P.2347 作「禍」，P.2577 作「禍」，散 0668E 作「禍」，

帛甲本作「𥛱」，帛乙本、王本、河上本作「禍」。莫，S.189 作「莫」，P.2350、
P.2517、P.2577、P.2599、P.2639 作「莫」。大於，帛甲本作「於」，帛乙本、
王本、河上本作「大於」。侮欨侮欨，P.2577 作「侮々欨々」。侮，S.3926、
景龍本皆作「輕」，P.2420 前者作「輕」、後者作「輕」，P.2639 皆作「輕」，
散 0668E 前者作「誙」、後者作「輕」，帛甲本皆作「无」，帛乙本皆作「無」，
王本、河上本皆作「輕」。欨，S.189 前者作「欨」、後者作「欨」，P.2255 皆
作「敵」，P.2350 皆作「毃」，P.2517 前者作「毃」、後者作「毃」，P.2599 皆
作「欨」，P.2639 皆作「毃」，散 0668E 皆作「欨」，帛甲本皆作「適」，帛乙
本、王本、河上本皆作「敵」。幾，S.189、P.2347、P.2350、P.2517、P.2599、
P.2639 作「幾」，帛甲本作「斤」，帛乙本作「近」，王本、河上本作「幾」。已，
S.189、S.3926、P.2255、P.2347、P.2517、P.2577、帛甲本、帛乙本作「亡」，
P.2420、散 0668E、王本、河上本作「喪」，P.2639 作「喪」，景龍本作「㦖」。
吾，帛甲本作「吾吾」，衍。寶，帛甲本作「葆矣」，帛乙本作「琛矣」，散 0668E
脫。P.2420、P.2577、P.2639、景龍本、帛甲本、帛乙本無「侮欨則幾已吾寶」
之「則」字。

故抗兵相若，則哀者勝。

　　抗，S.3926 作「抍」，P.2517 作「扤」，P.2577 作「抗」，帛甲本作「稱」，
帛乙本、王本、河上本作「抗」。若，S.3926、P.2420、P.2639、景龍本、王本、
河上本作「加」，P.2599 作「爭」，散 0668E 作「如」，帛甲本、帛乙本作「若」。
則，帛乙本作「而」，S.3926、散 0668E、王本、河上本無。哀，S.189、P.2350、
P.2517 作「哀」，S.3926、P.2577、P.2639、散 0668E 作「衰」，P.2255、P.2347
作「㦖」，P.2420、P.2599 作「袤」，帛乙本作「依」。勝，S.3926 作「勝矣」，
P.2639、散 0668E 作「勝矣」，帛甲本、王本、河上本作「勝矣」，帛乙本作「朕
矣」。

第七十章

吾言甚易知，甚易行；天下莫能知，莫能行。

　　易，S.3926、P.2420 皆作「易」，S.4430、P.2347、P.2639 皆作「易」，散 0668E
前者如字、後者作「易」。知，帛甲本、帛乙本皆作「知也」。行，帛甲本、帛

乙本皆作「行也」。天下，帛甲本作「而人」，帛乙本作「而天下」。莫箷，帛甲本前者作「莫之能」、後者作「而莫之能」，帛乙本皆作「莫之能」。莫，S.189皆作「莫」，P.2347前者如字、後者作「莫」，P.2420皆作「莫」，P.2517、P.2577、P.2599、P.2639皆作「莫」。箷，S.3926、P.2420、P.2577、P.2639、王本、河上本皆作「能」。P.2255、P.2350、景龍本同底本。S.4430缺「吾言甚易知」句；帛乙本無「甚」字。

言有宗，事有君。夫隹无知，是以不吾知。

言，帛乙本作「夫言」。有，帛乙本皆作「又」。宗，P.2420作「崇」，帛甲本作「君」。君，S.189、S.3926、S.4430、P.2347、P.2420、散0668E作「君」，帛甲本作「宗」，王本、河上本作「君」。隹，S.189、S.3926、S.4430、P.2347、P.2350、P.2420、P.2517、P.2577、P.2639、景龍本作「隹」，帛甲本、帛乙本、王本作「唯」，河上本作「惟」。无，P.2517、P.2577、P.2639、王本、河上本作「無知」，帛甲本、帛乙本作「无知也」。吾知，S.3926、S.4430、P.2420、P.2639、散0668E、帛乙本、景龍本、王本、河上本作「我知」，帛甲本闕。P.2255、P.2599同底本。

知我者希，則我者貴。是以聖人披褐懷玉。

知我者，帛乙本作「知者」。我，S.189皆作「我」。希，P.2347作「布」，P.2420作「稀」，散0668E作「帝」。則我者貴，S.3926、P.2420作「則我者貴矣」，S.4430、P.2639、散0668E作「則我貴矣」，P.2639作「則我貴矣」，帛乙本作「則我貴矣」。聖，P.2517作「聇」，帛乙本作「耶」。披褐，S.189、S.3926、P.2347、P.2350、P.2599、P.2639、景龍本作「被褐」，散0668E作「被褐」，帛乙本、王本、河上本作「被褐」。懷玉，S.3926、P.2420作「懷玉」，P.2350作「懷王」，散0668E作「而懷玉」，帛乙本作「而褢玉」，王本、河上本作「懷玉」。P.2255、P.2577同底本。帛甲本僅殘存「我貴矣是以聖人被褐而褢玉」十二字。

第七十一章
知不知，上；不知知，病。

知不知，帛乙本作「不知」。上，S.4430作「上也」，帛甲本、帛乙本作「尚

矣」。不知知，S.4430 作「不知ィ」，P.2517 作「不知ィ」，P.2639 作「不知而知」，帛甲本作「不知不知」。病，S.4430 作「病也」，帛甲本、帛乙本作「病矣」。S.189、P.2255、P.2347、P.2350、P.2577、P.2599、散 0668E、景龍本同底本。S.3926 後有「夫ィ病病，是以不病」句；S.4430、P.2420 後有「夫ィ病ィ，是以不病」句；P.2639 後有「夫ィ病ィ，是以不病」句；王本、河上本後有「夫唯病病，是以不病」句。

是以聖人不病，以其病病，是以不病。

是以，散 0668E 前者作「夫ィ病」、後者如字，S.3926、S.4430、P.2420、P.2639、王本、河上本前者無、後者如字。聖人，S.4430 作「珵人」，P.2420 作「聖人」，P.2517 作「聖人」，帛乙本作「耵人之」。不病，S.4430 作「不病」，帛乙本僅殘存「不」、「也」二字。以其，S.4430 作「其」。病病，S.4430 作「病ィ」，P.2347 作「病病」，P.2517、P.2639 作「病ィ」，帛乙本作「病病也」。S.189、P.2255、P.2350、P.2577、P.2599、景龍本同底本。帛甲本僅殘存「是以聖人之不病以其」九字。

第七十二章

民不畏威，則大威至。

民，S.3926、P.2350、P.2420、P.2577、P.2599 作「民」，P.2517 作「民」，帛乙本作「民之」。威，帛乙本皆作「畏」。至，S.3926、S.4430、P.2420、P.2639、散 0668E 作「至矣」，帛乙本作「將至矣」，河上本作「至矣」。S.189、P.2255、P.2347、王本同底本。S.4430、P.2639、散 0668E、景龍本、河上本無「則大威至」之「則」字；帛甲本僅殘存「畏畏則大」、「矣」五字。

无狹其所居，無厭其所生。夫ィ不厭，是以不厭。

无，P.2517、P.2577、王本、河上本皆作「無」，P.2639 皆作「旡」，帛甲本、帛乙本皆作「毋」。狹，帛甲本作「闐」，帛乙本作「仰」，王本作「狎」，河上本作「狹」。所，帛甲本、帛乙本、王本、河上本皆作「所」。厭，S.189、P.2347 作「饜」，S.3926 作「猒」，S.4430 作「厭」，P.2255 作「癕」，P.2350、景龍本、王本作「厭」，P.2420、P.2639 作「厭」，P.2517、P.2577、散 0668E 作「厭」，帛甲本、帛乙本皆作「猒」。ィ，S.189、S.3926、S.4430、P.2347、P.2350、P.2420、

P.2577、P.2639、景龍本作「惟」，帛甲本、帛乙本、王本、河上本作「唯」。癓，
S.189 前者作「廥」、後者作「齡」，S.3926 皆作「猷」，S.4430 皆作「厭」，P.2255
前者作「瘷」、後者如字，P.2347 皆作「齡」，P.2350、景龍本、王本、河上本
皆作「厭」，P.2420、P.2639 皆作「厭」，P.2517 前者作「厭」、後者作「厭」，
P.2577、散 0668E 皆作「厭」，P.2599 皆作「厴」，帛甲本、帛乙本皆作「猷」。
帛甲本句末缺「以不猷」三字。

故聖人自知不自見，自愛不自貴。故去彼取此。

故，S.3926、S.4430、P.2420、P.2577、P.2639、散 0668E、帛乙本、景龍
本、王本、河上本作「是以」。聖，S.4430、P.2517 作「聖」，帛乙本作「耵」。
不自見，帛乙本作「而不自見也」。不自貴，帛乙本作「而不自貴也」。彼，P.2639
作「佊」，帛乙本作「罷」。取，P.2347、P.2517、P.2577、P.2599、散 0668E 作
「耴」，帛乙本作「而取」。此，帛乙本、王本、河上本作「此」。S.189、P.2255、
P.2350 同底本。帛甲本僅殘存「而不自貴也故去被取此」十字。

第七十三章
勇於敢則煞，勇於不敢則活。

勇於，帛乙本、王本、河上本皆作「勇於」。煞，S.3926、S.4430 作「殺」，
P.2420 作「敘」，景龍本作「殺」，帛乙本、王本、河上本作「殺」。活，帛乙本
作「桰」。S.189、P.2255、P.2347、P.2350、P.2517、P.2577、P.2599、P.2639 同
底本。帛甲本僅殘存「勇於敢者」、「於不敢者則活」十字。

此兩者或利或害，天之所惡，孰知其故？

此兩者，P.2420、P.2639、散 0668E 作「常知此兩者」，景龍本作「知此兩
者」，王本、河上本作「此兩者」，帛乙本僅殘存「兩者」二字。或，帛乙本、
王本、河上本皆作「或」。害，S.189、P.2350、P.2639、景龍本作「害」，S.4430、
散 0668E 作「害」，帛乙本、王本、河上本作「害」。所，帛乙本、王本、河
上本作「所」。惡，P.2517、P.2577、王本、河上本作「惡」，帛乙本作「亞」。
孰，S.189、S.4430、P.2350、P.2517、P.2639、景龍本作「孰」，S.3926、P.2347、
P.2420、P.2577、散 0668E 作「孰」，帛乙本、王本、河上本作「孰」。P.2255、
P.2599 同底本。

天之道，不争而善朕，不言而善應，

　　天之道，S.4430、P.2639、散 0668E 作「天道」，景龍本作「故天之道」。
争，S.3926、P.2350、P.2517、P.2577、P.2639、景龍本、河上本作「爭」，帛
乙本作「單」。善，S.189、S.4430、P.2347、P.2420 皆作「善」，S.3926 前者作
「善」、後者作「善」，P.2350、P.2517、P.2639 皆作「善」，散 0668E 前者作
「善」、後者缺，帛乙本、王本、河上本皆作「善」。朕，S.3926 作「朕」，帛
乙本作「朕」，王本、河上本作「勝」。不言而善應，散 0668E 作「不言應」，
脫「而善」二字。P.2255、P.2599 同底本。S.3926、P.2420、P.2639、散 0668E
「天之道」前有「是以聖人猶難之」句，S.4430「天之道」前有「是以聖人猶
難之」；王本、河上本「天之道」前有「是以聖人猶難之」句。帛甲本僅殘存
「不言而善應」五字。

不呂而自来，不言而善謀。

　　不，帛乙本作「弗」。呂，P.2420、帛甲本、帛乙本、王本、河上本作「召」。
来，帛甲本、帛乙本、王本、河上本作「來」。善，S.189、S.4430、P.2347、P.2350、
P.2420 作「善」，S.3926、P.2517、P.2639、散 0668E 作「善」，P.2577、帛甲本、
帛乙本、王本作「善」。不言，S.3926、S.4430、P.2420、P.2639、王本、河上本
作「繟然」，P.2577 作「坦然」，帛甲本作「彈」，帛乙本作「單」，景龍本僅殘
存「然」字。P.2255、P.2599 同底本。

天網恢恢，疏而不失。

　　網，S.4430 作「冈」，P.2577 作「綱」，帛乙本作「罔」，王本、河上本作
「網」。恢恢，S.189、P.2350、P.2577、Дx01111　Дx01113 作「恢恢」，S.3926、
散 0668E 作「恢ゝ」，S.4430 作「恢ゝ」，P.2517、P.2639 作「恢ゝ」，帛乙本作
「経経」。疏，S.189、P.2347、P.2577、P.2639、Дx01111　Дx01113、景龍本、
河上本作「踈」，S.4430 作「疏」，P.2420 作「踈」，帛乙本、王本作「疏」。失，
景龍本作「漏」。P.2255、P.2599 同底本。

第七十四章

民常不畏死，奈何以死懼之？

　　帛乙本作「若民恒且不畏死，若何以殺曜之也」。民，S.3926、P.2350、

P.2420、P.2577、P.2599 作「民」，P.2517 作「尼」，帛乙本作「若民」。常，
帛乙本作「恒且」，S.3926、S.4430、P.2420、P.2517、P.2577、P.2639、景龍
本、河上本無。死，P.2639 皆作「死」。奈，S.189、S.3926、S.4430、P.2347、
P.2350、P.2420、P.2517、P.2577、P.2599、P.2639、Дx01111 Дx01113、景龍
本、河上本作「奈」，帛乙本作「若」。死，帛乙本作「殺」。懼之，P.2599 作
「懼之朼」，帛乙本作「曜之也」。P.2255 同底本。帛甲本僅殘存「奈何以殺愳
之也」七字。

若使常不畏死，而奇者吾誠得而煞之，孰敢。

若使，P.2577、P.2639 作「若使」，帛甲本作「若」，王本、河上本作「若
使」，帛乙本作「使」。常不畏死，S.3926、P.2420 作「民常畏死」，S.4430 作
「民畏死」，P.2639 作「人常畏死」，帛甲本作「民恒是死」，帛乙本作「民恒
且畏死」，景龍本作「常畏死」，王本、河上本作「民常畏死」。而奇者，S.189、
S.3926、S.4430、P.2420、P.2517、景龍本作「而為奇者」，P.2577 作「而為奇」，
P.2639 作「而為奇者」，帛甲本作「則而為者」，帛乙本作「而為畸者」，王本、
河上本作「而為奇者」。誠得，S.189、S.3926、P.2347、P.2420、P.2517 作「執
得」，S.4430 作「淂執」，P.2577 作「執淂」，P.2639、王本、河上本作「得執」，
Дx01111 Дx01113 作「試得」，帛甲本作「將得」，帛乙本作「得」，景龍本
作「執得」。煞，S.3926、S.4430 作「殺」，P.2420 作「敘」，帛甲本、帛乙本、
王本、河上本作「殺」。孰敢，S.189、P.2350、P.2517、景龍本作「熟敢」，S.3926
作「孰敢矣」，S.4430 作「夫孰敢矣」，P.2347、P.2577、Дx01111 Дx01113 作
「孰敢」，P.2420 作「敦矣」，P.2639 作「熟敢矣」，帛甲本、帛乙本作「夫孰
敢矣」。王本、河上本作「孰敢」。P.2255、P.2599 同底本。帛乙本缺「而奇者
吾誠得而煞之」之「吾」字。

常有司煞者煞，夫代司煞者，是代大近斲。夫代大近斲，希不傷其手。

常有，帛乙本作「則恒又」。司煞者煞，S.3926 作「司殺者」，S.4430 作
「司殺者」，P.2639 作「司煞者」，帛乙本、河上本作「司殺者」，王本作「司
殺者殺」。代司煞者，S.3926 作「代司殺者」，S.4430 作「代司殺者殺」，帛
乙本、王本作「代司殺者殺」，景龍本僅殘存「代」字。煞，P.2420 皆作「敘」，

河上本作「殺」。是，S.189、S.3926、P.2420、P.2639、景龍本、王本、河上本作「是謂」。近，S.3926、P.2420、P.2517、P.2639、帛乙本、王本、河上本皆作「匠」。斲，S.189、P.2347 皆作「劉」，S.3926 皆作「劇」，S.4430 皆作「斲」，P.2350 皆作「鄧」，P.2639 皆作「斲」，Дx01111 Дx01113 皆作「斲」，帛乙本皆作「斲」，王本前者作「斲」、後者作「斲者」，河上本前者作「劉」、後者作「劉者」。夫，P.2639 作「夫唯」，P.2577 無。希，S.189、P.2347 作「布」，S.3926、S.4430、P.2639、景龍本作「希有」，P.2350 作「帝」，P.2420 作「稀有」，P.2577 作「希」，帛乙本作「則希」。傷，S.3926、S.4430、帛乙本、王本、河上本作「傷」，P.2255、P.2517 作「傷」，P.2347 作「傷」，P.2577 作「傷」。其手，P.2639 作「其手矣」，河上本作「手矣」。P.2599 同底本。帛甲本作「若民口口必畏死，則恒有司殺者。夫伐司殺者殺，是伐大匠斲也。夫伐大匠斲者，則口不傷其手矣」；帛乙本前有「若民恒且必畏死」句。

第七十五章

人之飢，以其上食稅之多，是以飢。

人，S.3926、P.2639、景龍本、王本、河上本作「民」。飢，S.189、P.2350 皆作「飢」，S.3926、S.4430、P.2255、P.2347、P.2599 皆作「飢」，P.2577 前者作「飢」、後者如字，帛甲本、帛乙本作「飢也」，王本皆作「饑」。食，S.4430、帛甲本、帛乙本作「取食」。稅，帛甲本作「逆」，帛乙本作「跣」，王本、河上本作「稅」。多，帛甲本作「多也」。是以，P.2420 作「是」，其他敦煌寫卷及帛書本、傳世本皆作「是以」，P.2420 作「是」，於句意不通，脫「以」字。P.2517、P.2577、Дx01111 Дx01113 同底本。帛甲本、帛乙本無「以其上食稅之多」之「上」字。

百姓之難治，以其上有為，是以不治。

百姓，S.3926、S.4430、P.2420、P.2639、景龍本、王本作「民」，P.2517 作「百姓」，P.2577 作「人」，帛乙本作「百生」。難治，P.2347 作「難治」，P.2420、P.2577、P.2599 作「難治」，P.2517 作「難治」，P.2639 作「難治」，Дx01111 Дx01113 作「難治」，帛甲本、帛乙本作「不治也」。有為，S.3926、

S.4430、P.2420、王本作「之有為」，P.2639 作「有为」，帛乙本作「之有以為也」，帛甲本僅殘存「有以為」三字。帛乙本缺「是」字。不治，S.189、P.2347、P.2420、P.2577、P.2599、P.2639、景龍本作「難治」，S.3926、P.2639 作「難治」，S.4430 作「難治」，P.2517 作「難治」，王本、河上本作「難治」。P.2255、P.2350同底本。

民之輕死，以其生生之厚，是以輕死。

　　民之，S.189、S.3926、P.2350、P.2599、P.2639 作「民之」，P.2347 作「民」，P.2420、P.2517、P.2577、景龍本作「人之」。輕死，S.189、S.4430、P.2517、P.2577、Дx01111 Дx01113 皆作「輕死」，S.3926、P.2599 皆作「輕死」，P.2420前者作「輕死之」、後者作「輕死」，P.2639 皆作「輕死」，帛甲本皆作「巠死」，帛乙本前者作「輕死也」、後者作「輕死」，王本、河上本皆作「輕死」。生生之厚，S.3926、P.2420、王本、河上本作「求生之厚」，S.4430 作「求生ゞ之厚」，P.2347、P.2577、P.2599 作「生生之厚」，P.2517 作「生ゞ之厚」，P.2639 作「生ゞ之厚」，帛甲本、帛乙本作「求生之厚也」。P.2255 同底本。P.2735 僅殘存「其生生」三字；P.2517「是以輕死」句誤入疏文中。

夫隹无以生為者，是賢扵貴生。

　　隹，S.189、S.3926、P.2350、P.2420、P.2517、P.2577、Дx01111 Дx01113、景龍本作「隹」，P.2639、帛甲本、帛乙本、王本、河上本作「唯」，S.4430無。无，P.2517、P.2577、王本、河上本作「無」，P.2639 作「无」。生為者，P.2517 作「生為生者」，P.2639 作「生為生者」。是，P.2639 作「是乃」。賢，P.2350 作「賢」。扵，王本、河上本作「於」，帛甲本、帛乙本無。貴生，Дx01111 Дx01113 作「貴」，其他敦煌寫卷及帛書本、傳世本皆作「貴生」，Дx01111 Дx01113 脫「生」字。P.2255、P.2347、P.2599、P.2735 同底本。

第七十六章
人之生柔弱，其死堅彊。

　　人之生，S.3926、P.2420、P.2639、帛甲本、帛乙本、王本、河上本作「人之生也」，P.2347 作「毛之生」，景龍本作「人生之」。死，S.3926、P.2420、帛

甲本、帛乙本、王本、河上本作「死也」，P.2639 作「死也」。堅彊，S.189 作
「堅強」，S.3926 作「堅强」，S.4430 作「堅强」，P.2347、P.2420 作「堅强」，
P.2350 作「堅强」，P.2517 作「剄强」，P.2577、Дx01111 Дx01113 作「堅强」，
P.2639 作「堅强」，帛甲本作「菫仞賢强」，帛乙本作「䏦信堅强」，景龍本、王
本、河上本作「堅强」。P.2255、P.2599、P.2735 同底本。

萬物草木生之柔毳，其死枯熇。

　　萬，S.189、S.4430、P.2347、P.2420、P.2517、P.2577、景龍本作「万」，P.2599、
Дx01111 Дx01113 作「萬」。草，P.2347、P.2577、P.2599、P.2735、Дx01111
Дx01113 作「草」。生之，S.3926、P.2639、帛甲本、帛乙本、王本、河上本作
「之生也」，P.2420 作「生之也」。毳，S.3926、S.4430、P.2420、P.2639、P.2517、
P.2577、Дx01111 Дx01113 作「脆」，帛甲本、景龍本、王本、河上本作「脆」，
帛乙本作「椊」。死，S.3926、P.2420、帛甲本、帛乙本、王本、河上本作「死
也」，P.2639 作「死也」。枯熇，S.189、S.3926、S.4430、P.2347、P.2420、P.2517、
P.2577、P.2639、Дx01111 Дx01113、景龍本作「枯槁」，帛甲本作「槁㯱」，
帛乙本作「槀槁」，王本、河上本作「枯槁」。P.2255、P.2350 同底本。帛乙本
缺「萬物草木生之柔毳」之「物」、「木」二字。

故堅彊者死之徒，柔弱者生之徒。

　　故，帛甲本、帛乙本作「故曰」。堅彊，S.189 作「堅強」，S.3926 作「堅强」，
S.4430、P.2517、景龍本、王本、河上本作「堅强」，P.2347、P.2420、P.2639 作
「堅强」，P.2350 作「堅强」，P.2577、Дx01111 Дx01113 作「堅强」，帛甲本、
帛乙本作「堅強者」。死，P.2639 作「死」。徒，S.3926 皆作「徒」，S.4430 皆
作「伇」，P.2347 前者作「徒」、後者作「伇」，P.2577、P.2599 前者作「伇」、
後者如字，P.2420 前者如字、後者脫，帛甲本、帛乙本皆作「徒也」，王本、河
上本皆作「徒」。柔弱者，帛甲本作「柔弱微細」，帛乙本作「柔弱」。P.2255、
P.2735 同底本。

是以兵彊則不勝，木彊則共。

　　彊，S.189 皆作「強」，S.4430、P.2350、P.2517、P.2577、Дx01111 Дx01113、

帛甲本、帛乙本、景龍本、王本、河上本皆作「強」，P.2347 前者作「弱」、後者作「強」，P.2420 皆作「強」，P.2639 前者作「強」、後者作「強」。朕，S.3926作「朕」，帛乙本、王本、河上本作「勝」。共，P.2350、P.2420、P.2517、P.2599、P.2639、Дx01111 Дx01113 作「共」，帛甲本作「恒」，帛乙本作「兢」，王本作「兵」。P.2255、P.2735 同底本。帛甲本無句首「是以」二字；帛乙本句首缺「是」字。

故堅彊居下，柔弱薆上。

堅彊，S.189 作「堅強」，S.3926 作「彊大」，S.4430、帛甲本、帛乙本、王本、河上本作「強大」，P.2347 作「堅強」，P.2350 作「堅強」，P.2420 作「強大」，P.2517、P.3277、景龍本作「堅強」，P.2639 作「強大」，Дx01111 Дx01113 作「堅強」。居，S.3926、P.2639、景龍本作「薆」，S.4430、P.2420 作「處」，王本、河上本作「處」。柔弱，帛甲本作「柔弱微細」。薆，S.4430、P.2350、P.2420、P.2735、Дx01111 Дx01113 作「處」，帛甲本、帛乙本作「居」，王本、河上本作「處」。P.2255、P.2599 同底本。S.4430、P.2420、P.2639、帛甲本、景龍本、王本、河上本句首無「故」字。

第七十七章
天之道，其猶張弓？高者柳之，下者舉之；

其猶，Дx01111 Дx01113 作「其由」，帛乙本作「酉」。張弓，S.3926、S.4430、P.2639、河上本作「張弓乎」，帛乙本作「張弓也」，王本作「張弓與」。高，帛乙本、王本、河上本作「高」。柳，S.189、S.3926、景龍本、王本、河上本作「抑」，S.4430、P.2347、P.3277 作「柳」，P.2255、P.2420 作「抑」，P.2350作「栁」，P.2517、Дx01111 Дx01113 作「栁」，P.2599、P.2639 作「抑」，P.2735作「抑」，帛乙本作「印」。帛甲本僅殘存「天下」、「者也高者印之下者舉之」十二字。

有餘者損之，不足者與之。

餘，S.189、P.2350 作「餘」，P.2517、Дx01111 Дx01113 作「餘」，帛乙本作「余」。損，帛甲本作「敗」，帛乙本作「云」，王本、河上本作「損」。足，

帛甲本、帛乙本、王本、河上本作「足」。與之，S.4430 作「補之」，P.2347 作「興之」，P.2420、P.2517 作「与之」，P.2639 作「益之」，河上本作「益之」，帛甲本、王本作「補之」，帛乙本闕。S.3926、P.2255、P.2599、P.2735、P.3277、景龍本同底本。

天之道，損有餘補不足。人道則不然，損不足奉有餘。

　　損，帛乙本皆作「云」，王本、河上本皆作「損」。有餘，S.189、P.2350皆作「有餘」，P.2517、P.2599、Дx01111　Дx01113　皆作「有餘」，帛乙本前者作「有余」、後者作「又余」。補，S.3926、S.4430、P.2420、P.2639、景龍本作「而補」，P.2517 作「捕」，P.3277 作「補」，帛乙本作「而益」，王本、河上本作「而補」。足，帛乙本、王本、河上本皆作「足」。人道，S.4430、P.2420、P.2639、P.2735、帛乙本、景龍本、王本、河上本作「人之道」。則不然，S.189、S.3926、P.2599、P.2639 作「則不然」，帛乙本無。奉，S.3926、王本、河上本作「以奉」，S.4430、帛乙本作「而奉」。P.2255 同底本。P.2347 作「天之道，損有餘以奉天下」；P.2639 缺「損不足奉有餘」之「不足奉有餘」五字；帛甲本僅殘存「故天之道敗有」、「不然敗」、「奉有餘」十二字；帛乙本句首缺「天之道」三字。

孰能有餘以奉天下？唯有道者。

　　孰能，S.189、P.2350、P.2517、P.2735、景龍本作「熟能」，S.3926、S.4430、Дx01111　Дx01113 作「孰能」，P.2420 作「孰能以」，P.3277 作「孰能」，帛甲本、王本、河上本作「孰能」。餘，S.189、P.2350 作「餘」，P.2517 作「餘」。以奉，帛甲本作「而有以取奉於」。天下，帛甲本作「天者乎」。唯有道者，S.189作「其唯有道」，景龍本作「其唯有道者」。唯，S.3926、S.4430、P.2350、P.2420、P.2599、P.3277、Дx01111　Дx01113 作「唯」，王本、河上本作「唯」。P.2255同底本。P.2347 作「唯有道」；P.2639 僅殘存「能以有餘奉天下唯」八字；帛甲本缺「唯有道者」句；帛乙本僅殘存「夫孰能又余而」、「奉於天者唯又道者乎」十五字。

是以聖人為而不恃，成功不處，其不欲示賢。

　　是，S.4430 作「昰」。聖，P.2517 作「聖」，帛乙本作「耵」。為，S.4430、

P.3277 作「为」。不恃，帛乙本作「弗又」。成功，S.3926、S.4430、P.2420、景龍本作「功成」，帛乙本作「成功」，王本、河上本作「功成」。不臺，S.3926 作「而不臺」，S.4430、P.2420 作「而不嫠」，P.2350 作「不嫠」，帛乙本作「而弗居也」，王本、河上本作「而不處」。其不欲，S.189、P.2347、P.3277、景龍本作「斯不」，P.2517 作「其欲」，帛乙本作「若此其不欲」。示賢，S.189、P.2347、P.3277 作「貴賢」，S.3926、S.4430、P.2420、景龍本、王本、河上本作「見賢」，P.2350 作「示賢」，P.2517 作「退賢」，帛乙本作「見賢也」。P.2255、P.2599、P.2735、Дx01111　Дx01113 同底本。帛甲本僅殘存「見賢也」三字。

第七十八章

天下柔弱莫過扵水，而攻堅彊者莫之胙先，其无以易之。

柔弱莫過扵水，帛乙本、王本作「莫柔弱扵水」。莫，S.189 與 P.2517 前者作「莫」、後者作「莫」，S.3926、P.2347、P.2350、P.2420、P.2735 皆作「莫」，S.4430 皆作「莫」，P.2255 皆作「莫」。過，河上本作「過」。扵，河上本作「於」。攻，P.2517 作「功」。堅彊者，S.189、P.2420 作「堅強者」，S.4430 作「堅强者」，P.2347 作「堅强者」，P.2350 作「堅强者」，P.2517 作「堅强者」，P.3277、景龍本作「堅強」，Дx01111　Дx01113 作「堅强者」。胙先，S.3926、S.4430 作「胙縢」，P.2420 作「能縢」，王本、河上本作「能勝」。其无以，P.2420 作「以其无能」。无，P.2517、P.3277、王本、河上本作「無」。其，帛乙本作「以其」。易之，P.2347、P.2420 作「易之」，帛乙本作「易之也」。P.2599 同底本。帛甲本僅殘存「天下莫柔」、「堅强者莫之能」、「也以其无」、「易」十五字；帛乙本缺「而攻堅彊者莫之胙先」句。

故柔縢剉，弱縢彊，

故柔縢剉，S.3926 作「弱之縢彊」，S.4430 作「弱縢彊」，P.2420 作「弱之縢强」，P.3277 作「故柔縢强」，帛乙本作「水之朕剛也」，景龍本作「故弱縢强」，王本、河上本作「弱之勝强」。剉，S.189 作「剛」，P.2517 作「剉」，P.2599、Дx01111　Дx01113 作「剉」。弱縢彊，S.3926 作「柔之縢剉」，S.4430、景龍本作「柔縢剉」，P.2420 作「柔之縢剉」，P.3277 作「弱縢剉」，帛乙本作「弱之朕强也」，王本、河上本作「柔之勝剛」。彊，S.189 作「强」，P.2350、P.2517、

Дx01111　Дx01113 作「强」，P.2347 作「强」。P.2255、P.2735 同底本。帛甲本
僅殘存「勝强」二字。

天下莫不知，莫胨行。

　　莫，S.189 前者如字，後者作「莫」，S.4430 皆作「莫」，P.2599、P.3277、
Дx01111　Дx01113 皆作「莫」，P.2735 前者作「莫」、後者如字。不知，S.189、
P.2347、P.2517、Дx01111　Дx01113、景龍本作「胨知」，P.3277 作「能知」。胨，
S.3926、P.2420、P.3277、王本、河上本作「能」。P.2255、P.2350 同底本。S.602
作僅殘存「行」字；帛甲本僅殘存「天」、「行也」三字；帛乙本僅殘存「天下
莫弗知也而」、「也」八字。

是以聖人言：受國之垢，是謂社褋主；

　　是以，S.3926、S.4430、P.2420、P.2517、帛甲本、景龍本、河上本作「故」，
帛乙本作「是故」。聖，S.602 作「聖」，S.4430 作「聖」，帛乙本作「耵」。言，
S.4430、景龍本、王本、河上本作「云」，S.3926、P.2420 作「言云」，帛甲本、
帛乙本作「之言云，日」，P.2517 無。國，P.2420 作「国」，帛甲本作「邦」，
帛乙本、王本、河上本作「國」。垢，帛甲本、帛乙本作「詢」。是謂，帛甲
本、帛乙本作「是胃」。社褋主，S.189、P.2350 作「社褋主」，S.4430、P.2420
作「社褋之主」，P.2599、P.3277 作「社褋主」，帛甲本、帛乙本作「社稷之
主」，王本、河上本作「社稷主」。P.2255、P.2347、P.2735、Дx01111　Дx01113
同底本。

受國不祥，是謂天下王。岙言若反。

　　受國，S.4430 作「受國之」，帛甲本作「受邦之」，帛乙本、河上本作「受
國之」，王本作「受國」。祥，P.2347 作「詳」。是謂，P.3277 作「是」，其他敦
煌寫卷及傳世本皆作「是謂」，且其前句「受國之垢，是謂社褋主」亦作「是
謂」，故 P.3277 此處脫「謂」字，帛甲本、帛乙本作「是胃」，王本作「是為」。
天下王，S.189、P.2350 作「天下主」，S.4430、帛甲本、帛乙本作「天下之王」。
岙言，P.2517、帛乙本、王本、河上本作「正言」，帛甲本闕。若反，P.3277
作「若」，脫「反」字，帛甲本、帛乙本、王本、河上本作「若反」。S.602、

S.3926、P.2255、P.2420、P.2599、P.2735、Дx01111　Дx01113、景龍本同底本。

第七十九章

和大怨，必有餘怨，安可以為善？

怨，S.189 皆作「怨」，帛甲本、景龍本、王本、河上本皆作「怨」，S.3926 前者如字、後者作「怨」，S.4430、P.2350 皆作「怨」，P.2420 前者如字、後者作「怨」，P.2517 皆作「怨」，P.2735 前者作「怨」、後者如字，P.3277 前者如字、後者作「怨」，Дx01111　Дx01113 前者作「怨」、後者如字。餘，S.189、P.2350 作「餘」，P.2517、P.2599 作「餘」。安，帛甲本作「焉」，王本、河上本作「安」。為，P.3277 作「為」。善，S.189、S.602、P.2347、P.2420、P.2517 作「善」，S.3926、P.2350、P.3277、Дx01111　Дx01113 作「善」，帛甲本、王本、河上本作「善」。P.2255 同底本。帛乙本僅殘存「禾大」、「為善」四字。

是以聖人執左契，不責於人。

聖人，S.602、P.2517 作「聖人」，帛甲本作「聖」，帛乙本作「耶人」。執，P.3277 作「執」，帛甲本無。左，S.4430、P.2517 作「左」，帛甲本作「右」。契，S.189、S.3926、P.2347 作「契」，S.602、P.2350、P.2599、P.2735、Дx01111　Дx01113 作「契」，S.4430 作「契」，P.2517 作「契」，帛甲本作「介」，帛乙本作「芥」，王本、河上本作「契」。不責，S.189、P.2347 作「不貴」，S.3926、S.4430、P.2420、王本、河上本作「而不責」，帛甲本、帛乙本作「而不以責」。於，帛甲本、帛乙本、王本、河上本作「於」。P.2255、景龍本同底本。

故有德司契，无德司撤。天道無親，常與善人。

德，帛甲本、王本、河上本作「德」。契，S.189、S.3926、P.2347、P.2735 作「契」，S.602、P.2350、P.2420、P.2599、Дx01111　Дx01113 作「契」，S.4430、P.2517 作「契」，P.3277 作「契」，帛甲本作「介」，王本、河上本作「契」。无，P.2517、P.3277 作「無」，帛甲本闕。撤，S.3926、S.4430、P.2420、景龍本作「徹」，P.2517 作「徹」，Дx01111　Дx01113 作「徹」，帛甲本作「徹」，王本、河上本作「徹」。天道，帛甲本作「夫天道」。無，S.189、S.3926、S.4430、P.2347、P.2420、Дx01111　Дx01113、帛甲本、景龍本作「无」。親，S.602 作「親」。

常，帛甲本作「恒」。與，S.4430、P.2420、P.2517 作「与」。善，S.189、S.602、S.4430、P.2347、P.2420、P.2517、P.2735 作「善」，S.3926、P.2350、Д x01111 Д x01113 作「善」，P.3277、帛甲本、王本、河上本作「善」。P.2255 同底本。S.3926、P.2420、王本、河上本句首無「故」字；帛乙本僅殘存「故又德司芥无德司勶」八字。

第八十章

小國寡民，使有什伯之器而不用，使民重死而不遠徙。

國，帛甲本作「邦」，帛乙本、王本、河上本作「國」。寡，S.189、Д x01111 Д x01113 作「寡」，S.602、S.3926、P.2735 作「宣」，S.4430 作「寡」，P.2599 作「宣」，P.3277 作「寡」，帛甲本作「寡」，帛乙本、王本、河上本作「寡」。民，S.189、S.602、S.3926、P.2420、P.2599、P.2735 皆作「民」，P.2517 皆作「民」，景龍本皆作「人」。有什伯之器，S.3926 作「有什伯人之器」，S.4430 作「民有什百人之器」，P.2255、P.2599 作「有什佰之器」，P.2420 作「民有什百人之器」，P.2517 作「民有什伯之器」，帛甲本作「十百人之器」，帛乙本作「有十百人器」，王本作「有什伯之器」，河上本作「有什伯人之器」。器，S.189、P.2347、P.2350、P.2735、P.3277、景龍本作「器」，王本、河上本作「器」。而不用，帛甲本作「毋用」，帛乙本作「而勿用」。民重死，P.3277 作「人重死」。不遠徙，S.3926 作「不遠徙」，P.2350 作「不遠徙」，帛甲本、帛乙本作「遠徙」，王本、河上本作「不遠徙」。P.2517 無「使民重死而不遠徙」句。

有舟輿，无所乘之；有甲兵，无所陣之；使民復結繩而用之。

有，S.189、S.3926、P.2420、P.2735、P.3277、景龍本作「雖有」，P.2517、王本、河上本作「雖有」，帛乙本作「又」。舟輿，S.189、P.2347、P.2420、P.2517、Д x01111 Д x01113、景龍本作「舟轝」，S.3926、P.3277、王本、河上本作「舟輿」，帛乙本作「周車」。无，P.2517、P.3277、景龍本、王本、河上本皆作「無」。所，王本、河上本作「所」。乘，帛乙本、王本、河上本作「乘」。有甲兵，S.189、P.2347 作「有鉀兵」，S.3926、P.2420、景龍本、王本、河上本作「雖有甲兵」，P.2517、P.3277 作「雖有甲兵」。陣之，S.189、S.3926、P.2347、P.2420、P.3277、Д x01111 Д x01113、帛乙本、景龍本、王本、河上本作「陳之」，P.2350 作「陳

之」，P.2517 作「陳〻」。民，S.189、S.602、S.3926、P.2420、P.2599、P.2735
作「民」，P.2517、王本作「人」。復，S.3926、P.2420、P.2517、P.3277、帛乙
本、景龍本、王本、河上本作「復」。結，P.2599、P.2735 作「结」，王本、河
上本作「結」。繩，S.189、S.3926、P.2347、P.2420、P.2735 作「繩」，P.2599 作
「绳」，P.2735 作「绳」，帛乙本、王本、河上本作「繩」。P.2255 同底本。帛甲
本僅殘存「有車周无所乘之有甲兵无所陳」、「用之」十五字。

甘其食，羕其服，安其霥，樂其俗，

　　羕，S.189、S.3926、P.2735、Дx01111　Дx01113 作「美」，S.602、P.2517、
P.3277 作「美」，P.2350、帛甲本、帛乙本、王本、河上本作「美」。服，帛甲
本、帛乙本、王本、河上本作「服」。安其霥，帛甲本、帛乙本作「樂其俗」，
王本、河上本作「安其居」。霥，S.189、S.3926、P.2347、P.2420、P.2517、
P.3277、景龍本作「居」，P.2350、P.2735 作「㞐」。樂其俗，帛甲本、帛乙本
作「安其居」。俗，S.602 作「佑」，P.2599 作「俗」，P.2735 作「俗」。P.2255
同底本。

鄰國相望，雞狗之聲相聞，使民至耂不相往来。

　　鄰，P.2350、P.2420、P.2517、P.3277、Дx01111　Дx01113、景龍本、王
本、河上本作「隣」，帛甲本作「㹻」，帛乙本作「嬰」。國，帛甲本作「邦」，
帛乙本、王本、河上本作「國」。望，P.2347、P.2350 作「朢」，P.2517 作「㴍」，
P.2735、Дx01111　Дx01113 作「朢」，P.3277 作「㞴」，帛甲本作「朢」，帛乙
本、王本、河上本作「望」。雞，P.2350、P.2420、P.3277、Дx01111　Дx01113、
河上本作「雞」，P.2599 作「雞」。狗，P.2347、P.3277 作「狗」，帛乙本、王
本作「犬」。聲，S.189、S.3926、P.2420 作「聲」，S.602 作「聲」，P.2350、P.2599、
P.2735、P.3277 作「聲」，P.3277 作「聲」，Дx01111　Дx01113 作「聲」，帛甲
本、王本、河上本作「聲」，帛乙本闕。使民至耂，S.3926、P.2420、景龍本、
帛乙本、王本作「民至老死」，P.2347、P.2350 作「使民至老」，P.2517 作「使
尸至老」，P.3277 作「使人至老死」，Дx01111　Дx01113 作「使民至老死」，
河上本作「民至老」，帛甲本僅殘存「民至」二字。不相往来，王本、河上本
作「不相往來」，帛甲本闕。P.2255 同底本。

第八十一章

信言不羙，羙言不信。

羙，S.189、P.2347、P.2599、P.2735 皆作「美」，S.602、P.2517 皆作「羙」，P.2350、帛乙本、王本、河上本皆作「美」，P.3277 前者作「美」、後者脫。S.3926、P.2255、P.2420、景龍本同底本。帛甲本僅殘存「不」字。

知者不博，博者不知。善者不辯，辯者不善。

博，帛乙本皆作「博」。善，S.602 皆作「善」，P.2350 皆作「善」，帛乙本皆作「善」。辯，帛乙本皆作「多」。P.2255、P.2599、P.2735 同底本。S.189、P.2347、景龍本作「善者不辯，辯者不善，知者不博，博者不知」；S.3926 作「善者不辯，辯者不善，知者不博，博者不知」；P.2420 作「善者不辯，辯者不善。知者不博，博者不知」；P.2517 作「知者不博ゝ者不知。善者不辯ゝ者不善」；P.3277 作「善者不辯ゝ者不善。知者不博，博者不知」；王本、河上本作「善者不辯，辯者不善。知者不博，博者不知」。帛甲本僅殘存「者不博」、「者不知善」、「者不善」十字。

聖人无積，既以為人，巳愈有；既以與人，巳愈多。

聖，S.602、P.2517 作「聖」，帛乙本作「耵」。无積，S.189、S.3926、P.2347、P.2420、P.2517、景龍本、河上本作「不積」，P.3277 無「聖人无積」句。既，S.189 皆作「既」，S.602 前者如字、後者作「既」，S.3926 皆作「既」，P.2347 前者作「既」、後者如字，帛乙本、王本、河上本皆作「既」。為人，S.189、S.3926、P.2347 作「與人」。巳，S.602、P.2347、P.2350、P.3277 皆作「已」，P.2420、P.2735、帛乙本、王本、河上本皆作「己」。愈，P.2420 皆作「俞」，P.3277 皆作「逾」，帛乙本皆作「俞」。與人，P.2517 作「与人」，帛乙本作「予人矣」。P.2255、P.2599、景龍本同底本。帛甲本僅殘存「聖人无積」、「以為」六字。

天之道，利而不害；聖人之道，為而不爭。

天之道，王本作「故天之道」。害，S.189 作「害」，帛乙本、王本、河上本作「害」。聖人之道，S.602 作「聖人之道」，P.2517 作「聖人道」，帛乙本作「人之道」。為，S.3926 作「为」。不爭，S.3926、P.3277、景龍本、王本、河

上本作「不爭」，帛乙本作「弗爭」。P.2255、P.2347、P.2350、P.2420、P.2599、P.2735 同底本。P.2517 僅殘存作「天之道利」、「聖人道為而不爭」十一字。

第二節　敦煌寫卷《老子》異文用字分析

　　由於敦煌寫卷《老子》抄寫者眾多，其異文情況也比較複雜。目前看到的系統對敦煌寫卷異文進行研究的著作主要有李索著《敦煌寫卷〈春秋經傳集解〉異文研究》〔註14〕一書，該書對敦煌寫卷《春秋經傳集解》異文進行了較為系統的研究。本書僅就敦煌寫卷《老子》異文用字之間的關係進行探討，其異文用字之間的關係主要包括以下幾個方面：異構、異寫、通假、近義詞、形近混用等。

一、異構字

　　「異構字指功能相同而形體構成不同的字」〔註15〕。在本書中，形體構成不同僅指構字構件不同一種情況。

　　1. 閒^{10}〔註16〕—間^{10}

　　《說文·十二上·門部》：「閒，隙也。」《說文》無「間」字。東漢碑隸已使用「間」字。〔註17〕《類篇·門部》：「間，《說文》『隟也』，一曰近也，中也，亦姓。」構件「日」與「月」形近義通，「間」為「閒」的後起異體字。在敦煌寫卷《老子》經文中，二字皆用於第五章「天地之間（閒）」、第四十三章「無有入無閒（間）」句，意義與用法相同。

　　2. 嬰^{21}—瓔^{1}—孆^{6}

　　《說文·十二下·女部》：「嬰，頸飾也。」段玉裁《說文解字注》（以下簡

〔註14〕李索，《敦煌寫卷〈春秋經傳集解〉異文研究》，北京，中國社會科學出版社，2007年。

〔註15〕王貴元，《馬王堆帛書漢字構形系統研究》，南寧，廣西教育出版社，1999年，第16頁。

〔註16〕此數字表示該字在78件敦煌寫卷《老子》經文中出現的總次數，下同。

〔註17〕王寧主編、陳淑梅著，《東漢碑隸構形系統研究》，上海，上海教育出版社，2005年，第164頁。

稱「段注」）：「凡言嬰兒，則嫛婗之轉語。」〔註 18〕《說文》無「㜽」字。《玉篇・子部》：「㜽，孩也。」「㜽」由「嬰」字增加表義構件「子」形成，且二者意義相近，「㜽」應爲「嬰」之異構字。「㜲」字不見於《說文》及其他字書，且構件「歹」與「子」意義不相通，「㜲」應爲「㜽」之異寫字。在敦煌寫卷《老子》經文中，「嬰」、「㜽」、「㜲」三字均用於「嬰（㜽、㜲）兒」一詞。

3. 牖⁶—牗¹⁴

《說文・七上・片部》：「牖，穿壁以木爲交窗也。」「牗」字不見於《說文》。《干祿字書・上聲》將其列爲俗字。〔註 19〕二字形旁相同，「牗」之構件「庸」有表音作用，爲「牖」之異構字。在敦煌寫卷《老子》經文中，二字僅見於第十一章「鑿戶牗（牖）以爲室」句，「牗」字使用較多。

4. 昏⁷—昬²¹

《說文・七上・日部》：「昏，日冥也。從日，氏省。氏者，下也。一曰民聲。」段注：「字從氏省爲會意，絕非從民聲爲形聲也。蓋隸書淆亂，乃有從民作昬者。俗皆遵用。」〔註 20〕《玉篇・日部》：「昬，同『昏』。」「今《四部叢刊》影印宋本儒學十三經中，《書》、《詩》、《儀禮》、《穀梁傳》作『昬』，《周禮》、《孟子》、《爾雅》作『昏』，《禮記》、《左氏傳》二字並用，其他經典中『昏』字使用也很普遍。依《說文》，『昬』當爲『昏』之異構字。」〔註 21〕在敦煌寫卷《老子》經文中，二字意義相同，可換用，「昏」字使用較多。

5. 寂⁵、宷¹¹—家²

《說文・七下・宀部》：「宋，無人聲。」段注：「宋，今字作『寂』。《方言》作『家』，云『靜也』，江湘九嶷之郊謂之『家』。」〔註 22〕《說文》無「宷」、

〔註 18〕〔漢〕許愼撰、〔清〕段玉裁注，《說文解字注》，杭州，浙江古籍出版社，1998年，第 622 頁。

〔註 19〕〔唐〕顏元孫撰，《干祿字書》，北京，中華書局，1985 年，第 21 頁。

〔註 20〕〔漢〕許愼撰、〔清〕段玉裁注，《說文解字注》，杭州，浙江古籍出版社，1998年，第 305 頁。

〔註 21〕李索，《敦煌寫卷〈春秋經傳集解〉異文研究》，北京，中國社會科學出版社，2007 年，第 230 頁。

〔註 22〕〔漢〕許愼撰、〔清〕段玉裁注，《說文解字注》，杭州，浙江古籍出版社，1998

「冡」二字。《龍龕手鑑・宀部》:「宗，同『寂』。」《玉篇・宀部》:「宗，無聲也。宗、冡，並同上。」《玉篇・又部》:「叔，俗作村。」「宗」爲「寂」之異寫字，「冡」爲「寂」之異構字。在敦煌寫卷《老子》經文中，僅 S.6825V 作「冡」，其他寫卷作「寂」或「宗」。

6. 筭²—筹⁶

《說文・五上・竹部》:「筭，長六寸，計歷數者。從竹，從弄。」《說文》無「筹」字。《玉篇・竹部》:「筹，同筭。」「筭」爲會義合成字，「筹」爲義音合成字，「筹」爲「筭」之異構字。在敦煌寫卷《老子》中，二字僅見於第二十七章「善計不用籌筹」句，其中「筹」字，S.792、P.3235V⁰ 作「筭」。

7. 器⁷³—噐⁵⁶

《說文・三上・㗊部》:「器，皿也。象器之口，犬所以守之。去冀切。」《說文》無「噐」字。《玉篇・㗊部》:「器，袪記切，器皿也。噐，同上，俗。」「器」隸變楷化時作「噐」，爲「器」之異構字。在敦煌寫卷《老子》經文中，「器」字之構件「犬」省點作「大」。在敦煌寫卷《老子》經文中，「器」與「噐」意義與用法相同。

8. 厚³⁸—厚¹⁶

《說文・五下・㫿部》:「厚，山嶺之厚也。」《說文》無「厚」字。《說文・九下・厂部》:「厂，山石之厓巖，人可居。」又，《說文・九下・广部》:「广，因广爲屋，象對刺高屋之形。」段玉裁改作「因厂爲屋」，並注曰:「厂，各本作广，誤，今正。厂者，山石之厓巖，因之爲屋，是曰广。」﹝註 23﹞據段注，「厂」、「广」字形相近，意義相通。在敦煌寫卷《老子》經文中，構件「厂」與「广」常混同，如「厭」與「厭」等。「厚」、「厚」用法相同，可換用。「厚」應爲「厚」之異構字。

9. 閉¹—閇²⁸

《說文・十二上・門部》:「閉，闔門也。從門，才，所以距門也。」《說文》無「閇」字。漢《張遷碑》「閉」作「閇」。「閇」爲「閉」之異構字。在敦煌寫

年，第 339 頁。

﹝註23﹞ 〔漢〕許慎撰、〔清〕段玉裁注，《說文解字注》，杭州，浙江古籍出版社，1998年，第 442 頁。

卷《老子》經文中，「閉」僅出現 1 次，即第二十七章「善閈無開揵不可開」之「閈」，S.792 作「閉」，其他經文部分皆用「閈」字。由此可知，唐代多用「閈」字。

10. 備（備）[5]—俻[3]

《說文・八上・人部》：「備，愼也。從人，𤰅聲。」《說文・三下・用部》：「𤰅，具也。」段注：「具，供置也。《人部》曰：備，愼也。然則防備字當作備，全具字當作𤰅，義同而略有區別。今則專用備而𤰅廢矣。」〔註24〕《說文》無「俻」字。《廣韻・至部》：「備，備具也，防也，咸也，皆也，副也，愼也，成也……俻，俗。」「備」為「備」之異寫字，「俻」與「備」表義構件相同，構件「备」有表音作用，「备」為「備」之異構字。在敦煌寫卷《老子》經文中，二字僅見於第六十四章「學不學，俻（備）眾人之所過」句，二字意義相同。

11. 沖[16]—冲[15]

《說文・十一上・水部》：「沖，湧搖也。從水、中。」《說文》無「冲」字。《玉篇・仌部》：「冲，俗沖字。」《說文・十一下・仌部》：「仌，凍也。象水凝之形。」「氵」與「冫」形體相近，意義相通。「冲」為「沖」之異構字。在敦煌寫卷《老子》經文中，二字意義相同，可換用。

12. 欼（欼）[28]—缺（缺）[2]

《說文・五下・缶部》：「缺，器破也。」《說文》無「欼」字。《集韻・薛韻》：「缺、欼，《說文》『器破也』，一曰：少也。或作欼。」「『垂』既有下垂義，器破之處皆垂落，故以『垂』作為表義構件組合為『欼』字，表示器皿破損，造意也很明顯，也有充分的理據。只是《說文》無『欼』字，故『欼』當為『缺』之異構字。」〔註25〕「欼」為「欼」之異寫字，「缺」為「缺」之異寫字。在敦煌寫卷《老子》經文中，「欼」與「缺」僅見於第五十八章「其民欼欼」句，其中僅 S.3926 作「缺缺」。由此可見，唐人多用「欼」字。

〔註24〕〔漢〕許愼撰、〔清〕段玉裁注，《說文解字注》，杭州，浙江古籍出版社，1998年，第 128 頁。

〔註25〕李索，《敦煌寫卷〈春秋經傳集解〉異文研究》，北京，中國社會科學出版社，2007 年，第 210 頁。

13. 國[2]、囯[285]—囯[7]

《說文·六下·口部》：「國，邦也。」《說文》無「囯」、「囯」字。在敦煌寫卷《老子》經文中，構件「囗」多作「厶」，「囯」爲「國」之異寫字。六朝齊《賈思業造像記》中已有「囯」字[註26]。「囯」改「國」之構件「或」爲「王」，表示一國之中必有王，可參與造意，爲「國」之異構字。唐人「國」字多作「囯」。在敦煌寫卷《老子》經文中，三字用法相同。

14. 敇[4]—赦[12]

《說文·三下·攴部》：「赦，置也。從攴，赤聲。敇，赦或從亦。」段注：「赦與捨音義同，非專謂赦罪也。後捨行而赦廢，赦專爲赦罪矣」。[註27]二字表義構件相同，示音構件不同，「敇」爲「赦」之異構字。「朿」隸定作「攵」。在敦煌寫卷《老子》經文中，二字僅見於第六十七章「今敇（赦）其慈且勇，敇（赦）其儉且廣，敇（赦）其後且先，死矣」句。「敇」字使用較多。

15. 螫[6]—蠚[5]

《說文·十三上·虫部》：「螫，蟲行毒也。」《說文》無「蠚」字。《玉篇·虫部》：「蠚，同『螫』。」因「敇」爲「赦」之異體字，後「螫」便寫作「蠚」，《玉篇·虫部》：「蠚，同『螫』」。在敦煌寫卷《老子》經文中，二字僅見於第五十五章「毒蟲不螫（蠚）」句。

16. 剛（剛）[3]—剴[7] 剴[13]

《說文·四下·刀部》：「剛，強斷也。」《說文》無「剴」字。《字彙·刀部》：「剴，同『剛』。」「剴」與「剛」示音構件不同，爲「剛」之異構字。「剛」爲「剛」之異寫字，「剴」爲「剴」之異寫字。在敦煌寫卷《老子》經文中，二字用法相同。

17. 曜[2]—耀[7]

二字均不見於《說文》。《釋名·釋天》：「曜，耀也。光明照耀也。」「耀」

〔註26〕羅振鋆、羅振玉，《增訂碑別字》，北京，文字改革出版社，1957年，第365頁。

〔註27〕〔漢〕許愼撰、〔清〕段玉裁注，《說文解字注》，杭州，浙江古籍出版社，1998年，第124頁。

與「曜」意義相同，且「耀」之構件「光」可參與造意，二者爲異構字。在敦煌寫卷《老子》經文中，二字僅見於第五十八章「直而不肆，光而不耀」句，其中「耀」字，S.3926、P.2639 作「曜」。

18. 牢²—窂⁸ 寵⁵—寵²⁸

《說文・二上・牛部》：「牢，閑養牛馬圈也。」《說文》無「窂」字。《玉篇・穴部》：「窂，與牢同。」構件「穴」與「宀」形近義通，可參與「窂」字造意。「窂」爲「牢」之異構字。「寵」與「寵」同此。在敦煌寫卷《老子》經文中，「窂」、「寵」字使用較多。

19. 狗³⁰—猗²

《說文・十上・犬部》：「狗，孔子曰：狗，叩也。叩氣吠以守。從犬，句聲。」《說文》無「猗」字。《干祿字書・上聲》將其列爲俗字〔註 28〕。在敦煌寫卷《老子》經文中，構件「艹」常混同於「丷」，「狗」、「猗」均爲義音合成字，只是示音構件不同，「猗」爲「狗」之異構字。在敦煌寫卷《老子》經文中，「猗」字僅見於第八十章「雞狗之聲相聞」句，其中「狗」字，P.2347、P.3277 作「猗」。

20. 棘²、棘¹—萊⁷、萊¹

以上四字均不見於《說文》。《說文・七上・朿部》：「棘，小棗叢生者。從並朿。」「朿」、「來」與「束」形體相近，「棘」爲「棘」之異寫字。《爾雅・釋草》：「髦，顛蕀。」郭璞注：「細葉有刺，蔓生。一名商蕀。」《字彙補・艸部》：「萊，同蕀。」「萊」爲「蕀」之增筆異寫字。「萊」爲「棘」之異構字。在敦煌寫卷《老子》經文中，以上四字見於第三十章「師之所處，荆棘生」句，其中「棘」字，S.783 作「萊」，S.792 作「棘」，S.6825V、P.3235V⁰作「棘」。

21. 獵³—猲（猲）⁹

《說文・十上・犬部》：「獵，放獵，逐禽也。」《說文》無「猲」字。《玉篇・犬部》：「猲狙，獸名。」「巤」、「葛」隸變後作爲構件時常混同，如「臘」與「膈」等。「猲」爲「獵」之異寫字。在敦煌寫卷《老子》經文中，二字

〔註28〕〔唐〕顏元孫撰，《干祿字書》，北京，中華書局，1985 年，第 21 頁。

僅見於第十二章「馳騁田狳令人心發狂」句，其中「狳」字，S.477、S.792、P.3235V⁰作「獵」。在此句中，「狳」與「獵」均與「田」搭配使用，「狳」應爲「獵」之異構字，而非表示「獸名」之「狳」。

22. 退³¹—逻³

《說文·二下·彳部》：「復，卻也。一曰行遲也。從彳，從日，從夂。逻，古文從辵。」「復」即今之「退」字。「逻」爲「退」之古文，構件「彳」與「辵」意義相通，「逻」爲「退（復）」之異構字。在敦煌寫卷《老子》經文中，「逻」僅見於第九章「功成、名遂、身逻，天之道」句；「退」既可用於此句，也可用於其他經文部分。

23. 明⁴⁴—眀⁸⁰

《說文·七上·朙部》：「朙，照也……明，古文朙，從日。」「《隸辨·庚韻》載《魯峻碑》、《楊統碑》皆作『明』，《韓勑碑》、《北海相景君銘》皆作『眀』，並注：『《五經文字》、《石經》作「明」，《六書正義》云：『省朙爲明』，非從目也。可見，依《說文》，『明』當爲籀文『朙』之簡寫字，『明』爲古文。」〔註29〕「眀」爲「朙」之隸變省寫字，「明」爲古文。在敦煌寫卷《老子》經文中，構件「日」與「目」形近義通，常換用，「眀」爲「明」之異構字。二字用法相同。

24. 棄⁵⁰—弃⁷

《說文·四下·苹部》：「𠬻，捐也……弃，古文棄。」段注：「古文以竦手去逆子會意。按，『𠬻』字隸變作『棄』。中體似『世』，唐人諱『世』，故《開成石經》及凡碑板皆作『弃』。近人乃謂經典多用古文矣。」〔註30〕由《說文》及段注可知，「弃」爲「𠬻」之古文，「棄」是「𠬻」隸變的結果，因「棄」字中間構件與「世」相近，後「棄」字寫作「棄」。唐人因避諱，而多作「弃」。就敦煌寫卷《老子》經文而言，「弃」字出現並不多，僅 P.2375、P.2420、P.2639、P.3235V⁰、P.3237 四件共 7 處作「弃」。或有寫卷出於避諱作「弃」，如 P.3235V⁰，有些則不

〔註29〕　李索，《敦煌寫卷〈春秋經傳集解〉異文研究》，北京，中國社會科學出版社，2007 年，第 53 頁。

〔註30〕　〔漢〕許慎撰、〔清〕段玉裁注，《說文解字注》，杭州，浙江古籍出版社，1998 年，第 158 頁。

能確定。另，「棄」字多寫作「弃」或「弃」。

25. 輿⁵—轝⁵

《說文·十四上·車部》：「輿，車輿也。從車，舁聲。」《說文》無「轝」字。《集韻·御韻》：「輿，舁車也。或作轝。」二字皆從車，只是示音構件不同，「轝」爲「輿」之異構字。在敦煌寫卷《老子》經文中，「轝」字僅見於第八十章「有舟輿」句，其中「輿」字，S.189、P.2347、P.2420、P.2517、Дx01111、Дx01113 作「轝」。

26. 陸¹—墮（墮）⁸—隳（隳）²

《說文·十四下·阜部》：「隳，敗城阜曰隳。」段玉裁改作「陸，敗城阜曰陸」，並注曰：「許書無『厽』字，蓋或古有此文，或䜌左爲聲，皆未可知。『墥』爲篆文，則『陸』爲古籀可知也。《山部》『隓』曰『陸』聲。……小篆『隓』作『墥』，隸變作『墮』，俗作『隳』。用『墮』爲崩落之義，用『隳』爲傾壞之義，習非成是，積習難反也。」〔註31〕據段注，「陸」爲古文，「墮」爲小篆，「隳」爲「墮」之後起字異構字。在敦煌寫卷《老子》中，「左」多寫作「左」，「陸」即「陸」字；構件「肎」多作「有」，「墮」即「墮」字；「隳」爲「隳」之異寫字。三字僅見於第二十九章「或接或墮」句，其中「墮」字，S.783、P.3235V⁰作「隳」，S.792 作「陸」。

27. 禮³⁶—礼⁷

《說文·一上·示部》：「禮，履也。所以事神致福也……礼，古文禮。」《玉篇·示部》：「禮，體也，理也。礼，古文。」「礼」爲「禮」之古文，二字表義構件相同，示音構件不同，爲異構字。在敦煌寫卷《老子》經文中，多用「禮」字，古文「礼」字僅出現 7 次。

28. 無⁸²²、橆¹—无²⁶¹、兂⁴⁷

《說文·十二下·亡部》：「無，亡也……无，奇字無，通於元者。」段注：「无，奇字無，通於元者。」在「无，奇字無」下注曰：「謂古今奇字如此作也，今六經惟《易》用此字。」在「通於元者」下注曰：「『元』俗刻作『无』，今依

〔註31〕〔漢〕許愼撰、〔清〕段玉裁注，《說文解字注》，杭州，浙江古籍出版社，1998年，第 733 頁。

宋本正。」〔註32〕段玉裁指出，「无」爲「無」之古文，二者爲異構字。《說文‧八下‧旡部》：「旡，飲食氣逆不得息曰旡。」《說文》無「𣞤」字。《字彙補‧火部》：「𣞤，與無同。」「𣞤」爲「無」之異寫字。在敦煌寫卷《老子》經文中，「旡」字非《說文》「飲食氣逆不得息」之「旡」，而是「无」之異寫字。「无」與「旡」常混同，如「既」多作「旣」，P.2639「无」字多作「旡」。「無」與「无」意義相同，可換用。

29. 咲²⁰、唛⁵、㗛²—咲¹⁷—㗛⁴—𥬇（笑）¹

《說文‧五上‧竹部》：「笑，此字本闕。臣鉉等案：孫愐《唐韻》引《說文》云：喜也。從竹，從犬。而不述其義。今俗皆從犬。又案：李陽冰刊定《說文》，從竹，從夭。義云：竹得風，其體夭屈，如人之笑。未知其審。」《說文》無「咲」、「唛」、「㗛」、「咲」字。《集韻‧笑韻》：「笑，古作咲。」《玉篇‧口部》：「咲，俗笑字。」《新修龍龕手鑒‧口部》載「咲」、「㗛」爲俗字。在敦煌寫卷《老子》經文中，構件「犬」多混同於「犮」，「唛」、「㗛」爲「咲」之異寫字，「𥬇」爲「笑」之異寫字。「咲」、「咲」二字使用較多。

30. 莽²—莽⁵

《說文‧一下‧茻部》：「莽，南昌謂犬善逐菟草中爲莽。」段注：「此字犬在茻中，故稱南昌方言。說其會意之旨也。引伸爲鹵莽。」〔註33〕《說文》無「莽」字。《干祿字書‧上聲》指出「莽」爲「莽」之俗字。〔註34〕「莽」本義表示「犬善逐菟草中」，而「莽」之構件「奔」表示奔跑，可參與造意，「莽」爲「莽」之異構字。在敦煌寫卷《老子》經文中，二字僅見於第二十章「莽（莽）其未央」句。

31. 辭（辤）¹—辝（辝）¹¹

《說文‧十四下‧辛部》：「辭，訟也。」段玉裁改「訟」爲「說」，並注曰：

〔註32〕〔漢〕許慎撰、〔清〕段玉裁注，《說文解字注》，杭州，浙江古籍出版社，1998年，第634頁。

〔註33〕〔漢〕許慎撰、〔清〕段玉裁注，《說文解字注》，杭州，浙江古籍出版社，1998年，第48頁。

〔註34〕〔唐〕顏元孫撰，《干祿字書》，北京，中華書局，1985年，第20頁。

「今本『說』讹『訟』。」〔註35〕《說文》無「辤」字。《正字通·辛部》:「辤，俗辭字。」「辤」之構件「舌」可參與造意，「辤」爲「辭」之異構字。在敦煌寫卷《老子》經文中，「辛」多增筆作「宰」，「辭」、「辤」分別爲「辭」、「辤」之異寫字。第二章「萬物作而不辭」句，其中「辭」字，P.3592 作「辭」。除此之外，其他經文部分用「辭」者，不作「辤」。

32. 徹（徹）8—𢖍1

《說文·三下·攴部》:「徹，通也。從彳，從攴，從育。」《說文》無「𢖍」字。在敦煌寫卷《老子》經文中，構件「攴」時與「攵」通用。構件「厶」常作「去」，「𢖍」爲「徹」之異構字。「徹」字僅見於第七十九章「無德司徹」句，其中「徹」字，P.2517 作「𢖍」。

33. 硌2—𡥐2

二字均不見於《說文》。《玉篇·石部》:「硌，石次玉也。」《龍龕手鑒·口部》:「𡥐，古啓字。」在敦煌寫卷《老子》經文中，二字僅見於第三十九章「硌硌如玉」句，其中「硌硌」，P.2594 作「𡥐𡥐」。在此句中，「𡥐」若爲「啓」之古文，與句意不通，且「硌」與「啓」讀音不相近，構件「攵」與「又」意義相通，「𡥐」應爲「硌」之異構字。

34. 訥5—呐4

《說文·三上·言部》:「訥，言難也。從言，從內。」《說文》無「呐」字。《玉篇·口部》:「訥，遲鈍也。或作呐。」「呐」之構件「口」與「言」意義相通，可參與造意，「呐」爲「訥」之異構字。在敦煌寫卷《老子》經文中，二字僅見於第四十五章「大辯若訥」句，其中「訥」字，S.189、P.2255、P.2420、散 0668D 作「呐」。

35. 雞4—鷄（鶏）9

《說文·四上·隹部》:「雞，知時畜也。從隹，奚聲。鷄，籀文雞，從鳥。」由《說文》可知，「鷄」爲「雞」之籀文。「鷄」改「雞」之構件「隹」爲「鳥」，「鳥」可參與造意，「鷄」爲「雞」之異構字。「鶏」爲「鷄」之異寫字。二字

〔註35〕〔漢〕許慎撰、〔清〕段玉裁注，《說文解字注》，杭州，浙江古籍出版社，1998年，第742頁。

僅見於第八十章「鷄狗之聲相聞」句，其中「鷄」字，P.2350、P.2420、P.3277、Дx01111、Дx01113 作「雞」。

二、異寫字

異寫字是指因書寫、演化的不規則而形成的同一形體的不同變化形式。本書選擇異寫字中差別較大者進行分析，而對那些容易辨別，只是簡單的筆畫增加或減少的異寫字，如「戓（武）」、「𢧵（我）」等，只在第四章第二節中列出，不再進行分析。

1. 復^{58}—澓^{90}　得^{342}—淂^{22}　後^{81}—浚^4

《說文・二上・彳部》：「復，往來也。」「澓」字不見於《說文》。在敦煌寫卷《老子》經文中，構件「彳」常混同於「氵」，「復」、「澓」二字用法相同，「澓」之構件「氵」表意不明確，不能參與造意，「澓」爲「復」之異寫字。此外，「得」與「淂」、「後」與「浚」同此。

2. 将^{111}、将^6、�	^{3}—将^{102}、将^1

《說文・三下・寸部》：「將，帥也。從寸，醬省聲。」《說文》無「将」、「将」、「将」三字，三字爲「將」之後起異寫字。「将」字在東漢碑隸中已出現。〔註36〕而「將」之構件「月（ròu）」，在東漢碑隸中已出現「夕」、「夕」、「⺼」三個變體。〔註37〕而這三個變體在敦煌寫卷《老子》中都保存了下來，如「将」、「将」、「将」、「将」、「将」，這幾個字均爲「將」之異體字。在敦煌寫卷《老子》經文中，「将」與「将」二字使用最多，而「將」字未出現。

3. 惡^5—恶^{71}

《說文・十下・心部》：「惡，過也。」《說文》無「恶」字。《玉篇・心部》：「恶，同惡。」「恶」之構件「亞」混同於「西」，「恶」爲「惡」之異寫字。在敦煌寫卷《老子》經文中，「惡」、「恶」二字用法相同，「恶」字使用較多。

〔註36〕王寧主編、陳淑梅著，《東漢碑隸構形系統研究》，上海，上海教育出版社，2005年，第164頁。

〔註37〕王寧主編、陳淑梅著，《東漢碑隸構形系統研究》，上海，上海教育出版社，2005年，第196頁。

4. 雄⁴—雄⁴

《說文·四上·佳部》:「雄,鳥父也。」《說文》無「雄」字。《字彙補·佳部》:「雄與雄同。見《篇海》。」在敦煌寫卷《老子》經文中,構件「口」經常混同於「厶」,如「唯」作「唯」,「損」作「損」等,「雄」爲「雄」之異寫字。但「厶」混同於「口」者,則僅此 1 例。

5. 泰⁵—泰²、泰⁷

《說文·十一上·水部》:「泰,滑也。」《說文》無「泰」字。在敦煌寫卷《老子》經文中,「泰」常省去一點,作「泰」,「泰」、「泰」爲「泰」之異寫字。第二十九章「是以聖人人去甚,去奢,去泰」句,其中「泰」字,S.783、S.792、S.2267、P.3235V⁰作「泰」,S.798、S.6825V、P.2255、P.2584、散 0668A 作「泰」,「泰」與「泰」、「泰」同時出現。

6. 亂(亂)²³—乱¹²

《說文·十四下·乙部》:「亂,治也。」《說文》無「乱」字。《廣韻·換韻》:「亂,俗作乱。」「乱」之構件「舌」表意不明確,不能參與「亂」字造意,「乱」爲「亂」之異寫字。在敦煌寫卷《老子》經文中,二字用法相同。

7. 縣⁵—綿¹¹—绵⁴

《說文·十三上·系部》:「縣,聯微也。」《說文》無「綿」字。《玉篇·系部》:「縣縣不絕也,今作綿。」「綿」與「縣」構件相同,只是構件位置不同,「綿」爲「縣」之異寫字。在敦煌寫卷《老子》經文中,構件「糸」時草寫作「纟」,「绵」爲「綿」之異寫字。三字僅見於第六章「綿綿若存」句,用法相同。

8. 玉³⁵—王¹²²

「玉」本義指「玉石」,「王」本義指「天下至高無上者」,二字意義不同。在小篆中,「玉」字本無點,後爲區別「王」字而加一點。在敦煌寫卷《老子》經文中,有 2 處「玉」寫作「王」,即第三十九章「不欲祿祿如玉」之「玉」,P.2420 作「王」;第七十章「是以聖人披褐懷玉」之「玉」,P.2350 作「王」。從句意來講,此二「王」字仍爲「玉石」之「玉」,應爲「玉」之異寫字。除此之外,其他經文部分「玉」、「王」二字不同時出現。

9. 足^2—昰^{187}　　是^{665}—昰^{29}、芝^1　　走^0—芝^{10}、赱^1　　徒^0—徏^{39}、徔^5、佽^6
歷^0—厯^{10}　　徙^0—徙^{11}、徔^1

《說文・二下・足部》：「足，人之足也。在下，從止、口。」《說文》無「昰」字。在敦煌寫卷《老子》經文中，除「是」字外，構件「止」多作「乚」，偶作「之」，如「走」作「芝」或「赱」，「歷」皆作「厯」，「徒」作「徏」或「徔」等。「昰」爲「足」之異寫字。「是」與「昰」、「芝」等同此。

10. 禍（禍）^{35}—禍^4—褐^2—褐^2

《說文・一上・示部》：「禍，害也。神不福也。」《說文》無「禍」、「褐」、「褐」字。《集韻・果韻》：「禍，古作禍。」《廣韻・果韻》：「褐，同禍。」「褐」爲「禍」之後起字。「褐」字不見於其他字書，似爲「褐」之異寫字。在敦煌寫卷《老子》經文中，構件「咼」多作「咼」，如「過」作「過」等。「禍」、「禍」、「褐」、「褐」用法相同，「禍」字使用較多。

11. 能^{40}—能^{355}

二字均不見於《說文》。在敦煌寫卷《老子》經文中，「能」字多作「能」，後者不見於《說文》，爲「能」之後起異寫字，二字用法相同，「能」字使用較多。

12. 虎^7—虖^{14}

《說文・五上・虍部》：「虎，山獸之君。從虍，虎足象人足，象形。」《說文》無「虖」字。《干祿字書・上聲》指出「虖」爲「虎」之通字。[註38]「虖」字構件「巾」不能參與造意，「虖」爲「虎」之異寫字。在敦煌寫卷《老子》經文中，二字用法相同，「虖」字使用較多。

13. 筋^4—薊^8

《說文》無「筋」、「薊」二字。《玉篇・竹部》：「筋，俗筋字。」《玉篇・艸部》：「薊，同薊，俗。」可知，「筋」爲「筋」之異寫字，表示「筋骨」之義，「薊」爲「薊」之異寫字，表示一種草，二者意義不同。在敦煌寫卷《老子》經文中，二字僅見於第五十五章「骨弱薊柔而握固」句，從句意來講，此處「薊」作「草」講不通。在敦煌寫卷《老子》中，構件「竹」常與「艸」混同，如「蕭」與「簫」等。此處「薊」應爲「筋」之構件混同異寫字。

[註38]〔唐〕顏元孫撰，《干祿字書》，北京，中華書局，1985年，第17頁。

14. 坐[6]—坐[5]　挫[14]—挫[6]

《說文》有「坐」、無「坐」，《改併四聲篇海・土部》引《奚韻》：「坐，音義同坐」。「坐」之構件「口」不可參與造意，「坐」爲「坐」之異寫字。在敦煌寫卷《老子》經文中，「坐」、「坐」用法相同。「挫」與「挫」同此。

15. 蠢[2]—蚕[6]

《說文・十三下・蚰部》：「蠢，蟲動也。」「蚕」比「蠢」少一構件「虫」，不見於《說文》及其他字書，爲「蠢」之異寫字。在敦煌寫卷《老子》經文中，「蠢」與「蚕」僅見於第五十八章「其民蚕蚕」句，其中「蚕蚕」，P.2375 作「蠢蠢」。

16. 老[14]—耂[20]　左[50]—左[8]　佐[9]—佐[1]

《說文・八上・老部》：「老，考也。七十曰老。」又，《五上・左部》：「左，手相左助也。」《說文》無「耂」、「左」，二字分別爲「老」、「左」之異寫字。在敦煌寫卷《老子》經文中，「老」與「耂」、「左」與「左」、「佐」與「佐」意義與用法相同。

17. 置[3]—畳[8]

《說文・八上・网部》：「置，赦也。」《說文》無「畳」字。《正字通・日部》：「畳，置字之譌。」「畳」爲「置」之後起異寫字。在敦煌寫卷《老子》經文中，構件「皿」常混同於「曰」，再如「繩」作「繩」等。二字僅見於第六十二章「置三公」句，其中「置」字，S.189、S.3926、P.2347、P.2350、P.2375、P.2420、P.2517、P.2639 作「畳」。

18. 怨[11]—惌[25]、悤[3]　死[192]—死[14]

《說文・十下・心部》：「怨，恚也。」段注：「《班馬字類》、《韻會》皆引《史記・封禪書》『百姓怨其法』，字作惌。今《史記》無有如此者，蓋古字日即於亡矣」。[註39]《說文》無「惌」字。「悤」由「怨」字隸變增筆而來，「死」又混同「死」。據段玉裁所言，「惌」字在漢代已出現，「惌」、「悤」皆爲「怨」字之後起異寫字。在敦煌寫卷《老子》經文中，三字用法相同。「死」與「死」同此。

〔註39〕〔漢〕許慎撰、〔清〕段玉裁注，《說文解字注》，杭州，浙江古籍出版社，1998年，第 511 頁。

19. 雖[46]—雖[2]

《說文·十三上·虫部》：「雖，似蜥蜴而大。」段注：「此字之本義也，自藉以爲語詞」。[註40]《說文》無「雖」字。據《增訂碑別字》載，魏《西陽男高廣墓誌》中已出現「雖」字。[註41]「雖」爲「雖」之異寫字。在敦煌寫卷《老子》經文中，「雖」字僅出現 2 次，即第六十二章「雖有供之璧以先四馬」之「雖」，P.2517、P.3237 作「雖」。

20. 昜[63]—易[33]　陽[7]—陽[4]　傷[44]—傷[12]

《說文·九下·易部》：「易，蜥易、蝘蜓，守宮也。象形。《秘書》說，日月爲易，象陰陽也。一曰從勿。」「易」本義指「蜥蜴」，後假借爲「容易」之「易」。《說文·九下·勿部》：「昜，開也。從日、一、勿。一曰飛揚。一曰長也。一曰強者眾貌。」段注：「此陰陽正字也。陰陽行而会昜廢矣。」[註42] 依段注，「昜」爲「陽」之本字。在敦煌寫卷《老子》經文中，「昜」與「易」用法相同，「昜」非「陽」之本字，而是「容易」之「易」之增筆異寫字。另外，作爲構件，「昜」與「易」經常混同，如「陽」與「陽」、「傷」與「傷」等。

21. 作[45]—作[20]—作[8]

《說文·八上·人部》：「作，起也。」《說文》無「作」、「作」二字。《正字通·人部》：「作，本作作。」「作」、「作」、「作」三字形體基本相同，只是末筆上下位置稍微不同，「作」、「作」爲「作」之異寫字。在敦煌寫卷《老子》經文中，三字用法相同。

22. 順[8]—愼[4]

《說文·九上·頁部》：「順，理也。」《說文》無「愼」字。《集韻·稕韻》：「順，古作愼。」據《增訂碑別字》載，周《聖母寺四面像碑》「順」作「愼」。[註43] 在敦煌寫卷《老子》經文中，「順」、「愼」二字僅見於第六十

〔註40〕〔漢〕許愼撰、〔清〕段玉裁注，《說文解字注》，杭州，浙江古籍出版社，1998年，第 664 頁。

〔註41〕羅振鋆、羅振玉，《增訂碑別字》，北京，文字改革出版社，1957 年，第 50 頁。

〔註42〕〔漢〕許愼撰、〔清〕段玉裁注，《說文解字注》，杭州，浙江古籍出版社，1998年，第 454 頁。

〔註43〕羅振鋆、羅振玉，《增訂碑別字》，北京，文字改革出版社，1957 年，第 282頁。

五章「玄德深遠，與物反，然後迺至大順」句，其中「順」字，S.6453、P.2350、P.2599、散 0668E 作「慎」。

23. 恢[14]—恢[12]

《說文·十下·心部》：「恢，大也。」《說文》無「恢」字。《字鑒·灰部》：「灰，俗作灰。」「灰」為「灰」之異寫字，則「恢」亦為「恢」之異寫字。在敦煌寫卷《老子》經文中，「恢」、「恢」二字僅見於第七十三章「天網恢恢」句，其中「恢」字，S.189、P.2350、P.2517、P.2577、P.2639、Дx01111 Дx01113 作「恢」。二字用法相同。

24. 匠[8]—近[18]

《說文·十二下·匚部》：「匠，木工也。」《說文》無「近」字。據《增訂碑別字》載，在碑文中，構件「匚」多作「辶」。〔註 44〕 在敦煌寫卷《老子》經文中，「匠」、「近」二字僅見於第七十四章「夫代司殺者，是代大匠（近）斲。夫代大匠（近）斲，希不傷其手」句，二字用法相同。「近」之構件「辶」表意不明確，「近」應為「匠」之異寫字。

25. 塵[10]—座[7]、座[4]　蒹[8]—蓑[3]　儉[12]—儉[23]　劍[5]—劍[6]

《說文》無「座」、「座」字，二字構件「𡭕」、「从」為「塵」之構件「比」的草寫。「座」、「座」為「塵」之異寫字。在敦煌寫卷《老子》經文中，構件「从」與「𡭕」混同的情況較多，再如「蒹」之異寫字「蒹」與「蓑」、「儉」與「儉」、「劍」與「劍」等。

26. 均[8]—坶[3]

《說文·十三下·土部》：「均，平遍也。」《說文》無「坶」字。《集韻·藥韻》：「坶，土迹。」在敦煌寫卷《老子》經文中，二字僅見於第三十二章「民莫之令而自均」句，其中「均」字，S.798、S.6825V、散 0668A 作「坶」。從此句來看，「坶」作「土迹」講，於句意不合。「坶」應為「均」之異寫字。

27. 民[305]—𤰞[24]　治[113]—治[13]

由於敦煌寫卷《老子》絕大多數抄寫於唐代，有的寫卷避唐太宗李世民諱，

〔註 44〕 羅振�、羅振玉，《增訂碑別字》，北京，文字改革出版社，1957 年，第 300 頁、306 頁、367 頁。

將「民」字缺末筆作「㠯」；有的寫作避唐高宗李治諱，將「治」字缺末筆作「沿」。

28. 糞²—㕙⁵、𦳊³

《說文・四下・華部》：「糞，棄除也。」《說文》無「㕙」、「𦳊」二字。《干祿字書・去聲》將「㕙」列爲「糞」之俗字。〔註45〕據《增訂碑別字》載，齊《道興造像記》「糞」作「𦳊」。〔註46〕「㕙」、「𦳊」爲「糞」之異寫字。在敦煌寫卷《老子》經文中，三字僅見於第四十六章「天下有道，卻走馬以㕙」句，其中「㕙」字，S.189、P.2864、散 0668D 作「𦳊」，P.2420、P.2639 作「糞」。

29. 含²—㕎⁹、㟏²、合²

《說文・二上・口部》：「含，嗛也。」《說文》無「㕎」、「㟏」、「合」三字。《干祿字書・平聲》將「㕎」列爲「含」之通字。〔註47〕據《增訂碑別字》載，魏《顯祖嬪侯夫人墓誌》「含」作「㕎」。〔註48〕「㕎」、「㟏」、「合」均爲「含」之異寫字。在敦煌寫卷《老子》經文中，多用「㕎」字。

30. 滌⁵—㴗⁶、潊¹

《說文・十一上・水部》：「滌，灑也。」「㴗」、「潊」二字不見於《說文》及其他字書。在漢碑及敦煌寫卷中，構件「彳」經常與「氵」混同，構件「攵」時與「支」混同，「㴗」、「潊」爲「滌」之異寫字。在敦煌寫卷《老子》經文中，三字僅見於第十章「滌除玄覽」句，其中「滌」字，S.792 作「潊」，S.6825V、P.2370、P.2584、P.3592、俄綴作「㴗」。三字用法相同。

31. 我¹⁹⁵—秡² 義¹⁸—羛³⁰

《說文・十二下・我部》：「我，施身自謂也。或說我，頃頓也。」「秡」字不見於《說文》。在敦煌寫卷《老子》經文中，「我」作爲構件時常增筆作「秡」，如「義」多作「羛」。而作爲單字使用時則多不增筆，如「我」只有 2 次作「秡」。

〔註45〕〔唐〕顏元孫撰，《干祿字書》，北京，中華書局，1985 年，第 24 頁。

〔註46〕羅振鋆，羅振玉，《增訂碑別字》，北京，文字改革出版社，1957 年，第 282 頁。

〔註47〕〔唐〕顏元孫撰，《干祿字書》，北京，中華書局，1985 年，第 13 頁。

〔註48〕羅振鋆，羅振玉，《增訂碑別字》，北京，文字改革出版社，1957 年，第 178 頁。

32. 寡[29]—寡[3]—寡[11]—寡[7]—寡[7]

　　五字均不見於《說文》。《說文·七下·宀部》:「寡,少也。」《隸變·馬部》載《樊安碑》、《北海相景君銘》等「寡」字作「寡」。〔註49〕「寡」、「寡」、「寡」、「寡」皆爲「寡」之變。在敦煌寫卷《老子》經文中,構件「灬」有作「小」者,如「魚」、「漁」、「煞」分別作「魚」、「漁」、「煞」等。以上五字意義與用法相同。

33. 純[0]—純[16]、純[2]　肫[0]—肫[6]

　　在敦煌寫卷《老子》經文中,構件「屯」皆作「屯」,無作「屯」者,如「肫」皆作「肫」。構件「糸」草寫作「糹」。「純」、「純」爲「純」之異寫字,「肫」爲「肫」之異寫字。

34. 處[8]—處[5]—處[53]、處[102]

　　《說文·十四上·几部》:「処,止也……處,処或從虍聲。」段注:「人遇几而止。引申之爲凡『尻処』之字。……今或體獨行,轉謂『処』俗字。」〔註50〕「處」爲「処」之異構字。《廣韻·御韻》:處,同處。「處」爲「處」之異寫字。在敦煌文獻中,構件「虍」多作「严」或「丘」,「處」爲「處」之異寫字。在敦煌寫卷《老子》經文中,多用「處」字。

35. 稱[2]—禰[1]　祠[1]—利[1]

　　《說文·七上·禾部》:「稱,銓也。從禾,爯聲。」「禰」字不見於《說文》及其他字書。在敦煌寫卷《老子》經文中,構件「禾」與「礻」因形體相近而常混同,「禰」爲「稱」之異寫字。「祠」與「利」同此。

36. 魁[2]—魁[4]、魁[1]

　　《說文·十四上·鬼部》:「魁,羹斗也。從鬼,斗聲。」在敦煌寫卷《老子》經文中,構件「鬼」多作「鬼」或「鬼」,「魁」爲「魁」之異寫字。「魁」、「魁」不見於《說文》。據《增訂碑別字》載,漢《石門頌》「魁」作「魁」,

---

〔註49〕　〔清〕顧藹吉,《隸變大字典》(《隸變》),揚州,江蘇光陵古籍刻印社,1997年,第431頁。

〔註50〕　〔漢〕許慎撰、〔清〕段玉裁注,《說文解字注》,杭州,浙江古籍出版社,1998年,第716頁。

魏《司馬昞墓誌銘》「魁」作「魁」〔註51〕。「魁」、「魁」為「魁」之異寫字。

37. 堅^{60}－坚^{1}　辯^{32}、辯^{2}－辨^{2}　靜^{2}－静^{99}　爭^{24}－争^{90}　嗇^{5}－嗇^{1}
　　鄙^{5}－鄙^{4}

　　《說文・三下・臤部》：「堅，剛也。」《說文》無「坚」字。「坚」為「堅」之簡化異寫字。在敦煌寫卷《老子》經文中，「堅」僅出現1次，見於第七十八章「而攻堅彊者莫之能先」句，其中「堅」字，僅 S.4430 作「坚」。可見，至少在唐代，「坚」字已出現。「辯」與「辨」、「静」與「靜」、「争」與「爭」、「嗇」與「嗇」、「鄙」與「鄙」同此。

38. 蟲（蟲）^{1}－虫（虫）^{9}

　　《說文・十三下・蟲部》：「蟲，有足謂之蟲，無足謂之豸。」又，《十三上・虫部》：「虫，一名蝮。博三寸，首大如擘指。象其臥形。物之微細，或行、或毛、或臝、或介、或鱗，以虫為象。」段注：「《爾雅・釋魚》：『蝮，虺。』今本虫作虺。」〔註52〕「蟲」與「虫」本來意義不同，讀音亦不同，「虫」即今之「虺」字，後來「蟲」簡化為「虫」，與表示「蝮」之「虫」形體相合。在敦煌寫卷《老子》經文中，「虫」多增筆作「虫」。「蟲」、「虫」二字僅見於第五十五章「毒虫不螫」句，其中「虫」字，僅 S.3926 作「蟲」。

39. 陰^{1}－陰^{9}

　　《說文・十四下・阜部》：「陰，闇也。」《說文》無「陰」字。《玉篇・阜部》：「陰，今作陰。」「陰」為「陰」之異寫字。在敦煌寫卷《老子》經文中，二字僅見於第四十二章「萬物負陰而抱陽」句，其中「陰」字，S.3926 作「陰」。由此可見，在唐代，多用「陰」字。

40. 酸^{4}－醲^{4}－朘^{2}

　　《說文・十四下・酉部》：「酸，酢也。」「酢」是相當於「醋」的一種調味液體。《說文》無「醲」、「朘」二字。《集韻・馬韻》：「醲，面醜。」《廣韻・灰韻》：「朘，赤子陰也。朘、朘同。見《老子》。」三字讀音與意義皆不同。

〔註51〕 羅振鋆、羅振玉，《增訂碑別字》，北京，文字改革出版社，1957年，第79頁。

〔註52〕 〔漢〕許慎撰、〔清〕段玉裁注，《說文解字注》，杭州，浙江古籍出版社，1998年，第663頁。

在敦煌寫卷《老子》經文中，三字僅見於第五十五章「未知牝牡之合而朘作」句，其中「朘」字，S.189、散 0668D 作「峻」，S.2060、S.3926、P.2420、P.2639 作「酸」。此句中，作「酸」、「峻」於句意不合，且三字讀音不相近。「酸」、「峻」似爲「朘」之構件混同異寫字。

41. 靈⁹—𩆜⁸、霝²

《說文・一上・玉部》：「靈，靈巫。以玉事神。……靈，靈或從巫。」《說文》無「𩆜」、「霝」二字。《隸變・青韻》：「《漢王稚子闕》：『漢先霝刺御史。』顧藹吉注：『霝，即靈字，復變從亞。』」「𩆜」字不見於其他字書，蓋「靈」先變爲「𩆜」字，由「𩆜」字再進一步草寫變爲「霝」。在敦煌寫卷《老子》經文中，三字用法相同。

42. 敗⁵²—𤲃² 數²—数¹³ 敵²¹—𢾨¹

《說文・三下・攴部》：「敗，毀也。從攴、貝。」「攴」隸定作「攵」，二者爲異寫字。「數」與「数」、「敵」與「𢾨」同此。

此外，還有部分位移異寫字，它們多數構件完全相同，只是構件位置不同，亦有少數構件稍微有所不同，本書只在此列出，不作進一步分析。

臂⁷—𦤨⁹、𦜝³ 璧⁴—𤩭⁴、𤩫³ 譬²—𧭉⁸ 蒞⁵—𦽅¹ 襲¹⁴—𧝍¹、𧞫¹
熟²⁷、𤎬²—𤏆³³ 聖²⁸⁰—𦕙²³、𡌖³³ 聖⁴、聖¹ 智⁵⁵—𥏾² 墮⁵—堕³
煞⁶³、煞³—敦⁷ 貸⁶—𧴎⁷ 雌¹⁹—𠤎¹ 微¹⁸—𡶴³ 雛²—鶵¹ 鶩¹³—驚³⁴
鷄⁸—鶏¹ 剋¹—剋² 昏¹⁸—𣋚³ 昏⁶—𣉞¹ 臺⁶—𡒉¹ 辱³⁹—�¹³
𣉞⁵³—霙¹⁰² 轂⁷—𪘀¹ 鄰¹⁴—隣⁸ 荊²—荆²、荆⁵ 虛²¹—𧆦¹²

三、通　假

通假是指不用本字，而用另外一個字來代替本字的現象。本書所指通假包括兩種情況：一是通用的兩個字之間只是讀音相同或相近，意義上無聯繫；二是通用的兩個字不僅讀音相同或相近，同時意義上也有聯繫。

1. 上¹⁸⁴—尚³⁶

《說文・一上・一部》：「上，高也。」又，《二上・八部》：「尚，曾也。」段注：「『尚』之詞亦舒，故釋『尚』爲『曾』。曾，重也。尚，上也。皆積絫

加高之意，義亦相通也。」〔註53〕段玉裁指出，「尙」、「上」二字讀音相同，意義相通，可通假。在敦煌寫卷《老子》經文中，第三章「不尙賢」之「尙」，P.2370、P.2435 2596、P.2584、散 0667、帛乙本、景龍本作「上」。除此之外，其他經文部分二字不通用。

2. 智[57]─知[533]

《說文・五下・矢部》：「知，詞也。」又，《四上・白部》：「智，識詞也。」段注：「此與《矢部》『知』音義皆同，故二字多通用。」〔註54〕在敦煌寫卷《老子》經文中，「智」、「知」在「智（知）者」、「不智（知）」、「雖智（知）大迷」「絕聖棄智（知）」、「其智（知）彌少」、「以其智（知）」中可通用，共 13 處。

3. 忿[19]─紛[2]

《說文・十下・心部》：「忿，悁也。」又，《十三上・系部》：「紛，馬尾韜也。」二字意義不同，但讀音相近，可通假。在敦煌寫卷《老子》經文中，第四章「解其忿」之「忿」，P.3235V[0]、P.3592 作「紛」。除此之外，其他經文部分二字不通用。

4. 象[41]─像[15]

《說文・八上・人部》：「像，象也。」段玉裁改「象」爲「似」，並注曰：「各本作『象也』。今依《韻會》所據本正。象者，南越大獸之名，於義無取。」〔註55〕《說文・九下・象部》：「象，長鼻牙，南越大獸。三年一乳。」段玉裁改作：「象，南越大獸。長鼻牙，三年一乳。」並注曰：「按，古書多假『象』爲『像』。」〔註56〕「象」與「像」通假在古文獻中較爲常見。在敦煌寫卷《老子》經文中，除「大象」之「象」均作「象」外，其他經文部分

〔註53〕〔漢〕許慎撰、〔清〕段玉裁注，《說文解字注》，杭州，浙江古籍出版社，1998年，第 49 頁。

〔註54〕〔漢〕許慎撰、〔清〕段玉裁注，《說文解字注》，杭州，浙江古籍出版社，1998年，第 459 頁。

〔註55〕〔漢〕許慎撰、〔清〕段玉裁注，《說文解字注》，杭州，浙江古籍出版社，1998年，第 375 頁。

〔註56〕〔漢〕許慎撰、〔清〕段玉裁注，《說文解字注》，杭州，浙江古籍出版社，1998年，第 137 頁。

「象」、「像」二字通用。

5. 喻[3]—愈[28] 愈[28]—俞（俞）[2]—逾[2]

《說文·三上·言部》：「諭，告也。」段注：「『諭』或作『喻』。」〔註57〕
《廣韻·遇韻》：「喻，同『諭』。」《說文》無「愈」字。《小爾雅·廣詁》：「愈，
益也。」《說文·八下·舟部》：「俞，空中木爲舟也。」又，《二下·辵部》：「逾，
越進也。」「喻」、「愈」、「俞」、「逾」字意義不同，讀音相近，可通假。「俞」
爲「俞」之異寫字。在敦煌寫卷《老子》經文中，第五章「勤而喻出」之「喻」，
S. 477、S.798、S.6825V、P.2370、P.2435 2596、P.2584、P.3235V[0]、P.3592 作「愈」，
「喻」、「愈」通用；第八十一章「既以爲人，己愈有；既以與人，己愈多」之
「愈」，P.2420 皆作「俞」，P·3277 皆作「逾」，「俞」、「逾」、「愈」通用。

6. 忠[18]—中[44]

《說文·十下·心部》：「忠，敬也。」又，《一上·丨部》：「中，內也。」
「忠」、「中」二字讀音相同，可通假。在敦煌寫卷《老子》經文中，第五章「不
如守忠」之「忠」，S.477、S.798、S.6825V、P.2370、P.2435 2596、P.2584、
P.3235V[0]、P.3592 作「中」，二字通用。除此之外，其他經文部分二字不通用。

7. 勤[24]—懃[6]

《說文·十三下·力部》：「勤，勞也。」《說文》無「懃」字。《玉篇·心
部》：「懃，慇懃。」《集韻·欣韻》：「懃，慇懃，委曲意。」二字意義不同，但
讀音相同，可通假。在敦煌寫卷《老子》經文中，二字均可用於第六章「用之
不懃（勤）」、第四十一章「懃（勤）能行」、第五十二章「終身不懃（勤）」句。

8. 私[19]—尸[10]

《說文·七上·禾部》：「私，禾也。」段注：「蓋禾有名私者也。今則假
『私』爲『公厶』。倉頡作字，自營爲厶，背厶爲公。然則古祇作『厶』，不作
『私』。」〔註58〕《說文·八上·尸部》：「尸，陳也。」「私」、「尸」二字意義

〔註57〕 〔漢〕許愼撰、〔清〕段玉裁注，《說文解字注》，杭州，浙江古籍出版社，1998
年，第 91 頁。

〔註58〕 〔漢〕許愼撰、〔清〕段玉裁注，《說文解字注》，杭州，浙江古籍出版社，1998
年，第 321 頁。

不同，讀音相近，可通假。在敦煌寫卷《老子》經文中，二字僅見於第七章「以其無私（尸），故能成其私（尸）」句。

9. 正[77]—政[50]

《說文·二下·正部》：「正，是也。」又，《三下·攴部》：「政，正也。」「正」、「政」二字讀音相同，意義相近，可通假。在敦煌寫卷《老子》經文中，除「其政悶悶」、「其政察察」、「以陳則政」之「政」不作「正」外，其他經文部分二字通用。

10. 寶[53]—保[26]

《說文·七下·宀部》：「寶，珍也。」又，《八上·人部》：「保，養也。」二者意義不同，讀音相同，可通假。《說文》無「寶」字。《改併四聲篇海·宀部》引《玉篇》：「寶，珍也；道尊也；愛也。」在敦煌寫卷《老子》經文中，「寶」字均作「寶」，「寶」爲「寶」之異構字。二字均可用於第九章「不可長保（寶）」句。其他經文部分二字不通用。

11. 一[46]—壹[1]

《說文·一上·一部》：「一，惟初太始，道立於一。造分天地，化成萬物。」段注引《漢書》曰：「元元本本，數始於一。」〔註59〕又，《十下·壹部》：「壹，專壹也。」二字本來意義不同，「一」表示數字之始，「壹」表示「專壹」。但二字讀音相同，可通假。在敦煌寫卷《老子》經文中，「壹」僅出現 1 次，即第十章「載營魄抱一」句之「一」，S.477 作「壹」。除此之外，其他經文部分用「一」者，不作「壹」。

12. 埏（埏）[11]—梃（梃）[1]

《說文·十三下·土部》：「埏，八方之地也。」又，《六上·木部》：「梃，長木也。」二字意義不同，讀音相近，可通假。「埏」、「梃」分別爲「埏」、「梃」之異寫字。在敦煌寫卷《老子》經文中，二字僅見於第十一章「埏殖以爲器」句，其中「埏」字，僅 S.477 作「梃」。

13. 埴[3]—殖[6]

《說文·十三下·土部》：「埴，黏土也。」又，《四下·歺部》：「殖，脂膏久殖也。」二字意義不同，讀音相同，可通假。在敦煌寫卷《老子》經文中，二字僅見於第十一章「埏埴（殖）以爲器」句。

14. 博（博）[29]—搏（搏）博（博）[29]—搏（搏）[15]—猼（猼）[3]

《說文·三上·十部》：「博，大通也。」又，《十二上·手部》：「搏，索持也。一曰至也。」《說文》無「猼」字。《廣韻·鐸韻》：「猼，犬名。」三字意義不同，讀音相近，可通假。在敦煌寫卷《老子》經文中，構件「専」均作「専」。第十四章「搏之不得名曰微」之「搏」，S.6825V、P.2255、散0668C作「博」，「博」與「搏」通用；在第五十五章「猛獸不猼」之「猼」，S.189、S.2060、P.2375、P.2420、P.2639、散0668D作「搏」，S.3926作「博」，「博」、「搏」與「猼」三字通用；第八十一章「知者不博，博者不知」之「博」，只用「博」字，而不作「搏」或「猼」。

15. 忽[12]—惚[31]

《說文·十下·心部》：「忽，忘也。」《說文》無「惚」字。《集韻·沒韻》：「怳惚，失意。」二字讀音相同，可通假。在敦煌寫卷《老子》經文中，在與「恍」、「怳」或「慌」搭配使用時，二字意義相同。在單獨使用時，只用「忽」字。

16. 恍[20]—怳[4]—慌[15]

《說文·十下·心部》：「怳，狂之貌。」《說文》無「恍」、「慌」二字。《集韻·蕩韻》：「恍，昬也。」《集韻·蕩韻》：「慌，昬也。」三字讀音相近，可通假。在敦煌寫卷《老子》經文中，三字均與「忽」或「惚」搭配使用，不單獨出現。

17. 昧[1]—眛[2]

《說文·七上·日部》：「昧，爽，旦明也。從日，未聲。一曰闇也。」又，《四上·目部》：「眛，目不明也。」二字讀音相同，可通假。在敦煌寫卷《老子》經文中，「昧」字僅見於第四十一章「明道若昧」句，其中「昧」字，P.2375、P.2639作「眛」。其他經文部分用「昧」者，不作「眛」。

18. 古[98]—故[190]

《說文・三上・古部》：「古，故也。從十、口，識前言者也。」又，《三下・支部》：「故，使爲之者也。」段注：「今俗云『原故』是也。凡爲之必有使之者，使之而爲之則成故事矣。引伸之爲『故舊』。故曰：古，故也。」〔註60〕《說文》以「故」訓「古」，二字讀音相近，意義相通，可通假。在敦煌寫卷《老子》經文中，第十四章「執古之道」、「以知古始」之「古」，第十五章「古之善爲士者」之「古」，P.3235V⁰皆作「故」。除此之外，二字不通用。

19. 豫[12]—喻[3]

《說文・九下・象部》：「豫，象之大者。」又，《三上・言部》：「諭，告也。」段注：「諭或作喻。」〔註61〕《廣韻・遇韻》：「喻，同諭。」二字意義不同，讀音相同，可通假。在敦煌寫卷《老子》經文中，「豫」字僅見於第十五章「豫若冬涉川」句，其中「豫」字，P.2329作「喻」。除此之外，其他經文部分用「喻」者，不作「豫」。

20. 混[36]—敦（敦）[4]

《說文・十一上・水部》：「混，豐流也。」又，《三下・攴部》：「敦，怒也。詆也。」二者意義不同，讀音相近，可通假。「敦」爲「敦」之異寫字。在敦煌寫卷《老子》經文中，第十五章「混若撲」之「混」，S.477、S.792、P.2329、P.3235V⁰作「敦」。其他經文部分用「混」者，不作「敦」。

21. 混[36]—渾[5]　混[36]—渾[5]—眪（眪）[6]

「混」字見上。《說文・十一上・水部》：「渾，混流聲也。」《說文》無「眪」字。《字彙・目部》：「眪，目藏也。」三字讀音相近，可通假。「眪」爲「眪」之異寫字。在敦煌寫卷《老子》經文中，第四十九章「爲天下混心」之「混」，S.3926、P.2420、P.2639作「渾」；第十五章「眪若濁」之「眪」，S.477、P.2329作「混」，S.792、P.3235V⁰作「渾」，除此之外，其他經文部分，三字不通用。

〔註60〕　〔漢〕許愼撰、〔清〕段玉裁注，《說文解字注》，杭州，浙江古籍出版社，1998年，第123頁。

〔註61〕　〔漢〕許愼撰、〔清〕段玉裁注，《說文解字注》，杭州，浙江古籍出版社，1998年，第91頁。

22. 至⁹⁰—致·⁵⁴

《說文・十二上・至部》：「至，鳥飛從高下至地也。從一，一猶地也。象形。不上去而至下，來也。」又，《五下・攵部》：「致，送詣也。從攵，從至。」段注：「《言部》曰：『詣，侯至也。』送詣者，送而必至其處也。」〔註62〕據段注，「致」有「至」之義。二字讀音相同，意義相近，可通假。在敦煌寫卷《老子》經文中，構件「攵」、「攴」常通用，「致」爲「致」之異構字。第十六章「致虛極」之「致」，S.477 作「至」。除此之外，其他經文部分二字不通用。

23. 云²²—芸⁸

《說文・十一下・雲部》：「雲，山川氣也。從雨，云象雲回轉形……云，古文省雨。」段玉裁改作：「雲，山川氣也。從雨，云象回轉形……云，古文省雨。」並注曰：「『回』上各本有『雲』字，今刪。古文祇作『云』，小篆加『雨』於上，遂爲半體會意、半體象形之字矣……古文上無『雨』，非省也。」〔註63〕《說文・一下・艸部》：「芸，草也。似目宿。」「云」爲「雲」之古文，「芸」爲一種草，二字意義不同，讀音相同，可通假。在敦煌寫卷《老子》經文中，「芸」只作爲疊音詞見於第十六章「夫物芸芸」句，「云」除用於「夫物云云」句外，還可作爲動詞用於其他經文部分，表示「說」、「言」等意。

24. 忘⁶—妄⁴

《說文・十下・心部》：「忘，不識也。」又，《十二下・女部》：「妄，亂也。」二字意義不同，讀音相同，可通假。在敦煌寫卷《老子》經文中，二字僅見於第十六章「不知常，忘作，凶」句，其中「忘」字，S.477、S.792、S.6825V、P.3235V⁰ 作「妄」，二字通用。

25. 與¹⁵²—与¹⁶

《說文・十四上・勺部》：「与，賜予也。一勺爲与。此與『與』同。」段玉裁改「此與『與』同」作「此與『予』同意」。並注曰：「今俗以『與』代『与』，

〔註62〕〔漢〕許慎撰、〔清〕段玉裁注，《說文解字注》，杭州，浙江古籍出版社，1998年，第 232 頁。

〔註63〕〔漢〕許慎撰、〔清〕段玉裁注，《說文解字注》，杭州，浙江古籍出版社，1998年，第 575 頁。

『與』行而『与』廢矣。」〔註 64〕《說文・三上・舁部》:「與，黨與也。」段
注:「與，當作『与』。与，賜予也。」〔註 65〕二字本來意義不同，後來人們多
用「與」來代「与」，「與」便有了「賜予」義。二字讀音相近，可通假。在敦
煌寫卷《老子》經文中，二字僅有 4 處同時出現:第二十章「美之與惡」之「與」
S.6825V 作「与」;第六十六章「故天下莫能與之爭」之「與」，P.2420、P.2517
作「与」;第七十九章「天道無親，常與善人」之「與」，S.4430、P.2420、P.2517
作「与」;第八十一章「既以與人，己愈多」之「與」，P.2517 作「与」。以上四
例，前兩例爲連詞，有「和」之義，後兩例爲動詞，有「賜予」之義。除此之
外，二字不通用。

26. 莽^2、莽^5—荒^3

我們在前面「異構字」中已講過，「莽」、「莽」爲異構字，二字與「荒」讀
音相近，可通假。在敦煌寫卷《老子》經文中，三字僅見於第二十章「莽（莽、
荒）其未央」句。

27. 照（照）^{15}—昭（昭）^{3}

《說文・十上・火部》:「照，明也。」段注:「與『昭』音義同。」〔註 66〕
又，《七上・日部》:「昭，日明也。」段注:「引伸爲凡明之稱。」〔註 67〕據段
注，二字讀音、意義相近，可通假。在敦煌寫卷《老子》經文中，構件「刀」
多作「丶」，「照」、「昭」分別爲「照」、「昭」之異寫字。二字僅見於第二十章
「俗人照照」句，其中「照照」二字，S. 792 作「照昭」，P.3235V^0 作「昭昭」。
此外，需要指出的是，在敦煌寫卷《老子》中，除「照」、「昭」外，「召」字
亦多作「㕡」。

〔註 64〕〔漢〕許愼撰、〔清〕段玉裁注，《說文解字注），杭州，浙江古籍出版社，1998
　　　　年，第 715 頁。

〔註 65〕〔漢〕許愼撰、〔清〕段玉裁注，《說文解字注》，杭州，浙江古籍出版社，1998
　　　　年，第 105 頁。

〔註 66〕〔漢〕許愼撰、〔清〕段玉裁注，《說文解字注），杭州，浙江古籍出版社，1998
　　　　年，第 485 頁。

〔註 67〕〔漢〕許愼撰、〔清〕段玉裁注，《說文解字注），杭州，浙江古籍出版社，1998
　　　　年，第 303 頁。

28. 或（或）[164]—惑（惑）[6]

《說文・十二下・戈部》：「或，邦也。」段注：「孔子曰：『或之者，疑之也。』而封建日廣，以爲凡人所守之，或字未足盡之。乃又加口而爲國，又加心爲惑。以爲疑惑當別於或，此孳乳浸多之理也。既有國字，則國訓邦，而或但訓有。」[註68]《說文・十下・心部》：「惑，亂也。」段注：「亂者，治也。疑則當治之。古多假或爲惑。」[註69] 在敦煌寫卷《老子》中，「口」經常寫作「厶」，「或」即「或」字，「惑」即「惑」字。在敦煌寫卷《老子》經文中，二字僅有 2 處通假：第二十二章「多則或」之「或」，S.792 作「惑」；第六十一章「故或下而取，或下而聚」之「或」，S.6453、P.2255 皆作「惑」，P.2350 前者如字，後者作「或」。其他經文部分皆用「或」，而不用「惑」。

29. 反[50]—返[2]

《說文・三下・又部》：「反，覆也。」又，《二下・辵部》：「返，還也。」二字讀音相同，在古文獻中，「反」、「返」常通假。在敦煌寫卷《老子》經文中，「返」字僅見於第二十五章「遠曰反」句，其中「反」字，S.792、P.3235V[0] 作「返」。除此之外，其他經文部分皆用「反」字。

30. 躁[7]、踩[10]、躁[8]—嗓（噪）[1]

《說文・二上・走部》：「趮，疾也。」段注：「按，今字作『躁』。」[註70]《說文・二下・品部》：「喿，鳥群鳴也。」段注：「俗作噪。」[註71]『躁』、「噪」讀者相同，可通假。《說文》無「踩」、「躁」、「嗓」字。《龍龕手鑒・足部》指出「躁」爲「躁」的俗字。在敦煌寫卷《老子》經文中，「口」經常寫作「厶」。「踩」、「躁」均爲「躁」之異寫字，「嗓」爲「噪」之異寫字。「嗓」

〔註68〕〔漢〕許慎撰、〔清〕段玉裁注，《說文解字注》，杭州，浙江古籍出版社，1998年，第 511 頁。

〔註69〕〔漢〕許慎撰、〔清〕段玉裁注，《說文解字注），杭州，浙江古籍出版社，1998年，第 631 頁。

〔註70〕〔漢〕許慎撰、〔清〕段玉裁注，《說文解字注》，杭州，浙江古籍出版社，1998年，第 64 頁。

〔註71〕〔漢〕許慎撰、〔清〕段玉裁注，《說文解字注），杭州，浙江古籍出版社，1998年，第 85 頁。

字僅見於第四十五章「躁勝寒」句，其中「躁」字，散 0668D 作「喿」。除此之外，其他經文用「躁」、「趮」或「趮」者，不作「喿」。

31. 揵（揵）[7]—鍵（鍵）[1]

《說文‧十四上‧金部》：「鍵，鉉也。」《說文》無「揵」字。《廣韻‧仙韻》：「揵，舉也。」二字讀音相同，可通假。在敦煌寫卷《老子》經文中，構件「攴」皆作「辶」。「揵」、「鍵」分別爲「揵」、「鍵」之異寫字。二字僅見於第二十七章「善閉無開揵不可開」句，其中「揵」字，P.3235V[0] 作「鍵」。

32. 奚[13]—谿[4]

《說文‧十下‧大部》：「奚，大腹也。胡雞切。」又，《十一下‧谷部》：「谿，山瀆無所通者。苦兮切。」二字讀音相同，意義不同，可通假。在敦煌寫卷《老子》經文中，「奚」、「谿」僅見於第二十八章「爲天下奚」句，S.792、P.3235V[0] 各有兩句「爲天下奚」句，其中「奚」字，S.792、P.3235V[0] 皆作「谿」。

33. 泰[2]、泰[7]—太[14]

《說文‧十一上‧水部》：「泰，滑也。」「泰」字不見於《說文》。「泰」似爲「泰」之異寫字。「太」與「泰」意義不同，讀音相同，可通假。在敦煌寫卷《老子》經文中，「泰」常省去一點，作「泰」。第三十五章「往而不害，安平太」之「太」，S.792、P.3235V[0]、P.3725 作「泰」，S.6228V 作「泰」。除此之外，其他經文部分用「太」者，不作「泰」或「泰」。

34. 憺[13]—淡[9]　憺[13]—淡[9]—啖[1]

《說文‧十下‧心部》：「憺，憂也。」又，《十一上‧水部》：「淡，薄味也。」又，《二上‧口部》：「啖，嚼啖也。」三字意義不同，讀音相同，可通假。在敦煌寫卷《老子》經文中，第三十一章「恬憺爲上」之「憺」，S.792、P.3235V[0] 作「淡」，其他寫卷皆作「憺」，二字通用；第三十五章「憺無味」之「憺」，S.783、S.792、S.6825V、P.2375、P.2584、P.3235V[0]、P.3725 作「淡」，僅 S.6228V 作「啖」，三字通用。在表示「恬憺」之義時，多用「憺」字，在表示「味道淡」時，多用「淡」字。

35. 汎[5]—氾（氾）[6]

《說文‧十一上‧水部》：「汎，浮也。」段注：「《廣雅》曰：『汎汎、氾

氾，浮也。』」〔註72〕《說文・十一上・水部》：「氾，濫也。」段注：「《楚辭・卜居》：『將氾氾若水中之鳧乎。』王逸云：『氾氾，普愛眾也，若水中之鳧，群戲遊也。』《論語》『汎愛眾』，此假『汎』爲『氾』也。」〔註73〕二字讀音相同，意義相近，可通假。「汜」爲「氾」之異寫字。在敦煌寫卷《老子》經文中，二字僅見於第三十四章「大道氾」句，其中「氾」字，S.783、S.792、P.2375、P.2584、P.3235V^{0}作「汎」。

36. 太^{14}—大^{626}

「太」、「大」字形相近，「太」字由「大」加「、」分化而來。在古文獻中，二字常通假。在敦煌寫卷《老子》經文中，二字有 2 處通用，即第二十章「若享太牢」之「太」，S.798、S.6825V 作「大」；第三十五章「安平太」之「太」，S.798、S.6825V 作「大」。而第十七章「太上，下知有之」之「太」均作「太」，無作「大」者。其他經文用「大」者，亦不作「太」。

37. 靜^{101}—淨^2

《說文・五下・丹部》：「靜，審也。」又，《十一上・水部》：「瀞，無垢薉也。」段注：「此今之淨字也。古瀞今淨，是之謂古今字。」〔註74〕二字意義不同，但讀音相同，可通假。在敦煌寫卷《老子》經文中，「靜」與「淨」有 1 處同時出現，即第四十五章「清靜爲天下政」之「靜」，S.189、散 0668D 作「淨」。其他經文部分「靜」與「淨」不通用。

38. 靜^{101}—彰^1

「靜」字見上。《說文・九上・彡部》：「彰，清飾也。」二字意義不同，但讀音相同，可通假。在敦煌寫卷《老子》經文中，「靜」與「彰」有 1 處同時出現，即第六十一章「牝常以靜勝牡」之「靜」，P.2517 作「彰」。其他經文部分「靜」與「彰」不通用。

〔註72〕〔漢〕許慎撰、〔清〕段玉裁注，《說文解字注》，杭州，浙江古籍出版社，1998年，第 548 頁。

〔註73〕〔漢〕許慎撰、〔清〕段玉裁注，《說文解字注》，杭州，浙江古籍出版社，1998年，第 549 頁。

〔註74〕〔漢〕許慎撰、〔清〕段玉裁注，《說文解字注》，杭州，浙江古籍出版社，1998年，第 560 頁。

39. 轂（轂）²⁴—穀（谷）¹⁰

《說文・十四上・車部》：「轂，輻所湊也。」又，《七上・禾部》：「穀，續也。百穀之總名。」二字意義不同，讀音相同，可通假。「轂」、「穀」分別爲「轂」、「穀」之異寫字。在敦煌寫卷《老子》經文中，在表示王侯自稱「孤寡不穀（轂）」時，二字通用。除此之外，其他經文部分二字不通用。

40. 恔⁵—孩⁴—㱾¹

《說文・十下・心部》：「恔，苦也。」段注：「《通俗文》：思愁曰恔。《廣雅》：恔，痛也。」〔註75〕《說文・二上・口部》：「咳，小兒笑也……孩，古文咳，從子。」「孩」爲「咳」之古文。「恔」、「孩」二字意義不同，但讀音相近，可通假。「㱾」字不見於《說文》及其他字書，似爲「孩」之異寫字。如在敦煌寫卷《老子》經文中，「㮩」異寫字作「㯀」。在敦煌寫卷《老子》經文中，「恔」、「孩」、「㱾」三字僅見於第四十九章「聖人皆恔之」句，其中「恔」字，S.3926、P.2375、P.2420、P.2639 作「孩」，P.2864 作「㱾」。

41. 沒（沒）¹⁰—歿（歿）³

《說文・十一上・水部》：「沒，沉也。」段玉裁改「沉」作「湛」，並注曰：「湛，各本作沉，淺人以今字改之也。今正。沒者，全入於水，故引伸之義訓盡。」〔註76〕《說文・四下・歺部》：「殟，終也……歿，殟或從殳。」段注：「歿死字當作此。入水有所取曰殳，湛於水曰沒。」〔註77〕二字意義不同，讀音相同，可通假。在敦煌寫卷《老子》經文中，第十六章「沒身不殆」之「沒」，S.792、P.3235V⁰ 作「歿」；第五十二章「沒身不殆」之「沒」，P.3895 作「歿」。除此之外，其他經文部分用「沒」者，不作「歿」。

42. 乃⁴⁶—迺⁷

《說文・五上・乃部》：「乃，曳詞之難也。象氣之出難。」又，《五上・乃

〔註75〕〔漢〕許愼撰、〔清〕段玉裁注，《說文解字注》，杭州，浙江古籍出版社，1998年，第 514 頁。

〔註76〕〔漢〕許愼撰、〔清〕段玉裁注，《說文解字注》，杭州，浙江古籍出版社，1998年，第 557 頁。

〔註77〕〔漢〕許愼撰、〔清〕段玉裁注，《說文解字注》，杭州，浙江古籍出版社，1998年，第 161 頁。

部》：『「卥，驚聲也。從乃省，西聲。籀文卥不省。或曰卥，往也。讀若仍。」段注：「驚聲者，驚訝之聲，與乃字音義俱別。《詩》、《書》、《史》、《漢》發語多用此字作迺，而流俗多改爲乃。」〔註78〕據段注，則「乃」、「迺」本義不同，經典中多借「迺」爲發語詞，後人多改「迺」爲「乃」，以致二字混用。在敦煌寫卷《老子》經文中，「迺」字僅見於第六十五章「玄德深遠，與物反，然後乃至大順」句，其中「乃」字，S.189、S.6453、P.2255、P.2347、P.2350、P.2599、P.3237 作「迺」，二字用法相同。除此之外，其他經文部分皆用「乃」字。由此可見，「迺」字在唐代已使用不多。

43. 柰¹³—奈²

《說文・六上・木部》：「柰，果也。」段注：「假借爲奈何字，見《尚書》、《左傳》。俗作『奈』，非。」〔註79〕《說文》無「奈」字。「柰」本義表示「果」，假借表示「柰何」之義，後人們以「奈」字來代「柰何」之「柰」。在敦煌寫卷《老子》經文中，「奈」、「柰」二字僅見於第七十四章「民常不畏死，奈何以死懼之」句，其中「奈」字，僅 S.6453、P.2255 作「柰」。可見，在唐代「柰何」之「柰」已基本爲「奈」字代替。

44. 萬¹⁴¹—万⁶²

《說文・十四下・厹部》：「萬，蟲也。」段注：「謂蟲名也。假借爲十千數名。而十千無正字，遂久假不歸，學者昧其本義矣。唐人十千作万，故《廣韻》万與萬別。」〔註80〕《玉篇・方部》：「万，俗萬字。十千也。」「萬」本義爲「蟲」，表示數字十千是它的假借義，而「万」是數字十千的本字。在敦煌寫卷《老子》經文中，「萬」與「万」均用於「萬（万）物」、「萬（万）乘（乘）」中，意義與用法相同。

〔註78〕 〔漢〕許愼撰、〔清〕段玉裁注，《說文解字注》，杭州，浙江古籍出版社，1998年，第 203 頁。

〔註79〕 〔漢〕許愼撰、〔清〕段玉裁注，《說文解字注》，杭州，浙江古籍出版社，1998年，第 239 頁。

〔註80〕 〔漢〕許愼撰、〔清〕段玉裁注，《說文解字注》，杭州，浙江古籍出版社，1998年，第 739 頁。

45. 冈¹—綱¹¹、綱¹

　　三字均不見於《說文》。據《增訂碑別字》載，魏《魏靈藏造像記》「罔」作「冈」〔註81〕。則「冈」為「罔」之異構字；「綱」則為「網」之異構字；「綱」為「綱」之異寫字，「冈」與「綱」讀音相同，可通假。在敦煌寫卷《老子》經文中，三字僅見於第七十三章「天綱恢恢，踈而不失」句，其中「綱」字，S.4430 作「冈」，P.2577 作「綱」。

46. 餟¹³—贅²

　　《說文‧五下‧食部》：「餟，祭酹也。從食，叕聲。」又，《六下‧貝部》：「贅，以物質錢。」二者意義不同，但讀音相同，可通假。在敦煌寫卷《老子》經文中，「贅」字僅見於第二十四章「曰餘食餟行」之「餟」，S.792、P.3235V⁰ 作「贅」。

47. 醊⁶—餟¹³—綴²—輟⁸

　　《說文‧十四下‧叕部》：「綴，合箸也。從叕，從系。」又，《十四上‧車部》：「輟，車小缺復合者。從車，叕聲。」「餟」字見上。《說文》無「醊」字。《廣韻‧祭韻》：「醊，祭也。」「醊」、「餟」、「綴」三字讀音相同，「輟」字從「叕」得聲，與前三字讀音相近，四字可通假。在敦煌寫卷《老子》經文中，第五十四章「子孫祭祀不醊」之「醊」，S.189、P.2375、散 0668D 作「餟」，S.2060、S.3926、P.2420、P.2639 作「輟」，P.3895 作「綴」。

48. 敵²¹—歒²⁶

　　《說文‧三下‧攴部》：「敵，仇也。從攴，啻聲。」《說文》無「歒」字。《類篇‧欠部》：「歒，歒欯，小兒喜笑也。」二字意義不同，讀音相近，可通假。在敦煌寫卷《老子》經文中，二字用法相同。

49. 錯³—措⁸

　　《說文‧十四上‧金部》：「錯，金塗也。從金，昔聲。」又，《十二上‧手部》：「措，置也。從手，昔聲。」二字意義不同，讀音相同，可通假。在敦煌寫卷《老子》經文中，二字僅見於第五十章「虎無所錯其爪」句，其中「錯」

〔註81〕羅振鋆，羅振玉，《增訂碑別字》，北京，文字改革出版社，1957 年，第 230 頁。

字，S.189、S.3926、P.2375、P.2420、P.2639、P.2864，P.3895、散 0668D 作「揩」。

50. 癈（癈）[16]—廢（廢）[5]

《說文・七下・疒部》：「癈，固病也。從疒，發聲。」又，《十二上・广部》：「廢，屋頓也。從广，發聲。」二字意義不同，讀音相同，可通假。構件「殳」與「攵」意義相通，「癈」、「廢」分別爲「癈」、「廢」之異構字。在敦煌寫卷《老子》經文中，第十八章「大道廢」之「廢」，S.477、S.792、P.2255、俄綴、S.6825V、P.2584 作「廢」；第三十六章「將欲廢之」之「廢」，P.3235V0、P.3725 作「廢」。

51. 槁[9]—熇[5]

《說文・六上・木部》：「槁，木枯也。從木，高聲。」又，《十上・火部》：「熇，火熱也。從火，高聲。」二字意義不同，讀音相近，可通假。在敦煌寫卷《老子》經文中，「高」皆作「髙」。二字僅見於第七十六章「其死枯熇」句，其中「熇」字，S.189、S.3926、S.4430、P.2347、P.2420、P.2517、P.2577、P.2639、Дx01111　Дx01113 作「槁」。

52. 玃[5]、㺇[1]—攫[1]—鴝[2]、鸜[1]

《說文・十上・犬部》：「玃，母猴也。從犬，矍聲。《爾雅》云：玃父善顧。攫持人也。」又，《十二上・手部》：「攫，扤也。從手，矍聲。」「鴝」字不見於《說文》。《廣韻・虞韻》：「鴝，鴝鵒。亦作鸜。」「鸜」爲「鴝」之異構字。「㺇」爲「玃」之異寫字，「鴝」爲「鸜」之異寫字。「玃」與「攫」讀音相同，二字與「鸜」讀音相近，可通假。在敦煌寫卷《老子》經文中，以上五字僅見於第五十五章「鴝鳥猛狩不搏」句，其中「鴝」字，S・189、S・2060、P.2375、P.2639、散 0668D 作「玃」，S.2267 作「鴝」，S.3926 作「攫」，P.2255 作「鸜」，P.2420 作「㺇」。

53. 克[12]—刻[1]—尅[4]—剋[1]、剋[2]

《說文・七上・克部》：「克，肩也。象屋下刻木之形。」又，《四下・刀部》：「刻，鏤也。從刀，亥聲。」《說文》無「尅」、「剋」、「剋」三字。《爾雅・釋詁上》：「剋，勝也。」《廣韻・德韻》：「剋，急也。」《字彙・寸部》：「尅，同剋。」「克」、「刻」、「尅」、「剋」四字讀音相同，可通假。「剋」爲「剋」之異寫字。在敦煌寫卷《老子》經文中，以上五字僅見於第五十九章「重積德則無

不克，無不克莫知其極」句，其中「克」字，S.189 前者作「刻」、後者作「尅」，
P.2347、P.2420 皆作「尅」，P.2639 皆作「剋」。

54. 夸（誇）⁶—洿（誇）¹¹—跨（跨）¹⁰

《說文・十下・大部》：「夸，奢也。」又，《三上・言部》：「誇，譀也。從
言，夸聲。」又，《二下・足部》：「跨，渡也。從足，夸聲。」三字意義不同，
讀音相近，可通假。「夸」、「洿」、「跨」分別爲「誇」、「誇」、「跨」之異寫字。
在敦煌寫卷《老子》經文中，第五十三章「是謂盜洿，盜洿非道」句，其中「洿」
字，S.189 皆作「誇」，S.3926 前者作「夸」、後者無，P.2375 皆作「跨」，P.2420
皆作「夸」，P.2639 皆作「夸」，P.3895 前者作「夸」、後者無；而第二十四章「跨
者不行」之「跨」，所有寫卷皆作「跨」，無作「夸」或「洿」者。

55. 祿¹⁸—碌²—琭⁶

《說文。一上・示部》：「祿，福也。從示，录聲。」又，《九下・石部》：「碌，
石貌。從石，录聲。」《說文》無「琭」字。《廣韻・屋韻》：「琭，玉名。」三
字意義不同，讀音相近，可通假。在敦煌寫卷《老子》經文中，三字僅見於第
三十九章「不欲祿祿如玉」句，其中「祿祿」，S.3926、P.2375、P.2594 作「琭
琭」，P.2639 作「碌碌」。

56. 唯¹⁸⁹—惟²

《說文・二上・口部》：「唯，諾也。以水切。」又，《十下・心部》：「惟，
凡思也。以追切。」段注：「按，經傳多用爲發語之詞。《毛詩》皆作維，《論語》
皆作唯，古文《尚書》皆作惟，今文《尚書》皆作維。古文《尚書》作惟者，
唐石經之類可證也。俗本《匡謬正俗》乃互易之，大誤。又，《魯詩》作惟與《毛
詩》作維不同，亦見漢石經殘字。」〔註82〕最早「唯」、「惟」二字意義不同，
後因讀音相同、字形極相近，在作爲虛詞時，二字經常通用。在敦煌寫卷《老
子》經文中，「惟」字僅出現 2 次，分別用於「夫」之後、「惚」之前，此與「唯」
字用法相同。除此之外，其他經文部分皆用「唯」，而不用「惟」字。由此可知，
唐代多用「唯」字。

〔註82〕〔漢〕許慎撰、〔清〕段玉裁注，《說文解字注》，杭州，浙江古籍出版社，1998
年，第 505 頁。

57. 銳（銳）[16]—挩（挩）[4]—悅（悅）[1]

《說文‧十四上‧金部》：「銳，芒也。」又，《十二上‧手部》：「挩，解挩也。」段注：「今人多用『脫』，古則用『挩』。是則古今字之異也。今『脫』行而『挩』廢矣。」[註83] 據段注，「挩」爲「脫」之本字。《說文‧三上‧言部》：「說，說釋也。」段注：「『說釋』即『悅懌』，『說』、『悅』、『釋』、『懌』皆古今字。許書無『悅』、『懌』二字也。說釋者，開解之意，故爲喜悅。」[註84] 三字意義不同，但示音構件皆爲「兌」，可通假。在敦煌寫卷《老子》經文中，構件「兌」皆作「兊」，三字均可用於第九章「揣而銳（挩、悅）之」句中；而在第四章、五十六章「挫其銳」句中，只用「銳」字，而不用「挩」或「悅」字。

58. 驕（驕）[17]—憍（憍）[5]

《說文‧十上‧馬部》：「驕，馬高六尺爲驕。」段注：「凡驕恣之義當是由此引伸，旁義行而本義廢矣。《女部》曰：嬌，驕也；《心部》曰：怚，驕也。皆旁義也。俗制嬌、憍字。」[註85]《說文》無「憍」字。《集韻‧宵韻》：「憍，矜也。通作驕。」「憍」與「驕」讀音相同，可通假。在敦煌寫卷《老子》經文中，構件「喬」多作「咼」，二字均可用於第九章「富貴而驕（憍）」句。而第三十章「果而勿驕」之「驕」，不作「憍」。

59. 彼[24]—佊[8]

《說文‧二下‧彳部》：「彼，往有所加也。」《說文》無「佊」字。《廣雅‧釋詁二》：「佊，衺也。」章炳麟《新方言》：「今人呼邪人爲佊子，俗誤書痞。」[註86]「彼」、「佊」二字意義不同，讀音相近，可通假。在敦煌寫卷《老子》經文中，二字皆見於第十二章、三十八章、七十二章之「故去彼取此」句，其中「彼」字，S.798、S.6825V、P.2370、P.2584、P.2639、俄綴、散 0668F、BD14633 作「佊」。

〔註83〕〔漢〕許慎撰、〔清〕段玉裁注，《說文解字注》，杭州，浙江古籍出版社，1998年，第 604 頁。

〔註84〕〔漢〕許慎撰、〔清〕段玉裁注，《說文解字注》，杭州，浙江古籍出版社，1998年，第 93 頁。

〔註85〕〔漢〕許慎撰、〔清〕段玉裁注，《說文解字注》，杭州，浙江古籍出版社，1998年，第 463 頁。

〔註86〕章炳麟，《新方言》，東京，民報社、秀光社，明治四十年，第 17 頁。

60. 偏⁷—徧⁶

《說文·八上·人部》：「偏，頗也。」段注：「頗，頭偏也。引伸爲凡偏之稱。」〔註87〕《說文·二下·彳部》：「徧，帀也。」又，《六下·帀部》：「帀，周也。從反之而帀也。」段注：「反之謂倒之也。凡物順逆往復則周徧矣。」〔註88〕「偏」本義指「偏頗」，「徧」本義指「周徧」，即今之「遍」字。二字本義不同，但讀音相近，可通假。在敦煌寫卷《老子》經文中，二字僅見於第三十一章「是以徧將軍居左」句，其中「徧」字，S.792、S.798、S.2267、S.6825V、P.2375、P.2584、散 0668A 作「偏」。

61. 徼¹—儌¹—皦¹⁵　皦¹⁵—皎¹

《說文·二下·彳部》：「徼，循也。」又，《二下·彳部》：「循，行順也。」《說文》無「儌」、「皦」、「皎」三字。《玉篇·人部》：「儌，儌行也。」《說文·七下·白部》：「皦，玉石之白也。」《玉篇·日部》：「皦，明也。」《說文·七下·白部》：「皎，月之白也。」《集韻·筱韻》：「皎，或從日。」「皦」爲「皎」之異構字。「徼」、「儌」、「皦」、「皎」四字讀音相近，可通假。在敦煌寫卷《老子》經文中，第一章「觀其徼」之「徼」，P.2370、P.2584 作「皦」，P.2435 2596 作「徼」，三字通用；第十四章「其上不皦」之「皦」，散 0668C 作「皎」，二字通用。

62. 彊⁹⁴—強³¹、强⁷⁷、强²²

《說文·十二下·弓部》：「彊，弓有力也。」又，《十三上·虫部》：「強，蚚也。從虫，弘聲。疆，籀文強。從蚰，從彊。」段注：「據此則『強』者古文，秦刻石文用『強』，是用古文爲小篆也。然以『強』爲『彊』，是六書之假借也。」〔註89〕《說文》無「強」、「强」二字。《字彙·弓部》：「强，與強同。」「强」爲「強」之異寫字。據《增訂碑別字》載，南北朝齊《宋買造像記》有

「强」字〔註90〕。「强」爲「强」之增筆異寫字。在敦煌寫卷《老子》經文中，此四字用法相同。

63. 辭¹、辤¹¹—辤⁴

《說文·十四下·辛部》：「辭，訟也。」段玉裁改「訟」爲「說」，並注曰：「今本『說』讹『訟』。」〔註91〕《說文·十四下·辛部》：「辤，不受也。」段注：「《聘禮》：『辭曰：非禮也敢。』注曰：辭，不受也。按，經傳凡辤讓皆作辭說字，固屬假借。而學者乃罕知有辤讓本字。或又用辤爲辭說，而愈惑矣。」〔註92〕《正字通·辛部》：「辤，俗辭字。」依段注，「辭」本義指「辭說」，「辤」本義指「辤讓」，二者本義不同，但人們多借「辭」爲「辤」；「辤」爲「辭」之異構字。在敦煌寫卷《老子》經文中，「辛」多增筆作「辛」，「辭」、「辤」、「辤」分別爲「辭」、「辤」、「辤」之增筆異寫字，三者皆可用於第二章「萬物作而不辤（辭、辤）」句，而第三十四章「萬物恃以生而不辭（辤）」句，不用「辭」字。

64. 散²⁸—澕³—煥¹

《說文·七下·朮部》：「散，分離也。」又，《十一上·水部》：「澕，流散也。」又，《十上·火部》：「煥，火光也。」「散」、「澕」皆有「離散」之義，意義相近，「煥」本義指「火光」，與「散」、「澕」意義不同，但三字讀音相近，可通假。在敦煌寫卷《老子》經文中，第十五章「散若冰將汋」之「散」，S.477、S.792、P.2329作「澕」，P.3235V⁰作「煥」。除此之外，其他經文部分用「散」者，不作「澕」或「煥」。

65. 有⁷⁹⁰—又⁴⁶

在古文獻中，「有」與「又」通假較常見。在敦煌寫卷《老子》經文中，「有」與「又」通用者1處，即第一章「玄之又玄」之「又」，P.2435 2596作「有」。

〔註90〕羅振鋆、羅振玉，《增訂碑別字》，北京，文字改革出版社，1957年，第139頁。

〔註91〕〔漢〕許慎撰、〔清〕段玉裁注，《說文解字注》，杭州，浙江古籍出版社，1998年，第742頁。

〔註92〕〔漢〕許慎撰、〔清〕段玉裁注，《說文解字注》，杭州，浙江古籍出版社，1998年，第742頁。

除此之外，其他經文部分二字不通用。

66. 徹（徹）[8]、徹[1]—撤（撤）[9]—𨂂（𨂂）[1]

《說文・三下・攴部》：「徹，通也。」又，《十四上・車部》：「轍，車迹也。」又，《十三下・力部》：「勶，發也。」段注：『勶』與『徹』義別。徹者，通也；『勶』謂除去……或作『撤』，乃『勶』之俗也。」〔註 93〕《說文》無「撤」、「𨂂」二字。《集韻・薛韻》：「轍，《說文》：『迹也。』或從足。」據段注，「撤」爲「勶」之異構字；依《集韻》，「𨂂」爲「轍」之異構字。「徹」、「撤」、「轍」三字意義不同，讀音相近，可通假。在敦煌寫卷《老子》經文中，構件「攵」常作「攴」或「攵」，構件「厶」常作「去」，第七十九章「無德司撤」之「撤」，S.3926、S.4430、P.2420、景龍本作「徹」，P.2517 作「徹」，Дx01111 Дx01113 作「𨂂」。

67. 赦[4]、䞣[12]—捨[11]—舍[8]

在「異構字」中已講過，「䞣」爲「赦」之異構字。在古文獻中，「捨」與「舍」常通用。「赦」、「䞣」、「捨」、「舍」四字讀音相近，可通假。在敦煌寫卷《老子》經文中，以上四字僅見於第六十七章「今䞣（赦、捨、舍）其慈且勇，䞣（赦、捨、舍）其儉且廣，䞣（赦、捨、舍）其後且先，死矣」句，其中，「䞣」與「捨」使用較多。

68. 落[6]—硌[2]、㕼[2]

《說文・一下・艸部》：「落，凡草曰零，木曰落。」《說文》無「硌」、「㕼」二字。《玉篇・石部》：「硌，石次玉。」「落」與「硌」意義不同，讀音相同，可通假。《龍龕手鑒・口部》：「㕼，古啓字。」在敦煌寫卷《老子》經文中，三字僅見於第三十九章「落落如石」句，其中「落落」，S.3926 作「硌硌」，P.2594 作「㕼㕼」。在此句中，「㕼」作「啓」講，與句意不通，構件「攵」與「又」意義相通，「㕼」似應爲「硌」之異構字。

69. 訥[5]、吶[4]—納[1]

《說文・三上・言部》：「訥，言難也。從言，從內。」又，《十三上・糸部》：「納，絲濕納納也。從糸，內聲。」《說文》無「吶」字。《玉篇・口部》「訥，

〔註 93〕〔漢〕許慎撰、〔清〕段玉裁注，《說文解字注》，杭州，浙江古籍出版社，1998 年，第 700 頁。

遲鈍也。或作呐。」「呐」爲「訥」之異構字。「訥」與「呐」意義不同，讀音相近，可通假。在敦煌寫卷《老子》經文中，三字僅見於第四十五章「大辯若訥」句，其中「訥」字，S.189、P.2255、P.2420、散 0668D 作「呐」，P.2864 作「納」。

70. 覆²—覆⁹

《說文・七下・襾部》：「覆，霉也。」又，《七下・襾部》：「霉，反覆也。」《說文》無「覆」字。《集韻・屋韻》：「覆，覆水也。」二者讀音相同，意義相近，可通假。在敦煌寫卷《老子》經文中，構件「彳」常混同於「氵」，「覆」、「覆」分別爲「覆」、「覆」之異寫字。二字僅見於第五十一章「故道生之、畜之、長之、育之、成之、孰之、養之、覆之」句，其中「覆」字，P.2375、P.3895 作「覆」。

71. 徐²⁰—俆²¹

《說文・二下・彳部》：「徐，安行也。」又，《八上・人部》：「俆，緩也。」段注：「與『徐』義略同。《齊世家》：田常執簡公於俆州。《索隱》曰：俆，廣音舒，其字從人，《左氏》作『舒』，《說文》作『邻』。按，《魯世家》作『徐』。」〔註94〕「徐」本義指「安行」，「俆」本義指「緩」，均有「慢」之義。二字讀音相同，意義相近，可通假。在敦煌寫卷《老子》經文中，二字僅見於第十五章「濁以靜之徐清，安以動之徐生」句，其中「徐」字，S.6825V 皆作「俆」。

72. 翕⁶—歙²—噏²

《說文・四上・羽部》：「翕，起也。」段注：「《釋詁》、《毛傳》皆云：翕者，合也。許云『起也』者，但言合則不見起，言起而合在其中矣。翕從合者，鳥將起必斂翼也。」〔註95〕《說文・八下・欠部》：「歙，縮鼻也。」段注：「《系部》曰：縮者，蹴也。『歙』之言『攝』也。」〔註96〕《說文》無「噏」

〔註94〕〔漢〕許慎撰、〔清〕段玉裁注，《說文解字注》，杭州，浙江古籍出版社，1998年，第 377 頁。

〔註95〕〔漢〕許慎撰、〔清〕段玉裁注，《說文解字注》，杭州，浙江古籍出版社，1998年，第 139 頁。

〔註96〕〔漢〕許慎撰、〔清〕段玉裁注，《說文解字注》，杭州，浙江古籍出版社，1998年，第 413 頁。

字。《集韻・緝韻》：「僋，斂也。或作噏。」「翕」、「歙」、「噏」三字讀音相同，可通假。在敦煌寫卷《老子》經文中，「翕」、「歙」、「噏」僅出現於第三十六章「將欲翕之」句，其中「翕」字，S.783、P.2375 作「噏」，P.3235V⁰、P.3725 作「歙」。

73. 樸⁶、樸¹⁷－撲¹²、撲³⁶－朴¹¹

《說文・六上・木部》：「樸，木素也。」段注：「素猶質也。以木爲質，未雕飾，如瓦器之坯然……《漢書》以『敦朴爲天下先』，假『朴』爲『樸』也。」〔註97〕《說文・十二上・手部》：「撲，挨也。」又，《六上・木部》：「樸，木皮也。」《說文》無「樸」、「撲」二字。《字彙・木部》：「樸，同樸。」《正字通・手部》：「撲，同朴。」「樸」爲「樸」之異構字，「撲」爲「撲」之異構字。以上五字讀音相同，意義相近，可通假。在敦煌寫卷《老子》經文中，「樸」、「撲」、「樸」、「撲」、「朴」可同時出現，用法相同。而「樸」、「撲」使用較多。

74. 滅⁸、滅³－威¹

《說文・十一上・水部》：「滅，盡也。」又，《十上・火部》：「威，滅也。從火、戌。火死於戌，陽氣至戌而盡。《詩》曰：赫赫宗周，褒似威之。」王筠《說文解字句讀》：「《毛傳》：『威，滅也。』《釋文》：『威，本或作滅。』《左傳・昭元年》、《列女傳・七》皆引『褒似滅之』。案，毛以今字釋古字。」〔註98〕「滅」本義指「水盡」，「威」本義指「火盡」，二字在「盡」的意義上相通。同時二字讀音相同，可通假。在敦煌寫卷《老子》經文中，構件「氵」時混同於「冫」，「滅」字不見於《說文》及其他字書，爲「滅」之異構字。「滅」、「滅」、「威」僅見於第三十九章「萬物無以生將恐滅」句，其中「滅」字，S.189、P.2420、BD14633 作「滅」，P.2375 作「威」。

75. 疏¹²－踈¹⁰、踈³

《說文》無「疏」、「踈」、「踈」三字。《玉篇・㐬部》：「疏，稀也。」《玉

〔註97〕〔漢〕許慎撰、〔清〕段玉裁注，《說文解字注》，杭州，浙江古籍出版社，1998年，第252頁。

〔註98〕〔清〕王筠，《說文解字句讀》，北京，中華書局，1988年，第386頁。

篇・足部》：「踈，慢也，不密。」二字讀音與意義皆相近，可通假。「踈」爲「踈」之異寫字。在敦煌寫卷《老子》經文中，三字用法相同。

76. 脩[32]、脩[13]—修[9]、修[1]

《說文・四下・肉部》：「脩，脯也。從肉，攸聲。息流切。」又，《九上・彡部》：「修，飾也。從彡，攸聲。息流切。」二字意義不同，讀音相同，可通假。「脩」、「脩」二字均不見於《說文》。據《增訂碑別字》載，漢《景君碑》「脩」字作「脩」[註99]。「脩」僅比「脩」字多一豎，也應爲「脩」之異寫字。此外，在漢碑及敦煌寫卷中，構件「彳」經常與「亻」混同，故「脩」亦爲「脩」之異寫字。「修」、「修」二字均不見於《說文》及其他字書，應爲「修」之異寫字。在敦煌寫卷《老子》經文中，四字用法相同。

77. 弊[15]、弊[10]—獎[2]—蔡[1]　弊[16]、弊[10]—獎[2]　弊[15]、弊[10]—敝[1]

《說文・十上・犬部》：「獎，頓僕也。」段注：「獎本因犬僕製字，假借爲凡僕之稱。俗又引伸爲利弊之弊字。遂改其字作弊，訓困也、惡也。」[註100]《集韻・祭韻》：「蔽，奄也。或作蔡。」在漢碑文及敦煌文獻中，「犬」字一點常省去，「獎」爲「獎」之異寫字。「弊」爲「獎」之異寫字，「蔡」爲「蔽」之異構字。「弊」字不見於其他字書。似爲「弊」之異寫字。「獎」、「弊」、「蔡」、「敝」四字讀音相同，可通假。在敦煌寫卷《老子》經文中，第十五章「夫唯不盈，能弊復成」之「弊」，S.477、P.2255作「弊」，S.792作「獎」，P.2329作「蔡」；第二十二章「窪則盈，弊則新」之「弊」，S.792作「獎」，S.798、P.2584、P.3235V[0]作「弊」；第四十五章「大成若缺，其用不弊」之「弊」，S.189、S.2267、P.2375・P.2420、散0668D作「弊」，S.3926作「敝」。

78. 沿[8]—釋[3]

《說文・十一上・水部》：「沿，激水聲也。」又，《七上・米部》：「釋，漬米也。」段玉裁改作：「漬米也。」並注曰：《大雅》曰：『釋之叟叟。』《傳》曰：釋，淅米也；叟叟，聲也。按，漬米，淅米也。漬者，初湛諸水，淅則淘

〔註99〕羅振鋈、羅振玉，《增訂碑別字》，北京，文字改革出版社，1957年，第168頁。

〔註100〕〔漢〕許慎撰、〔清〕段玉裁注，《說文解字注》，杭州，浙江古籍出版社，1998年，第476頁。

汰之。《大雅》作『釋』，『釋』之假借也。」〔註101〕「汋」本義爲「激水聲」，「釋」本義爲「淘米」，二字意義不同。據《廣韻》，「汋」屬「藥」部；「釋」在「鐸」部，二字可通假。在敦煌寫卷《老子》經文中，「汋」、「釋」僅見於第十五章「散若冰將汋」句，其中「汋」字，S.477、S.792、P.3235V⁰作「釋」，傳世本作「釋」。

79. 亨（亨）^{10}—享（享）^{6}—烹（烹）^{5}

《說文·五下·亯部》：「亯，獻也。從高省，曰象進孰物形。《孝經》曰；祭則鬼亯之。凡亯之屬皆從亯。許兩切，又普庚切，又許庚切。䖔，篆文亯。」段注：「《禮經》言：饋食者，薦孰也。許兩切。《十部》：『亯』象薦孰，因以爲餁物之稱，故又讀普庚切。『亯』之義訓薦神，誠意可通於神，故又讀許庚切。古音則皆在《十部》。其形，薦神作『亨』，亦作『享』，餁物作『亨』，亦作『烹』。《易》之『元亨』，則皆作『亨』，皆今字也……據玄應書，則亯者，籀文也。小篆作䖔，故隸書作『亨』、作『享』，小篆之變也。」〔註102〕段玉裁指出了「亨」、「享」、「烹」三字之間的關係，皆由一形演變而來，可通假。在敦煌寫卷《老子》經文中，構件「亠」皆作「亠」，「亨」、「享」、「烹」分別爲「亨」、「享」、「烹」的異寫字。作「獻」、「薦神」講時，「亨」、「享」通用，但不用「烹」，如第二十章「若亨太牢」之「亨」，S.477、S.792、P.3235V⁰作「享」，S.6453、P.2255作「亨」，無作「烹」者；作「餁物」講時，三字均可使用，如第六十章「治大國若烹小腥」之「烹」，S.189、P.2347、P.2517作「亨」，S.3926、P.2350、P.2375作「享」，S.2060、S.6453、P.2420、P.2639作「烹」。

80. 適^5—讁^2

《說文·二下·辵部》：「適，之也。」《說文》無「讁」字。《集韻·麥韻》：「讁，《說文》：『罰也。』或作讁。」「讁」爲「讁」之異構字。二字意義不同，但示音構件皆爲「啇」，可通假。在敦煌寫卷《老子》經文中，二字僅見於第二十七章「善言無瑕適」句，其中「適」字，S.792、P.3235V⁰作「讁」。

〔註101〕〔漢〕許慎撰、〔清〕段玉裁注，《說文解字注》，杭州，浙江古籍崗版社，1998年，第 332 頁。

〔註102〕〔漢〕許慎撰、〔清〕段玉裁注，《說文解字注》，杭州，浙江古籍出版社，1998年，第 229 頁。

81. 靜[101]—爭[114]

《說文・五下・丹部》：「靜，審也。」又，《四下・受部》：「爭，引也。」二字意義不同，讀音相近，可通假。在敦煌寫卷《老子》經文中，「靜」與「爭」有 1 處同時出現，即第三十七章「無欲以靜」之「靜」，S.792、P.3725 作「爭」。其他經文「靜」與「爭」不同時出現。

82. 噓（嘘）[8]—煦（煦）[1]、煦[1]

《說文・二上・口部》：「噓，吹也。」又，《十上・火部》：「煦，蒸也。一曰赤貌。一曰溫潤也。」「煦」為「煦」之異寫字。「煦」字不見於《說文》及其他字書，應為「煦」之異寫字。「噓」與「煦」二字意義不同，讀音相近，可通假。在敦煌寫卷《老子》經文中，三字僅見於第二十九章「或噓或吹」，其中「噓」字，S.792 作「煦」，P.3235V⁰ 作「煦」。

四、近義詞

敦煌寫卷《老子》經文異文，有些是由於近義詞換用而形成的。近義詞有廣義與狹義之分，廣義上的近義詞包括意義相同的詞語在內，狹義上的近義詞則僅指意義相近的詞語。本書所指為廣義上的近義詞。

1. 盈[57]—滿[35]

《說文・五上・皿部》：「盈，滿器也。」又，《十一上・水部》：「滿，盈溢也。」二字皆有「充滿」之義，為近義詞。在敦煌寫卷《老子》經文中，二字均可用於第九章「持而盈（滿）之」、第四十五章「大滿（盈）若沖」句。除此之外，其他經文部分二字不換用。

2. 若[479]—如[33]

二字均有「如同」、「類似」、「接近」之義，為近義詞。在敦煌寫卷《老子》經文中，二字均可用於第九章「不若（如）其已」、第六十九章「抗兵相若（如）」句。其他經文部分，二字不換用。

3. 堂[8]—室[4]

《說文・十三下・土部》：「堂，殿也。」又，《七下・宀部》：「室，實也。」段注：「以疊韻為訓。古者前堂後室。《釋名》曰：『室，實也。人物實滿其中也。』

引伸之則凡所居皆曰室。」〔註103〕據段注，二字意義相近。在敦煌寫卷《老子》經文中，二字僅見於第九章「金玉滿堂（室）」句。

4. 爲^{1097}—坐^{11}

在古漢語中，二字均可用作虛詞，表示原因。在敦煌寫卷《老子》經文中，「坐」表示原因，僅出現 1 次，即第十三章「爲我有身」之「爲」，S477 作「坐」。其他經文部分，二字不換用。

5. 可^{278}—可以^{79}

「可」爲單音詞，「可以」爲複音詞。在敦煌寫卷《老子》經文中，第十三章「若可託天下」、「若可寄天下」句中之「可」，S.477 皆作「可以」。除此之外，「可」、「可以」不換用。

6. 直^{21}—正^{77}

《說文・十二下・乚部》：「直，正見也。」段注：「《左傳》曰：『正直爲正，正曲爲直。』其引伸之義也。審則必能矯其枉。故曰『正曲爲直』。」〔註104〕《說文・二下・正部》：「正，是也。」又，《二下・正部》：「是，直也。」據《說文》，「正」、「直」爲近義詞。在敦煌寫卷《老子》經文中，「正」作「直」者僅 1 處，即第二十二章「枉則正」之「正」，S.792、P.3235V^0 作「直」；而「直」字未有作「正」者。

7. 驟^3—䟱^2、趨^3、趍^1

《說文・十上・馬部》：「驟，馬疾步也。」又，《二上・走部》：「趨，走也。」朱駿聲《說文通訓定聲》：「凡芻旁，古或作芻，譌作多。」〔註105〕「驟」本義表示馬快走，「趨」本義表示人走，二者均有「走」之義，爲近義詞。《說文・二上・走部》：「趍，趍趙。」據朱駿聲《說文通訓定聲》，此「趍」應爲「趨」的另一種寫法，而非「趍趙」之「趍」。在敦煌寫卷《老子》經文中，「走」作「辵」或「走」，「芻」除寫作「芻」外，亦作「芻」或「屮」。「趨」、

〔註103〕〔漢〕許慎撰、〔清〕段玉裁注，《說文解字注》，杭州，浙江古籍出版社，1998年，第 338 頁。

〔註104〕〔漢〕許慎撰、〔清〕段玉裁注，《說文解字注》，杭州，浙江古籍出版社，1998年，第 634 頁。

〔註105〕〔清〕朱駿聲，《說文通訓定聲》，北京，中華書局，1984 年，第 371 頁。

「趍」、「赻」均爲「趨」之異寫字。以上四字均見於第二十三章「趍雨不終日」句，其中「趍」字，S.792、P.2823、P.3235V⁰作「驟」，S.798作「超」，S.6825V、P.2584作「赻」。

8. 制¹³—剬⁶

《說文·四下·刀部》：「制，裁也。從刀，從未。未，物成有滋味，可裁斷。」又，《四下·刀部》：「剬，斷齊也。從刀，耑聲。」二字讀音不同，意義相近，均有「斷」之義。在敦煌寫卷《老子》經文中，第二十八章「大剬無割」之「剬」，S.792、S.6825V、P.3235V⁰作「制」。而其他經文部分用「制」者，不作「剬」。

9. 氣³²—炁²

《說文·七上·米部》：「氣，饋客芻米也……餼，氣或從食。」又，《一上·气部》：「气，雲气也。象形。」段注：「气、氣，古今字。自以『乞』爲『雲气』字，乃又作『餼』爲『廩氣』字矣。」〔註106〕《說文》無「炁」字。《集韻·未韻》：「气，《說文》：『雲气也。象形。』一曰息也。或作氣、炁。」據《集韻》，「氣」、「炁」均爲「气」之異構字，讀音與意義相同。在敦煌寫卷《老子》經文中，「炁」字僅出現2次，即第十章「專氣致柔」之「氣」，S.477作「炁」；第四十二章「沖氣以爲和」之「氣」，BD14738作「炁」。其他經文部分「氣」字不作「炁」。

10. 囊³—橐⁷

《說文·六下·橐部》：「囊，橐也。」又，《六下·橐部》：「橐，囊也。」，二者互訓，意義相同。在敦煌寫卷《老子》經文中，二字僅見於第五章「天地之間，其猶囊蘥」句，其中「囊」字，S.798、S.6825V、P.2370、P.2435、P.2596、P.2584、P.3235V⁰、P.3592作「橐」。

11. 臺¹⁰、坮⁵、臺⁷—臺¹

《說文·十二上·至部》：「臺，觀四方而高者。從至，從之，從高省。與室、屋同意。」《說文》無「臺」、「坮」、「臺」三字。《字彙·至部》：「坮，俗

〔註106〕〔漢〕許慎撰、〔清〕段玉裁注，《說文解字注》，杭州，浙江古籍出版社，1998年，第20頁。

臺字。」「臺」不見於其他字書。據《增訂碑別字》載，在魏《李超墓誌銘》、魏《程哲碑》中，「臺」已作爲「臺」之異寫字出現。〔註107〕《集韻‧屋韻》：「屋，或作臺。」「臺」爲「屋」之異構字，與「臺」意義相近。在敦煌寫卷《老子》經文中，第二十章「若春登臺」之「臺」，S.477 作「臺」，S.792、P.2255 作「臺」，S.798、P.3235V⁰ 作「臺」；而第六十四章「九重之臺」之「臺」，S.189、S.3926、P.2347、P.2375、P.2420、P.2517、P.2639、P.3237 作「臺」，散 0668E 作「臺」，無作「臺」者。

12. 又⁴⁶—或（或）¹⁶⁴　　有—或（或）¹⁶⁴

在古文獻中，「有」與「又」通假較常見。同時，因「或」有「有」之義，故三字常交錯使用。在敦煌寫卷《老子》經文中，「又」、「有」與「或」同時出現者各1處，即第四章「道沖，而用之又不盈」之「又」，S.477、P.3235V⁰、P.3592 作「或」；第二十四章「物有惡之」之「有」，S.792、P.3235V⁰ 作「或」。

五、形近混用字

指敦煌寫卷《老子》經文異文用字因字形相近而混用的情況。

1. 王¹²²—生⁴²³

二字讀音與意義皆不同，但字形相近。在敦煌寫卷《老子》經文中，「王」與「生」有兩處同時出現，即第十六章「公能生，生能天」之「生」，S.477、S.792、P.3235V⁰ 皆作「王」；第二十五章「地大，王大」、「而王處一」之「王」，S.6825V 皆作「生」。除此之外，其他經文部分二字不混用。

2. 直²¹—眞²⁹

《說文‧十二下‧乚部》：「直，正見也。」段注：「《左傳》曰：『正直爲正，正曲爲直。』其引伸之義也。審則必能矯其枉。故曰『正曲爲直』。」〔註108〕《說文‧八上‧匕部》：「眞，仙人變形而登天也。」段注：「此『眞』之本義也。經典但言誠實，無言眞實者。諸子百家乃有『眞』字耳。然其字古矣……引伸

〔註107〕羅振鋆、羅振玉，《增訂碑別字》，北京，文字改革出版社，1957 年，第 81 頁。

〔註108〕〔漢〕許慎撰、〔清〕段玉裁注，《說文解字注》，杭州，浙江古籍出版社，1998年，第 634 頁。

為真誠。」〔註109〕「直」與「真」字形相近，意義不同。在敦煌寫卷《老子》經文中，二字有 2 處同時出現，即第四十五章「大直若屈」之「直」，散 0668D作「真」；「真」作「直」者僅 1 處，即第四十一章「質真若渝」之「真」，P.2420作「直」。除此之外，「直」與「真」不混用。

3. 與¹⁵²—興（興）¹²

《說文・三上，舁部》：「與，黨與也。」又，《三上・舁部》：「興，起也。」二字讀音、意義皆不同，但字形相近。在敦煌寫卷《老子》經文中，「興」皆作「興」。「與」與「興」有 3 處同時出現：第三十六章「將欲廢之，必固興之」之「興」，P.2255、P.2584 作「與」；第四十四章「名與身熟親？身與貨熟多？得與亡熟病」之「與」，S.189 皆作「興」；第七十七章「不足者與之」之「與」，P.2347 作「興」。

4. 夫²²⁶—天⁷⁰⁸、失¹⁷⁸

「夫」、「天」、「失」三字字形相近，易混用。在敦煌寫卷《老子》經文中，「夫」字作「天」、「失」者各 1 處，即第三十二章「夫亦將知止」之「夫」，S.783 作「天」，這種情況在簡本《老子》中較常見；第三十八章「夫禮者」之「夫」，P.2375 作「失」。其他經文用「天」或「失」者，則不作「夫」。

5. 賢³²—寶⁵³

《說文・六下・貝部》：「賢，多才也。」段玉裁改「才」為「財」，並注曰：「『財』各本作『才』，今正。『賢』本多財之稱。引伸之，凡多皆曰賢。人稱賢能，因習其引伸之義而廢其本義矣。」〔註110〕《說文・六下・貝部》：「財，人所寶也。」又，《七下・宀部》：「寶，珍也。」《玉篇・宀部》：「寶，珍也；道尊也；愛也。」《說文》無「寶」字，「寶」為「寶」之異構字。在敦煌寫卷《老子》經文中，「寶」皆作「寶」。第三章「不尚賢」之「賢」，P.2370、P.2584、散 0667作「寶」。此處二字似因形近而混用。除此之外，其他經文部分二字不換用。

〔註109〕〔漢〕許慎撰、〔清〕段玉裁注，《說文解字注》，杭州，浙江古籍出版社，1998年，第 384 頁。

〔註110〕〔漢〕許慎撰、〔清〕段玉裁注，《說文解字注》，杭州，浙江古籍出版社，1998年，第 279 頁。

6. 介⁷—爪¹²

《說文・二上・八部》：「介，畫也。從八，從人。人各有界。」又《三下・爪部》：「爪，丮也。」「丮」即「持有」的意思。「介」、「爪」二字讀音、意義皆不同。但因「介」字小篆形體與「爪」相似，故隸變後，「介」常混同於「爪」。在敦煌寫卷《老子》經文中，「介」字僅見於第五十三章「使我介然有知」句，其中「介」字，S.2267、S.6453、P.2255 作「爪」；而第五十章「虎無所錯其爪」之「爪」，則無作「介」者。

除以上五種情況外，敦煌寫卷《老子》經文異文用字有 2 例存在兩種或兩種以上關係者，在此分別列出。

1. 猒⁴—厭⁴—厰³²—饜⁷—壓³、癏¹⁰

《說文・五上・甘部》：「猒，飽也。」段注：「淺人多改猒爲厭，厭專行而猒廢矣。猒與厭音同而義異，《雒誥》『萬年猒於乃德』，此古字當存者也。按，飽足則人意倦矣，故引伸爲猒倦、猒憎。」〔註111〕《說文・九下・厂部》：「厭，笮也。」段注：「《竹部》曰：笮者，迫也。此義今人作『壓』，乃古今字之殊……厭之本義笮也、合也，與壓義尚近，於猒飽也義則遠。而各書皆假厭爲猒足、猒憎字。猒足、猒憎失其正字，而厭之本義罕知之矣。」〔註112〕據段注，「猒」本義指「飽」，「厭」本義指「笮也」、「合也」，二字意義不同。後人多假「厭」代「猒」，二字可通假。「厰」、「饜」、「壓」、「癏」不見於《說文》。《說文・九下・广部》：「广，因广爲屋，象對剌高屋之形。」段玉裁改「广」作「厂」，並注曰：「厂，各本作广，誤，今正。厂者，山石之厓岩，因之爲屋，是曰广。」〔註113〕又《九下・厂部》：「厂，山石之厓岩，人可居。」由上可知，「广」、「厂」形近義通，「厰」爲「厭」之異構字。「饜」、「壓」分別是在「猒」、「厭」基礎上增加構件形成，二者分別爲「猒」、「厭」之異構字。在敦煌寫卷《老子》經文中，

〔註111〕〔漢〕許慎撰、〔清〕段玉裁注，《說文解字注》，杭州，浙江古籍出版社，1998年，第 202 頁。

〔註112〕〔漢〕許慎撰、〔清〕段玉裁注，《說文解字注》，杭州，浙江古籍出版社，1998年，第 448 頁。

〔註113〕〔漢〕許慎撰、〔清〕段玉裁注，《說文解字注》，杭州，浙江古籍出版社，1998年，第 442 頁。

構件「疒」與「广」常混同，如「病」與「疒」等，「癌」爲「瘞」之異寫字。以上六字在敦煌寫卷《老子》經文中用法相同，而以「厭」字使用最多。

2. 斫[12]—斲[2]、劉[2]—斲[2]—鄧[2]—劉[4]、斲[2]

《說文·六下·邑部》:「鄧，曼姓之國也。今屬南陽。從邑，登聲。」《說文》無「斫」、「斲」、「劉」、「斲」、「劉」、「斲」六字。《《說文·十四上·斤部》:「斲，斫也。」《龍龕手鑑·斤部》:「斫，同斲。」《五經文字·斤部》:「斲、斲，斫也。經典相承或作下字。」「斫」、「斲」爲「斲」之異構字。「斫」之構件「灬」與「夗」相近，易於混同，從而產生異寫字「斲」。「斫」之構件「斤」與「刂」意義相近而互換，形成異構字「劉」。「鄧」與「斫」示音構件相同，可通假。《正字通·斤部》:「劉，俗斲字。」《字彙補·斤部》:「斲，同劉。」「斲」爲「劉」之異構字，「斲」爲「斲」之異寫字。「劉」爲「斲」之異構字。在敦煌寫卷《老子》經文中，以上七字見於第七十四章「夫代司殺者，是代大匠斫。夫代大匠斫，希不傷其手」句。其中「斫」字，S.189、P.2347 皆作「劉」，S.3926 皆作「劉」，S.4430 皆作「斲」，P.2350 皆作「鄧」，P.2639 皆作「斲」，Дx01111 Дx01113 皆作「斲」。

第四章　敦煌寫卷《老子》字樣整理

　　字樣是指字的書寫樣式，文本所存的每個字形都是一個字樣。要研究某一時期的文字，首要的工作就是對這一時期的文字進行整理。在眾多手抄文本中，字形多種多樣，呈現出鮮明的抄手個人特點。我們要從這些字形中找出這一時期漢字的構形規律，就必須對字形進行整理，從中歸納出字樣。

第一節　字樣的整理

　　漢字自產生以來，就一直處在不停的發展變化之中。從最早的甲骨文、金文到小篆，小篆到隸書，再從隸書到楷書，漢字無論在外部形體還是內部結構上都發生了非常大的變化。尤其是發展到楷書階段，筆畫最終定型，使漢字成爲「可以稱說、可以論序、可以記數」〔註1〕的眞正書寫單位。楷書萌芽於東漢末，南北朝時期趨於成熟，隋唐時期成爲正統字體，可以說隋唐楷書是現代漢字的直接來源。因此對隋唐時期的楷書文字進行研究，不但具有歷史價值，同時亦具有重要的現實意義，可以指導我們正確、合理地使用現代漢字。

　　本書通過對文本字樣的歸納，分別確定其不同功能，然後進行分析。從而顯示共時文本中不重複字樣間的關係，並進而揭示唐代漢字使用的眞實面貌。爲此，我們首先需要弄清楚以下幾個方面的問題：

〔註1〕王寧，《漢字的書寫元素和構形元素》，《中國教育報》，1995 年 3 月 27 日。

（一）如何確定字樣間的關係

敦煌寫卷《老子》為手抄文本，包含的單字形體較為複雜。需要我們明確不同字樣及其相互間的關係。這首先需要我們對所有字樣進行辨別，將相同字樣類聚在一起，稱為重複字樣；將不同字樣相互區別開來，稱為不重複字樣。然後對不重複字樣進行分析與研究。

「每個字樣都是形體和功能的結合體，所以字形整理即是對字樣從形體構成和功能兩方面認同和別異。認同是對實本一字的字樣的歸納，別異則是對不同字形的劃別。」〔註2〕我們對字樣進行認同與別異時，必須綜合考慮功能與形體兩個方面的因素。文字是記錄語言的符號，它必須與語言中的詞相結合，才能發揮作用，即記詞功能是文字存在的前提。我們在確定字樣之間的關係時，必須首先考慮記詞功能。此外，我們還需要考慮字樣的形體。任何事物都是形式與內容的統一體，如果說功能是文字的內容，那麼形體則是文字的外在形式。內容與形式相互依存，文字間的相互區別要靠功能與形體兩個方面體現出來。只有在記詞功能與形體都相同的情況下，我們才能將兩個或兩個以上的字樣確定為同一個字樣。如在敦煌寫卷《老子》中，「太」有時寫作「大」，當我們看到「大」這個字樣時，就需要根據它的記詞功能及上下文來確定究竟是「太」還是「大」。

（二）字樣的認同與別異

因為個人書寫具有很大的隨意性，同一個人在不同時間或不同地點書寫的同一個字就有可能發生變化，如敦煌寫卷《老子》S.6453 與 P.2255，兩件為同一人抄寫，雖然絕大多數字樣是相同的，但亦存在少數不同字樣。如第十四章「迎不見其首」之「迎」字，S.6453 作「迎」，P.2255 作「迎」；第二十章「莽」字，S.6453 作「莽」，P.2255 作「莽」；等等。字樣寫法的多樣性，是所有手寫文本的共同特點。

對字樣進行認同與別異，實際上就是對相同字樣的類聚、對不同字樣的歸納，從而確定字樣的數量。本書參考王立軍《宋代雕版楷書構形系統研究》，確定了以下幾個方面的原則：

〔註 2〕王貴元，《馬王堆帛書漢字構形系統研究》，南寧，廣西教育出版社，1999 年，第 22 頁。

（1）凡是記詞功能不同者，一律定爲不同字樣。如：

「彼」、「車」、「門」、「書」這四個字分別記錄了語言中四個不同的詞，爲四個不同字樣。

（2）記詞功能相同、包含不同構件者爲不同字樣。如：

「病」、「㾆」記錄的是同一個詞，但有一個不同構件，即前者作「疒」，後者作「广」，二者爲不同字樣。再如「蠢」與「𧑓」，後者比前者少一個構件「虫」，爲不同字樣。

（3）參與構字構件與構件數量均相同，但因構件位置改變而形成的字樣，爲不同字樣。如：

「雌」與「𪇰」，「臂」與「𨂠」，這兩組字構件完全相同，只是構件位置發生變化，前一組是把本爲左右結構的字變爲上下結構，後一組是把本爲上下結構的字變爲左右結構，這兩組字爲不同字樣。

（4）由於筆畫的增加或減少而形成的字樣爲不同字樣。如：

「殺」與「殺」，後者「殺」字就是把「又」的「フ」分成「一」與「丿」兩筆，筆畫增加，二者爲不同字樣。再如「輔」與「𫐐」，後者比前者少一「丶」，筆畫減少，爲不同字樣。

（5）因筆畫長短或其他變化而造成構件混同者，爲不同字樣。如：

「順」與「㥜」，「㥜」字就是由於「川」字兩邊的筆畫變短，而與構件「小」混同，從而形成不同構件。再如「除」與「𨚗」，後者是由於構件「禾」的「丨」變短，與「示」混同，從而形成不同字樣。

（6）構件之間或構件與筆畫之間的連接方式不同，所構成的字均爲不同字樣。如：

「善」與「善」，前者構件「主」與「口」爲相接關係，後者爲相離關係，爲不同字樣。再如「彰」與「彰」，前者「章」字下「丨」與「日」爲相接關係，後者「章」下「早」字「丨」貫穿「日」字，形成相交關係，爲不同字樣。

（7）構件書體不同，爲不同字樣。如：

「御」與「𢌴」、「後」與「後」，這兩組字中，前者均爲楷書字體，後者均帶有隸意，爲不同字樣。

此外，具有以下三方面差異者，我們歸納爲同一個字樣：

（1）由於個人書寫風格不同而形成的字形肥瘦、長短、寬窄等方面差異的字樣，我們歸爲同一字樣。

（2）筆畫結合的鬆緊、筆畫間距離大小的不同，並未引起構件混同、構件之間或構件與筆畫之間連接方式不同的字樣，爲同一個字樣。

（3）構件所佔面積的大小、構件上下左右的微小位移，若未造成整字結構的改變，爲同一個字樣。如：

在敦煌寫卷《老子》中，「𢑑」字的出現頻率比「唯」字要高得多，前者出現 132 次，後者僅出現 4 次。與「唯」相比，「𢑑」字僅是把構件「口」向上偏移，並未改變「唯」字左右結構的布局，因此，把二者歸爲同一個字樣。

（三）字樣關係的類型

經過對字樣的認同與別異之後，我們得到了一個個具體的字樣。但它們之間的地位並不等同，存在著複雜的關係。

王貴元先生指出：「字樣功能是指字樣表示語言中詞義或詞素義的功能，依據功能的同異，文本中所有字樣可以歸納爲有數的同功能類聚和異功能類聚。」〔註3〕同時還指出，同功能類聚和異功能類聚均可根據形體是否相同進一步分爲同形、異寫與異構三類：形體完全相同者爲同形，同功能同形字樣就是文本中重複出現的形體，如在 78 件敦煌寫卷《老子》經文中，字樣「盜」共出現 18 次，形體與功能完全相同，即爲同功能同形字樣；異功能同形字樣就是功能不同而形體完全相同的字樣，如字樣「均」之構件「勻」與「勺」混同，形成異寫字樣「均」，與表示「土迹」之「均」字形體相同，即爲異功能同形字樣；同功能異寫字樣是指功能完全相同、只是寫法不同的字樣，如「覽」與「覽」、「夸」與「夯」等。異功能異寫字樣可依同功能異寫形體類聚。同功能異構字樣是指形體構成中有不同構字成分的字樣，異功能異構字樣就是不同的單字。因此，在實際的字樣整理中，需要重點認同和別異的是同功能異寫、同功能異構和異功能同形三類，也就是通常所說的異寫字、異構字和同形字〔註4〕。與同形字相對，我們可以把異寫字與異構字稱爲異形字。

〔註 3〕王貴元，《馬王堆帛書漢字構形系統研究》，南寧，廣西教育出版社，1999 年，第 22 頁。

〔註 4〕王貴元，《馬王堆帛書漢字構形系統研究》，南寧，廣西教育出版社，1999 年，

第二節　主用體與變體的確定

主用體是指同一單字眾多異寫字形體中出現頻率較高、具有代表性的形體，變體是指同一單字形體中除主用體之外的其他異寫形體。本書重新設立「主用體」與「變體」概念，而未沿用傳統敦煌文字研究中所使用的「正字」、「俗字」的名稱，主要基於以下考慮：

（一）「俗字」名稱辨證

首先，從「俗字」、「正字」名稱的定義來看。傳世文獻中，最早將漢字、分爲正、俗的是東漢許慎。他在《說文解字》重文中明確使用了「俗」的概念。如《說文·四下·角部》：「觵，兕牛角可以飲者也。從角，黃聲。其狀觵觵，故謂之觵。觥，俗觵。從光。」再如《說文·一三下·蚰部》：「蝱，齧人飛蟲。從蚰，民聲。蚊，俗蝱，從虫從文。」許慎只是提出了「俗」的概念，並未作出解釋。最早對「正字」、「俗字」作出解釋的是唐代的顏元孫。

顏元孫，生卒年月不詳。垂拱初年舉進士，據此推斷，他大約生活於唐高宗至唐玄宗時期。他撰寫了一部正字學著作《干祿字書》。他首次將漢字分爲「俗、通、正」三類，並且在《總論》中指出：「具言俗、通、正三體，偏旁同者不復廣出。字有相亂，因而附焉；所謂俗者，例皆淺近，唯籍帳、文案、券契、藥方，非涉雅言，用亦無爽。倘能改革，善不可加；所謂通者，相承久遠，可以施表、奏、箋、尺牘、判狀，故免詆訶。所謂正者，並有憑據。可以施著述、文章、對策、碑碣，將爲允當。」〔註5〕

顏元孫根據漢字的運用場合，來確定它們不同的性質。他指出，俗字皆爲淺近之字，可用於籍帳、文案、券契、藥方等民間通俗文書場合。人們若能夠對俗字進行改革，加以合理吸收利用，則是一件比較可取的事情；通字地位介於俗字與正字之間，這類字的流通時間比俗字長，文士階層亦在使用，可以用於比較正式的場合，但它們還未得到全社會的認可。正字是有憑據，可以使用於正式場合，如著述、文章、對策、碑碣的規範漢字。

據此，我們可以推知：《干祿字書》中列爲「俗字」的漢字是不應該或者說

　　　第22～23頁。

〔註 5〕〔唐〕顏元孫，《干祿字書》，北京，中華書局，1985年，第3～4頁。

極少出現在上層文人或正式官方寫本中的。但實際情況如何呢？我們前面講過，顏元孫生活於唐高宗至唐玄宗年間，那麼我們就選擇抄寫於這一時期的敦煌寫卷《老子》來考察一下《干祿字書》中的俗字與當時社會實際用字狀況是否相符。

其次，通過對《於祿字書》所收部分「俗字」、「通字」的考察來看。目前已經公佈的敦煌寫卷《老子》共有 78 件。除 1 件確認抄寫於六朝外，其餘絕大多數抄寫於唐代，雖然不排除其中有部分寫卷為民間抄本，但就多數抄本來說，字體雋秀、書寫整齊、格式規範，應出自一般文人或上層文人之手。此外，部分寫卷卷末題記注明了抄寫年代。78 件敦煌《老子》抄本中有 15 件抄寫於《干祿字書》成書時期。難能可貴的是，其中有 1 件為唐玄宗開元二十三的宮廷抄本。同時，我們還參考了 P.4508《唐太宗溫泉銘》（拓本）、P.4510+S.5791 歐陽詢書《化度寺故僧邕禪師舍利塔銘》（拓本）、刻於唐中宗景龍二年（708 年）的《易州龍興觀道德經碑》，為我們考察《干祿字書》之「俗字」提供了豐富的資料。下面，我們就舉幾個例子來看一下：

（1）功（功）〔註6〕

「功」字在《老子》81 章經文中共出現 7 次，敦煌寫卷、唐景龍二年《易州龍興觀道德經碑》全部作「功」，無一例外者。其中包括：六朝抄本 S.6825V、開元二十三年（735 年）的宮廷抄本 P.3725、天寶十年（751 年）抄本 S.6453 與 P.2255、唐中宗景龍三年（709 年）抄本 P.2347、唐肅宗至德二年（757 年）抄本 P.2735、唐太宗之後抄本 S.792、唐高宗時期抄本 P.2517 與 P.2594+P.2864+S.2060+P.3237+P.2577+P.3277、唐高宗之後抄本 P.3592、唐玄宗之後抄本 P.3235V[0]、P.4510+S.5791 歐陽詢書《化度寺故僧邕禪師舍利塔銘》。

（2）德（德）

在《老子》81 章經文中共出現 44 次，除 S.6825V 作「德」外，其餘敦煌寫卷《老子》皆作「德」。包括了（1）中提到的所有寫卷。

（3）盜（盜）

〔註 6〕括號前「功」字為《干祿字書》列為俗字者，括號內「功」字為《干祿字書》列為正字者，下同。

在《老子》81 章經文中共出現 3 次，所有敦煌寫卷《老子》皆作「盜」。未見作「盜」者。一直到宋代，「盜」的使用率仍高於「盜」〔註7〕。

（4）純（純）

見於第 20 章「我愚人之心純純」。所有敦煌寫卷《老子》經文、景龍二年（708 年）《易州龍興觀道德經碑》皆作「純」，未見作「純」者。在東漢碑隸中亦爲主形字〔註8〕。

以上爲《干祿字書》部分「俗字」考察。下面我們再看幾個「通字」：

（1）冰（冰）〔註9〕

在所有敦煌寫卷《老子》經文中皆作「冰」，未見作「冰」者。

（2）狀（狀）

在所有敦煌寫卷《老子》經文中皆作「狀」，未見作「狀」者。

（3）徹（徹）

構件「育」在敦煌寫卷《老子》經文中皆作「育」，如 79 章「故有德契，無德司徹」句，其中「徹」字，P.2255、S.6453 作「撤」，S.3926、S.4430、P.2420、景龍本作「徹」，P.2517 作「徹」，Дx01111　Дx01113 作「蹴」。無一構件作「育」者。此外，P.4508《唐太宗溫泉銘》（拓本）亦作「育」。

（4）寶（寶）

所有敦煌寫卷《老子》皆作「寶」，未見作「寶」者。直到宋代雕版楷書中，「寶」亦爲主形字〔註10〕。

此外，宮廷抄本 P.3725 還出現了「呈」、「恕」、「脹」、「將」、「於」、「矣」、「共」、「或」、「義」等在敦煌寫卷《老子》中出現頻率高於《干祿字書》正字的字，而《干祿字書》卻將它們歸爲俗字或通字。

〔註 7〕王寧主編、王立軍著，《宋代雕版楷書構形系統研究》，上海，上海教育出版社，2005 年，第 164 頁。

〔註 8〕王寧主編、陳淑梅著，《東漢碑隸構形系統研究》，上海，上海教育出版社，2005 年，第 156 頁。

〔註 9〕括號前「冰」字爲《干祿字書》列爲通字者，括號內「冰」字爲《干祿字書》列爲正字者，下同。

〔註10〕王寧主編、王立軍著，《宋代雕版楷書構形系統研究》，上海，上海教育出版社，2005 年，第 172 頁。

　　通過以上考察可知，《干祿字書》部分「俗字」與當時社會用字並不相符，這些「俗字」並不僅僅限於民間使用，而是通行於社會各個階層。部分「俗字」、「通字」的使用頻率也大大高於正字。它們可以說是當時社會通行的文字。倒是所謂「正字」所見極少。因此，我們不能不懷疑《干祿字書》對「俗字」名稱定義的準確性。

　　黃徵先生早已注意到了這一點。他指出，法藏敦煌文獻 P.4508 唐太宗書《唐太宗溫泉銘》十一頁中每頁都有俗字：「照理說皇帝親筆書寫，又是刻於碑碣，自然應該字字正字，一絲不苟。然而，十一頁中的每一頁都可以清楚看見俗字。」〔註11〕因此他對俗字重新進行了定義：「漢字俗字是漢字史上各個時期流行於各社會階層的不規範的異體字。」〔註12〕同時還指出：「字有規範、不規範之別，而無『文雅』與『通俗』之辨。這是國家『書同文』政策所決定的。不過時有古今，字有遷革，昨日的俗字有的變成了今日的正字……正、俗往往隨時代的變遷而地位有所變遷；何況在秦代的小篆與今日的簡化字之外，中間大約有二千年時間跨度，歷代並未頒佈完整的正字法令。因此『俗字』的判別，由於它的參照系難以確定而必然有其難度，我們現在說的『俗字』有比較大的模糊性，並非都有字典辭書或古代聖哲的注解作為依據。學者們判別俗字的正字參照系，實際上是現在的通行繁體字。」〔註13〕

　　雖然黃先生意識到了「俗字」定義存在一些問題，皇帝、書法家、官吏、文人等具有較高文化修養的人都在使用所謂「俗字」這種字體，其使用範圍並非僅限於民間。同時他還指出「字有規範、不規範之別，而無『文雅』與『通俗』之辨」、「我們現在所說的『俗字』有比較大的模糊性」，可是未能跳出「俗字」的窠臼，仍然沿用了這一名稱。

　　現在，也有部分學者對「俗字」名稱提出了異議，如王立軍指出：「張湧泉的『俗字』研究，給過於沉悶的近代漢字研究帶來了新氣象，是近代漢字研究史上的重要成果。不過，他在研究中沿用了『俗字』這一傳統名稱，我們對此持有不同的看法。我們認為，傳統所謂的『俗字』，是一個歷史的正字法概念，

〔註11〕黃徵，《敦煌俗字典》（前言），上海，上海教育出版社，2005 年，第 11 頁。

〔註12〕黃徵，《敦煌俗字典》（前言），上海，上海教育出版社，2005 年，第 4 頁。

〔註13〕黃徵，《敦煌俗字典》（前言），上海：上海教育出版社，2005 年，第 5 頁。

而不是一個純文字學概念。歷史上關於『俗字』的界定，帶有一定的階級觀念，反映了封建正統文人對民間用字現象的歧視。事實上，究竟誰『正』誰『俗』，是很難確定的。許多被列爲『正字』的字形，在實際運用中並不通行，這種『正字』也就失去了存在的必要。而許多被列爲『俗字』的字形，既流通廣泛，又不違背漢字的系統規律，是符合漢字的優化原則的。可見，傳統關於『俗字』的定稱是極不科學的。」〔註14〕

　　筆者比較贊同王立軍的觀點。漢字是在發展變化的，所謂「俗字」與「正字」之間的關係也不是固定不變的。我們不應該以前代的字書爲標準來確定誰「俗」、誰「正」。我們應該尊重各個歷史時期漢字使用的實際情況，應該根據當時社會用字的實際狀況對漢字進行定名、定性。因此在考察敦煌寫卷《老子》經文文字時，我們並未沿用「俗字」這一名稱，而是從整個經文文字系統出發，根據各個字樣出現的頻率，將出現頻率較高、具有代表性的形體稱作「主用體」，而將除主用體之外的形體稱爲變體。

（二）選擇字樣主用體的原則

　　在實際應用中，在一組異寫字當中會有一個相對主要的形體。我們立足於78件敦煌寫卷《老子》經文這個封閉的系統，來研究唐代文字使用的實際狀況。要對78件敦煌寫卷《老子》經文中的異寫字、異構字、同形字進行分析與研究，必須要確定主用體與變體，那麼，我們應該根據什麼標準來確定呢？

　　我們認爲，在選擇字樣主用體時，應該站在當時人們的立場，從當時社會用字的實際狀況出發，只有這樣，才能眞實反映當時社會用字的眞實面貌。因此，選擇字樣主用體，我們首先應該考慮它們在當時社會上的流通程度。社會流通程度越高，證明越被當時人們認可，越能代表當時社會的主要用字。此外，字樣主用體的系統性也是需要考慮的一個重要方面，即字樣主用體要能體現和保持嚴密的文字系統，具體表現在字樣主用體構件的構字能力上，其構字能力越強，表明其系統性越強，否則就越弱。在出現頻率基本相同的情況下，我們選擇系統性強的字樣作爲主用體。

　　（1）根據字樣的社會流通程度，在一組異寫字樣中，出現頻率大大高於其

〔註14〕王寧主編、王立軍著，《宋代雕版楷書構形系統研究》（緒論），上海，上海教育出版社，2003年，第4～5頁。

他字樣者，爲主用體。如：

在敦煌寫卷《老子》經文中，「扵」共出現 465 次，「於」僅出現 8 次，前者出現頻率大大高於後者，因此我們定前者爲主用體，後者爲變體。再如「䏻」字出現 355 次，「能」字僅出現 40 次，前者出現頻率大大高於後者，我們定前者爲主用體，後者爲變體。

（2）在出現頻率基本相同的情況下，我們選擇系統性強、構字能力強的字樣作爲主用體。如：

「夸」與「夸」，前者出現 2 次，後者出現 3 次，但以二者爲構件構成的字「跨」出現 5 次，「跨」0 次；「誇」10 次，「誇」1 次。由此可以看出，「夸」字的系統性、構字能力明顯強於「誇」，因此我們選擇「夸」作爲字樣主用體。

（三）字樣主用體選擇的範圍與字樣統計的原則

我們研究的對象是目前國內外已公佈的 78 件敦煌寫卷《老子》經文中的文字，據統計，約 54236 字〔註15〕。也就是說字樣主用體的選擇在此 54236 字範圍之內。此外，本書僅限於敦煌寫卷《老子》經文，字樣重複出現次數較多，再加上抄手眾多，爲我們研究唐代的異寫字、異構字與同形字提供了豐富的資料。

在統計字樣時，異寫字、異構字、同形字我們均作爲不同字樣統計。在總共 5 萬多字的敦煌寫卷《老子》經文字樣中，除去不清晰、殘缺字體外，我們共得到不重複字樣 1689 個。從中歸納出 981 個字樣主用體（包括異構字），字樣變體 708 個，字樣主用體和變體的比例是 1：0.72。

在 981 字樣主用體中，有 616 個字樣主用體沒有變體。在 365 個有變體的字樣中，字樣變體與主用體的數量具體分佈爲：有 10 個變體的字樣主用體共 1 個；有 9 個變體的字樣主用體共 3 個；有 8 個變體的字樣主用體共 1 個；有 7 個變體的字樣主用體共 2 個；有 6 個變體的字樣主用體共 3 個；有 5 個變體的字樣主用體共 15 個；有 4 個變體的字樣主用體共 15 個；有 3 個變體的字樣主用體共 37 個；有 2 個變體的字樣主用體共 93 個；有 1 個變體的字樣主用體共 195 個。

由以上可以看出，變體的分佈是比較集中的。有 6 個或 6 個以上字樣變體

〔註15〕因部分敦煌寫卷《老要子》經文殘損、字迹模糊不清，故字數統計不夠精確。

的字樣主用體僅 10 個，約占 365 個有變體的字樣的 2.74%；有 1 個變體的字樣
有 195 個，約占 365 個有變體的字樣的 53.43%；而變體在 2～5 個之間的字樣
主用體共 1 60 個，約占 365 個有變體的字樣的 43.84%。

參考文獻

1. 《英藏敦煌文獻》（漢文非佛經部分）（1～14 冊），成都，四川人民出版社，1990～1995 年。

2. 《法藏敦煌西域文獻》（1～32 冊），上海，上海古籍出版社，1995～2005 年。

3. 《俄藏敦煌文獻》（1～17 冊），成都，四川人民出版社，1993～2000 年。

4. 《北京圖書館藏敦煌文獻》，上海，上海古籍出版社，1995 年。

5. 《中國國家圖書館藏敦煌遺書》（1～7 冊），南京，江蘇古籍出版社，1999～2001 年。

6. 《甘肅藏敦煌文獻》（1～6 冊），蘭州，甘肅人民出版社，1999 年。

7. 《天津藝術博物館藏敦煌文獻》（1～7 冊），上海，上海古籍出版社，1996～1998 年。

8. 《北京大學藏敦煌文獻》（1～2 冊），上海，上海古籍出版社，1995 年。

9. 《浙藏敦煌文獻》，杭州，浙江教育出版社，2000 年。

10. 《上海圖書館藏敦煌吐魯番文獻》（1～4 冊），上海，上海古籍出版社，1999 年。

11. 《上海博物館藏敦煌吐魯番文獻》（1～2 冊），上海，上海古籍出版社，1993 年。

12. 《國立中央圖書館藏敦煌卷子》，臺北，臺北石門圖書公司，1976 年。

13. 黃永武主編，《敦煌寶藏》，臺北，新文豐出版公司，1981～1986 年。

14. 《斯坦因第三次中亞考古所獲漢文文獻》（非佛經部分）（1～2 冊），上海，上海辭書出版社，2005 年。

15. 羅福萇，倫敦博物館敦煌書目，《國學季刊》，1923 年第 1 卷第 1 號。

16. 伯希和著，羅福萇譯，《巴黎圖書館敦煌書目》，《國學季刊》，1923 年第 1 卷第 4 號、1932 第 3 卷第 4 號。

17. 向達，《倫敦所藏敦煌卷子經眼目錄》，北平，北平圖書館《圖書季刊》，1939 年新 1 卷第 4 期。

18. 袁同禮，《國立北平圖書館現藏海外敦煌遺籍照片總目》，北京，北平圖書館《圖書季刊》，1940 年新 2 卷第 4 期。

19. 陳國符，《敦煌卷子中之道藏佚書》，《道藏源流考》，北京，中華書局，1949 年。

20. 唐文播，《巴黎所藏敦煌老子寫卷校記》，《中國文化研究彙刊》，1930 年第 5 卷。

21. 唐文播，《敦煌老子寫卷「係師定河上眞人章句」考》，《中國文化研究彙刊》，1930 年第 6 卷。

22. 唐文播，《敦煌老子卷子之時代背景》，《東方雜誌》，1943 年 8 期。

23. 唐文播，《巴黎所藏敦煌老子寫本綜考》，《中國文化研究彙刊》，1944 年第 4 卷。

24. 唐文播，《敦煌老子寫卷紙質款式字體綜述》，《學術與建設》，1945 年第 1 期。

25. 唐文播，《巴黎所藏敦煌老子二四一七卷考證》，《東方雜誌》，1946 年 1 期。

26. 唐文播，《巴黎所藏〈老子〉寫經卷敘錄》，《凱旋》，1947 年第 11 期～1948 年第 3 期。

27. 馬敘倫，《〈老子道德經義疏〉殘卷》，《讀書續記》卷二，北京，北京市中國書店，1986 年。

28. 《羅雪堂先生全集》，臺北，大通書局有限公司，1986 年。

29. 王重民，《敦煌古籍敘錄》，北京，商務印書館，1958 年。

30. 陳祚龍，《敦煌道經後記彙錄》，《大陸雜誌》，1962 年第 25 卷第 10 期。

31. 王重民、劉銘恕，《敦煌遺書總目索引》，北京，商務印書館，1962 年。

32. 饒宗頤，《敦煌六朝寫本張天師道陵著老子想爾注校箋》，新竹，東南書局，1956 年。

33. 朱謙之，《老子校釋》，北京，中華書局，1984 年。

34. 程南洲，《倫敦所藏敦煌老子寫本殘卷研究》，臺北，文津出版社，1985 年。

35. 饒宗頤，《老子想爾注校證》，上海，上海古籍出版社，1991 年。

36. 高明，《帛書老子校注》，北京，中華書局，1996 年。

37. 郝春文，《英藏敦煌社會歷史文獻釋錄》一至三卷，北京，科學出版社，2001 年、2003 年。

38. 施萍婷主撰稿、邰惠莉助編，《敦煌遺書總目索引新編》，北京，中華書局，2000 年。

39. 黃永武主編，《敦煌遺書最新目錄》，臺北，新文豐出版公司，1986 年。

40. 鄭阿財、朱鳳玉主編，《敦煌學研究論著目錄》，臺北，漢學研究中心，2000 年。

41. 中國美，《1900～2001 國家圖書館藏敦煌遺書研究論著目錄索引》，北京，北京圖書館出版社，2001 年。

42. 鄭良樹，《敦煌老子寫卷探微》，《老子論集》，臺北，世界書局，1983 年。

43. 項楚、鄭阿財主編，《新世紀敦煌學論集》，成都，巴蜀書社，2003 年。

44. 陳世驤，《「想爾」老子道經敦煌殘卷論證》，《清華學報》，1957 年新 1 卷 2 期。

45. 姜亮夫，《巴黎所藏敦煌寫本道德經殘卷綜合研究》，《雲南社會科學》，1981 年第 2 期、3 期。

46. 鄭良樹，《敦煌老子寫本考異》，《大陸雜誌》，1981 年第 62 卷第 2 期。

47. 郝春文，《敦煌文獻與歷史研究的回顧和展望》，《歷史研究》，1998 年第 1 期。

48. 黃海德，《倫敦不列顛博物院藏敦煌 S.二〇六〇寫卷研究》，《四川師範大學學報（社科版）》，1992 年第 3 期。

49. 李斌城，《敦煌寫本唐玄宗〈道德經〉注疏殘卷研究》，《世界宗教研究》，1987 年第 1 期。

50. 李斌城，《讀〈唐玄宗《道德經》注諸問題〉》，《世界宗教研究》，1989 年第 4 期。

51. 朱大星，《論河上公〈老子〉在敦煌的流傳》，《道教論壇》，2004 年第 4 期。

52. 朱大星，《敦煌本〈老子〉研究》，北京，中華書局，2007 年。

53. 《中國敦煌學百年文庫》，蘭州，甘肅文化出版社，1999 年。

54. 王重民，《敦煌遺書論文集》，北京，中華書局，1984 年。

55. 嚴靈峰，《無求備齋諸子讀記》，臺北，成文出版社，1977 年。

56. 嚴靈峰，《無求備齋學術新著》，臺北，臺灣商務印書館，1987 年。

57. 姜亮夫，《敦煌學論文集》，上海，上海古籍出版社，1987 年。

58. 姜亮夫，《姜亮夫全集》，昆明，雲南人民出版社，2002 年。

59. 蒙文通，《道書輯校十種》，成都，巴蜀書社，2001 年。

60. 古棣，《老子校詁》，長春，吉林人民出版社，1998 年。

61. 李若暉，《郭店竹書老子論考》，濟南，齊魯書社，2004 年。

62. 劉笑敢，《老子：年代新考及思想新詮》，臺北，東大圖書公司，1997 年。

63. 王卡點校，《老子道德經河上公章句》，北京，中華書局，1993 年。

64. 王卡，《敦煌本〈老子節解〉殘頁考釋》，《敦煌吐魯番研究》第 6 卷，北京，北京大學出版社，2002 年。

65. 王卡，《敦煌道教文獻研究》，北京，中國社會科學出版社，2004 年。

66. 《敦煌研究文集·敦煌研究院藏敦煌文獻研究篇》，蘭州，甘肅民族出版社，2000 年。

67. 郝春文主編，《敦煌文獻論集》，瀋陽，遼寧人民出版社，2001 年。

68. 李爾重，《〈老子〉研究新編》，武漢，華中科技大學出版社，2003 年。

69. 劉釗，《出土簡帛文字叢考》，臺北，臺灣古籍出版社有限公司，2004 年。

70. 陳應鼓，《老子注譯及評價》，北京，中華書局，1984 年。

71. 高專誠，《御注老子》，太原，山西古籍出版社，2003 年。

72. 王重民，《英倫所藏敦煌經卷訪問記》，原載《大公報》1936 年 4 月 2 日，見於《中國敦煌學百年文庫》綜述卷（一），蘭州，甘肅文化出版社，1999 年。

73. 董作賓，《敦煌紀年》，原載《小說月刊》1943 年第 3 卷第 10 期，見於《中國敦煌學百年文庫》綜述卷（一），蘭州，甘肅文化出版社，1999 年。

74. 羅振玉，《敦煌石室書目及發見之原始》，原載《東方雜誌》1909 年第 6 卷第 10 期，見於《中國敦煌學百年文庫》綜述卷（一），蘭州，甘肅文化出版社，1999 年。

75. 羅振玉，《鳴沙石室秘錄》，原載《國粹學報》1909 年第 59 期，見於《中國敦煌學百年文庫》綜述卷（四），蘭州，甘肅文化出版社，1999 年。

76. 周一良，《跋敦煌秘籍留眞》，原載《清華學報》1948 年第 8 期，見於《中國敦煌學百年文庫》綜述卷（四），蘭州，甘肅文化出版社，1999 年。

77. 陳麗萍、馮培紅，《2001 年敦煌學研究論著目錄索引》，《敦煌學輯刊》，2002 年第 2 期。

78. 陳麗萍、江海雲，《2002 年敦煌學研究論著目錄索引》，《敦煌學輯刊》，2003 年第 2 期。

79. 鄭阿財，《2002～2003 年臺灣地區敦煌學研究綜述》，《敦煌學國際聯絡委員會（LICDS）通訊》，2003 年第 1 期。

80. 陳麗萍，《2003 年敦煌學研究論著目錄索引》，《敦煌學國際聯絡委員會（LICDS）通訊》，2004 年第 1 期。

81. 陳麗萍，《2003 年敦煌學研究概述》，《敦煌學國際聯絡委員會（LICDS）通訊》，2004 年第 1 期。

82. 劉昭瑞，《〈老子想爾注〉雜考》，《敦煌研究》，2004 年第 5 期。

83. 李軍、姜濤，《2003 年敦煌學研究論著目錄索引補遺》，《敦煌學輯刊》，2004 年第 2 期。

84. 陸永峰，《中國百年敦煌學述論》，《淮陰師範學院學報（哲社版）》，2000 年第 4 期。

85. 馮培紅、王蘭平，《2000 年敦煌學研究概述》，《敦煌學輯刊》，2001 年第 2 期。

86. 榮新江，《敦煌文獻：新材料與新問題》，《中國典籍與文化》，2000 年第 1 輯。

87. 胡同慶、周維平，《敦煌學發展階段述論》，《社科縱橫》，1994 年第 3 期。

88. 趙汝清，《國內外學者研究漢簡情況綜述》，《寧夏大學學報（社科版）》，1981 年第 3 期。

89. 李並成，《新世紀敦煌學發展的若干斷想》，《敦煌研究》，2002 年第 1 期。

90. 《莊子》，鄭州，中州古籍出版社，2006 年。

91. 彭浩校編，《郭店楚簡〈老子〉校讀》，武漢，湖北人民出版社，2001 年。

92. 國家文物局古文獻研究室，《馬王堆漢墓帛書（壹）》，北京，文物出版社，1980 年。

93. 馬王堆漢墓帛書整理小組，《馬王堆漢墓帛書（叁）》，北京，文物出版社，1978 年。

94. 高亨，《老子正詁》，上海，開明書店，1949 年。

95. 蔣錫昌，《老子校詁》，上海，商務印書館，1937 年。

96. 丁福保，《老子道德經箋注》，上海，上海醫學書局，1927 年。

97. 劉師培，《劉申叔遺書》，南京，江蘇古籍出版社，1997 年。

98. 楊樹達，《積微居小學述林》，北京，中華書局，1983 年。

99. 廖名春，《郭店楚簡老子校釋》，北京，清華大學出版社，2003 年。

100. 商承祚，《說文中之古文考》，上海，上海古籍出版社，1983 年。

101. 陳錫勇，《〈老子〉通行本謬誤舉證》，《簡帛研究彙刊》第一輯，2000 年。

102. 李索，《敦煌寫卷〈春秋經傳集解〉異文研究》，中國社會科學出版社，2007 年。

103. 王寧，《漢字構形學講座》，上海，上海古籍出版社，2002 年。

104. 王寧，《訓詁學原理》，北京，中國國際廣播出版社，1996 年。

105. 王寧，《漢字的書寫元素和構形元素》，《中國教育報》，1995 年 3 月 27 日。

106. 王寧，《漢字的優化與簡化》，《中國社會科學》，1991 年第 1 期。

107. 王寧主編、王立軍著，《宋代雕版楷書構形系統研究》，上海，上海教育出版社，2005 年。

108. 王寧主編、陳淑梅著，《東漢碑隸構形系統研究》，上海，上海教育出版社，2005 年。

109. 王貴元，《說文解字校箋》，上海，學林出版社，2002 年。

110. 王貴元，《馬王堆帛書漢字構形系統研究》，南寧，廣西教育出版社，1999 年。

111. 宋永培，《古漢語詞義系統研究》，呼和浩特，內蒙古教育出版社，2000 年。

112. 宋永培，《〈說文〉與上古漢語詞義研究》，成都，巴蜀書社，2001 年。

113. 張湧泉，《漢語俗字研究》，長沙，嶽麓書社，1995 年。

114. 張湧泉，《敦煌俗字研究導論》臺北，新文豐出版公司，1996 年。

115. 張湧泉，《敦煌俗字研究》，上海，上海教育出版社，1996 年。

116. 黃徵、張湧泉，《敦煌變文校注》，北京，中華書局，1997 年。

117. 黃徵，《敦煌語言文字學研究》，蘭州，甘肅教育出版社，2002 年。

118. 黃徵，《敦煌俗字典》，上海，上海教育出版社，2005 年。

119. 張湧泉，《敦煌俗字叢考》，北京，中華書局，2002 年。

120. 許建平，《敦煌文獻叢考》，北京，中華書局，2005 年。

121. 北京圖書館金石組編，《北京圖書館藏中國歷代石刻彙編》，鄭州，中州古籍出版社，1989 年。

122. 〔俄〕孟列夫（JI.II.緬希科夫）主編，袁席箴、陳華平譯，《俄藏敦煌漢文寫卷敘錄》，上海，上海古籍出版社，1999 年。

123. 羅振鋆、羅振玉，《增訂碑別字》，北京，文字改革出版社，1957 年。

124. 章炳麟，《新方言》，東京，民報社、秀光社，明治四十年。

125. 啓功，《從河南碑刻談古代石刻書法藝術》，《啓功叢稿·論文卷》，北京，中華書局，1999 年。

126. 李零，《郭店楚簡校讀記》（增訂本），北京，北京大學出版社，2002 年。

127. 嚴靈峰，《無求備齋老子集成初編》，臺北，藝文印書館，1965 年。

128. 中國國家圖書館善本特藏部、上海龍華古寺編，《中國國家圖書館藏敦煌遺書精品選》，瀋陽，遼寧教育出版社，2000 年。

129. 〔漢〕嚴遵著、王有德點校，《老子指歸》，北京，中華書局，1994 年。

130. 〔漢〕劉安等編著、高誘注，《淮南子》，上海，上海古籍出版社，1989 年。

131. 〔漢〕許慎，《說文解字》，北京，中華書局，1963 年。

132. 〔漢〕許慎撰、〔清〕段玉裁注，《說文解字注》，杭州，浙江古籍出版社，1998 年。

133. 〔魏〕王弼注，《老子道德經》，北京，中華書局，1985 年。

134. 〔晉〕王弼注，《古本道德經校刊》，北平，國立北平研究院史學研究會，1936 年。

135. 〔唐〕陸德明，《經典釋文》，上海，上海古籍出版社，1985 年。

136. 〔唐〕顏元孫，《干祿字書》，北京，中華書局，1985 年。

137. 〔唐〕陸德明，《經典釋文》，上海，上海古籍出版社，1985 年。

138. 〔宋〕丁度，《集韻》，北京，中國書店，1983 年。

139. 《宋本玉篇》，北京，北京市中國書店，1983 年。

140. 〔明〕焦竑，《老子翼》，北京，中華書局，1985 年。

141. 〔清〕阮元編，《十三經注疏》，北京，中華書局，1980 年。

142. 〔清〕王念孫，《廣雅疏證》，南京，江蘇古籍出版社，1984 年。

143. 〔清〕畢沅輯，《老子道德經考異》，北京，中華書局，1985 年。

144. 〔清〕朱駿聲，《說文通訓定聲》，北京，中華書局，1984 年。

145. 〔清〕王筠，《說文解字句讀》，北京，中華書局，1988 年。

146. 〔清〕顧藹吉，《隸變大字典》（《隸變》），揚州，江蘇光陵古籍刻印社，1997 年。

147. 〔清〕王先慎撰、鍾哲點校，《韓非子集解》，北京，中華書局，1998 年。

148. 〔日〕大淵忍爾，《敦煌道經目錄編》，東京，福武書店，1978 年。

149. 〔日〕《武內義雄全集》（五），東京，角川書店，1978 年。

150. 〔日〕神田喜一郎著，高野雪、初曉波、高野哲次譯，《敦煌學五十年》，北京，北京大學出版社，2004 年。

151. 〔美〕艾蘭、〔英〕魏克彬著，邢文編譯，《郭店老子》，北京，學苑出版社，2002 年。

152. 〔法〕戴仁著，陳海濤、劉惠琴編譯，《歐洲敦煌學研究簡述及其論著目錄》，《敦煌學輯刊》，2001 年第 2 期。

附錄：字樣主用體與變體

主用體	變　　　體	主用體	變　　　體
A		備[5]	
哀[3]	衺[8] 袞[6] 袞[3] 袞[2]	俻[3]	
愛		本	
安[62]		比	
奧		彼[24]	伇[8]
B		必	
抜[6]	拔[2] 抜[1] 枚[1]	鄙[4]	鄙[3] 鄙[1] 鄙[1]
白		臂[7]	臂[9] 臂[3]
百		璧[4]	璧[4] 璧[3]
佰[2]		敝[1]	
敗[52]		弊[13]	
賍[2]		獘[2]	
薄[7]	薄[5] 薄[2]	斃[8]	斃[1]
保		薜[1]	
寶[53]		辯[32]	辯[2] 辯[2]
抱[52]	抱[9] 抱[1] 枹[3]	賓[11]	
報[12]		氷[11]	
悲		兵	
被[28]	被[1]	並	
倍		病[77]	疒[6]

伯[10]		尺	
博[29]		赤	
挊[15]		沖[16]	沖[15]
猭[3]		崇	
補[12]	补[1]	虫[7]	蚯[2]
捕[1]		蟲[1]	
不		重[8]	
C		寵[28]	
綵[9]	綵[1]	寵[5]	
倉		籌[8]	
藏[1]	蔵[2] 蔵[1] 藏[2] 蔵[2] 蔵[2]	出	
草[9]	草[5]	除[21]	除[1] 除[1]
曾[1]		㕙[53]	㕙[102]
層[2]		處[5]	處[1] 處[2]
察[38]		忧[4]	怵[1]
梴[1]		揣	
長		川	
常		喘	
起[8]		吹	
車		春	
撤[9]		純[16]	纯[2]
徹[8]	徹[1]	醇[12]	
徹[1]		蠢[6]	蠢[2]
蹾[1]		輟[8]	
臣		祠[1]	柯[1]
陳[14]	陳[1]	疵[14]	疵[4]
塵[10]	塵[7] 塵[4] 塵[1]	辭[11]	
稱[2]	禞[1]	燮[4]	
成		辟[1]	
誠		雌[19]	䧺[1]
怵[1]		慈[43]	慈[29] 慈[5]
馳[6]	馳[14]	此[165]	
馳[6]	馳[16]	次	
蒂[8]	蒂[2]	從[30]	從[2] 徔[1] 従[1]
持[23]	恃[1]	從[3]	

脆[15]		薦[6]	荐[1] 薦[1] 薦[1]
毨[10]		篤[1]	
存		獨[39]	獨[9]
寸		短	
挫[14]	挫[6]	兊[32]	
錯[2]	錯[1]	旽[6]	
措[7]	措[1]	敦[4]	敦[1]
D		多	
達[7]	達[5]	襄[4]	奪[2] 奪[3] 襄[1]
大		墮[5]	隓[3]
代[1]		隓[1]	
帶		隓[2]	
殆		**E**	
貸[7]	貸[4] 貸[2] 貸[3]	兒	
惔[13]		而	
淡[9]		耳	
啖[1]		珥[5]	
當		二	
盜[17]	盗[1]	**F**	
道		發[14]	
得[342]	淂[22] 淂[2]	伐[9]	
德[379]	德[7]	法	
登		氾[6]	
鄧[2]		汎[5]	
歆[14]	馨[1] 馨[6] 馨[7] 馨[1] 馨[1] 歆[10] 馨[1] 馨[1] 馨[1] 歆[1] 馨[1] 歆[1] 馨[1] 歆[1]	反	
滌[6]	滌[1] 滌[5]	返	
地		方	
帝		妨	
		非	
慄[5]	慄[5] 慄[2]	癈[12]	廢[3] 癈[2] 癈[2] 廢[2]
冬		費	
動		紛[1]	纷[1]
毒		忿	
		菓[5]	堇[3] 糞[2]

風[9]		功[71]	
奉		共[8]	共[6]
夫		狗[30]	猗[2]
市[3]		苟[1]	苟[1]
弗		垢	
伏		孤[22]	孤
服[26]		骨[22]	
福[19]	福[6]	穀[7]	穀[2] 穀
輻[8]	輻[5]	榖[7]	榖[1] 榖[4] 榖[4] 榖[1] 榖[1] 榖[3] 榖[1] 榖[1] 榖[1]
輔[11]	輔[1]		
甫		古	
父		穀	
負[9]		固	
富[20]	冨[12] 富[1]	故	
腹		寡[29]	寡[2] 寡[1] 宣[11] 宣[7] 寡[7]
復[90]	復[58]	關	
覆[8]	覆[1] 覆[2]	觀[73]	覌[4] 觀[1] 觀[6]
G		官	
改[3]	改[5]	光	
蓋		廣	
甘		歸[49]	歸[8] 歸[21] 歸[15] 歸[6] 歸[1]
敢		鬼[22]	
剄[7]	剄[12] 剄[1]	貴	
剛[3]		國[285]	國[2]
高[39]		囯[7]	
槁[9]		果	
割[11]	割[6]	過[48]	過[1]
各		**H**	
根[26]	根[4]	海	
弓		害[45]	害[17] 害[4]
公		恢[5]	
攻		殘[1]	
供		孩[4]	
拱		含[9]	含[2] 含[2] 含[2]

寒		慧	
好		昏[18]	昏[3]
骄[9]		昏[6]	昏[1]
豪[11]		渾	
毫[1]		混	
合[32]		魁[4]	魁[1] 魁[2]
何		活	
和		或[164]	
熇[5]		惑[6]	
褐[12]	褐[1]	貨[19]	貨[1]
黑[8]		禍[31]	禍[3] 禍[1]
亨[10]		禍[4]	禍[2] 禍[2]
侯[49]	侯[12] 侯[3]	**J**		
後[77]	後[4] 後[4]	飢[11]	飢[4] 飢[11]
乎		鷄[8]	鷄[1]
惚[31]		雞[4]	
忽[12]		吉[3]	
庸[6]	庸[4] 庸[1] 庸[3]	積	
虎[4]	虎[2] 虎[1]	基	
戶		及	
華[9]	華[2] 華[4]	極[21]	極[10] 極[7] 極[1] 極[3] 極[6] 極[2] 極[2]
化			
懷[10]	懷[3]	棘[7]	棘[1] 棘[1] 棘[2]
還[9]	還[1]	幾[24]	幾[20]
澳[1]	澳[1] 澳[1]	計	
患		紀[2]	紀[3] 紀[1] 紀[6]
荒[2]	荒[1]	迹	
恍[20]		濟[9]	济[1]
怳[4]		既[37]	既[17] 既[6] 既[4] 既[1] 既[3]
慌[4]	慌[4] 慌[3] 慌[2] 慌[2]	寄[12]	
恢[14]	恢[12]	祭[11]	
穢[6]		寂[11]	
晦		寂[5]	

家^{2}		接	
忌^{1}	忌^{6} 忌^{4}	詰^{12}	
襆^{10}	襆^{4}	結^{16}	结^{1} 结^{4}
加		竭^{8}	竭^{2}
佳^{8}	佳^{2}	解^{8}	解^{6} 解^{1} 解^{4} 解^{5} 解^{1} 解^{2}
家		今^{34}	
甲		金	
鉀		矜^{13}	矜^{2} 矜^{8} 矜^{3}
堅^{49}	堅^{5} 堅^{6}	𥚃^{7}	𥚃^{1} 筋^{4}
堅^{1}		荊^{5}	荊^{2} 荊^{1} 荊^{2}
間^{10}		驚^{24}	驚^{9} 驚^{10} 驚^{4}
閒^{10}		俓^{4}	俓^{4} 俓^{2} 俓^{1}
兼^{8}	兼^{3}	精	
儉^{23}	儉^{12}	静^{99}	静^{2}
劍^{6}	劍^{5}	浄^{2}	
賤^{14}	賤^{5} 賤^{12} 賤^{3}	彭^{1}	
建^{30}		九	
捷^{7}		各^{11}	
鍵^{1}		久	
江		救^{32}	
近^{18}	近^{8}	居	
將^{108}	將^{102} 將^{1} 將^{6} 將^{3}	據^{5}	據^{1}
降^{9}	降^{2}	舉	
交		聚^{11}	聚^{5}
郊		懼	
驕^{12}	驕^{5}	絕^{21}	絕^{11} 绝^{3} 绝^{4}
憍^{4}	憍^{1}	爵^{4}	爵^{2} 爵^{1} 爵
暾^{15}		戄^{8}	戄^{1} 戄^{1}
徼^{1}		玃^{3}	玃^{2}
儌^{1}		軍	
佼^{1}		君^{39}	君^{10} 君^{1}
角		均^{8}	均^{3}
教		**K**	
皆		開	

抗[9]	抚[1] 氻[1] 抗[1]	廉[7]	廉[2]
可		梁[11]	
克[12]		兩[53]	
刻[1]		獦[7]	獦[1] 獦[1]
剋[1]	剋[2]	獵[3]	
尅[4]		裂	
客		鄰[14]	隣[8]
恐[60]		苓[5]	苓[5] 偯[1]
孔		嗇[5]	嗇[1]
口		靈[8]	
枯		靈[4]	靈[4] 靈[3]
夸[2]	夻[1] 夸[3]	令	
誇[10]	誇[1]	流[10]	流[1]
跨[5]	跨[4] 跨[1]	六	
闊[2]		韻[10]	聲[2]
L		露	
来[25]		陸	
覽[4]	覧[5] 覤[1] 覧[2] 覽[1] 覧[1]	祿[18]	
窂[4]	窂[4]	璟[6]	
牢[2]		磟[2]	
老[14]	耂[20]	亂[21]	乿[2]
羸[4]	羸[3] 羸[3]	乱[12]	
類[6]		落[10]	落[4] 落[6]
類[1]		硌[2]	硶[2]
纇[1]	纇[2]	**M**	
累		馬[21]	馬[10]
離		淵[18]	滿[5] 淵[2]
里		盲	
豊		莽[5]	
禮[36]		莽[1]	莽[1]
礼[7]		美[36]	羙[30] 关[2]
力		美[3]	
立		羙[21]	
利		昧[13]	

昧[2]		洒[7]	
門		奈[13]	
悶		柰[2]	
猛[5]	猛[5]	難[56]	難[38] 難[31] 難[1] 難[6] 難[4]
弥[31]		囊[2]	襄[1]
弥[1]		訥[5]	
迷		能[355]	能[40]
綿[11]	绵[4] 緜[5]	鳥[6]	鸟[4]
免		寧[14]	
勉		寍[4]	
苗[3]	苗[1]	寍[1]	寧[1]
妙		怒	
滅[5]	滅[3]	諾[12]	
威[1]		**P**	
民[164]	民[141] 㞷[24]	烹[4]	烹[1]
名		披[6]	
明[80]		辟[8]	譬[2]
明[44]		偏[5]	徧[2] 徧[1] 偏[2] 偏[1]
賓[7]	寘[1] 寊[1]	飄[9]	
命		貧	
莫[94]	莫[79] 莫[21] 莫[2] 莫[6]	牝	
漠[5]	漠[2]	平	
沒[10]	沒[2] 沒[1] 沒[2] 沒[1] 沒[1]	破	
歿[1]	殁[1] 歿[1]	䰟[21]	
謀		撲[12]	
母		樸[17]	
牡[4]	牝[10]	樸[6]	
木		撲[30]	撲[6]
目		朴[11]	
		普	
N		**Q**	
呐[4]		其	
納[1]		奇[45]	
乃[45]		豈	

起[17]	起[4] 起[4] 起[1]	R	
氣[32]		然[141]	然[78] 然[5]
旡[1]	旡[1]	攘	
棄[34]	棄[5] 棄[3] 棄[7] 棄[1]	饒[7]	饒[1]
弃[7]		熱[8]	爇[1] 热[1]
泣		刃[5]	
器[73]		人	
噐[56]		仁	
契[10]	契[6] 挈[7] 契[2] 挈[1] 挈[1]	仍	
前		日	
彊[94]		戎	
强[62]	強[12] 強[3]	榮	
強[22]	強[12]	容	
強[5]	強[26]	柔[127]	柔[2]
巧[28]	巧[2]	如	
且		辱[38]	辱[11] 辱[2] 辱[1]
親[51]	親[2]	入	
勤[10]	勤[4] 勤[3] 勤[4] 勤[1] 勤[1] 勤[1]	銳[16]	
懃[3]	懃[1] 懃[2]	若[465]	若[13] 若[1]
輕[29]	輕[5] 輕[3] 輕[27] 輕[1] 輕[2]	弱	
誙[1]		S	
傾		卅	
清		塞	
窮[19]		三	
窮[1]		散[18]	散[2] 散[4] 散[1] 散[1] 散[1]
求		散[1]	
曲[14]	囲[2]	喪[22]	喪[3] 喪[4] 喪[1] 喪[2] 喪[1] 喪[1]
屈		色[10]	色[2]
取[88]	耴[32]	煞[63]	煞[3] 敚[7]
去		殺[4]	殺[6]
全[21]	仐[3]	善[227]	善[126] 善[135] 善[1] 善[1] 善[26]
缺[28]		傷[29]	傷[6] 傷[12] 傷[4] 傷[5]
缺[2]		上	
卻		尚	

少		時	
奢		識	
敆[12]		實	
赦[4]		使	
舍[8]		始	
捨[8]	捨[3]	螫[5]	螫[1]
攝		螫[4]	螫[2]
沙[8]	涉[2]	示	
社[2]	社[12]	適[2]	適[2] 適[1]
身		勢[4]	勢[1] 势[1]
深		事	
神		視	
甚		室	
慎[10]	慎[1]	恃	
生		逝	
聲[6]	聲[3] 聲[3] 聲[2] 聲[1] 聲[1] 聲[5] 聲[2] 聲[1] 聲[1]	手	
乘[28]		守	
繩[17]	繩[14] 绳[3] 繩[7] 繩[2] 繩[3]	首	
聖[279]	聖[23] 聖[33] 聖[4] 聖[1]	壽[9]	壽[1] 壽[1]
勝[147]	勝[7] 勝[9]	受	
尸[10]		狩	
師[26]		疏[11]	疏[1]
十[14]		踈[10]	踈[3]
什[28]		孰[46]	
食[55]	食[1]	熟[33]	熟[27] 熟[2]
士[1]	土[2]	属[6]	屬[2] 属[1] 属[1]
式[42]	式[2]	數[4]	數[1] 數[3] 數[3] 數[2]
市[7]		數[1]	數[1] 數[1] 數[1] 數[1] 數[1]
是[665]	昰[29] 是[1]	酸[4]	
釋[4]		爽[10]	爽[1]
失		誰	
施		水	
石		稅[13]	
		順[8]	愼[4]

斯		同	
私[18]	私[1]	偷	
死[192]	厸[14]	投[3]	挍[1]
四		徒[39]	徒[5] 侊[6]
似		晶[5]	晶[4] 台[1]
駟[1]	駟[7]	圖[2]	
肆		土[2]	圡[7]
兇[8]	兇[-3] 兇[2] 兇[7]	退[20]	退[11]
祀[9]		退[3]	
俗[27]	俉[4] 佲[2] 佲[1]	推	
素		托	
酸[4]		脫[22]	
笮[6]		挩[4]	
箏[2]		梲[1]	
雖[38]	雖[8]	橐[5]	橐[1] 橐[1]
雎[2]		**W**	
隨[28]	隨[2]	窪[4]	窐[1] 窪[3]
遂		外	
損[90]		頑	
所[277]	所[1]	晚[9]	晚[1]
T		万[62]	
臺[10]		萬[54]	萬[34] 萬[1] 萬[42] 萬[5] 萬[2] 萬[1] 萬[2]
臺[1]		亡[42]	亾[8]
臺[6]	臺[1]	王	
臺[5]		枉	
太[14]		往[35]	迬[1]
泰[5]		網[11]	网[1] 網[1]
泰[7]	泰[2]	妄	
堂		忘	
忒[2]		望[7]	望[2] 𡶵[1] 望[2] 𡉺[1]
天		威	
田		微[18]	微[9] 嶶[3] 微[1] 傲[3] 微[1] 微[6] 微[3] 微[1] 嶶[1] 微[1]
恬			
聽[16]		唯[136]	惟[53]
通		惟	

偽^10	偽^1	細^17	细^4
為^989	为^108	熙^14	熙^2 熙^4
未		嘎^4	嘎^5
味		狹	
畏		瑕^7	瑕^1
謂		下	
衛^8	衛^3	先	
文		鮮^3	鮮^1
聞		賢^28	賢^4
我^185	我^10 我^2	相	
握^11	握^1	詳	
无^822	旡^47	祥	
無^261	無^1	亨^6	
蕪^4	蕪^3	鄉^25	鄉^6
吾		象^20	象^5 象^9 象^1 㽑^1 㝈^1 象^1 象^1 象^1
五			
武^11	武^1	像^7	
侮		歇^10	
勿		咲^20	唉^5 唉^2
物		嘆^4	
悪^70		唉^17	
惡^3	惡^2 惡^1	笑^1	
X		小	
兮^51		孝	
希^31	布^8 帘^3 㣁^3 希^1	肖^7	
昔		心	
奚^13		新	
谿^4		信	
翕^6		興^12	
噏^2		腥	
歙^2		行	
襲^14	䄡^1 䄡^1	形	
習^3		姓^18	姓^4
徙^11	徙^1	凶	

雄[4]	雄[4]	壹[1]	
脩[32]	脩[13]	衣	
修[9]	修[1]	遺	
虛[21]	霊[12] 虚[2]	倚[10]	
虗[2]		巳[52]	已[50] 己[6]
嘘[7]	嘘[1]	以	
徐[20]		矣[26]	矣[20]
俆[2]		夷[25]	夷[6]
煦[1]		亦[60]	
煦[1]		厶[27]	厶[16] 厼[3]
玄		宜[11]	
學[27]	學[26]	易[63]	易[18] 易[15]
	Y	益[36]	益[32]
焉[5]	為[2] 焉[2] 焉[1] 焉[1]	異[17]	異
言		義[30]	義[18]
埏[5]	埏[2] 埏[4]	抑[6]	柳[1] 抑[2] 柳[3] 柳[1] 抑[1]
儼		意	
燕[4]	燕[3] 燕[1]	陰[9]	
厭[20]	厭[4] 厭[8] 厭[4]	陰[1]	
猒[4]		音	
黶[8]	黶[1] 黶[7] 黶[2] 黶[2]	飲[10]	飲[2]
央		隱[5]	隱[1] 隱[4] 隱[1]
殃		應	
陽[6]	陽[4] 陽[1]	嬰[14]	嬰[4] 嬰[3]
養[7]	養[6]	瓔[5]	瓔[1]
詘[7]	詘[1]	攖[1]	
妖[2]		迎[7]	迎[1] 迎[3] 迎[1]
窈[8]	窈[1]	盈[32]	盈[17] 盈[6] 盈[2]
要		營	
耀[7]		蠅[6]	蠅[2] 蠅[2]
曜[2]		勇[50]	
耶		用	
也		牅[14]	牅[1]
一[46]		牅[6]	

憂		渊⁹	渊⁵ 渊³ 渕² 淵⁴ 洪¹ 渊¹ 渕¹ 渋¹
尤		遠⁵⁰	
猶		怨¹⁹	怨⁶ 怨³
有		怨⁷	怨⁴
又		曰	
右		約⁵	约³
魚⁶	魚² 象¹	悅¹	
漁	澡¹	閱⁹	
於⁴⁶⁵	於⁸	薈⁸	蕾¹
娛		籥¹	
愚¹⁶	愚⁶	云²²	
雨		芸⁵	芸³
語		**Z**	
餘⁹²	餘¹⁸ 餘¹⁹	帀¹	
渝⁷	渝¹	扗¹⁶	裁¹
榆¹		宰²⁴	
揄¹		汋	
隅⁸	隅²	載	
育		早	
遇¹⁰	遇¹	蹊¹⁰	蹊⁴ 跡² 蹊¹ 跡¹
玉³⁵	王²	躁⁷	
與¹⁵²		喿¹	
与¹⁵		鑿²	鑿¹ 鑿¹ 鑿² 斲³
譽²³		則	
舉⁵		責	
輿⁵		賊	
欲²⁶⁵	欲¹⁰	戰¹⁶	戰⁶ 戰⁴ 戰¹
域⁹		湛	
愈²⁸		張	
俞²		章⁵	章¹
逾²		彰¹⁵	彰²
喻³		丈	
豫⁵	豫¹ 豫⁴ 豫¹ 豫¹		
御⁸	御² 御²	朝¹⁹	朝¹

兆⁹	兆⁹ 兆² 兆¹	重	
召¹²	召¹	舟	
照¹⁵		周	
昭³		主	
轍²		助¹	
讁²		駐⁴	駐³
者		注	
真²³		爪¹²	
陣⁷		專¹²	
鎮¹⁰	鎮¹	壯¹⁷	壯¹³ 壯²
爭⁹⁰	爭²⁴	狀²⁴	
正⁵⁸	正¹⁹	隹	
政⁴⁹	政¹	綴²	
之		贅²	
知		餟¹¹	餟²
執⁸⁹	執²	醊⁶	
直⁸	直⁶ 直¹ 直⁵	拙	
至		濁¹⁹	濁²
質		斲¹²	
置⁸	置³	斵²	
殖³	殖¹ 殖¹ 殖¹	斲²	
埴¹	埴¹ 埴¹	劉²	
止³⁷	止¹⁴	劉⁴	斲²
志¹¹	志¹⁰	資²⁴	資²
治¹¹³	治¹² 冶¹	輜⁶	輜²
制¹³		兹¹	
削⁶		滋¹⁷	滋⁶ 滋¹ 滋⁷
致³	致⁵¹	茲¹⁵	茲² 茲¹ 茲¹ 茲¹ 茲²
智⁵⁵	智²	子	
終⁸⁶	終²⁴	自	
衆³⁵	衆⁶ 衆³ 衆¹	宗	
趫³	趫¹ 趍²	走¹⁰	走¹
中		足¹⁸⁷	
忠		峻²	

罪		佐[9]	佐[1]
尊		作[45]	作[20] 作[8]
左[50]	左[8]	坐[6]	坐[5]

後　記

　　本書是在我的博士學位論文基礎上修改而成的。對我來說，攻讀博士學位三年的學習生活是我的一段寶貴的人生經歷。其間有幸聆聽了中國人民大學文學院諸位先生的教誨，獲益頗多。在此表示衷心的感謝！其中尤應感謝我的兩位導師宋永培先生和王貴元先生！

　　我的博士論文選題最早是由王先生提議，經與宋先生商量後確定下來的。遺憾的是，在選題確定下來不到半年的時間裏，宋先生就因病不幸去世了。先生淵博的知識、謙遜的為人令我終生難忘。

　　在宋先生去世後，我有幸再次歸於王貴元先生的門下。論文從選題到開題，從總體框架以至具體字句的運用都傾注了先生的大量心血。在學習與生活上，先生給了我無微不至的關心與幫助。在其他事情上，先生也給了我許多理解和寬容。每當回想起先生為我所做的一切，心中的感激之情難以言表。

　　在開題與預答辯期間，殷國光、韓陳其、賀陽、李泉、勁松五位先生對論文提出了許多寶貴的修改意見。在查找資料過程中，國家圖書館申國美、林世田兩位先生提供了許多幫助。在此，並致誠摯的謝意！

　　在學習與生活上，邱理萌、劉永華、占勇、朱翠萍、呂俐敏、華建光、袁國女、姚玲、陶曲勇、張晶晶等都曾以不同方式給予我支持與鼓勵。這些都值得我永遠珍惜與懷念！

　　特別感謝我的父母，沒有他們一路的支持與鼓勵，我是無論如何也走不到今天的。

　　感謝我的愛人余力，在我攻讀博士期間，他幾乎包攬了所有的家務。正是他的全力支持，才使我能全力以赴地完成學業。同時也感謝活潑可愛的兒子豪豪給我生活帶來的歡樂與幸福。

　　本書若有可取之處，都是宋永培先生、王貴元先生及其他諸位先生指導的結果；書中所有不足則是本人才疏學淺所致。懇請讀者批評指正。

杜冰梅

2013 年 8 月